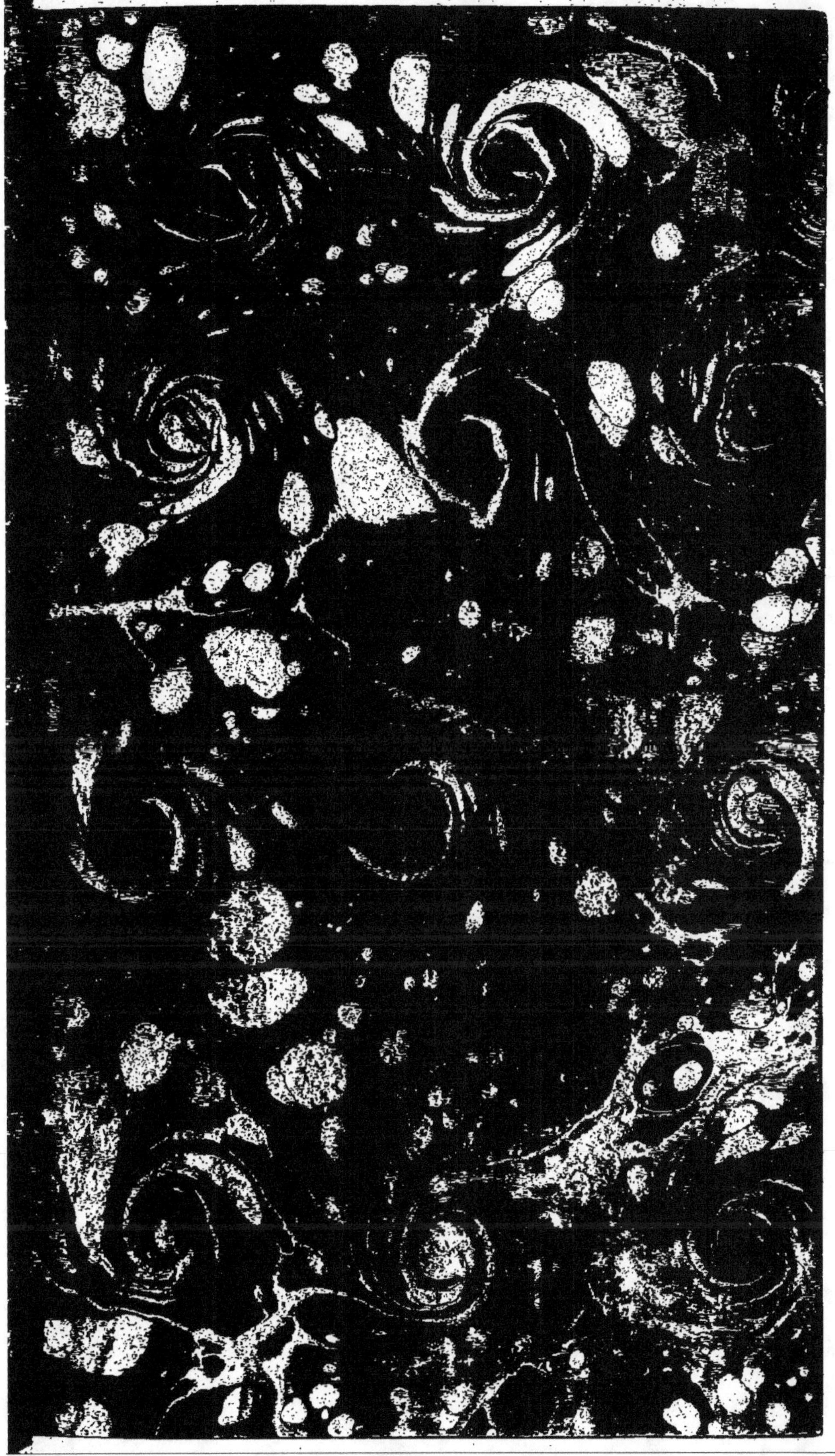

# LES
# IMPERATRICES
# ROMAINES
*OU*

Histoire de la Vie & des Intrigues secretes des Femmes des douze Cesars, de celles des Empereurs Romains & des Princesses de leur Sang.

*Dans laquelle l'on voit les Traits les plus interessans de l'Histoire Romaine.*

Tirée des anciens Auteurs Grecs & Latins ; avec des Notes Historiques & Critiques.

Par M. DE SERVIEZ.

*Dédiée à Monseigneur le* DUC DE CHARTRES.

Nouvelle Edition, augmentée.

TOME SECOND.

A PARIS,

Chez SEBASTIEN RAVENEL, à l'entrée du Quay des Augustins, du côté du Pont Saint Michel, au Phœnix.

M. DCC. XXVIII.

*Avec Approbation & Privilege du Roy.*

A
MONSEIGNEUR
LE
DUC DE CHARTRES.

ONSEIGNEUR,

*Jamais Ouvrage de si peu de mérite, n'a paru sous un Titre si magnifique, ni sous un si grand & si celebre nom que le Livre que j'ai l'honneur de vous presenter. Une si grande disproportion m'a fait balancer fort souvent, si j'oserois le dédier à un Prince si capable de juger des Ouvrages d'esprit, & dont le goût fin & délicat, & le discernement infiniment juste, exigent qu'on ne lui presente rien que d'achevé. Mais ces considerations n'ont pû tenir,* MONSEIGNEUR, *contre le desir que j'ai eu de contribuer à remplir, par la lecture que vous ferez de ce Livre, s'il peut vous plaire, quelques momens de vos heures de loisir; & j'ai cru que le zele & la bonne intention de l'Auteur, tiendroient lieu de mérite à l'Ouvrage. S'il est assez heureux pour être reçû favorablement de Vous, mon ambition ſera pleinement ſatisfaite, puiſque je n'en ai pas de plus grande que de pouvoir vous marquer, MONSEIGNEUR, la part que j'ai à l'admiration generale, avec laquelle on voit croître ſi heureuſement en Vous, ces ſublimes & rares vertus qui brillent avec tant d'éclat dans le grand Prince qui vous a donné le jour, & qui gouverne la France avec une ſageſſe & une habileté qui ſont notre gloire & notre bonheur. Veüille le Ciel former en vous, MONSEIGNEUR, un Prince auſſi accompli que tous ces grands Heros, dont l'auguſte Sang coule dans vos veines. Ce ſont les vœux les plus empreſſés de celui qui eſt avec le plus profond reſpect & la plus parfaite ſoumiſſion,*

*MONSEIGNEUR,*

Votre très-humble & très-obéïſſant Serviteur,
DE SERVIEZ.

# AVIS
## DES LIBRAIRES,

*Sur cette nouvelle Edition.*

LE but que nous nous sommes proposé en réimprimant ce Livre, étoit de le donner mieux imprimé, plus correct, & augmenté d'un Volume.

Premierement, une Personne très-distinguée dans la République des Lettres, a bien voulu se donner la peine de revoir & corriger tout l'Ouvrage.

Secondement, nous avons crû nécessaire de mettre une partie du premier volume dans le second, pour faire les volumes égaux, & de la même grosseur du troisiéme, qui est tout entier d'augmentation.

Troisiémement, le Lecteur trouvera à la fin du dernier volume, une Table generale de toutes les matieres renfermées dans les trois volumes, afin de faire voir d'un coup d'œil les traits les plus intéressans de chaque Histoire.

# TABLE.



Fin de la Table.

SUITE

# SUITE DES FEMMES DES DOUZE CESARS.

******************************

## LEPIDA

### *Femme de Galba.*

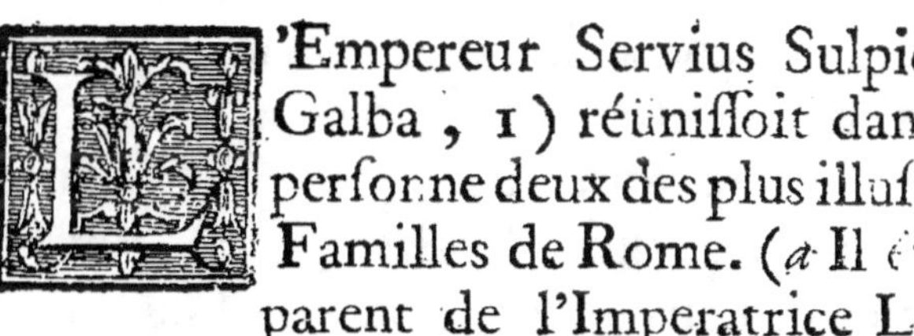

L'Empereur Servius Sulpicius Galba, 1) réünissoit dans sa personne deux des plus illustres Familles de Rome. (a Il étoit parent de l'Imperatrice Livie qui eut soin de sa Fortune, en l'élevant aux

a *Sueton. in Galb. Plutarq. Vit. Galb. Tacit. Histor. lib.* 1. *cap.* 13.

1. Galba naquit la veille même de la naissance de Jesus-Christ, c'est-à-dire le 24 Decembre de l'an de

plus grands Emplois, ausquels même elle fit admettre avant l'âge. Il porta pendant long-tems le nom de Livius Ocella, qu'il avoit pris de celui de Livie Ocelline, que Galba son pere épousa en secondes nôces. Celle-ci, quoique fort riche & fort belle rechercha ce Romain avec empressement, à cause de sa noblesse, encore qu'il fût petit de taille, mal fait & même bossu, disgraces de la nature, qu'il avoit pris soin de cacher, en portant une robbe fort longue & fort large, & des souliers fort hauts. Toutefois, Ocelline ne diminua rien de son estime pour Galba, après qu'elle eût été informée de tous ces défauts par Galba même, qui fut bien aise de ne lui en pas faire finesse. Car ne voulant pas qu'elle eût jamais lieu de lui reprocher qu'il l'eût trompée, il la prit un jour en particulier; & après avoir quitté sa robbe en sa presence, il lui fit remarquer toutes les déformités de son corps : franchise peu imitée, qui lui gagna si fort le cœur d'Ocelline, qui n'ayant pas pû avoir de lui des enfans, adopta Servius Galba qu'il avoit eu de sa premiere femme Mummie

Rome 749. La race des Cesars finit en la personne de Neron, car Galba n'étoit ni parent, ni allié à la Maison des Cesars. Il étoit parent de Livie qui le favorisa beaucoup.

Achaïque, & qui eſt celui dont nous parlons.

Galba eut plus d'une fois des préſages heureux qui lui promettoient la Souveraineté. ( *b* Auguſte l'avoit aſſuré qu'il goûteroit un jour de l'Empire. ( *c* Tibere avoit dit ouvertement, que Galba regneroit dans ſa vieilleſſe, & un Devin lui avoit prédit, que l'Empire entreroit dans ſa Famille; mais que cela n'arriveroit que fort tard; ce qui fit dire à Galba, en riant, que cela arriveroit quand une mule deviendroit feconde: prodige qui arriva cependant, & que Galba regarda comme une certitude de l'accompliſſement de ſa deſtinée.

Avec ſes belles qualités, ſes richeſſes immenſes & ſes grandes eſperances de Fortune, Galba ne pouvoit pas manquer de Partis: on lui en preſenta de fort conſiderable; mais il trouva tant de ſageſſe, de modeſtie & de mérite dans Lepida, qu'il lui donna toute ſon inclination, & l'épouſa. Il ne ſe repentit pas de ſon choix. Lepida répondit à l'inclination de ſon Epoux par une grande tendreſſe, & par une fidelité qui ne fut jamais ſujette au moindre ſoupçon; & ces deux Epoux vivoient contens l'un de l'autre, & dans une

*b Sueton. in Galb.* *c Tacit. Ann. 6.*

parfaite intelligence, lorſqu'Agrippine, ayant l'eſprit rempli de mille projets de grandeur, & cherchant quelqu'un qu'elle pût aſſocier à ſon ambition, & qui l'aidât à ſe frayer un chemin au Trône, ſe mit en tête de porter Galba, qu'elle crut propre à ſon deſſein, à répudier ſa Femme Lepida, & à l'épouſer elle-meme à ſa place.

(d) Agrippine étoit veuve alors de Domitius Ænobarbus, ſon premier mari. A ſon illuſtre naiſſance, elle joignoit une beauté piquante, un eſprit vif, heureux, cultivé & remuant, & une ambition qui étoit nourrie par de hautes prétentions de fortune. Il ne lui manquoit plus qu'un mari qui fût auſſi ambitieux qu'elle, & qui voulût travailler dans ſes vûës; & elle croyoit l'avoir trouvé dans Galba, que ſa nobleſſe, ſes charges & ſon crédit à la Cour, rendoient très-conſiderable, & qui d'ailleurs, avoit des préſages qui lui promettoient la Souveraineté.

Pour réüſſir dans ſon projet, & porter Galba à ce mariage, dont elle ſe promettoit de ſi grands avantages, elle crut qu'il étoit hors de ſaiſon d'obſerver ces ſcrupuleuſes loix de la bien-ſéance, qui ne permettent point aux Dames de faire les pre-

d *Sueton. in Galb.*

miers pas : elle paſſa pardeſſus ces fâcheux devoirs. Elle apprehenda de perdre ſa Fortune en laiſſant aller les choſes dans le train ordinaire ; & ne voulant pas avoir à ſe reprocher d'avoir manqué ſon coup, pour avoir voulu ſe rendre eſclave de quelques formalités, elle prévint Galba par les avances les plus paſſionnées.

Galba, qui pénétroit juſques dans le fond du cœur d'Agrippine, y ſçut faire le diſcernement de la politique ambitieuſe & de la tendreſſe ſincere; & connoiſſant les profonds deſſeins de cette Princeſſe, dans les démarches irregulieres qu'elle faiſoit, il ne voulut pas ſervir d'inſtrument à ſa folle ambition. Auſſi, pour lui faire comprendre qu'il ne ſe laiſſoit pas ſurprendre à ſes trompeuſes douceurs, il affecta de lui témoigner autant d'indifference qu'elle lui laiſſoit voir de foibleſſe. Galba, d'ailleurs, n'avoit nulle envie de ſe ſéparer de Lepida, de la ſageſſe de laquelle il étoit convaincu, pour épouſer Agrippine, de laquelle il ſçavoit que le mari ſeroit expoſé à beaucoup d'infidelités, & peut-être à d'autres mauvais tours, comme le furent Paſſienus & Claude.

Agrippine toutefois ne ſe rebuta point. Elle mit en œuvre tous les attraits de ſa beauté, qui étoient aſſez dangereux quand ils étoient armés de tous les charmes qu'une femme ſçait employer lorſqu'elle veut plaire ; & dans tous les lieux où elle ſçavoit Galba, elle y alloit étaler tous ſes appas, pour relancer, pour ainſi dire, le cœur de ce Romain.

Expoſé à des charmes ſi attirans, Galba n'eut de ſi redoutables ennemis à combattre ; mais ils trouverent ſon cœur ſi bien défendu, par l'idée avantageuſe qu'il avoit de la vertu de Lepida, & par la mauvaiſe opinion qu'il avoit conçû d'Agrippine, que tous ces traits, qui avoient été funeſtes à tant de Romains, ne purent ſe faire aucune ouverture dans celui de Galba, & Agrippine ſe vit réduite au triſte deſtin de ſoupirer vainement.

Tout autre que Lepida s'en ſeroit alarmée, & auroit ſans doute, craint que Galba ſe laiſſât ſurprendre à des empreſſemens ſi vifs & ſi marqués, & qu'il ſe crût obligé en homme galant, de répondre à des avances ſi tendres ; mais elle ne témoigna aucune jalouſie, & laiſſa agir Agrippine, ſans apprehender que ſes pourſuites fiſſent aucun changement dans le cœur de ſon Epoux. Sa mere ne fut pas ſi tranquille. Cette Dame, qui avoit une pénétration profonde, & qui connoiſſoit Agrippine pour une femme à ne pas faire façon de lui débaucher son fils, fut tourmentée de la jalousie dont sa fille n'avoit pas été susceptible, & conçut contre Agrippine un ressentiment dont elle avoit de la peine à retenir l'impetuosité. Elle le laissa pourtant, pour ainsi dire, dormir quelque tems; mais, lasse enfin de digerer en paix son chagrin, elle épia, avec soin l'occasion de le faire éclater; & le hazard lui en fit naître une favorable.

Elle se trouva un jour dans une Assemblée de Dames, du nombre desquelles étoit Agrippine. Quelques discours indifferens ouvrirent la conversation que (*e*) la mere de Lepida fit ensuite, tourner sur la nouvelle galanterie d'Agrippine, & elle l'en railla avec une affectation maligne. Il en auroit coûté de la confusion à toute autre qu'Agrippine; mais cette Princesse qui avoit beaucoup d'effronterie, & une fierté qui ne sçut jamais plier, au lieu d'éluder adroitement l'intention qu'on avoit de lui faire de la peine, se défendit au contraire vivement, & engagea de plus en plus la conversation sur son compte. La raillerie devint serieuse. La mere de Lepida, poussée par sa jalousie & par son ressentiment, reprocha à Agrippine son entreprise scandaleuse sur le cœur de Galba, les avances

*e Sueton. in Galb.*

honteuſes qu'elle lui faiſoit, & les artifices qu'elle mettoit en œuvre pour s'en faire aimer ; & Agrippine, qui ne reſtoit jamais court, repliqua à ces reproches en termes choquans. La converſation s'échauffa ; elle dégenera en querelle, & enſuite en guerre ouverte. Des paroles l'on vint aux invectives, puis aux injures les plus ſanglantes, & enfin aux coups de main : jamais ſcene ne fut plus rejoüiſſante. Les Dames qui compoſoient l'Aſſemblée, ſe mirent à la traverſe pour ſéparer les deux Heroïnes, & empêcherent par leur prudence, que le combat ne fût long. La victoire ne fut pas pour Agrippine ; elle ſe retira maltraitée de quelque coup de poing que lui donna la belle-mere de Galba, & ce fut à celle-ci que reſta le champ de bataille.

Si Agrippine avoit ſçû oppoſer à ſon ambition les devoirs de la bienſéance, elle n'auroit pas fait voir à Galba une paſſion ſi peu ménagée, & un empreſſement ſi vif & ſi ardent qui la rendoit la fable de toute la Ville ; mais la raiſon ne ſe put faire entendre à cette Princeſſe. Le rang diſtingué de Galba, ſes Emplois, ſes hautes eſperances, lui offroient des idées ſi flateuſes, qu'elle crut ne pouvoir pas mieux établir ſa fortune, qu'en la bâtiſſant ſur celle

celle de ce Romain, par le moyen du mariage. Tant de conquêtes qu'elle avoit fait dans Rome, sembloient l'assurer de celle-ci ; & elle ne pensoit pas que Galba dût échapper aux charmes de sa beauté, ausquels tant d'autres s'étoient rendus sans faire une longue resistance. Mais Galba qui connoissoit Agrippine jusques dans le fond de l'ame, & qui regardoit toutes ses démarches, comme autant de marques d'une honteuse foiblesse, ou comme un artifice de son ambition, méprisa toutes ses recherches, & fit voir à Agrippine, par son indifference, qu'il n'avoit nul penchant pour elle.

Agrippine ne fut pas long-tems à en être persuadée. Car, Lepida étant morte, & ses deux fils aussi, Galba ne voulut jamais prendre d'autre engagement. (f Il refusa constamment tous les Partis qu'on lui proposa, & préfera les douceurs & la tranquillité du célibat, où il rentra par la mort de sa femme, aux troubles, aux chagrins, & à certains autres fâcheux accidens qui arrivent assez souvent dans les mariages. Heureux, s'il avoit sçû se contenter de mériter l'Empire, sans vouloir devenir Empereur : mais il se laissa aveugler par l'ambition ; & comme cette pas-

f *Sueton. in Galb.*

ſion, qui ne ſe propoſe que des Sceptres & des Couronnes, précipite ordinairement ceux qu'elle éleve, Galba alla terminer honteuſement ſur le Trône une vie déja avancée, qu'il auroit pû finir tranquilement dans ſa premiere condition.

(g Ce fût dans Cartagene qu'il ſecoüa le joug de l'obéïſſance qu'il devoit à Neron. Les divers prodiges qui lui promettoient un ſuccès favorable, les flatteuſes prédictions qu'on lui avoit fait de ſa future Grandeur, les preſſantes ſollicitations de Vindex qui commandoit dans les Gaules, & la jalouſie de Neron, qui avoit envoyé des ordres aux Intendans pour le faire mourir, l'engagerent à ſe laiſſer proclamer Emperenr; Titre qu'il ne voulut pourtant pas prendre d'abord, aimant mieux celui de Lieutenant Général du Senat & du Peuple Romain, afin de faire voir, par cette fauſſe moderation, qu'il ne recherchoit pas l'autorité Souveraine; & que ce n'étoit que contre celle de Neron qu'il ſe déclaroit.

Galba n'étoit pas trop aſſuré de ſon entrepriſe, ſur tout après la mort de Vindex, qui fut défait par les Troupes de Verginius Rufus Gouverneur de la Haute Germanie, leſquelles ignorant que Vindex &

g *Plutarq. Vita Galb.*

leur Général Rufus étoient d'intelligence, attaquerent Vindex, qui ne s'y attendoit pas, & qui se tua de déſeſpoir : mais ayant appris à Clunia, que Neron étoit mort, & que le Senat l'avoit proclamé Empereur, il prit le chemin de Rome.

(*h* Il trouva à Narbonne les Députés du Senat; il les reçut fort civilement, mais il refuſa les meubles de Neron qu'ils lui apportoient. Cette modeſtie donna bonne opinion de lui : mais elle fut bientôt détruite par les ſanglantes executions qu'il fit faire ſur ſa route & à ſon entrée dans Rome. A cette grande ſévérité, il ajoûta ſon avarice, qui aliena de lui l'eſprit des Soldats, qui ſe voyant fruſtrés des largeſſes qu'on leur avoit promiſes au nom de Galba, commencerent à murmurer, & à dire qu'ils n'agréoient point un Empereur qu'on avoit fait en Eſpagne, indépendamment des autres Legions, & qu'ils en vouloient un qui fût au gré de toutes les Armées.

Ce fut comme le ſignal de la revolte; car (*i* Othon, qui s'étoit flatté que Galba, qui étoit déja fort vieux, l'adopteroit, ſe voyant alors déchû de cette eſperance, par l'adoption de Piſon, irrité de cette

h *Zonar. Ann.* i *Tacit. Hiſtor.* I. *Plutarq. Vit. Galb. Dio. lib.* 64. *Sueton.* in Galb.

préference qu'il croyoit être fort injuſte ; parce qu'il avoit été des premiers à ſe déclarer pour Galba, dans les interêts de qui il avoit fait entrer la Luſitanie qu'il gouvernoit, il pratiqua quelques Soldats, qui en ayant enſuite débauché d'autres, ſe rangerent du parti d'Othon, qu'ils ſaluerent Empereur, & maſſacrerent brutalement Galba, qui ſur le bruit de leur rebellion, étoit venu dans le Camp pour appaiſer ce tumulte.

# POPPE'E

## *Femme d'Othon.*

OThon n'eut point d'autre Femme que Sabine Poppée, dont nous avons déja parlé. Il avoit résolu d'épouser Statilie Messaline veuve de Neron ; mais la mort l'empêcha d'executer son dessein, comme nous l'avons dit. Il ne regna que trois mois & deux jours ; sçavoir, depuis le 15. de Janvier, jusqu'au 17. d'Avril.

# GALERIA FUNDANA

## *Femme de Vitellius.*

IL faut avoir une grande moderation & beaucoup de force d'esprit, pour se défendre des puissans attraits de la Souveraineté. Difficilement resiste-t'on au plaisir qu'on trouve de commander aux autres, de quelque amertume qu'il puisse être assaisonné. Les dangers presque inévitables qui accompagnent par tout les ambitieux, la grandeur de la chûte dont ils sont menacés, les exemples terribles de tant d'Illustres malheureux, qui ont trouvé une fin funeste & violente dans cette élevation, où il ne sont arrivés qu'aprés tant d'années de soins, & quelquefois après tant de crimes, ne peuvent point ôter, de dessus nos yeux, ce voile fatal qui nous cache tout ce qu'il y a de penible & d'éfrayant, qui nous rebuteroit, pour ne nous laisser voir que ce qu'il y a d'agréable & d'imposant qui nous séduit ; & lon en trouve beaucoup qui aiment mieux être malheureux avec éclat & sur le Trône, qu'heureux dans la tranquillité d'une fortune médiocre. Agrippine étoit avertie que l'élevation de son fils seroit sa ruine, & qu'il la feroit mourir s'il étoit Empereur; cependant cette Princesse possedée d'une ambition dévorante, qui ne lui donna jamais un seul moment de repos, consentit que Neron trempât ses mains dans le sang de sa mere, pourvû qu'elle eût le plaisir de le voir sur le Trône; & elle ne se soucia point que son fils devînt parricide, pourvû que ce parricide fût Empereur.

Sextilia mere de l'Empereur Vitellius, eut des sentimens bien differens. (*a* Elle ne fit jamais de souhaits pour l'agrandissement de son fils. Elle regarda comme un horoscope funeste, la prédiction flatteuse qu'on lui fit de sa future grandeur, & elle pleura Vitellius, comme perdu, lorsqu'elle le vit Général d'Armée & Empereur. Galeria Fundana Epouse de ce Prince, n'eut pas moins de moderation que sa belle-mere: (*b* elle ne se laissa jamais éblouir au faux éclat de la puissance Souveraine; & quoiqu'en dise un (*c* Historien qui peut s'être trompé, cette Princesse, dans le Palais des Imperatrices, & dans le centre de la plus fastueuse grandeur, fut aussi raisonnable & aussi docile que dans la chambre particuliere où elle étoit peu

a *Sueton. in Vitell.* b *Tacit. Histor. lib.* 2. *c. Dio.*

avant l'élevation de ſon Epoux à l'Empire. Son cœur fut inébranlable à toute ſorte d'accidens, ſa moderation ne fut jamais ſujette aux changemens ; elle étoit de celles que rien ne peut alterer, & les divers évenemens de l'une & de l'autre fortune, ſupportés avec une grande égalité d'ame, juſtifierent ſon caractere.

Vitellius vit à peine le jour que les Aſtrologues firent des prédictions ſur ſa deſtinée. Quelques magnifiques qu'elles fuſſent, elles n'enflerent pas le cœur de ſon pere ni de ſa mere, parce qu'elles leur annonçoient les malheurs qui accompagneroient la haute fortune de leur fils, & la fin funeſte & ſanglante qui termineroit ſa courte Domination. Auſſi pour en empêcher l'accompliſſement, ils réſolurent de l'éloigner des Emplois & des occaſions qui pouvoient lui en faire avoir : mais la Fortune trahit leur deſſein ; & nous verrons que ce qu'ils firent pour empêcher ſon avancement, fut préciſément ce qui le lui procura. Ils l'envoyerent, dès ſa plus tendre enfance à Caprées, où Tibere s'étoit retiré pour cacher ſes horribles débordemens, dans les ombres de cette Iſle. Dans une école ſi infâme, où, ſous des Maîtres vicieux, on ne prenoit que des leçons de libertinage, autoriſées par le funeste exemple de tant de personnes qui servoient aux monstrueuses impuretés de cet Empereur, ou qui étoient les victimes de ses brutales voluptés. Vitellius ne reçut que des principes de corruption. Il copia bien-tôt ces modeles détestables qu'il avoit sans cesse devant les yeux, & ce fut par un abominable prostitution de son corps, qu'il commença cette malheureuse suite de vices, dont il s'infecta dans la suite, & dans lesquels il devint si habile maître.

Ses crimes furent autant de degrés qui l'éleverent aux Dignités, parce qu'ils le rendirent agréable, & même fort cher à Caligula, à Claude & à Neron, Empereurs, dont la Cour fut fort dereglée, & auprès desquels les grands vices étoient comme assurés des plus beaux Emplois. En effet, ce fut de ces trois Princes qu'il obtint les Charges les plus considerables de l'Etat & du Sacerdoce. On lui donna le soin des Ouvrages publics, dont il ne s'acquitta pas avec trop d'integrité; car (*d* il fut accusé d'avoir volé, par un sacrilege horrible, les ornemens des Temples & les dons qu'on y avoit offerts, & d'en avoir changé quelques-uns, en ayant substitué d'étain & de cuivre, à la place de

d *Sueton. in Vitell.*

ceux d'or & d'argent qu'il en avoit enlevé. Il exerça le Proconſulat d'Affrique avec aſſez de moderation ; & ce fut à ſon retour qu'il épouſa Petronie, fille d'un Conſulaire. Un fils qu'ils appellerent Petronianus du nom de ſa mere, fut le fruit de ce mariage. Il n'avoit qu'un œil ; & quoique ce défaut le rendît fort difforme, Petronie ne laiſſa pas de le faire ſon heritier, après avoir obligé Vitellius à l'émanciper. Elle avoit ſes vûës & ſes raiſons, quand elle prit cette précaution ; elle connoiſſoit le penchant que Vitellius avoit à la débauche, & les diſpoſitions qu'il avoit à diſſiper ſon bien, & elle crut mettre en ſûreté, par le moyen de l'émancipation, celui qu'elle laiſſoit à ſon fils, qui ne ſeroit plus dans la dépendance du pere ; mais tout cela fut inutile. Vitellius ayant follement perdu tout ſon bien par les dépenſes exceſſives qu'il faiſoit pour ſes Feſtins ; & ne ſçachant plus où prendre pour fournir à ſes excès, (*e* il ſe porta à la barbare extremité de faire mourir ſon fils, pour avoir ſon bien : il l'accuſa de parricide, crime dont il ſe rendoit lui-même coupable par cette horrible inhumanité ; &, pour donner une couleur à ſa fureur, il fit courir le bruit que Petronianus touché d'un remord vio-

*e Sueton. in Vitell. cap.* 6.

lent de ſon crime, avoit bû volontairement le poiſon qu'il avoit préparé pour ſon pere.

Vitellius & Petronie ne vécurent pas toûjours d'intelligence. Ils rompirent leur mariage par le divorce ; & à peine Petronie fut-elle libre, qu'elle ſe maria avec Cornelius Dolabella, Senateur d'une grande naiſſance. Ces nôces précipitées choquerent ſenſiblement Vitellius. Il en conſerva contre Dolabella, un vif reſſentiment, que le tems, qui adoucit toutes choſes, ne put appaiſer; car (*f* dès qu'il eut été élevé à l'Empire, & que ſa puiſſance lui eut donné la liberté de ſatisfaire impunément ſa haine, il l'exerça contre Dolabella, en lui faiſant ôter cruellement la vie.

Vitellius ne demeura pas long-tems après ſon divorce, ſans prendre un ſecond engagement ; & ce fut avec Galeria Fundana, dont le pere avoit été Préteur. Elle n'avoit pas de grands agrémens ; on dit même qu'elle avoit la langue épaiſſe & fort embarraſſée : mais elle avoit beaucoup de ſageſſe, une grande moderation & une réputation exempte de tout ſoupçon : qualités rares dans un tems où le vice étoit en crédit, & dans une Cour où l'on

f *Tacit. Hiſtor. lib.* 2.

ſuivoit des maximes incompatibles avec les devoirs de la foi conjugale. De ce mariage nâquit bien-tôt P. Vitellius, qui eut la même incommodité que ſa mere, & qui avoit tant de peine à parler, qu'il étoit preſque muet. Fundana accoucha enſuite d'une fille, laquelle, après le malheur de Vitellius ſon pere, donna occaſion à Veſpaſien de faire éclater ſa généroſité, en la mariant très-avantageuſement.

Vitellius, qui dans Caprées, avoit pris les pernicieuſes impreſſions de toute ſorte de vices, (g s'adonna entierement à la débauche. Les exemples déteſtables qu'il avoit vû dans cette Iſle infâme, furent comme une funeſte ſemence que les occaſions firent germer ; & il n'en trouva que trop ſous le Regne de Caïus, de Claude & de Néron, Princes dans les bonnes graces deſquels on ne pouvoit entrer que par le crime. Il fit ſa divinité de ſon ventre : il conſomma tout ſon bien en repas ; &, pour contenter ſon inſatiable gourmandiſe, il mit ſa fortune en ſi mauvais état, & ſe réduiſit à une ſi grande néceſſité, que lorſque dans la ſuite l'Empereur Galba lui donna le Gouvernement de la Baſſe-Germanie, il ſe trouva ſans argent pour faire ſon voyage, & ſans reſſource pour

g *Sueton. in Vitell. cap.* 2.

en avoir, jusqu'à ce qu'ayant tenté inutilement toute sorte de moyens, il se vit enfin obligé de loüer sa maison à des Fermiers qui lui avancerent quelque argent, & de loger sa mere, & Fundana son Epouse dans une méchante chambre.

Cet expedient, assez fâcheux pour Fundana, ne tira pas Vitellius de peine, car il ne lui fournit pas toute la somme qui lui étoit nécessaire pour son voyage, & si Sextilia sa mere n'eût sacrifié ses joüaux, Vitellius étoit retenu à Rome par son indigence, encore même auroit-il eu de la peine à se tirer d'intrigue malgré toutes ces ressources, si, dans tout son voyage, il n'avoit fait, comme l'on dit, le Chevalier d'industrie.

Cette chute de Vitellius fut mortifiante pour Fundana son Epouse; & il lui étoit dur, sans doute, de se voir chassée, pour ainsi dire, de son Palais par une affreuse misere qui devoit être sensible à une Dame qui se voyoit dans un rang distingué, & qui avoit jusqu'alors vécu dans l'abondance. Mais c'est à de pareils précipices que conduisent infailliblement ces dépenses excessives, ausquelles entraînent le luxe, l'intemperance & les appétits dêreglés, quand on se met en tête de les satisfaire.

Au reste, ( *h* le choix que Galba fit de Vitellius, pour commander les Troupes de la Basse-Germanie, surprit tout le monde. On sçavoit qu'il n'étoit ni digne ni capable de cet Emploi. En effet, ( *i* il n'avoit eu de sa vie d'autre occupation que de boire, de manger, de joüer, de se parfumer, & de se plonger dans les plus infâmes voluptés. Il avoit une ame lâche, adonnée à la flatterie, incapable d'aucun sentiment d'honneur. Il étoit insolent, brutal & même cruel envers ceux qui plioient, timide & souple envers ceux qui lui resistoient : & ceux qui veulent justifier Galba, disent, que dans Vitellius, il crut trouver un homme dont il n'avoit rien à craindre, & se persuada que sa gourmandise pourroit être assouvie par l'abondance des Provinces.

Vitellius fut reçu dans son Gouvernement avec de grandes démonstrations de joie. *k* Il affecta un certain air de popularité, qui lui gagna le cœur de tout le monde, & sur tout des Soldats, qui n'étant pas fort contens de l'humeur severe & avare de Galba, & ne demandant d'ailleurs que des changemens & des nouveautés, le saluërent Empereur, & l'appellerent du sur-

h *Sueton. in Vitel.* i *Eutrop. Sueton. Tacit. Ann.* 14. *cap.* 49. k *Sueton. in Vitel.* 7.

nom de Germanicus. (*l* Cette élection arriva fort à propos ; car il n'y avoit que quelques jours qu'elle étoit faite, lorsqu'on apprit la mort de Galba ; & Vitellius forma d'abord le dessein d'aller combattre Othon, qui, dans Rome, s'étoit saisi de l'Empire.

Celui-ci en fût d'abord averti ; & soit qu'il craignît les succès de la Guerre, ou par moderation, ou peut-être par lâcheté, il voulut tenter d'arrêter Vitellius, en lui proposant quelque accommodement. (*m* Il lui écrivit plusieurs fois dans des termes pleins de civilité ; il lui fit des offres considerables, & sur tout de l'associer à l'Empire, & d'épouser sa fille. Vitellius lui répondit à peu près dans les mêmes termes, & lui fit les mêmes offres. La voye de l'accommodement ne pouvant pas réüssir, ils commencerent à se tendre des embûches l'un à l'autre. D'abord, chacun en particulier, tâcha de grossir son Armée, en débauchant les Soldats de son ennemi ; ensuite ils se broüillerent si fort, qu'ils s'entr'écrivirent des Lettres outrageuses, remplies d'injures sanglantes, jusqu'à se reprocher les plus grands crimes, qui étoient autant de verités qu'ils se disoient ;

l *Plut. Vit. Oth. Suet. in Oth. in Vitel.* m *Idem in Oth. Tacit. Hist. lib.* 1. *c.* 74 *Plut. Vit. Oth.*

car il étoit difficile de juger lequel des deux valoit le moins; & enfin ils tenterent à s'assassiner l'un l'autre, ce qui ne leur put réüssir.

Si durant ce démêlé d'Othon & de Vitellius, Fundana craignit pour elle & pour sa Famille, sa crainte n'étoit pas sans fondement. Elle se voyoit dans Rome entre les mains d'Othon, qu'elle ne croyoit pas assez généreux pour resister à l'envie qui pouvoit lui naître de se venger de son ennemi en la personne de sa femme & de ses enfans. Vitellius lui-même l'apprehenda plus d'une fois ; car ( *n* il écrivit à Titien, qui commandoit dans la Ville pour Othon son frere, que si l'on maltraitoit Fundana & ses enfans, il useroit, par droit de represailles, de la même rigueur sur lui & sur son fils, ausquels il protestoit qu'il ne feroit aucun quartier. Mais Othon en agit très-galamment ; car au lieu de faire le moindre mal à cette Princesse, ni à sa Famille, il en eut au contraire un soin particulier : si ce fut par générosité ou par crainte, on n'en sçait rien ; mais cette conduite, par quelque motif qu'elle ait été observée, fait voir qu'on ne doit jamais se venger de son ennemi dans la personne de ses enfans, ni même s'en prendre à ce qu'il lui appartient.

*n Tacit. Histor.* 1. *c.* 75.

Cependant,

Cependant, le ſuccès de la Guerre ne fut pas heureux à Othon. Ses Troupes furent défaites à la Bataille de Bedriac; & voyant enſuite que les Legions & les Provinces qui ſuivoient la Fortune, ſe déclaroient pour Vitellius, il ne voulut pas ſurvivre à ſa honte, & ſe tua lui-même avec une réſolution qu'on n'attendoit pas de ſa vie molle & effeminée. Cette mort réünit tous les ſuffrages en faveur de Vitellius, qui fut généralement reconnu de tout le monde. Il étoit dans les Gaules, lorſqu'il apprit la nouvelle de la victoire remportée par ſes Généraux, & de la mort d'Othon; & ce fut alors qu'il commença d'agir en Maître. Il fit d'abord quelques actions de clemence & de juſtice, affecta de faire le moderé : mais comme c'étoit un caractere emprunté, il ne put point long-tems le ſoûtenir, & bien-tôt il ſe fit voir tout à découvert, ſans affectation & ſans hypocriſie. Il prit le chemin de Rome, & laiſſa dans toute ſa route des veſtiges de ſa gourmandiſe & de ſa cruauté. Celle-ci ne pouvoit pas mieux être marquée que par ces paroles dignes d'un Tyran, qu'on lui entendit dire, lorſqu'étant allé ſur le lieu où s'étoit donné la Bataille de Bedriac, qu'il trouva couvert de corps morts qui exhaloient une puanteur horrible, ſe faiſant un cruel ſujet de joie d'un ſi triſte ſpectacle, (o il s'écria : Qu'un ennemi mort ſentoit bon ; mais qu'un Citoyen mort répandoit une odeur encore plus agréable. *

(p La nouvelle de la mort d'Othon & de l'approche de Vitellius, fut cependant portée bientôt à Rome par la Renommée, & par ceux qui vouloient avoir l'honneur de l'annoncer les premiers à Fundana & à Sextilia mere du nouvel Empereur. Tout le monde s'empreſſa de rendre les hommages les plus reſpectueux à ces Princeſſes ; la flaterie fit à l'ordinaire, ſon perſonnage ; elle ſe rangea du côté de la Fortune. Ces nouvelles flatteuſes, ces honneurs, ces empreſſemens ne firent aucune impreſſion ſur le cœur de Fundana, ni ſur celui de ſa belle mere. Elles regarderent l'élevation de Vitellius, comme un piége que leur tendoit la Fortune ; & même comme le plus grand malheur qui pouvoit arriver à celui dont la chute approchoit, à meſure que ſa grandeur croiſſoit. Le meurtre de Galba, la mort d'Othon, & celle des Em-

o *Sueton. in Vitel c.* 10. p *Tacit. Hiſtor.* 2.

* *Utque campos in quibus pugnatum eſt, adiit, abhorrentes quoſdam cadaverum labem, deteſtabili voce confirmare auſus eſt : Optime olere occiſum hominem, & melius Civem.* Sueton.

pereurs qui les avoient précedés, étoient de funestes présages de ce que Vitellius devoit attendre du Senat, du Peuple & des Legions, toûjours prêtes à changer de parti, & à se ranger du côté du plus fort, ausquels elles sacrifioient celui dont elles abandonnoient les interêts. Aussi, lorsque Vitellius écrivit à sa mere en se donnant le surnom de Germanicus, Sextilia dit hautement, (*q* que ce n'étoit pas le nom de son fils ; qu'elle avoit enfanté Vitellius & non pas Germanicus. Vitellius ne se contenta pas de le prendre, quoiqu'il n'eût aucune des qualités du grand Prince dont ce nom rappelloit la memoire ; il voulut encore en honorer son fils, auquel il donna tous les ornemens & toutes les marques de Cesar. Il fit même aller au-devant de lui toute l'Armée, quoiqu'il ne fût encore que jeune enfant, & presque muet. (*r* Ce ne fut point en cela seulement que parut sa vanité, on la remarqua bien mieux dans la pompe de son Entrée à Rome. Elle fut des plus superbes qu'on eût encore vûë, & on la trouvoit d'autant plus orgüeilleuse, que Vitellius n'en étoit pas digne. Il entra dans le Capitole avec un magnifique équipage, & y ayant trouvé

q *Tacit. Histor.* 2. r *Sueton. in Vitel. c.* 11. *Tacit. Histor. lib.* 2. *c.* 89.

ſa mere, il lui donna le Titre d'Auguſte. Ce qu'il y a d'étonnant, c'eſt qu'il eut l'inſolence de faire un pompeux éloge de ſes vertus devant le Senat & le Peuple, qui n'en avoit jamais remarqué en lui aucune; & par une impudence inſupportable, il releva ſur tout ſa temperance & ſa ſobrieté, devant ceux-là même qui avoient été cent fois témoins de ſes débauches, & qui voyoient actuellement les chemins de toute l'Italie & des deux Mers couverts de mille gens qui alloient chercher, pour la table du Prince, les mets les plus exquis, & pour avoir dequoi fournir à ſes prodigieux feſtins; ſi bien que s'il eût regné long-tems, Joſeph ne fait pas difficulté de dire, que tous les revenus de l'Empire n'euſſent pas ſuffi pour entretenir la dépenſe ſeule de ſa table.

C'eſt ſans doute à tort, qu'un Hiſtorien (*ſ* a voulu le faire paſſer pour avare, puiſque nous voyons de ſi grandes traces de ſa prodigalité. Il trouvoit que Neron n'étoit ni logé ni meublé aſſez magnifiquement dans ſon Palais doré, (*t* & Dion donne à entendre que l'Imperatrice Fundana avoit de ſemblables ſentimens. Il dit qu'elle entra dans le Palais des Empereurs avec une fierté ridicule, & un dédain

ſ *Aurel. Vict. Epit.* t *Dio. lib.* 65.

méprisant, n'y trouvant rien d'assez magnifique pour elle, & se moquant de tout ce qu'elle y voyoit, malgré ce que Tacite rapporte de cette Princesse, à laquelle il donne des sentimens remplis de modestie & de moderation. Et certes, je ne puis pas croire que Dion ne se soit trompé, n'y ayant nulle apparence qu'une femme qui sortoit d'une méchante chambre de loüage, mal meublée, & où elle n'avoit pas eu toutes les commodités de la vie, pût oublier dans si peu de tems, l'état bas & humiliant qu'elle ne faisoit que de quitter, pour avoir des pensées si orgüeilleuses, & même si insolentes, que de ne pas trouver assez magnifiques pour elle, les meubles précieux qui avoient servi à l'usage de tant d'Imperatrices qui l'avoient précedée, lesquelles sans contestation, étoient de plus grande naissance & d'aussi bon goût qu'elle : & l'on a d'autant plus de raison de croire que Dion s'est trompé, & son (*u* Abbreviateur aprés lui, que l'on ne trouve pas que Fundana se soit jamais démentie. (*x* Elle porta sur le Trône de l'Empire la même moderation qu'elle avoit euë dans la mediocrité de sa fortune. Elle n'affecta jamais une grandeur orgüeilleuse, & elle ne se servit de son crédit que

*u Xiphilin. in Vitel. x Tacit. Histor. lib. 2. c. 64.*

pour répandre des graces, comme nous lisons qu'elle l'employa en faveur de Galerius Trachalus Orateur d'Othon, à qui elle sauva la vie.

Il auroit été à souhaiter que Vitellius l'eût imitée ; mais ce Prince poussé par sa mauvaise conduite, & par les conseils violens de Triaria sa belle-sœur, femme fiere, cruelle & insolente, devint un monstre en cruauté & en toute sorte de débauches. Il prit pour modele de son Empire, le Regne de Neron, & jamais modele ne fut mieux copié. La gourmandise & l'inhumanité furent sur tout, les deux pivots sur lesquels tournerent toutes ses actions. (y Junius Blæsus, Senateur de grande condition, & le plus honnête homme qu'il y eût dans Rome, succomba sous le poids d'une artificieuse & d'une injuste accusation ; & Vitellius non content de l'avoir condamné à la mort, voulut encore être témoin de son supplice, pour donner à ses yeux la lâche satisfaction de voir perir son ennemi. (z Deux fils d'un homme qu'il avoit condamné, étant allés lui demander grace pour leur pere, devinrent par son ordre les compagnons de son supplice, & reçurent la mort avec celui pour lequel ils étoient allés demander la vie.

y *Tacit. Hist-* 3. *c.* 39. z *Sueton. in Vitell.*

Enfin, il se soüilla du sang de sa mere, qu'il fit mourir de faim, sur une vaine prédiction qu'on lui avoit fait autrefois, qu'il regneroit long-tems s'il la survivoit. Comme si les parricides devoient être récompensés d'une longue vie, par un Dieu qui ne l'a promise longue qu'à ceux qui honorent & qui aiment ceux qui leur ont donné le jour. Il est vrai qu'il y en a qui ont crû que Sextilia s'étoit elle-même donné la mort, pour ne plus être témoin de la conduite scandaleuse de Vitellius; & que prévoyant les malheurs dont il alloit être accablé, elle avoit demandé du poison à son fils, qui fut assez barbare pour lui en donner. Mais quand même la chose seroit ainsi, Vitellius ne seroit pas moins coupable de la mort de sa mere, puisque chez les Payens même, (*a* c'est être auteur du crime, que de ne pas l'empêcher quand on peut.

Jamais on ne vit une gourmandise si insatiable que la sienne. (*b* Il faisoit ordinainairement quatre grands repas, & souvent cinq, pour rassasier cet avide appétit & cette fin enragée, de laquelle il étoit quelquefois si peu maître, (*c* qu'il ne pouvoit point s'empêcher bien souvent, du-

a *Senec. Troas. Act* 2. b *Eutrop. in Vitell.* c *Sueton. in Vitell.*

rant les Sacrifices, de tirer du feu les entrailles des victimes, qu'il mangeoit à demi cuites ; ou plûtôt qu'il devoroit scandaleusement à la vûë de tout le monde. Il s'invitoit lui-même chez ses amis, s'y faisant traiter avec tant de somptuosité & de dépense, que le moindre repas leur coûtoit des sommes immenses. Celui que son frere Lucius Vitellius lui donna, paroît incroyable ; car nous lisons que (*d* l'on servit à table deux mille poissons, & sept mille oiseaux tous exquis, sans le reste. Mais la profusion de cet Empereur ne parut jamais mieux que dans ce fameux repas qu'il donna, où un bassin seul lui coûta plus que tout le festin de son frere ; car il le remplit de foïes de faisans, de langues de Scarres, de cervelles de Paons, d'entrailles de Murenes & de toutes sortes de poissons & d'oiseaux de prix. Tous ces excès & cette prodigalité sans bornes & sans jugement, font voir de quoi l'homme est capable, quand sa puissance & son autorité viennent au secours de ses mauvaises inclinations.

Cependant dans le tems que Vitellius se déchargeant du poids fatiguant du Gouvernement sur ses Affranchis, ne songeoit qu'à satisfaire ses passions, en passant les

d *Eutrop. Sueton. in Vitel.*

jours

jours entiers, & souvent les nuits à table, Vespasien, qui s'étoit rendu illustre par une infinité d'actions glorieuses, fut proclamé Empereur, & reconnu par tout l'Orient. Primus Antonius, un de ses Généraux à la tête des Legions de l'Illirie, entra en Italie, y gagna deux Batailles, 1) prit & saccagea Cremone, & dans ces trois actions, il fit perir plus de trente mille hommes des troupes de Vitellius; de sorte que tout l'Empire se déclara pour le victorieux, à la reserve de la Ville de Rome, où bientôt après, tout le monde abandonna Vitellius à sa mauvaise fortune.

Eveillé de son assoupissement, ce Prince reconnut le danger où il étoit, lorsqu'il ne pouvoit plus l'éviter; & il se crut malheureux, lorsqu'il se vit perdu sans ressource. Résolu de quitter sa Dignité Souveraine, & de la ceder lâchement à son Concurrent (e il sort du Palais en habit noir, accompagné de Fundana, de ses enfans & de ses domestiques. Son fils étoit

e *Tacit. Histor.* 3. 67.

1. Dans une de ces Batailles que Primus Antonius gagna contre les Troupes de Vitellius, il arriva une chose qui fit maudire les Guerres Civiles aux deux Partis : Car un Soldat de Primus, ayant blessé à mort

porté en litiere, comme en pompe funebre; & dans cet état, qui donnoit de la compassion à ceux même qui avoient raison de ne pas l'aimer, il passa à travers les soldats, & les ayant assemblés aussi-bien que le Peuple, il leur dit en termes touchans: Qu'il renonçoit à l'Empire pour l'amour de la Paix & pour le bien de l'Etat: qu'il n'avoit plus d'autre grace à leur demander, que d'avoir pitié de son frere, de sa femme & de ses enfans; & en même tems, ayant quitté son épée, comme pour marquer qu'il se dépoüilloit de son autorité, il la voulut remettre au Consul Cecilius Simplex qui la refusa, & se retira dans le Temple de la Déesse concorde.

Ce fut un spectacle bien triste de voir l'Imperatrice Fundana sortir du Palais, conduisant par la main sa fille, & versant des larmes sur la malheureuse destinée d'un Prince réduit à chercher un dernier secours dans la compassion du Peuple. Mais les larmes & les soupirs étoient dans cette occasion une inutile ressource. Les troupes d'Antonius entrerent dans Rome, & se saisirent du Palais. Vitellius qui y étoit

un Soldat des Troupes de Vitellius, & s'étant jetté sur lui pour le dépoüiller, il trouva que c'étoit son propre pere. Il se reconnurent l'un & l'autre, & se firent des embrassemens réciproques qui marquoient, & la tendresse du pere pour le fils & la douleur du fils

entré, venoit de s'y remplir de viandes, comme en un jour de débauche. Effrayé par le bruit que faisoient les soldats, il en sortit secretement, & se retira dans la maison de sa femme, où il ne fut pas plûtôt, que l'envie le prit de retourner au Palais, qu'il trouva abandonné par tout ses gens. Il se cacha derriere un lit dans la chambre du Portier, où il eut à combattre des chiens qui le mordirent jusqu'au sang. (f Il fut bientôt découvert dans ce réduit; on l'en arracha indignement; on le mena par la Ville, les mains liées par derriere; & pour rendre sa confusion plus sensible, on mit la pointe d'un poignard sous son menton, afin de le contraindre à lever la tête. On lui fit tous les outrages imaginables; les uns lui jettoient de la bouë & du fumier sur le visage; les autres l'appelloient l'homme au grand plat, & l'incendiaire; & après qu'on lui eut fait les insultes les plus injurieuses, on le fit mourir à petits coups, & on jetta son corps dans le Tibre.

Lucius Vitellius frere de l'Empereur,

f *Tacit. Histor.* 3. *Sueton. in Vitel. Eutrop.*

de se voir le meurtrier de son pere. Le blessé mourut, & son fils n'eut que la triste consolation de faire ensevelir celui dont il avoit reçû la vie, & à qui il avoit donné la mort.

& le jeune Vitellius, furent aussi sacrifiés au repos public. Mucien, qui étoit tout puissant auprès de Vespasien, trouva à propos d'étouffer toutes les semences de discorde dans le sang de ce jeune Prince. Vespasien ne fut pas si cruel à l'égard de la fille de Vitellius; il la maria fort honorablement, & ce fut la seule consolation qu'eut Fundana, qui passa le reste de sa vie dans le deüil & dans la tristesse.

# DOMITILLE

## *Femme de Vespasien.*

FLavie Domitille est moins connuë par sa vie, qui fut fort obscure, que par les honneurs qu'on lui rendit après sa mort, & lorsque Vespasien fut affermi sur le Trône. Elle étoit fille de Flavius Liberalis, qui fut Greffier des Finances. (*a* Cet Emploi surpassoit de beaucoup ses esperances ; car il étoit d'une naissance si basse, que Domitille sa fille resta esclave de Capella Chevalier Romain, Affriquain d'origine ; jusqu'à ce (*b* qu'ayant merité par de longs services, l'Office de Greffier des Finances, sa fille, fut à sa consideration, declarée libre & Citoyenne Romaine.

Vespasien exerçoit la Préture sous Caligula lorsqu'il épousa Domitille. Elle n'avoit point été le premier objet de son inclination ; Cenis Affranchie d'Antonie, mere de Claude, possedoit son cœur depuis long-tems ; & Vespasien l'aimoit passionnément ; lors même qu'il épousa Flavie.

a *Sueton. in Vesp.* b *Aurel. Vict. Excerp. in Tit.*

Issu d'une Famille peu illustre, Vespasien seroit sans doute resté dans l'obscurité, si la mauvaise fortune n'étoit aussi sujette au changement, que la prosperité; mais Narcisse, qui étoit alors tout-puissant à la Cour, l'ayant pris sous sa protection, il eut soin de son avancement & lui fit donner des emplois considerables, dans lesquels Vespasien fit éclater les plus grands & les plus rares talens. Ce fut par la faveur de cet Affranchi, qu'il fut fait Lieutenant d'une Legion, à la tête de laquelle il fit en Allemagne, & dans la Grande Bretagne, ces belles actions qui lui acquirent une glorieuse réputation, & qui furent récompensées du Sacerdoce, du Triomphe, & du Consulat, qu'il vint exercer à Rome, où il trouva Domitille son épouse accouchée d'un fils qu'il appella Tite, & qui fut son Successeur à l'Empire.

Ces honneurs éclatans solliciterent l'ambition de Vespasien, qui fondé sur certaines prédictions, avoit de grandes prétentions de fortune. Quelque Oracle lui avoit promis la Souveraineté, & il lui sembloit que ses Exploits lui en ouvroient le chemin. En effet deux puissantes Nations domptées, vingt Villes prises, une Isle conquise, deux Batailles gagnées, & tout cela en fort peu de tems, étoient des commencemens assez illustres & assez glorieux pour enfler les esperances d'un homme naturellement ambitieux, qui ayant d'ailleurs l'ame fort superstitieuse, avoit eu des présages d'une grande élevation, ausquels il ajoûtoit beaucoup de foi. Mais toutes ces esperances de Vespasien, toutes ces vûës de grandeur, toutes ces vastes idées furent bientôt confonduës, sa fortune pensa tomber avec celle de Narcisse qui en étoit le plus ferme appui, & peu s'en fallut que la perte de cet Affranchi n'entraînât sans ressource la ruine de l'Epoux de Flavie. L'Imperatrice Agrippine ayant conçu contre Narcisse une haine implacable, elle enveloppa dans son ressentiment toutes les créatures de cet Affranchi; & après avoir fait perir son ennemi, elle ne songea qu'à perdre tous ses Partisans. Le pouvoir absolu qu'elle avoit sur l'esprit de l'Empereur Claude son Epoux, lui rendoit tout facile: mais parce qu'elle étoit bien-aise de donner quelque couleur à sa persécution, elle suscita des accusateurs à tous ceux qu'elle voulut perdre, afin qu'il parût qu'elle punissoit en eux le crime plûtôt que leur attachement pour Narcisse.

(c Vespasien que tant de bienfaits

c *Sueton. in Vespas.*

avoient lié aux interêts de Narcisse, vit bien qu'il lui étoit dangereux de rester à Rome, où sa vie n'étoit pas en sûreté. Agrippine ne cherchoit qu'un prétexte pour le perdre, & selon les apparences, elle n'auroit pas été long-tems sans en trouver un, si Vespasien n'eût pris le sage parti de se retirer dans quelque lieu écarté avec Domitille sa femme. Sa retraite fut son salut; elle lui servit d'abri contre les persécutions de l'Imperatrice, & fournit à Flavie l'occasion d'avoir seule toute l'affection de son Epoux, que Cenis lui avoit ravie, & ils eurent l'un & l'autre la joye d'y voir croître leur famille, par la naissance de Domitien, & d'une fille qui fut comme sa mere, appellée Flavie Domitille mais qui mourut peu de tems après.

L'orage étant passé, & Agrippine ayant satisfait ses vengeances, Vespasien las de se contenter d'un destin rampant, revint à Rome, qu'il regardoit comme un Théâtre où il pouvoit faire connoître ses talens, & s'élever ensuite jusqu'aux premieres Dignités : mais la Fortune voulut encore l'exercer une seconde fois, & lui faire sentir ses caprices. Car dans le voyage que Neron fit en Achaïe, où Vespasien l'avoit accompagné, celui-ci ayant eu le malheur de déplaire à ce Prince, pour s'être endorlui pendant qu'il chantoit ; Neron se sentit si offensé de ce manque de complaisance, qu'il lui défendit de se plus présenter devant lui. Il n'étoit pas trop certain qu'il ne portât pas plus loin sa colere ; & Vespasien qui connoissoit le caractere violent de cet Empereur, n'eut garde de rester près de lui ; il chercha de nouveau un azile, & y demeura jusqu'à ce que la tempête se fût dissipée. Cela arriva bien-tôt ; & la Fortune qui ne le perdoit point de vûë, le dédommagea avantageusement de toutes les allarmes qu'elle lui avoit causées.

(d Les Juifs, qui avoient toûjours regardé la Domination des Romains, comme un esclavage également dur & honteux, malgré les protestations qu'ils avoient fait autrefois, qu'ils ne vouloient pas d'autre Roi que Cesar, séduits par quelque vaine prédiction, 1) qui leur sembloit promettre l'Empire, résolurent de secoüer un joug qu'ils ne portoient qu'à regret ; & sur cette folle confiance, ils massacrerent brutalement leur Gouverneur. (e La nou-

d *Sueton. in Vespas. Tacit Histor.* 1. *cap.* 10. *Joan.* 19.
e *Nicephor. Callist. Histor lib.* 3.

1. Il couroit parmi les Juifs une vieille prédiction, que l'Empire de l'Univers devoit tomber entre les mains de ceux qui viendroient de l'Orient ; & l'Historien Joseph rapporte même que, du tems

velle de cette révolte mit Neron dans une étrange colere; il résolut d'exterminer cette Nation, que ni les menaces, ni les punitions, ni le pardon n'avoient jamais pû réduire à l'obéissance. D'ailleurs, (*f* le moment que le Ciel avoit marqué pour la destruction de Jerusalem approchoit; il étoit juste que cette meurtriere des Prophêtes expiât son horrible Déïcide, & que les traces encore fumantes du sang adorable de Jesus-Christ, que cette Ville avoit répandu, n'eussent d'autre couverture que ses propres ruines. Il étoit tems enfin que ses Palais abbatus, ses murailles détruites, ses maisons renversées, justifiassent le sujet des larmes du Fils de Dieu, qu'une douleur Prophetique de cette terrible désolation lui avoit fait répandre.

Neron, qui, pour cette importante expedition, avoit besoin d'un General habile, jetta d'abord les yeux sur Vespasien, comme sur un homme de grand service, & d'une experience consommée. Celui-ci répondit fort bien à l'attente qu'on

f *Luc.* 19. *v.* 41.

que Neron régnoit, on avoit trouvé dans quelque vieux Actes, qui étoient dans le Temple de Jerusalem une Prophetie, qui assuroit positivement qu'environ ce temps-là même, on verroit sortir du milieu

avoit de lui. Il se mit à la tête des Legions, les mena dans la Judée, & se rendit maître de toute cette Province, à la reserve de la Ville de Jerusalem. Ce fut pendant ces occupations militaires, que mourut son Epouse. Sa mort ne fit pas beaucoup de bruit, parce que sa vie avoit été sans éclat; & ce ne fut qu'après qu'il eut plû à la flaterie d'en faire une Divinité, que l'on connut le nom de Flavie Domitille.

Après la mort de Neron, l'Empire fut divisé en factions. Galba ne regna que peu de tems, parce qu'Othon, qui aspiroit à la Souveraineté, le fit massacrer. Celui-ci ne joüit que durant quelques mois de la Dignité qu'un si grand crime lui avoit acquis; & Vitellius s'étant rendu odieux par ses excès, Vespasien qui pour lors se trouvoit en Orient à la tête d'une Armée considerable, fut proclamé Empereur. D'abord il fit quelque difficulté d'accepter la Souveraineté que les Legions lui défe-

des Juifs celui qui devoit commander à toute la terre, les Juifs expliquerent cette Prédiction flateuse en leur faveur; &, ne doutant plus que le tems de leur délivrance ne fût arrivée, ils se souleverent contre les Romains. Joseph par une explication de politique, & d'honneur qui vouloit faire sa cour, l'attribua à Vespasien, & les uns ni les autres ne voyoient pas que cette Prophetie regardoit uniquement Jesus-Christ, à qui Dieu avoit promis les

roient avec tant d'ardeur : mais vaincu enfin par les pressantes sollicitations de Mucianus Gouverneur de Sirie, qui lui promit son secours, il prit le surnom de Cesar & d'Auguste, & marcha vers Rome pour aller combatre Vitellius, qui deshonoroit l'Empire par une vie effeminée & dissoluë.

Il étoit dans Alexandrie, lorsqu'on lui présenta un aveugle & un boiteux qui lui demanderent leur guerison, sur l'assurance qu'ils prétendoient avoir reçû du Dieu Serapis, que Vespasien la leur donneroit, s'il vouloit toucher du bout de son pied la jambe du perclus, & mettre de sa salive sur les yeux de l'aveugle. (*g* L'empereur avoit trop bon sens pour donner dans cette vision ; il refusa de faire ce qu'on exigeoit de lui, pour ne pas s'exposer à la raillerie publique, jusqu'à ce que vaincu enfin par les importunités de ces deux miserables, & par les persécutions de ses amis, il se laissa aller à faire ce qu'ils vouloient. Il mit de sa salive sur les yeux de l'aveugle,

g *Tacit Histor.* 4. *Sueton. in Vesp.*

Nations pour héritage & la Terre entiere pour possession, comme parle le Roy Prophete. Aussi fut-ce pour lors que l'Empire de Jesus-Christ, s'étendit par toute la terre, par le ministere des Apôtres, qui porterent l'Evangile dans toutes les parties du monde.

lequel à l'instant même recouvra la vûë: & à peine eut-il ensuite touché du bout de son pied la jambe du boiteux, qu'elle se remit dans le moment, & on vit ce perclus, marcher depuis sans nulle peine. L'on a fort parlé de cet évenement, sur lequel on a raisonné diversement; mais comme ce n'est pas de mon sujet, j'en laisse penser au Lecteur ce qu'il voudra.

Quoique Vespasien eût beaucoup de merite, il est néanmoins constant qu'il dut en partie son élevation aux honteux déreglemens d'Othon & de Vitellius, qu'on jugea indignes de l'Empire, & aux services des deux Généraux qui se declarerent en sa faveur, & qui soûtinrent ses interêts en faisant la Guerre pour lui avec une bravoure & une habileté comparables à celles des plus grands Capitaines de l'ancienne Rome. L'un étoit (*h* Licinius Mucianus, dont on dit que les vices balançoient les vertus, s'ils ne les surpassoient, & qu'on estima plus propre à faire un Empereur qu'à le devenir. L'autre étoit Primis Antonius Gaulois, natif de Toulouze, qu'on avoit surnommé dans son enfance Becco, comme qui voudroit dire bec de coq. (*i* Celui-ci avoit été convaincu du

*h* *Tacit. Histor.* *i* *Sueton. in Vitell.*

crime de faux, pour lequel le Senat l'avoit dégradé de sa Dignité de Senateur, que (*l* Galba lui rendit depuis, sans examiner pourquoi on la lui avoit ôtée. Après cette humiliante disgrace, il alla présenter ses services à Neron; mais ce Prince n'ayant pas fait grand cas de ses offres, (*m* Antonius Primus trouvant une ressource dans son genie, fit tant par ses intrigues, qu'il se fit Général d'Armée, sans en avoir reçû le pouvoir. Il étoit brave, hardi, entreprenant, & très propre à faire un coup de main. Il sçavoit parfaitement l'art de la Guerre, & dans le danger on le vit toûjours intrepide. Au reste il étoit grand broüillon, se plaisant dans les querelles & dans les factions, dangereux pendant la paix & dans l'oisiveté, également prompt à piller & à répandre. Ce furent ces deux Généraux qui firent Vespasien Empereur, par les services qu'ils lui rendirent.

Dès qu'il fut arrivé à Rome, il ne travailla qu'à regler la Ville, dont la face avoit été entierement changée par les désordres passés. Il tira des ténébres de l'oubli, la memoire & le nom de Flavie Domitille son Epouse, en lui faisant accorder l'immortalité. On lui éleva des Temples, on dressa des Autels à son honneur, on

*l* Tacit. Ann. 14. *m* Dio, lib. 65.

institua des Prêtres qui furent appellés Flavies Domitilles. Enfin on fit une Idole d'une femme ; & l'Epouse de Vespasien qui avoit été inconnuë à Rome pendant sa vie, fut élevée au Ciel par un honneur posthume, & augmenta par une impie apotheose, le nombre des Divinités.

L'Affranchie Cenis trouva sa fortune dans celle de Vespasien. Ce Prince qui l'avoit constamment aimée, la prit dans son Palais, & la traita toûjours avec autant de consideration que si elle eût été son Epouse légitime. Il faut avoüer, & il est vrai, que le mérite de Cenis étoit digne de cette récompense. (*n* Elle avoit un esprit vaste, aisé & capable du Gouvernement, une pénétration profonde, à laquelle rien n'échapoit, & un discernement incapable de prendre le change. Car ce fut elle qui découvrit à sa Maîtresse Antonie les perfides & ambitieux desseins de Sejan, dont cette Princesse informa d'abord Tibere. A toutes ces qualités, elle ajoûtoit une politique fine & délicate, par laquelle elle se conserva toûjours dans les bonnes graces de Vespasien, en étudiant son humeur, & en se conformant à ses inclinations ; car, comme elle connoissoit le naturel avare de ce Prince, elle trouva des

n *Xiphilin.*

ressources pour assouvir ce desir insatiable d'amasser de l'argent, dont il étoit devoré. (*o* Toutes les Charges de l'Empire devinrent venales. Les Gouvernemens des Provinces, les Commandemens des Armées furent donnés à ceux qui en offroient le plus d'argent. Le Sacerdoce, dignité sacrée, l'absolution des crimes furent à prix. L'on fit un trafic sacrilege des choses les plus saintes; enfin, il n'y avoit pas d'Employ, si considerable qu'il fût; auquel le plus indigne des hommes n'eût droit d'aspirer, lorsqu'il se presentoit les mains garnies, & c'étoit toûjours à Cenis qu'il falloit s'adresser; cette adroite Affranchie vendant jusqu'à son crédit & son autorité. On mit des impôts sur toute sorte de choses; par tout l'on voyoit des vestiges de la monstrueuse avarice du Prince. Vespasien profitoit bassement des moindres occasions d'amasser de l'argent; il trouvoit bon tout profit de quelque part qu'il vînt, & Tite son fils lui ayant voulu un jour representer qu'il étoit honteux qu'on eût mis un Subside sur les urines, l'Empereur, en lui approchant du nez une piece d'argent, lui répondit plaisamment qu'elle ne sentoit pas mauvais, quoiqu'elle provînt de l'Impôt des urines. Ce fut dans

*o Dio, lib. 66.*

cette

cette occupation à amasser de l'argent, que mourut Cenis, fort regrettée de Vespasien. Ce Prince ne lui survêcut pas longtems; il mourut dans le penible exercice du Gouvernement, mais il soüilla la fin de son Regne par la mort de Sabinus 2)

2. L'Histoire de Sabinus mérite d'être rapportée, plûtôt celle de la fidelité de sa femme. Sabinus étoit de Langres, de très-grande qualité, fort riche & assez ambitieux. Il avoit pour femme Eponina, Dame d'une grande vertu & d'une rare beauté. Comme durant les troubles des Gaules, qui durerent tout le tems qu'Othon, Vitellius & Vespasien disputerent l'Empire, il n'y avoit ni Général d'Armée, ni Gouverneur de Province qui ne se crût en droit de prétendre à l'Empire : Sabinus osa concevoir cette pensée; &, se laissant ensuite aveugler, par son ambition, il se fit saluer Empereur. Le support qu'il trouvoit dans ceux de sa Nation, lui fit former ce hardi projet : d'ailleurs il se disoit descendu du sang de Jules Cesar : qui avoit eu avec sa grand-mere une galanterie publique durant son séjour dans les Gaules : &, joignant une grande témerité à une vanité extrême, il tourna ses armes contre les Romains. Sa révolte eut un succès fort malheureux. Ses Troupes furent défaites entierement; & de tous ceux qui étoient entrés dans son parti, les uns prirent la fuite, & les autres se tuerent, pour ne pas tomber entre les mains des Généraux Romains, qui ne firent grace à aucun de ces rebelles, ausquels ils firent souffrir la peine que méritoit leur révolte. Sabinus auroit pû se retirer bien avant dans les Gaules, où il auroit été en sûreté : mais comme il ne pouvoit se résoudre à abandonner sa femme, qu'il aimoit extrêmement, & dont il étoit tendrement aimé, il se flata qu'avec le tems il pourroit obtenir sa grace, & se résolut de se cacher jusqu'à ce que ces troubles eussent pris fin. Il avoit une Maison de Campagne dans laquelle il y avoit des caves souteraines qu'il étoit impossible de découvrir, à moins qu'on ne sçût le secret. Et en effet, de tous les Domestiques de Sabinus qui étoient en grand nom-

qu'il fit punir d'un crime, dont un repentir de neuf années, les larmes d'une Epouse

bre, il n'y avoit que deux Affranchis, ausquels il se confioit entierement, qui sçussent ces Caves. Sabinus tire à l'écart ces deux Affranchis : il leur communique le dessein qu'il a de se cacher dans ces Caves jusqu'à ce qu'il voye les choses disposées à pouvoir obtenir grace de sa révolte, & leur dit que, pour empêcher qu'on ne le cherchât, il avoit résolu de faire courir le bruit qu'il étoit mort, & qu'il s'étoit empoisonné. Ce dessein fut parfaitement bien conduit. Sabinus assemble tous ses Domestiques, il leur dit, qu'après le malheur qu'il a eu de voir son attente trompée & ses desseins mal executés, il est convaincu qu'il n'y aura point de supplice si cruel qu'on ne lui fasse souffrir s'il tombe entre les mains de ceux qui avoient déja fait mourir tous ceux de ses camarades qu'ils avoient pû attraper; & que, pour éviter ce malheur, il est résolu à se donner la mort. Ensuite il les remercia de leurs services & de leur fidelité, les congedia & ne retint que les deux Affranchis qui étoient du secret; & après leur avoir donné toutes les instructions necessaires, il s'ensevelit, pour ainsi dire, dans ces réduits souterrains & fit mettre le feu à sa maison, qui dans peu fut réduite en cendres. On ne manqua pas d'attribuer cet incendie au désespoir de Sabinus, & on le crut d'autant plus facilement, que les deux Affranchis publierent par tout que leur Maître, pour ne pas tomber entre les mains des Généraux de l'Empereur, s'étoit empoisonné, & s'étoit brûlé dans sa maison, afin qu'on ne pût faire aucune insulte à son corps. Ce qui confirma cette nouvelle, ce fut le deüil d'Eponina, laquelle ayant crû de bonne foy ce que Martial, un des Affranchis, qui étoient du secret, lui étoit allé dire de la mort de Sabinus, s'abandonna à une douleur inconsolable. Elle remplit la maison de ses regrets & de ses cris, & versa des larmes aussi amerement que le fait une femme qui a perdu un époux qu'elle aimoit. Elle fut visitée de tout ce qu'il y avoit dans la Ville de personnes de distinction qui ne manquerent pas de lui dire tout ce qu'on peut imaginer de consolant. Mais Eponina ne voulant point survivre à un époux qui lui avoit été si cher,

& les pleurs de deux jeunes enfans meriterent le pardon : acte de severité ou plû-

& qu'elle croyoit avoir perdu, resta trois jours sans rien prendre. Le bruit de la mort de Sabinus fut d'abord répandu par tout, & il n'y eut personne qui n'y ajoûtât foy. Le deüil d'Eponina si profond & si sincere, la maison brûlée, les Affranchis congediés, tout portoit à croire Sabinus mort. Celui-ci ne manquoit point d'être instruit par Martial de tout ce qui se passoit; & craignant que sa femme ne portât trop loin sa douleur, il lui dépêcha de nouveau son fidele Affranchi, pour lui apprendre la verité des choses, & la prier en même tems de ne rien changer dans sa conduite, de peur qu'on ne découvrît ce qui lui étoit si important de cacher pour mettre sa vie en sûreté. Eponina, qui en connoissoit la consequence, continua à pleurer, quoique ce ne fût plus si amerement, & ne changea rien dans sa maniere de faire; mais, mourant d'impatience de revoir ce cher mari, qu'elle avoit pleuré si amerement, elle l'alla trouver une nuit dans ses caves, & revint sans être apperçûë de personne; elle fit la même chose pendant sept mois. Comme elle ne pouvoit tenir cette conduite sans peine & sans danger, elle hazarda, pour s'épargner l'un, & éviter l'autre, de le faire porter dans la Ville; & pour cela, elle le fit cacher parmi des hardes, qu'elle fit transporter dans sa maison : mais ayant réflechi qu'ils pourroient être découverts, à cause des frequentes visites qu'on faisoit à Eponina, ils furent d'avis que Sabinus fût rapporté dans ses caves souterraines. Tout cela réussit, & cette Dame eut le plaisir & l'adresse d'aller voir son mari dans sa sombre & tenebreuse demeure pendant neuf ans, sans en avoir été découverte. Ce qu'il y a de particulier & d'admirable, c'est qu'Eponina, étant devenuë enceinte, & craignant, avec raison, que sa grossesse ne découvrît le mistere aux Dames, avec lesquelles elle étoit obligée de commercer & de se trouver, soit aux Assemblées, soit aux Temples, & sur tout aux Bains; elle se servit d'un onguent, dont elle s'oignoit, & qui avoit la proprieté de faire enfler la peau; & ainsi, par l'enflure de ses bras & de ses jambes, elle couvrit l'enflure de son ventre, qu'on attri-

tôt de cruauté, qu'on ne devoit point attendre d'un Empereur, qui d'ailleurs n'abua à quelque incommodité, & elle eut ensuite la force & le courage de souffrir les douleurs de l'enfantement, sans se plaindre, & d'accoucher sans aide de sage femme, de deux jumeaux qu'elle nourrit dans cette caverne, pendant le tems que Sabinus y resta.

Cependant, les frequentes absences d'Eponina, firent croire qu'il y avoit du mistere dans sa conduite. On observa ses démarches, & avec tant de soin, qu'on découvrit enfin la retraite de Sabinus. Il fut d'abord arrêté, chargé de chaînes, & conduit à Rome avec sa femme & ses deux enfans. Si-tôt qu'ils parurent devant Vespasien. Eponina se jetta aux pieds de cet Empereur, & lui présentant ces deux jumeaux, elle lui dit, les larmes aux yeux : Qu'il y avoit long tems qu'elle seroit venuë demander à sa clemence la grace de son mari, que son imprudence, les mauvais conseils, le malheur des Guerres Civiles & le désir de se mettre à couvert des violences des Tyrans, avoient porté à se faire Chef de Parti, plûtôt que l'ambition & le desir de regner; mais qu'elle avoit attendu que les enfans qu'elle lui présentoit fussent en âge de joindre leurs larmes & leurs soupirs à ceux de leur mere, afin que le nombre des supplians étant plus grand, sa colere fût plus facilement désarmée. Je les ai engendré dans une espece de sepulcre, Seigneur, continua-t-elle, & je puis dire que c'est aujourd'hui seulement qu'ils ont commencé de voir le jour; soyez touché de nos pleurs, de notre infortune & de nos soupirs, & ayez pitié de notre misere.

Un discours si touchant, & le triste spectacle que faisoient aux pieds de Vespasien Eponina & deux jeunes enfans qui demandoient grace pour leur pere, porterent la compassion dans le cœur de tous ceux qui étoient-là presens, & personne ne doutoit que l'Empereur n'accordât la vie de Sabinus aux soupirs de son épouse & aux larmes de ces deux innocens, qui la demandoient d'une maniere si tendre. Un si rare exemple d'amour conjugal méritoit même que Vespasien donnât Sabinus à la généreuse fidelité & à la tendresse de son épouse; mais ce Prince fut inéxorable, & condamna Sabinus

voit pas l'humeur ſanguinaire.

à la mort, afin d'intimider par cette ſeverité aſſez hors de ſaiſon, ceux que l'ambition pouvoit porter à la révolte. Eponina voyant ſon époux perdu, voulut être la compagne de ſon ſupplice ; & ayant pris un viſage fier & viril, elle dit à Veſpaſien, avec un air intrepide, qu'elle ne portoit aucun regret à la vie, puiſqu'elle avoit vêcu pendant neuf ans avec Sabinus dans les ténebres & dans les ombres d'une caverne, plus contente & plus ſatisfaite que lui avec tout ſon éclat & toute la pompe ſur le Trone : elle lui reprocha hardiment ſa cruauté ; & après avoir donné un exemple admirable de fidelité & de tendreſſe conjugale, elle en donna un d'une généroſité heroïque.

# MARCIE FURNILLE.

## *Femme de Tite.*

L'Empereur Tite fut un Prince fort sage & fort moderé, aprés avoir été un Particulier fort dissolu & fort débauché. Il fut élevé à la Cour de Claude auprès du Prince Britannicus, par les mêmes Maîtres & dans les mêmes exercices. De-là vint cette grande familiarité qu'il y eut toûjours entr'eux, & qui pensa être funeste à Tite ; car (*a* il risqua d'être empoisonné avec Britannicus, pour avoir voulu goûter le breuvage qu'on donna à ce Prince.

Tite eut à la Cour un présage de sa future élevation, un jour que Narcisse, Affranchi & Secretaire de Claude, ayant fait appeller un phisionomiste pour sçavoir son sentiment sur la destinée de Britannicus, ce faiseur d'horoscopes assura positivement que Britannicus ne seroit jamais Empereur; mais bien celui qui étoit auprès de ce jeune Prince, en montrant Tite.

(*b* La bonne mine de celui-ci pouvoit

a *Suet. in Tit.* b *Tacit. Histor.* 2. *cap.* 2.

donner lieu à cette conjecture. Sur son visage reluisoit une certaine Majesté, mêlée de douceur, qui lui donnoit l'air d'un Prince, plûtôt que d'un Particulier. (c Il avoit encore une grande dexterité dans toute sorte d'exercices, une memoire merveilleuse, une grande facilité à composer en prose & en vers, & (d une adresse si admirable à contrefaire toute sorte de seings, qu'il étoit impossible de distinguer le veritable : aussi disoit-il souvent, que s'il eût voulu, il auroit été un grand faussaire.

Après avoir servi quelque tems en Allemagne & en Angleterre en qualité de Tribun Militaire, 1) il s'adonna à l'exercice du Barreau ; & ce fut durant le sejour qu'il fit pour lors à Rome, qu'il épousa Articidie Tertulle fille d'un Chevalier, qui avoit été Colonel des Gardes de l'Empereur ; mais cette Dame n'ayant vêcu que fort peu de tems, il épousa en secondes nôces Marcie Furnille, qui étoit d'une des plus illustres Familles de Rome.

c *Eutrop. lib.* 7. d *Sueton. in Tit.*

1 La Charge de Tribun Militaire étoit très-considérable au commencement de la République. Ceux qui en étoient revêtus avoient une grande autorité dans les Armées : mais sous les Empereurs, les Tribuns Militaires furent beaucoup moins puissans ; car alors ils ne furent à peu près que ce que sont maintenant nos

Ces Epoux furent bien-tôt obligés de se séparer. Vespasien qui étoit occupé à la conquête de la Judée, appella Tite auprés de lui, & lui laissa ensuite le Commandement de l'Armée lorsqu'il la quitta pour aller à Rome, prendre possession de l'Empire que Vitellius lui avoit laissé par sa mort. Tite s'acquitta de sa Charge avec toute l'habileté d'un Général entendu & experimenté. Il fit le devoir de Capitaine & de Soldat; il prit la Ville de Jerusalem après un long siege, durant lequel les Juifs souffrirent toutes les calamités que peut souffrir un Peuple que Dieu a abandonné à sa colere; & la resistance que fit cette Ville infortunée, ne servit qu'à relever la gloire du Vainqueur. 2)

La Ville fut prise le huitiéme de Septembre, & ce jour fut encore remarquable pour Tite par la naissance d'une fille, de laquelle Furnille accoucha à Rome. On lui donna le nom de Julie, & nous verrons que cette jeune Princesse n'eut pas les vertus de son pere. Cependant, Tite, pen-

Mestres de Camp.

2 Tite vérifia la prédiction qu'avoit fait Jesus-Christ, de la rüine de Jerusalem. Toutes les miseres dont le Sauveur avoit menacé les Juifs, leur arriverent; ils souffrirent toutes les calamités imaginables, & sur tout ils furent affligés d'une si horrible famine, qu'une femme, pour s'empêcher de mourir de faim, eût le barbare courage, ou plûtôt la férocité de tuer son enfant encore

dant

dant le ſéjour qu'il fit dans la Judée, ne ſe donna pas entierement à ſes occupations militaires, & quelque attaché qu'il fût à ſon devoir, il ne négligea point la Princeſſe Berenice. Elle étoit ſœur du Roy Agrippa, & ſes charmes avoient été ſi puiſſans ſur le cœur du Général Romain, que dans l'emportement de ſa paſſion, il lui avoit promis de l'épouſer.

Après l'expedition de la Judée, Tite retourna à Rome couvert de lauriers. Il y fut reçu avec de grandes démonſtrations de joie, & il eut l'honneur du Triomphe conjointement avec ſon pere, au bruit des applaudiſſemens & des acclamations de toute la Ville, qui le regardoit avec admiration. Mais il détruiſit bien-tôt l'idée avantageuſe qu'on avoit conçu de lui, par une conduite fort irreguliere. Il s'abandonna aux déſordres les plus crians; il paſſoit les nuits entieres à table avec les plus diſſolus de Rome: il ſe livroit aux plaiſirs les plus infâmes; & joignant à tous ces excès une cruauté barbare, il

tout jeune, de le faire rôtir, & de le manger. La Ville fut renverſée juſqu'aux fondemens, & on y fit paſſer la charuë deſſus. Il perit durant ce Siege par le fer, ou par la faim & la miſere, environ onze cens mille perſonnes, ſans compter quatre-vingt-dix mille priſonniers qu'on dit qu'on emmena à Rome, & qu'on fit travailler à la conſtruction de l'Amphiteatre.

fit dire de lui qu'il feroit un fecond Neron.

Son attachement pour Berenice le fit beaucoup méprifer ; l'on ne pouvoit fouffrir qu'il marquât un amour fi violent pour cette Etrangere, qu'on difoit qu'il vouloit élever à l'Empire ; & l'on attribua à fa jaloufie le meurtre de Cecinna, Perfonnage Confulaire. Il eft vrai que plufieurs excuferent cette violence de Tite, fur la néceffité où l'on difoit qu'il avoit été de prévenir les mauvais deffeins de ce Romain ambitieux, qui infpiroit aux Soldats des fentimens de rebellion, & fur lequel on avoit furpris un difcours féditieux qu'il avoit compofé avec beaucoup d'artifice, & qu'il devoit prononcer devant les Legions, afin de les porter à la revolte. Mais (e les plus fins ne regarderent ce prétendu crime que comme un prétexte fpecieux dont Tite voulut couvrir ce noir affaffinat, qui fut un effet de fa jaloufie. Car s'étant imaginé que Cecinna n'étoit pas haï de Berenice, de laquelle il étoit toûjours follement amoureux, & ne pouvant plus fouffrir ce Rival, il réfolut de s'en délivrer. Il le fit d'une maniere honteufe pour un fi grand Prince. Car ayant un foir invité Cecinna à fouper, il n'eut

e *Excerpt. Aurel. Victor. in Tit.*

pas honte de violer les droits ſacrés de l'hoſpitalité, en le faiſant brutallement maſſacrer l'orſqu'il ſortit de la Salle & qu'il ſe retiroit, ſans s'attendre à une ſi lâche trahiſon.

Il eſt aiſé de comprendre que Tite aimoit Berenice avec trop d'emportement, pour avoir de grands empreſſemens pour Furnille ſon Epouſe ; auſſi n'eut-il pas beaucoup de peine à ſe déterminer à la répudier ; & ce divorce confirma les ſoupçons qu'on avoit, qu'il vouloit faire monter Berenice ſur le Trône de l'Empire. Nouveauté monſtrueuſe qui revoltoit déja tous les eſprits, qui n'avoient pas moins en horreur ce deſſein, que celui que Marc-Antoine avoit auparavant formé en faveur de Cleopatre à laquelle il avoit promis l'Empire.

Cependant Tite, fit bien-tôt ceſſer ces mauvais bruits. A peine après la mort de Veſpaſien ſon pere, fut-il élevé ſur le Trône, qu'il ſe montra tout autre, & il sembla qu'en changeant d'état & de fortune, il avoit auſſi changé d'inclination & de naturel. Sa gloire & ſa réputation, & le deſir de plaire aux Romains l'emporterent ſur toutes ſes autres paſſions, & le jour de l'élevation de Tite à l'Empire, fut le terme fatal de ſon amour pour Berenice. Ce Prince qui, au mépris des Loix avoit été l'esclave de cette Princesse, devint lui-même l'esclave des Loix qu'il avoit méprisées, & le vainqueur de Berenice. Il congedia cette Reine, il l'obligea d'aller ensevelir dans la Judée ces charmes puissans ausquels il s'étoit rendu avec tant de plaisirs & si peu de retenuë, & par ce sacrifice éclatant, qui sans doute coûtoit beaucoup à son cœur, (*f* il fit voir qu'il sçavoit être maître de ses passions. Leur séparation, au reste fut touchante. Berenice fit à son Amant des reproches tendres & capables de fléchir le cœur le plus insensible. Elle lui rappella toutes les complaisances qu'elle avoit eu pour lui, la violence de son amour qui lui avoit fait quitter sa Patrie, & traverser tant de Provinces, pour suivre un Amant qui vouloit presentement l'abandonner ; elle lui allegua tant de promesses si souvent réïterées, non-seulement de l'aimer, mais même de l'épouser, & qu'il ne tenoit qu'à lui d'executer ; & Tite, de son côté, protesta de la violence que faisoient à son cœur les severes Loix de l'Empire, qui l'obligeoient à éloigner de ses yeux un objet qui lui étoit si cher. Berenice partit pleine de douleur & de désespoir ; elle alla

*f* Dimisit invitus invitam *Suet, in Tit.*

en Orient, se repentir à loisir de sa folle crédulité qui l'avoit portée à suivre Tite jusqu'à Rome, dans l'esperance qu'il l'épouseroit, son amour lui faisant oublier les soins de sa réputation, & apprit par son malheur à celles de son sexe, le peu de fondement qu'elles doivent faire sur les promesses flatteuses que font les Amans dans l'ardeur de leur passion, & qu'ils violent avec la même facilité qu'ils les font.

Tite ne s'appliqua désormais, qu'à rendre tous le monde heureux. Il fit éclater dans sa conduite toutes les vertus qui peuvent rendre un Prince accompli, & elles parurent dans cet Empereur dans une si grande perfection, qu'on l'appella l'amour & les délices du genre humain. Titre beaucoup plus desirable & plus glorieux, que tous ces surnoms pompeux & ces éloges superbes & flatteurs que l'on avoit donné à ces Empereurs dereglés, qui avoient regné avant lui, & qu'on devoit appeller les Tyrans, & non les Peres de la République.

Tite porta sur tout la générosité aussi loin qu'un grand Prince peut la porter. Il aimoit à accorder des faveurs, à faire des dons, à rendre service; & on lui entendoit dire souvent : Qu'il ne falloit pas qu'aucun de ceux qui venoient de parler au Prince, s'en retournât mal content. Ses mains étoient toûjours prêtes à répandre des graces, & il avoit l'ame si grande & si liberale, qu'un soir s'étant ressouvenu que de tout ce jour-là personne ne lui avoit rien demandé, il s'en plaignit à ses amis qui étoient avec lui à table, & il leur dit : *Ah mes amis, j'ai perdu ce jour* ! Sentimens vraïement dignes d'un grand Empereur, & qui sont si bien marqués dans ce peu de paroles, que tous les Historiens ont consacrées à l'immortalité. La magnificence de Tite éclata dans les réparations qu'il fit faire dans Rome, & sur tout dans ce superbe Amphiteatre (3) que son pere avoit fait commencer, & qu'il fit mettre dans sa perfection ; ouvrage, dont les restes attirent encore la curiosité de tout le monde, comme ils en font l'étonnement.

Un Prince de ce caractere méritoit une

3 Cet amphiteatre étoit le plus bel ouvrage qu'il y eût dans Rome, lorsqu'il étoit entier. Martial en fait l'éloge dans ces deux Vers.

*Omnis Cæsareo cedat labor Amphiteatro,*
*Unum præ cunctis fama loquatur opus*

On avoit placé au milieu de cet Amphiteatre, la grande Statuë de Neron, laquelle on appelloit le Colosse de Neron, à cause de quoi on appella ce lieu-là le Colisée. C'étoit dans cet Amphiteatre, qu'on

vie fort longue; mais la sienne ne le fut point. Il mourut au commencement de la troisiéme année de son Empire; & l'on crut, avec beaucoup de fondement, que ce fut par la trahison de Domitien son frere, qui lui succeda.

donnoit le cruel plaisir de voir battre des hommes contre des bêtes. Ce fut là aussi que Saint Ignace Evêque d'Antioche, fut exposé aux lyons, sous la dent desquels ce Saint demanda à Dieu d'être moulu, pour devenir, disoit-il, un pain digne de lui être presenté. Une infinité de Martyrs ont encore versé leur sang pour Jesus-Christ, dans ce lieu, qui est aujourd'hui à moitié détruit; mais qui ne laisse pas de donner une haute idée de la magnificence Romaine. On lit à l'entrée de cet Amphiteatre, qui est du côté de l'Arc Triomphal de Constantin, cette dévote inscription.

*Amphiteatrum Flavium :*
*Non tam opere, mole & artificio, ac veterum*
*Spectaculorum memoria,*
*Quam sacro innumerabilium Martyrum*
*Cruore illustre,*
*Venerabundus hospes ingredere;*
*Et, in augusto magnitudinis Romanæ Monumento,*
*Execrata Cæsarum sævitia,*
*Heroes fortitudinis Christianæ*
*Suspice & exora.*

De l'autre côté on lit aussi une autre Inscription, qui est conçûë en ces termes.

*Amphiteatrum hoc, vulgo*
*Colosseum,*
*Ob Neronis Colossum illi*
*Appositum,*
*Verum ob innumerabilium SS. Martyrum*
*In eo cruciatorum memoriam,*
*Crucis trophæum.*

# DOMITIA

## *Femme de Domitien.*

LA beauté n'est pas toûjours d'accord avec la vertu ; il y a long-tems au contraire que l'on a remarqué qu'on ne les trouve que rarement ensemble. La force du temperammment triomphe souvent des charmes de la vertu, & les exemples domestiques de modestie, de continence & de moderation, ne sont pour l'ordinaire que des considerations impuissantes pour arrêter le penchant d'un naturel dépravé. Nous avons vû à quels honteux excès Julie, Poppée & leurs semblables prostituerent leur beauté ; il nous reste encore à voir quel usage fit Domitia de la sienne.

Elle étoit fille de Domitius Corbulo, un des plus grands homme que Rome ait vû depuis sa naissance. Ses vertus civiles & militaires l'égalerent aux plus fameux Capitaines & aux plus habiles Politiques de l'ancienne Rome. Droit & incorruptible en tout, il ne chercha dans ses Emplois que la gloire de bien remplir son devoir. Sage dans ses desseins, intrepide dans les dangers, impénétrable dans ses projets, il étoit comme sûr dans ses entreprises; ses succès ne furent jamais le fruit du hazard. Toûjours present à soi-même, trouvant des ressources presque infaillibles dans les évenemens les moins prévûs; par cette experience consommée qu'il avoit dans le métier de la Guerre, il faisoit servir tout à son avantage. C'étoit pour cela sans doute, qu'on lui entendoit souvent repeter: (*a* Qu'il falloit vaincre l'ennemi avec une doloire, 1) c'est-à-dire avec toute sorte d'instrumens, & par un travail assidu. Au reste il fut d'une fidelité si inviolable, même à l'égard de ses ennemis & de ceux de l'Empire, qu'il fut aimé des Barbares mêmes, dont il étoit la terreur. Enfin, (*b* la réputation de sa probité, de son habileté, ses victoires & les Triomphes, dont il fut honoré, le rendirent si recommandable, qu'on le jugea souvent digne de l'Empire.

Domitia Longina, considerable par le mérite de son pere, l'étoit encore par sa beauté: il n'y en avoit pas dans Rome de si accomplie. Elle avoit alors ce vif éclat

a *Frontin. Strategem. l. 4. c. 7.* b *Tacit. An. 15. c. 27.*

1. *Domitius Corbulo Dolabra, id est, operibus hostem vincendum esse dicebat.* Frontin.

que donne une grande jeunesse, charme puissant pour faire des soupirans, aussi en eut-elle du premier Ordre. Tout ce qu'il y avoit de gens de mérite & de distinction, rechercha son alliance, & Ælius Lamia de l'ancienne & illustre Famille des Lamies, se fit honneur de l'épouser.

Ce Senateur, qu'une Genealogie fabuleuse faisoit descendre des Dieux immortels par Lamus fils de Neptune, 2) avoit tout le mérite du monde, & il étoit capable de fixer tout autre cœur que celui de Longine. Mais cette Romaine étoit trop coquette pour resserrer son inclination dans les bornes du devoir conjugal. (c En perdant son pere, que Neron, Prince en-

c *Dion. Excerp. per Vales.*

2 Les Lamies, prétendoient descendre de Lamus Fondateur de la Ville des Formies; & les Antonins, qui ont tenu l'Empire Romain, se vantoient d'en être issus. Quoiqu'il en soit, la Famille des Lamies étoit très-ancienne à Rome du tems d'Auguste. Horace en parle avec éloge dans une Ode qu'il adresse à Ælius Lamia.

*Æli vetusto nobilis ab lamo,*
*Quando & priores hinc Lamias ferunt*
*Denominatos, & nepotum*
*Per memores genus omne fastos*
*Auctore ab illo ducis originem,*
*Qui Formiarum mœnia dicitur*
*Princeps, & innantem Marica*
*Littoribus tenuisse; Lirin,*
*Late Tyrannus.* Hor. Od. 17. lib. 3.

nemi de la vertu, sacrifia à sa brutale fureur, elle perdit le souvenir des exemples de vertu qu'il lui avoit si souvent donné, & son ambition se joignant à son humeur galante, fit une des plus débauchées Courtisannes de Rome, de la fille du plus sage des Romains.

Domitien, fils puîné de l'Empereur Vespasien, fut le premier qui, par son attachement pour elle, fit naître des soupçons peu favorables à sa réputation. On regarda comme fort suspecte la vertu d'une femme qui souffroit avec tant de complaisance un Prince, dont les assiduités auprès d'elle ne pouvoient faire que beaucoup d'éclat; & l'on comprit sans peine, que Domitia n'opposeroit point une longue resistance aux ardentes poursuites d'un Prince dont la passion pouvoit servir à sa fortune. Lamia plus interessé que personne, ne manqua pas de faire ces reflexions; il s'en allarma & ses allarmes furent bientôt justifiées. (*d* Domitien fut à peine déclaré Cesar, que se prévalant de l'autorité que lui donnoit cette nouvelle Dignité, il enleva brutalement Domitia Longina à Ælius son mari: (*e* il l'épousa peu de tems après, & dans la suite, il la déclara Auguste. Moins religieux sans doute dans sa

d *Dio. lib.* 67. e *Suet. cap.* 1. *in Domit.*

conduite, & moins galant qu'Auguste, qui n'épousa Livie qu'après avoir consulté les Dieux & leurs Pontifes, & après avoir fait compliment à Tibere Neron Epoux de Livie.

Les fougueuses passions qu'un feu déreglé allume, n'étant pas pour l'ordinaire de durée, l'on crut avec assez de fondement, que Domitien éteindroit la sienne dans la liberté qu'il avoit de la satisfaire, & qu'il se dégoûteroit bien-tôt d'une femme dont il avoit surpris la fidelité avec si peu de peine. D'ailleurs des raisons d'Etat devoient le faire revenir de son entêtement pour Domitia. (*f* L'Empereur Tite son frere vouloit lui faire épouser Julie sa fille, Princesse d'une grande beauté, & dont les charmes n'avoient pas à redouter ceux de la fille de Corbulon, à laquelle elle ne ressembloit pas mal en son humeur galante. Mais l'amour ne se conduit gueres selon les maximes de la politique, & Domitien étoit trop amoureux pour sacrifier sa passion à sa fortune. De nouveaux liens l'attachoient à Domitia. (*g* Il en avoit déja une fille, qui étoit comme un gage de leur amour; aussi fermant l'oreille à toutes les raisons qu'on put lui dire, il refusa toûjours l'alliance que son frere lui offroit,

f *Suet. in Domit. c. 22.* g *Suet. in Domit. c. 3.*

& vit de sang-froid Tite donner à Sabinus son cousin germain, la Princesse Julie, quoiqu'elle portât pour dot l'esperance de l'Empire.

Domitien ne pouvoit pas marquer plus sensiblement à Domitia la violence de sa passion. Il refusoit pour l'amour d'elle, une des plus aimables personnes de Rome, & s'exposoit à perdre la plus belle fortune du monde. Un si grand sacrifice paroissoit être le gage d'un amour éternel, & sembloit assurer à Domitia, pour toûjours, le cœur de ce Prince. Si quelque chose avoit dû le lui enlever, c'étoit sans doute le mariage qu'on lui avoit proposé, & qui étoit si important pour sa fortune. Mais les marques les plus apparentes qu'un amour désordonné donne d'une longue durée, sont souvent les présages qui annoncent sa fin; & ce qui paroît devoir rendre une passion aussi longue que la vie, est quelquefois son terme fatal. (*h* Domitien n'eut pas plûtôt vû Julie mariée à Sabinus, qu'il en devint follement amoureux; il n'eut qu'indifference pour cette Princesse, quand il pouvoit l'aimer légitimement; il en devint possedé, lorsqu'il ne pouvoit plus l'aimer sans crime: funeste penchant du

*h* *Suet. in Domit. c.* 22.

cœur humain, qui ne desire presque jamais avec passion, que ce qu'il ne lui est pas permis de desirer.

Ce qui acheva d'enflammer Domitien, ce fut le retour de tendresse qu'il trouva dans Julie, malgré le mépris qu'il avoit témoigné avoir pour elle. Cette Princesse, qui avoit la réputation de n'être pas cruelle, se crut dédommagée de l'indifference du Prince, par le repentir qu'il marqua d'avoir été indifferent ; elle en crut Domitien sur sa parole ; elle lui donna toute son affection ; leur passion dégénéra en libertinage, & abusant de la liberté de se voir à leur souhait, que leur donnoit la proximité, Julie se prostitua honteusement à celui qui l'avoit peu auparavant refusée, faisant voir qu'un amour dereglé n'a pas de délicatesse.

Ces desordres devinrent plus grands après la mort de Tite. (*i* La contrainte & la bienséance prirent fin avec la vie de cet Empereur ; & nos deux amans délivrés de toute crainte, se livrerent sans réserve à leur infame passion. Une seule chose sembloit les troubler dans leur brutale felicité. Sabinus étoit époux de Julie, & Domitien en étoit devenu ridiculement jaloux, comme s'il avoit eu droit de prétendre lui

*i Suet. in Domit. cap. 22.*

ſeul à une poſſeſſion que Julie ne pouvoit lui accorder ſans crime. Il ne ſongea plus qu'à ſe défaire de cet obſtacle.

Domitia, cependant, s'apperçut du changement de Domitien; mais loin de s'en plaindre, elle regarda au contraire ſon inconſtance avec beaucoup d'indifference. Elle voyoit bien que ſon Epoux ne faiſoit tout au plus que ſe venger des infidelités qu'elle lui faiſoit; & comme ſi elle avoit voulu regler ſa conduite ſur celle de l'Empereur, elle s'abandonna à un libertinage public, dès qu'elle vit que Domitien lui étoit publiquement infidele. Bien plus, par une audace inſolente & puniſſable, (*l* elle ſe proſtitua ſans honte & ſans ménagement aux hommes les plus mépriſables, & le Comedien Paris, duquel elle étoit devenuë éperduëment amoureuſe, fut l'Amant favori auquel elle ſe livra ſans aucune retenuë.

Domitien ne s'embarraſſa gueres des déſordres de ſon Epouſe. Occupé de ceux qu'il commettoit avec ſa niéce, (*m* il ſe contenta de la répudier, conformément à l'avis du Senateur Urſus, après avoir fait maſſacrer Paris en pleine ruë: & ce fut là toute la punition qu'il exerça ſur Domi-

l *Suet. in Dom. cap.* 3. *Aurel. Victor. in Domit.* m *Suet. in Dom. cap.* 3. *Xiphilin. in Domit.*

tia. Heureux s'il avoit ſuivi l'avis de ceux qui lui conſeilloient de mettre un terme à ſes diſſolutions, en mettant fin à ſa vie, & s'il avoit ſagement porté contre elle la juſte ſeverité dont il uſa injuſtement à l'égard de Sabinus, qu'il fit mourir ſur des prétextes ridicules, dont il couvroit le deſſein qu'il avoit de poſſeder Julie ſans concurrent. Mais il eût bien-tôt ſujet de ſe repentir de l'un & de l'autre. Domitia le deshonora par ſes infâmes lubricités; & la mort de Sabinus qui lui faiſoit tant d'ombrage, & qu'il croyoit devoir lui procurer la libre poſſeſſion de Julie, fut au contraire la cauſe de la fin funeſte de cette impudique Princeſſe. Car Domitien ne ſe fut pas plûtôt défait de celui qu'il regardoit comme un obſtacle fatal qui traverſoit ſon prétendu bonheur, qu'il (*n* s'abandonna entierement à ſa furieuſe paſſion pour Julie; celle-ci n'eut pas honte de ſe comporter, avec ſon oncle, avec la même liberté qu'elle auroit pû faire avec un Epoux; enfin, ils vécurent dans une ſi grande familiarité que Julie devint enceinte. 3)

n *Suet. in Dom. cap. 22. Xiphilin. in Domit.*

3. Philoſtrate prétend que Domitien épouſa ſolemnellement Julie Sabine; mais ſi cela étoit, pourquoi eſt-ce que Domitien, qui auroit été ravi d'avoir un fils

Ce

Ce fut alors qu'ils reconnurent que Sabinus, qu'ils avoient inconsidérement fait mourir, étoit nécessaire à leur abominable commerce. Ils eurent honte que toute la Ville vît le fruit scandaleux de leurs débauches, & que tout l'Empire sçût qu'un oncle abusoit brutalement de sa niéce. Tant il est vrai que le crime a honte de se produire; lors même que son auteur peut le commettre impunément. Domitien voulant donc dérober à la connoissance du public, le crime qu'il commettoit avec Julie, & que la grossesse de cette Princesse alloit bien-tôt se répandre par tout, eut recours à un autre crime. (*o* Il fit prendre à Julie un breuvage à dessein de la faire avorter; & l'Histoire dit que ce n'étoit pas la premiere fois qu'elle avoit eu recours à ce funeste expedient. Mais l'effet de ce breuvage meurtrier fut plus grand qu'ils n'avoient crû. (*p* Julie, par cette boisson, se donna la mort, en voulant la donner au fruit de ses amours, & apprit par cette juste punition, à celles qui se portent à cet

o *Dio. lib.* 67. p *Suet. in Domit. cap.* 22. *Dio.* 16. *Plin. Ep.* 11.

d'une femme legitime, se seroit porté à la barbare extremité d'obliger cette Princesse à se défaire de celui qu'elle avoit déja conçû.

te barbare extremité, par un respect humain & qui n'ont pas assez de force pour arrêter la fureur de leur passion, qu'elles trouvent souvent la peine & la fin de leurs désordres dans ces mortelles potions qu'elles prennent pour sauver, devant les hommes, un honneur qu'elles n'ont pas eu honte de perdre devant Dieu.

La mort de Julie remit Domitia dans la faveur. Domitien dont la passion pour cette femme avoit été assoupie, plûtôt qu'éteinte, la rappella, sous prétexte que le Peuple lui demandoit cette grace; & (q il publia ridiculement qu'il la faisoit rentrer dans son lit sacré : Prince aveugle & inconstant, qui ne faisoit pas reflexion que les raisons trop justes qu'il avoit eu de faire divorce avec elle, subsistoient plus que jamais. Cette conduite fut le sujet des satires & des Critiques. On accusa le Prince d'avoir montré une trop grande foiblesse en rappellant Domitia, ou d'avoir fait voir trop de legereté & de précipitation en la chassant : il devint la fable du Peuple, & la matiere des conversations; mais ces railleries devinrent funestes à leurs auteurs. Les Sujets doivent déplorer les défauts des Princes dans le silence, qui ne les rend jamais coupables, & non pas

q *Sueton. in Domit. c.* 13.

les censurer pour une critique temeraire, qui les rend toûjours criminels. (r Helvidius fut puni de mort pour avoir fait des vers, dans lesquels, sous la personne de Paris & d'Enone, il avoit attaqué le divorce de l'Empereur avec Domitia : Lamia paya de sa vie quelque raillerie piquante, qu'il sembloit avoir droit de faire sur le compte de son Epouse ; & tous ceux enfin qui avoient osé blâmer la conduite de ce Tyran, éprouverent sa cruauté, car ces railleries le piquoient d'autant plus vivement, qu'il étoit persuadé, qu'on avoit raison de les faire. (ſ Il se ressouvenoit des infâmes débordemens de Domitia ; il rappelloit dans son esprit ses brutales débauches avec des Comediens, des Bâteleurs, & tout ce qu'il y avoit dans Rome de bas, de populaire & de meprisable ; il avoit éternellement devant les yeux les excès qu'elle avoit commis avec le baladin Paris, dont la punition publique prouvoit la verité du crime ; & dans ces fâcheuses réflexions qui reveilloient sa colere à mesure qu'elles faisoient naître sur son visage la honte & la confusion, il ne respiroit que rage & que fureur. (t Un disciple de Paris fut d'abord executé, parce qu'il ressem-

r *Suet. in Domit.* ſ *Aurelius Victor. in Domit.* t *Suet. in Domit.*

bloit de visage à son Maître. Hermogene natif de Tarse, eut la même punition, pour avoir employé quelques termes trop libres dans une Histoire qu'il avoit composée ; enfin, ne sçachant pour lors sur qui exercer son ressentiment, il portoit ses vengeances sur tous ceux que sa cruauté lui inspiroit, sans ménager ni vertu, ni parenté, ni innocence, ni âge. Glabrion personnage Consulaire, qu'on prétend avoir eu quelque teinture de notre Religion, ressentit les effets de sa rage. (*u* Flave Clement son cousin germain, fut massacré par ordre de ce Tyran; Domitille sa femme fut releguée dans l'Isle de Pandaterie, & (*x* Flavie Domitille, cousine de ce Prince cruel, ayant été exilée dans l'Isle de Pontia, y reçut la palme du Martyre, Vierge beaucoup plus illustre, par l'honneur qu'elle eut de mourir pour la querelle de Jesus-Christ, dont elle avoit embrassé la Foi, que pour celui d'appartenir à cet indigne Empereur.

La punition du Comedien Paris, & toutes ces sanglantes éxécutions dont nous avons parlé, devoient ce semble donner à Domitia un juste sujet de craindre pour elle; mais bien loin d'en devenir plus sage, ce fut au contraire un motif pour elle de

u *Sueton. in Dom. cap.* 15. x *Baron. ad Ann. Dom.* 15.

nouveaux désordres. L'impunité de ses crimes passés l'henhardit à en commettre d'autres, car elle s'imagina que ses dereglemens qu'elle avoit porté au derniers excès, étoient oubliés, puisqu'on ne l'en avoit pas punie, & qu'ainsi elle n'avoit plus rien à craindre; & dans cette funeste confiance, non contente de s'être miserablement livrée aux plus monstrueuses turpitudes, elle se fit une gloire & un nouveau plaisir de rendre publiques ses impudicités, tant il est vrai que le crime tire de l'audace de son impunité.

Il est surprenant que cette Imperatrice, noircie de tant de débordemens, ait trouvé des Panegyristes; cependant Joseph, cet Historien si celebre, & d'ailleurs si honnête homme, en parle comme d'une princesse fort vertueuse, éloge interessé que ce Juif a voulu donner à Domitia, en reconnoissance de tant de bienfaits qu'il avoit reçû de cette Princesse, qu'il l'honora toûjours de sa protection. Procope rencherit sur l'Historien Juif, & il traite Domitia de Princesse doüée de toute sorte de vertu & de belles qualités; & par ces loüanges données si injustement, il nous fait voir que les vices ont quelquefois trouvé des Approbateurs.

Domitien qui connoissoit sa femme

mieux que personne, n'en avoit pas des sentimens si avantageux. Il étoit instruit de tout ce qu'elle avoit fait, & il sçavoit fort bien qu'elle étoit capable de tout faire, après avoir vêcu dans un libertinage si declaré; aussi il résolut de la punir de ses débauches, & de la faire mourir. Le jour de cette éxécution devoit être funeste à beaucoup de personnes; car l'Empereur ayant pris ombrage de plusieurs de sa Cour, avoit résolu de se guérir de ses soupçons aux dépens de leur vie; & dans ce dessein, il avoit dressé un rôle de ceux qu'il vouloit sacrifier à son repos & à sa jalousie, ou plûtôt à sa fureur. Domitia sa femme étoit la premiere sur la liste. Petronius Secundus, Parthenius Grand Chambellan, Norbanus & beaucoup d'autres, étoient aussi du nombre des proscrits; & certes ils n'avoient pas long-tems à vivre, si le hazard ne les avoit sauvés.

Un enfant qui servoit aux divertissemens de Domitien, & qu'il prenoit plaisir de faire causer, étant entré un jour dans la chambre de ce Prince dans le tems qu'il dormoit, trouva un memoire sous le chevet du lit où il reposoit, & l'emporta pour s'en joüer. (y Domitia l'ayant rencontré, se prit à badiner avec lui, le carressa, &

y *Dio lib.* 68. *Aurel. Vict. in Domit.*

curieuſe de voir ce qu'il tenoit, elle lui prit le memoire, l'ouvrit & le lut. Mais quelle fut ſa ſurpriſe, quand elle vit ſon nom parmi ceux qui n'avoient qu'un jour à vivre! Ayant entre ſes mains une piece de ſi grande importance, elle aſſembla ceux qu'elle voyoit être intereſſés comme elle à prévenir leur malheur, leur apprend le danger où ils ſont, & juſtifie ce qu'elle leur dit en leur montrant le memoire; fatal dépoſitaire des violentes intentions du Prince.

Le peril étoit preſſant, le tems étoit court, & les réflexions hors de ſaiſon. On convint donc d'abord qu'il falloit prévenir Domitien en lui donnant la mort que ce Tyran leur avoit préparée. On le fit; & Domitien maſſacré dans ſa chambre, apprit aux Princes ſanguinaires, qu'une fin funeſte eſt ordinairement la punition de leurs violences. 4)

L'Hiſtoire ne nous apprend plus rien de Domitia; mais parce que nous en avons déja vû, nous pouvons conjecturer, ſans faire tort à ſa memoire, qu'elle paſſa le

4. Au moment même qu'on aſſaſſinoit Domitien à Rome, la nouvelle en fut ſçûë à Epheſe; car le fameux Magicien Apollonius de Thyane, faiſant une Harangue au Peuple d'Epheſe, s'arrêta tout court, & ſe prit à crier: Frappe le Tyran, frappe le Tyran; & déclara aux Aſſiſtans, qu'à ce moment même on tuoit l'Empereur à Rome, ce qu'on verifia.

reste de sa vie dans le même libertinage; & que la crainte des supplices & la présence de son Epoux Domitien n'ayant pas pû arrêter ses désordres, elle ne vêcut pas plus sagement sous l'Empire de Nerva & de Trajan, qui ne furent cruels qu'à l'égard des Chrétiens.

*Fin des Femmes des douze Cesars.*

LES

# LES IMPERATRICES ROMAINES.

L'Empire Romain ne fut jamais si florissant que sous le Regne d'Auguste, qui à proprement parler en fut le fondateur. Ce Prince par le bonheur de ses Armes, par sa moderation, & par la sagesse de son Gouvernement sçut faire respecter son autorité sans la rendre odieuse; & quoique les premieres experiences de la servitude, révoltent pour l'ordinaire les cœurs accoutumés à l'indépendance & à la liberté, les Romains, qui avoient été si jaloux de la leur, s'accoûtumerent insensiblement à cette nouvelle domination, parce qu'Auguste eut soin d'en moderer le poids.

Mais l'on ne sçauroit disconvenir qu'il

ne soit redevable à l'Imperatrice Livie d'une partie de sa gloire. Ce que ce Prince a fait de plus judicieux & de plus prudent, a été le fruit des sages conseils de son Epouse, & je ne sçai si la grandeur d'ame qu'il fit paroître dans le pardon accordé à Cinna & aux complices de sa conspiration, n'a pas illustré son Regne aussi glorieusement que la plus brillante de ses Conquêtes. Personne n'ignore que ce fut l'entretien qu'il eut avec Livie sur ce sujet, qui le détermina au pardon de ces grands hommes; & il est certain que rien n'affermit Auguste si sûrement sur le Trône, que la grace qu'il accorda à ceux qui vouloient l'en déplacer. Générosité politique, qui lui fut inspirée par Livie, laquelle pensoit les choses bien plus finement qu'Auguste. *

Les Imperatrices qui s'assirent sur le Trône avec les successeurs d'Auguste, & qui sont connus sous le nom des douze Cesars, n'eurent pas l'habileté, la grandeur d'ame, la prudence & la politique de Livie; elles ne s'y firent voir au contraire que par des endroits deshonorables, & elles firent à l'Empire des flétrissures plus

* *Eoque facto ita sibi omnium animos devinxit, ut non modo insidiae contra ipsum nullae deinde componerentur, sed opinio quoque omnis earum interciderit. Livia autem potissima tum Cornelio salutis causa.* Dio.

honteuses que les Empereurs les plus decriés, qui, pour la plûpart ne furent que l'Instrument dont se servirent leurs Epouses pour satisfaire leurs passions. Cesonie en troublant l'Esprit de Caïus, par le breuvage qu'elle lui donna, se chargea des horreurs de son Regne. Messaline & Agrippine par leur cruauté, leur ambition, leur avarice & leur libertinage, furent les fleaux les plus cruels, qui ayent jamais affligé Rome & les Provinces. Julie, Poppée & Domitia firent retentir l'Empire de l'infamie de leur vie. Telles furent les premieres Imperatrices.

Plotine à la vérité, contribua à remettre l'Empire dans sa premiere splendeur. Elle eut les bonnes qualités de Livie sans avoir ni son orgüeil, ni sa fierté; mais des Imperatrices qui lui succederent, peu eurent ses vertus, & beaucoup renouvellerent les crimes des Messalines & des Julies. C'est ce que nous allons voir dans l'Histoire de leur vie.

Domitia & ceux qui, avec elle avoient résolu de faire tuer Domitien, avoient offert l'Empire à plusieurs avant de faire leur coup; mais aucun n'avoit osé l'accepter, parce que ceux à qui il s'adressoient regardoient leur offre comme un piége qu'on tendoit à leur fidelité. Nerva dans cette occasion se laissa surprendre à l'éclat de l'autorité souveraine, & se rendit aux instances des Conjurés.

Il étoit petit-fils de M. Cocceius Nerva, ce Jurisconsulte fameux, qu'Auguste honora de son estime. C'étoit un homme sage, moderé, d'une humeur fort paisible, amateur des Lettres & des Sçavans. 1) Domitien le craignoit, parceque certain Devin avoit prédit qu'il seroit un jour Empereur; & cette prédiction avoit tellement allarmé ce Tyran, qu'il fut souvent tenté de faire mentir ce faiseur d'horoscope, aux dépens de la vie de Nerva. Mais quelque Astrologue qui aimoit Nerva, & dans la science duquel Domitien avoit grande confiance, lui persuada que Nerva n'avoit que peu de jours à vivre, & par ce stratagême il le guérit de ses soupçons.

Dès que la nouvelle de la mort de

1. Martial fait un beau portrait de Nerva, à qui il donne les plus belles qualités.

*Recta fides, ilaris clementia, cauta potestas.*
*Jam redeunt, longi terga dedere metus.*
*Hoc populi, gentesque tuæ pia Roma precantur.*
*Dux tibi, sit semper talis, & iste diu.*

Et Ausonne parlant de cet Empereur, dit:

*Nerva senex, princeps nomine, mente parens.*

Domitien se fut répanduë, Nerva fut declaré Empereur. Les Prétoriens lui rendirent sur le champ les premiers hommages, mais dans le tems que le nouveau Cesar étoit agréablement occupé à cette flateuse cérémonie : le bruit courut que Domitien n'étoit pas mort. Nerva en fut si effrayé qu'il en perdit à l'instant la parole ; mais Parthenius le rassura par les fortes protestations qu'il lui fit, que Domitien ne vivoit plus, & qu'il étoit hors d'état de lui nuire.

Le Senat apprit avec joye l'élection de Nerva, & la confirma par ses suffrages ; parce qu'il connoissoit le merite de ce Prince, & en esperoit un heureux changement dans les affaires. Il éprouva bientôt en effet qu'il ne s'étoit pas trompé dans son jugement. Le nouvel Empereur rappella tous ceux que son Prédécesseur avoit bannis, & leur rendit leurs domaines ; il vuida l'épargne des biens de ceux que la cruauté de Domitien en avoit dépoüillés, il fit de séveres Loix contre les Délateurs, & punit de mort les Esclaves & les Affranchis qui avoient accusé leurs Maîtres. Il défendit qu'on lui dressa des Statuës d'or ou d'argent, & vendit sa vaisselle, ses meubles & quantité de ses terres pour survenir aux besoins de l'Etat ; donna en plusieurs occasions les témoignages les plus généreux d'une extrême bonté, & fit les réglemens qu'il jugea nécessaires pour réformer les abus qui s'étoient introduits : mais parce qu'il étoit timide, & n'avoit pas assez de fermeté pour entreprendre de changer certaines coûtumes qu'il étoit important d'abolir, connoissant d'ailleurs qu'on méprisoit sa vieillesse, il chercha un homme qui eût de la vigueur, & de la résolution pour l'associer à sa dignité, & ce fut de Trajan qu'il fit choix pour l'élever à l'Empire.

On ne sçauroit assurer que Nerva n'avoit point de femme : mais il est, je pense, difficile de prouver solidement qu'il en eût, & les raisons que quelques modernes rapportent pour faire voir que lors de l'adoption de Trajan, la femme de Nerva étoit en vie, ne me paroissent pas assez fortes pour pouvoir me faire embrasser ce sentiment. On ne peut pas croire aussi qu'il eût des enfans, car il n'y a nulle apparence qu'il eût cherché un successeur dans une famille étrangere : quoiqu'il en soit, il ne pouvoit faire de plus digne choix, que celui qu'il fit de Trajan pour rendre à l'Empire son ancienne gloire. Il adopta donc Trajan qui commandoit alors une puissante Armée dans la Germanie ; lui donna la qualité de Cesar, & le surnom de Germanicus, & à ces honneurs éclatans, il ajoûta quelques jours après le Titre d'Empereur, & la puissance Tribunicienne : le faisant ainsi son collegue dans l'autorité souveraine qu'il lui laissa bientôt toute entiere par sa mort.

# PLOTINE

## *Femme de Trajan.*

M Ulpius Trajanus étoit Espagnol de nation. 2) natif de la ville d'Italica, d'une famille à la verité peu illustre ; mais fort ancienne. 3) Son pere se distingua dans la guerre que l'Empereur Vespasien fit aux Juifs ; ses belles actions le firent connoître des Empereurs, lui gagnerent leur estime, & lui meriterent le con-

2. Trajan a été le premier étranger qui ait occupé le Trône de l'Empire. Tous ses Prédecesseurs avoient été ou Romains, ou Originaires d'Italie. Victor croit que Nerva a été le premier Empereur étranger, mais il se contredit lui-même, en ce qu'il dit que Nerva étoit de Narni, d'où il faut conclure qu'il ne doit pas être regardé comme étranger, puisque Narni est une Ville d'Italie dans l'Ombrie, appellée par les anciens Nurna, ou Narnia, ou Nargnia, nom que les Habitans prirent à la place de Nequinum, qui étoit, selon Pline le premier nom de cette Ville, lequel exprimoit leur caractere malin & feroce. Narni se vante d'être la Patrie de Nerva & d'un Pape du nom de Jean, dans un ancien vers qui l'exprime ainsi :

*Imperio genui Nervam, mitraque, Joannem.*

3. *Aggreditur regem ne viridi Trajanus in ævo.*
*Belli laude prior, cætera Pueris habens.*

Trajan avoit la tête faite en maillet, plate par dessus, avec les éminences devant & derriere assez considerables.

fulat & les ornemens du Triomphe. Trajan lorſqu'il fut adopté, étoit dans la force de ſon âge, également éloigné des ſaillies de la jeuneſſe & des lenteurs de la vieilleſſe : (a ſa perſonne n'avoit rien de déſagréable, ſa taille quoiqu'un peu materielle, étoit proportionnée, ſon front large, le col charnu, ſa tête aſſez groſſe marquoient en lui un homme vigoureux & prudent : (b ſon viſage fut toûjours ſerain, on ne vit jamais le chagrin, la triſteſſe, ni la colere en changer la douceur, & alterer l'air de Majeſté qui brilloit en lui : la blancheur de ſes cheveux le faiſoit encore reſpecter ; mais rien ne le rendit ſi digne de l'Empire & de l'amour des Peuples, que les qualités guerrieres, civiles & politiques, qu'une rare alliance réunit en ſa perſonne. Habile dans le métier de la guerre qu'il avoit exercé depuis ſon enfance, il fit douter ſi l'on devoit plus eſtimer en lui, ou le Général qui donnoit les ordres ſi à propos, ou le Soldat qui les executoit avec fidelité & valeur. Sobre, vigilant, infatigable, il enſeignoit à ſes Troupes par ſon exemple à ſouffrir la ſoif, la faim, & les plus dures incommodités, & s'attiroit leur amour, en faiſant avec elles les mêmes travaux. Eloigné de tout

a *Dio. lib.* 68. b *Spon. recher. cur. d'antiq.*

faste & de tout orgüeil, on le voyoit commercer familiairement avec ses Soldats, sans se dépoüiller toutes fois de cette autorité qui contient dans le respect, & qu'on rendroit méprisable si on l'avilissoit trop. Vrai dans ses discours & dans ses manieres, incapable de déguisement & d'artifice; il n'aimoit point ces détours de politique, ni ces dehors composés, qui rendant l'homme impénétrable, ne font approcher certaines personnes qu'avec défiance. Trajan n'en inspira, ni n'en fut jamais atteint. (c Il cherchoit à se faire aimer, & non à se faire craindre. Il alloit sans gardes chez ses amis, s'invitant familierement chez eux, où se dépoüillant, pour ainsi dire, de l'éclat de sa gloire, il se faisoit voir comme un particulier ou comme leur égal. Les Hommes de Lettres furent souvent l'objet de sa générosité & de sa magnificence, & quoiqu'il n'eût point d'étude, il connoissoit le merite, il l'aimoit, & ne le laissoit jamais sans récompense. Il est difficile de trouver des Princes qui ayent eu tant d'amour pour la justice, s'il se relâcha là-dessus, ce ne fut que lorsqu'il avoit à prononcer contre ses interêts; & sans rapporter cet exemple qu'on prétend que S. Gregoire

c *Xiphilin. in Trajan. Aurel. victor.*

admira tant : 4.) & qui a donné lieu à l'histoire de la délivrance de l'ame de Trajan, des peines de l'enfer, ce qui n'est qu'une vraye fable, on pourroit en citer d'autres que personne ne revoque en doute, & qui marquent dans Trajan un grand fond d'équité. Ennemi des oppressions & des tyrannies des Intendans & des Commis du Fisc, qui exigeoient les impôts avec des vexations, pour l'ordinaire plus insupportables que les impôts même, il ne remplit point ses coffres du sang des Peuples : ne reglant point ses revenus sur les dépenses qu'il vouloit faire, mais les mesurant sur ses revenus legitimes, il n'exigeoit des Provinces que le moins qu'il pouvoit, & il avoit le plaisir de voir qu'elles donnoient sans peine, parce qu'il demandoit sans violence. Il traita toûjours le Peuple avec bonté, & le Senat avec respect, marquant au premier son amour, & à celui-ci son estime. De sa Cour furent

4. Les Auteurs de cette Histoire, rapportent que S. Gregoire le Grand, allant en procession, avec le Clergé Romain, à la Basilique de S. Pierre, & passant par la place Trajane, entre les Monumens qu'on y voyoit & qui regardoient Trajan, admira sur tout un bas relief, qui representoit ce Prince lorsqu'il alloit combattre les Daces, descendant de son cheval pour écouter les plaintes d'une veuve dont on avoit massacré le fils, & faisant arrêter sa Cour & son Armée pour rendre justice à cette mere affligée, ils ajoûtent que le Saint Pontife trouvant

bannis les Délateurs & les Flateurs, qui sont deux fleaux extrêmement à craindre auprès des Princes. Ses Affranchis eurent un pouvoir borné, il n'en choisit même que parmi ceux qui avoient de la probité, aussi furent-ils presque tous du goût du Peuple, parce qu'ils étoient du choix du Prince.

Je serois infini, si je voulois rapporter tout ce que les Historiens nous disent des qualités de Trajan; mais je trahirois aussi la vérité de l'Histoire, si je dissimulois ses défauts & ses vices. Il fut sujet aux excès du vin, s'abandonnoit à cette passion avec si peu de reserve, qu'il passoit les nuits à boire, comme Adrien son successeur l'avoüa depuis, en se vantant d'avoir obtenu son adoption en lui tenant compagnie. On ne lui a point reproché l'amour des femmes, mais on l'a accusé, & avec fondement, d'avoir été adonné à un autre & plus honteux & plus brutal: 5 (il ne

dans cette action un grand amour pour la justice, fut touché de la perte éternelle d'un Empereur si équitable, & que s'étant mis en priere il demanda à Dieu qu'il délivrât des peines de l'enfer l'ame de Trajan, ce qui lui fut accordé, comme le lui révela un Ange qui l'avertit toutes fois de ne plus demander de pareilles graces. On peut voir dans Baronius & dans l'Histoire Ecclesiastique du P. Noël Alexandre les raisons qu'ils alleguent pour refuter cette Histoire.

5. On accuse Adrien d'avoir eu pour Trajan des complaisances bien plus criminelles. On ne veut point dissimuler le brutal amour

fut pas non plus exempt de vanité, il la marqua même par des endroits assez bas & indignes d'un Prince qui se piquoit de bons sens, car (*d* outre qu'il permit qu'on l'appellât Seigneur, ce qu'Auguste ne voulut jamais souffrir, 6) & qu'on offrît des Sacrifices à ses Statues: impieté que Tibere avoit défendu, il avoit encore la passion de faire dresser à sa gloire de magnifiques Arcs de Triomphe, & mettre son nom sur tous les Bâtimens qu'il faisoit ou construire ou reparer: ridicule affectation, qui dans la suite (*e* le fit appeller par un de ses successeurs *l'herbe Parietaire.*

Tel étoit Trajan, que Nerva choisit pour lui succeder, & pour rendre à l'Empire son ancien éclat. Il ne trompa point l'attente qu'on avoit de lui; mais il faut con-

d *Dio. lib.* 55. e *Aurel vict. in constanti.*

qu'avoit Trajan pour les garçons. Dion, qui dit de si belles choses à la loüange de cet Empereur, ne nie point qu'il n'ait été fort adonné à cette détestable passion, & Julien dans son festin, dit ingenieusement, que lorsque Trajan parut, on cria à Jupiter de garder de près son Ganimede.

6. Le Peuple Romain ayant déferé à Auguste le titre de Seigneur, ce Prince le refusa & le regarda comme une injure. Il défendit même par un Edit qu'on lui donnât ce titre, qui avoit trop de rapport à la servitude. *Dominus servorum Princeps senatus Imperatum militum.* C'est ainsi que la Divine Providence avoit inspiré cette moderation à Auguste, comme si elle lui eût voulu faire avoüer que sous son regne étoit né le veritable Seigneur Jesus-Christ, Redempteur des hommes.

venir aussi qu'il doit une partie de la gloire de son Regne à Plotine son Epouse. l'Histoire ne nous apprend ni sa Famille ni sa Patrie. (f Il y en a qui croyent qu'elle pouvoit être Sœur ou proche Parente de Pompeïus Planta Gouverneur de l'Egypte, & que Trajan aima toûjours beaucoup; mais ce qu'il y a de certain, c'est que tous ceux qui parlent de cette Imperatrice lui donnent de magnifiques Eloges. Trajan l'avoit épousée long-tems auparavant que Nerva l'eût adopté : elle n'étoit pas belle, son visage avoit même quelque chose de sérieux qui ne la rendoit pas trop agréable ; mais qui répondoit assez à la gravité du haut rang où elle fut élevée: ses manieres étoient pourtant pleines de grace & d'honnêteté : sa fortune ne diminua rien de sa moderation : on ne put lui reprocher d'avoir été fiere ou orgüeilleuse. Bien-loin d'ambitionner ces Titres fastueux que les Imperatrices qui l'avoient précedée recherchoient & qu'elles usurpoient avec autant d'orguëil que d'injustice, elle refusa au contraire ceux que le Senat lui offroit, & rien ne releva tant sa modestie, que la comparaison que l'on en faisoit avec l'insolente vanité des Princes-

f *Tristan. comment. Historiq.*

ſes, qui s'étoient arrogées le ſuperbe Titre de Meres de la Patrie, dont elles étoient le cruel fleau, & qui avoient deshonoré par leurs crimes le Trône que Plotine illuſtroit par ſes vertus. Jamais Princeſſe n'a été plus judicieuſe : ſes avis étoient pleins de bons ſens, ils tendoient toûjours au bien public & à la réputation de Trajan; auſſi de l'aveu d'un Empereur, qui connoiſſoit bien mieux le vrai mérite que la veritable Religion qu'il abandonna par une infâme Apoſtaſie, Plotine contribua beaucoup à la gloire de Trajan & à la ſplendeur de ſon Regne.

On n'eut à blâmer en elle aucun de ces vices éclatants ni de ces défauts groſſiers des autres Imperatrices : on ne lui reprocha ni les trahiſons de Livie, ni les inclinations dépravées de Meſſaline, ni l'ambition, la cruauté & l'avarice d'Agrippine : ſa vie fut exempte de ces crimes, & ſi l'on ne peut pas dire qu'elle ait été ſans défaut, on ne peut point lui refuſer non plus la loüange de ne s'être jamais écarté des regles du devoir & de la bienſéance.

Je n'ai garde d'avoüer les Eloges exceſſifs que lui donne (*g* Pline, qui l'appelle une femme d'une vertu à l'abri de tout ſoupçon, dans des termes qui ſemblent

*g* *Plin. Epiſt. ad Roman. lib. 9.*

même dire quelque chose de plus ; mais un Panégyrique n'est pas un garand trop sûr de la sagesse de la personne qui est loüée, lors sur tout que le Panégyriste en a reçû des bienfaits. Je n'ignore point que tous les Historiens ne conviennent pas tout-à-fait de cette rigide vertu, que Pline prête à Plotine; & après tout si l'on examine de près l'inclination que cette Imperatrice eut pour Adrien, peut-être trouvera-t-on autant de politique dans sa sagesse que dans l'éloge de Pline : l'on démêlera assez facilement les vrais motifs qui firent toûjours agir Plotine avec tant d'adresse & d'empressement pour les interêts de ce Prince, & l'on trouvera que la Protectrice cachoit la Maîtresse. Plusieurs judicieux Auteurs ont fait ce discernement, & ont remarqué que Plotine se servoit de sa politique pour rafiner ses passions, & sur tout son amour pour Adrien. Il est vrai que cette Imperatrice sçut si bien mesurer ses démarches & donner à sa conduite un si beau dehors de sagesse, qu'on n'y trouva rien à reprendre; mais ce soin, cette attention, cette retenuë affectée ne purent la défendre contre le bruit public, & on l'a toûjours soupçonnée d'avoir eu pour Adrien des sentimens de tendresse.

Plotine étoit à Cologne avec Trajan, lorsqu'on

lorſqu'on apporta à celui-ci les nouvelles de ſon adoption, Nerva les lui écrivit lui-même. Cette adoption qui faiſoit honneur au diſcernement de Nerva, en faiſoit auſſi d'autant plus à Trajan, que ſon mérite en étoit le ſeul motif( *h* Nerva l'ayant préferé à tous ſes Parens & à ſes amis, & l'ayant aſſocié à ſa dignité, quoiqu'il fût Etranger & éloigné de Rome. Ce choix fut approuvé par tous les Ordres de la Ville, par les Legions & par les Provinces, & l'on peut dire que tout l'Empire d'accord avec Nerva ſur le mérite de Trajan, lui donna agréablement ſon ſuffrage : le nouvel Empereur ne put point quitter l'Allemagne où ſa preſence étoit néceſſaire, il y reſta encore trois mois, & juſqu'à ce qu'ayant reglé toutes choſes, il partit avec Plotine pour aller prendre poſſeſſion de ſa Dignité à Rome où il étoit fort deſiré : ils furent reçus dans cette Capitale de l'Empire avec les plus ſinceres démonſtrations d'une joie générale au bruit des acclamations du Peuple & des éloges qu'il lui donnoit & à l'Imperatrice ſon Epouſe: celle-ci en parut d'autant plus digne que ſa modeſtie en cette occaſion eut plus d'admirateurs que ſa fortune : comme au retour du Capitole, où Trajan & elle

h *Dio. lib.* 68.

étoient allés en arrivant, elle montoit les degrés du Palais suivie d'une multitude infinie de monde, qui lui rendoit l'hommage de son repect, elle se tourna vers le Peuple, & voulant lui donner une modeste assurance que l'éclat du Trône ne l'avoit point éblouïe, (*i* elle protesta hautement qu'elle entroit dans le Palais telle qu'elle souhaitoit d'en sortir : sentimens de moderation qu'on n'avoit gueres trouvé jusqu'alors dans celles de son rang & qui ont assuré à Plotine l'estime de la Posterité.

Trajan dont les vertus avoient fait esperer un Regne de douceur & d'équité, justifia l'idée avantageuse qu'on avoit de lui, il s'appliqua à policer la Ville, à réformer les abus, à faire d'utiles reglemens : (*l* il rendit aux Patrons 7) le droit

i *Dio. lib.* 68. *Xiphilin. in Trajan.*
l *Dio. lib.* 68. *Xiphilin. Aurel. Vict. Eutrop.*

7. *Di tibi dent quidquid Princeps Trajane mereris,*
*Et rata perpetuo, qui tribuere, velint ;*
*Qui sua restituis spoliato jura patrono*
*Libertis exul non erit ille suis.*
*Dignus es ut possis totum servare clientem :*
*Ut liceat tantum, vera probare potes.* Mart. Ep. 34. X.

Il y en a qui croyent que ce fut Nerva qui fit cette sage ordonnance, laquelle Trajan ne fit que faire executer ; mais Martial en donne toute la gloire à Trajan.

qu'ils avoient ſur leurs Affranchis duquel Domitien les avoit dépoüillés, & ôta à ceux-ci l'audacieuſe liberté qu'ils avoient d'accuſer leurs Maîtres, funeſte permiſſion qui avoit ſi ſouvent ouvert la porte aux calomnies : & après avoir ſagement pourvû à la ſûreté du Public, il lui donna le plaiſir des Jeux, des Feſtes & des plus agréables Spectacles. Il y avoit long-tems qu'on n'avoit aſſiſté à ces divertiſſemens avec tant de ſatisfaction, parce qu'on ne s'y étoit pas trouvé avec ſi peu de danger. La cruauté des Empereurs précedens rendoit inſenſibles à ces plaiſirs les timides Spectateurs, que la crainte tenoit ſans ceſſe alarmés : ceux que la bienſéance ou l'apprehenſion de déplaire au Prince, amenoient au Theatre, au Circle, à l'Amphiteatre, n'y étoient jamais ſans de vives alarmes, parce qu'on avoit ſouvent vû un horrible maſſacre ſucceder au plaiſir du Spectacle. Mais ſous Trajan tout le monde vecût ſans frayeur : on n'avoit à craindre d'autre mort que celle que demandoit la Nature ou qu'éxigeoit le crime. Ni l'avidité du Prince, ni les ſoupçons, ni la cruauté, ni l'avarice de l'Imperatrice, ni ſes vengeances, ne hâtoient la fin de perſonne. On n'écoutoit les Délateurs que pour leur fermer la bouche, & pour punir leur malice : les richesses ne rendoient pas criminels leurs possesseurs : l'Empereur faisoit son bonheur, de celui de ses Sujets. Tel étoit le noble soin de Trajan soûtenu par celui de (m Plotine qui l'entretenoit dans ces loüables sentimens, & qui très-souvent offroit à ses lumieres des avis dans lesquels l'Empereur trouvoit plus de prudence que dans ceux des hommes les plus sages.

Mais une attention trop appliquée aux besoins de la Ville, rendoit Trajan moins soigneux des Provinces, où les Intendans, profitant de la bonté de l'Empereur & de la confiance qu'il avoit en eux, exerçoient les concussions les plus criantes avec d'autant plus de hardiesse, qu'on n'osoit les déferer au Prince, qui sous prétexte de ne vouloir pas oüir des Délateurs, refusoit d'entendre de miserables opprimés, & qui ne pensoit point qu'en croyant fermer l'oreille à la calomnie, il fermoit les yeux sur les exactions & sur les injustices. Ceux d'entre les malheureuses victimes de l'avidité de ces Sang-suës qui ne purent point faire aller leurs plaintes jusqu'à Trajan, ne trouverent point la même prévention dans l'esprit de Plotine, & s'en firent écouter : elle voulut s'instruire à fond de ces

m *Victor. Epist. in Julian.*

affreux déſordres, & des violences de ces petits Tyrans : elle apprit que tout ce qu'il y avoit de gens riches dans les Provinces, étoient l'objet de leur perſecution, & que pour échaper à leur malice, il falloit qu'on ſe livrât à leur cupidité. On l'informa qu'un des Commis du Fiſc avoit amaſſé des richeſſes immenſes par la rapine : elle fut penetrée de pitié pour ces pauvres opprimés, & d'indignation contre les oppreſſeurs : Elle éclaira Trajan ſur ce dangereux abus, lui fit le détail de toutes ces voyes funeſtes dont ſe ſervoient les Intendans pour s'enrichir en pillant les Provinces : elle lui repreſenta le tort infini que ces vexations faiſoient à ſa réputation, puiſqu'il ſembloit autoriſer des injuſtices qu'il ne puniſſoit point : enfin elle parla avec tant de bon ſens & de force, que Trajan reconnoiſſant ſon tort, remedia promptement à ces déſordres & reprima les entrepriſes des Intendans, des Commis du Fiſc & de ces ſortes de gens, par des reglemens qui mirent long-tems les Provinces à couvert de leurs voleries.

Tout le monde ſçut que l'Empire devoit ces ſages Edits & ces ſalutaires précautions au zele de Plotine & à la prudence de ſes conſeils, & le Senat par une très-juſte reconnoiſſance lui décerna le

Titre d'Auguste, qu'il avoit accordé par flatterie aux plus infâmes Imperatrices. Marciane sœur de l'Empereur reçut aussi le même Titre, parce qu'on voulut honorer en elle des vertus semblables à celles de Plotine; mais une même modestie leur fit refuser cet honneur que d'autres avoient usurpé, elles crurent que la moderation de Trajan qui venoit de refuser le Titre de Pere de la Patrie duquel il étoit si digne, étoit pour elles une leçon de modestie qu'elles devoient suivre, elles protesterent (*n* qu'elles ne se pareroient pas de la qualité d'Auguste, tant que Trajan refuseroit celle qu'on lui avoit décerné, & elles ne la prirent en effet, ou ne souffrirent qu'on la leur donnât, qu'après que l'Empereur eut reçû avec le Titre de Pere de la Patrie, celui de très-bon, *Optimus*, qui marque si bien la haute opinion qu'on avoit de la bonté de son cœur & de sa tendresse pour le Peuple.

Ces honneurs parurent à Trajan de nouvelles obligations de s'appliquer aux besoins de l'Empire: il y donna tous ses soins; & un des plus glorieux pour lui, & en même tems des plus avantageux à la République, fut de n'élever aux Charges que des personnes de mérite & de pro-

n *Plin. panegyr.*

bité, en quoi son choix fut toûjours si applaudi, qu'il sembloit qu'il eût recüeilli les suffrages du public avant que de le déclarer : il est vrai que son amitié & son estime faisoient l'éloge de ceux à qui il en faisoit part : sa Cour ne fut composée que de gens d'honneur & de mérite.

Adrien son cousin y tenoit le premier rang par sa naissance & par les qualités de son esprit. Licinius Sura dont l'Empereur se servoit pour déclarer ses volontés au Senat & au Peuple, fut toûjours le dépositaire de ses secrets les plus intimes. On y voyoit Jules Severien, Senateur d'une naissance illustre & d'un mérite si accompli, que Trajan l'estimoit digne de l'Empire, Tatien qui conjointement avec l'Empereur avoit été Tuteur d'Adrien; Pline fameux par son érudition, par son éloquence & par sa politesse; Lucius Quiétus Prince Maure, comparable aux plus grands Capitaines, par son intrepidité & par son experience dans le métier de la Guerre; Palma & Senecion si cheris du Prince; Tacite si connu par son Histoire & par la profondeur de ses maximes; Celsus enfin & beaucoup d'autres grands hommes lesquels par leur mérite justifioient le choix de l'Empereur, qui les honoroit de sa bienveillance. Il y avoit encore à la Cour d'autres Personnages qui tenoient un rang distingué : Frontin illustre par ses exploits militaires, par son habilité dans le Droit, & par la capacité avec laquelle il avoit rempli les plus beaux Emplois : Saturnin dont le sentiment décidoit souverainement du sort des Ouvrages d'esprit ; Martial 8.) dont les Poësies avoient eu tant de vogue durant le Regne de Domitien & qui continua ses Epigrammes jusqu'à ce que ne se voyant pas si bien caressé à la Cour de Trajan qu'à celle de Domitien : il

8. Martial étoit Espagnol de nation. Il alla à Rome étant fort jeune & s'adonna à l'étude des Belles Lettres. Il frequenta quelque tems le Barreau, mais ne se trouvant gueres propre pour cette profession, il mit toute son application à composer des Epigrammes. Elles étoient fort du goût de la Cour de Domitien, & cet Empereur accorda plusieurs graces à ce Poëte. Mais après la mort de Domitien, Martial n'eut pas la même faveur auprès de Nerva & de Trajan, quoique pour leur faire la Cour il fit à leur honneur de flateuses Epigrammes : le peu de cas qu'on fit de lui, l'obligea à se retirer à Bibilis sa Patrie où il mourut. On a porté sur ses Ouvrages differens jugemens ; les uns ont fort estimé ses Epigrammes, les autres les ont fort méprisées. Il ne me convient pas de dire mon sentiment après que Politien, Pontanus, Scaliger d'un côté, Volateran, Paul Jauve d'un autre, ont dit le leur ; mais on ne peut point disconvenir que dans les Epigrammes de Martial il y a bien peu d'honnêteté, & que ce n'est pas tout à fait sans raison, que des modernes ont trouvé que ce Poëte affectoit trop les pointes. On ne sçauroit non plus lui pardonner d'avoir loüé Domitien au dépens de son honneur en donnant des éloges aux crimes de ce Tyran par une basse flaterie ; & c'est peut-être le sujet pour lequel Trajan ne fit pas un trop grand cas de ses loüanges.

se

se retira dans sa Patrie, Juvenal 9) celebre par ses Satires qui l'avoient fait éloigner de Rome, & beaucoup d'autres dont il seroit ennuyeux de rapporter les noms.

Au reste, le beau sexe ne faisoit pas moins d'honneur à la Cour de Trajan, & l'Imperatrice Plotine n'avoit pas une Cour peu polie : la Princesse Marciane si cherie de l'Empereur son frere, Matidie fille de cette Princesse, & les Princesses Matidie & Sabine filles de cette derniere, tenoient le premier rang par leur naissance & par leur mérite. Pauline sœur d'Adrien & Domitia leur mere, y paroissoient avec avantage. La fille de Severien que Fuscus Salinator épousa ; Calpurnie femme de Pline étoient encore regardées avec distinction.

9. Juvenal, natif d'Aquin en Italie, après avoir renoncé à la Déclamation, s'adonna à composer des Satires. Il se déchaîna étrangement contre les vices de son tems, mais sa Verve n'ayant pas sçû épargner ceux qui étoient dans la faveur auprès de Domitien, & sur tout le Comédien Paris, il fut éloigné de la Cour sous d'honorables prétextes. Il revint à Rome, après la mort de Domitien, & mit au jour quelques-unes de ses Satires. On croit que certains vers de sa septiéme Satire furent cause de sa disgrace, parce qu'il y mordoit sans ménagement le Pantomime de l'Empereur.

*. . . . . . Sed cum fregit subsellia versu.*
*Esurit intactam Paris nisi vendat Agaven.*
*Ille & militiæ multis largitur honorem.*
*Semestri vatum digitos circumligat auro.*
*Quod non dant proceres dabit Histrio &c.*

Comme l'Empereur n'avoit point d'enfans de son mariage avec Plotine : les Princesses Sabine & Matidie ses petites nieces en étoient plus respectées. On les regardoit comme si elles étoient filles de Trajan: aussi avoit-on pour elles les égards qui étoient dûs à leur rang, & tout ce qu'il y avoit de grand & de distingué dans Rome leur faisoit une Cour assiduë. Marciane étoit veuve lorsqu'elle arriva à Rome avec Trajan, à son retour de Cologne; & il y a apparence que sa fille Matidie l'étoit aussi puisque les Historiens ne disent pas seulement les noms de leurs maris. Ces Princesses eurent toûjours pour Plotine une respectueuse déference, & Plotine ne laissoit passer aucune occasion sans leur donner des marques de sa consideration & de son estime ; on ne vit jamais une si belle union.

Sabine étoit l'aînée des filles de Matidie & celle que Trajan aimoit le plus ; on la regardoit comme l'heritiere de l'Empire. Adrien fut un des plus empressés auprès d'elle, & quoique son cœur n'eût pas tant de part à ses empressemens que son ambition, il ne laissoit pas d'affecter une grande passion, & de la témoigner à la Princesse, parce qu'il étoit très-persuadé que s'il pouvoit parvenir à l'épouser, ce mariage lui seroit très avantageux pour sa fortune : il fit pour cela des dépenses qui ruinerent fort les affaires de sa maison, sans beaucoup avancer celles de son cœur; car quoiqu'il (*o* fût bien fait, qu'il eût de l'esprit, du sçavoir & des manieres fort galantes, Sabine étoit peu sensible à son mérite & à tout ce qu'il faisoit pour lui plaire. Jamais il ne seroit devenu l'Epoux de cette Princesse, si Plotine ne se fût servie du pouvoir qu'elle avoit sur l'esprit de Trajan, pour porter cet Empereur à faire ce mariage, qui n'étoit pas de son goût; car Trajan n'aima jamais sincerement Adrien, & ce ne fut qu'avec indifference qu'il vit son Parent faire la cour à Sabine, & aspirer à son alliance.

L'Imperatrice qui vouloit assurer l'Empire à Adrien, regardoit ce mariage comme un coup de partie. Sabine portoit pour dot à son Epoux l'esperance de succeder à Trajan, & Plotine regardoit comme une chose fort importante pour elle, qu'Adrien regnât après son Epoux : assurée d'avoir bonne part au Gouvernement. Ainsi, sollicitée par ses propres interêts, & par son inclination pour Adrien, cette habile femme employa toutes les forces de

*o* *Spon. recherc. cur. d'antiq.*

ſon eſprit, pour donner à ce Prince Sabine pour Epouſe, malgré l'averſion ſecrete qu'avoit pour lui l'Empereur, & nonobſtant l'indifference que témoignoit la Princeſſe. Comme elle étoit extrêmement ruſée & qu'elle pouvoit à juſte titre être appellée comme Livie, un Ulyſſe habillé en femme, elle fit ſonder l'Empereur par Sura qui étoit ſon Confident le plus intime, & à qui il ouvroit ſon cœur ſans reſerve: & prenant enſuite elle-même ſon tems pour propoſer à Trajan ce mariage, elle fit tant que l'Empereur y donna enfin ſon conſentement.

Cette grande alliance n'avança pas trop la fortune d'Adrien: Trajan ſemblant oublier qu'il eût l'honneur de lui appartenir de ſi près, le négligeoit entierement, tandis qu'il avançoit des Favoris, dont l'agrandiſſement ne devoit pas lui tenir tant à cœur, & qui n'avoient peut-être pas le mérite de l'Epoux de Sabine. Plotine fit faire à l'Empereur ces réflexions, & le Conſulat que Trajan donna à Adrien fut le fruit de ſa ſollicitation.

Dans ces ſoins obligeans que Plotine prenoit de la Fortune d'Adrien, les plus clairvoyans crurent remarquer un peu de tendreſſe: & l'attachement d'Adrien pour l'Imperatrice, ſes ſoins empreſſés, ſon devoüement à ses volontés, furent regardés moins pour des sentimens de reconnoissance & d'estime, que pour un retour d'amour. Quoiqu'il en soit il faut rendre cette justice à Plotine, qu'elle ménagea toûjours sa conduite avec tant de circonspection, & qu'elle sçut si bien concerter toutes ses démarches, qu'elle ne donna aucun sujet de prise à la critique la plus austere. Si sa vertu n'eut pas un vrai mérite, elle eut une grande réputation. Il faut convenir qu'elle sçut se servir fort heureusement de sa politique : car quoique dans son amour, dans ses complaisances, & dans ses empressemens pour Trajan, il entrât beaucoup d'art, cet Empereur eut toûjours de grands égards pour elle, & marqua avoir pour sa sagesse une idée plus avantageuse, que celle qu'avoient bien des gens qui s'imaginoient peut-être mal-à-propos, que Plotine dans ses tête-à-tête négligeoit cette regularité concertée, qui imposoit à Trajan & aux yeux du vulgaire.

Après que l'Empereur eut donné une nouvelle face à la Ville, par le bon ordre qu'il y établit, par les superbes Edifices dont il l'orna, & par la réformation de plusieurs abus que Domitien avoit ou introduit ou souffert : & que Nerva n'avoit pû corriger, il ſongea à redonner à l'Empire ſon ancien luſtre, & à en humilier les Ennemis que la lâcheté de Domitien avoit enhardis à tout entreprendre. Decèbale Roy des Daces étoit un de ceux qui avoient fait un plus grand outrage aux Romains. Ce Prince auſſi grand Capitaine que bon Négociateur, (*p* habile à profiter des conjonctures, & plein de reſſources dans ſes malheurs, après avoir défait en deux occaſions les Legions Romaines, avoit vendu cherement la Paix à Domitien, en éxigeant un tribut qu'on lui payoit régulierement tous les ans & qui ſembloit être un honteux monument des Triomphes des Barbares. 10.) Trajan qui n'avoit vû qu'à regret payer ce tribut, qu'il

p *Dio. lib.* 57.

10. Martial flateur à ſon ordinaire, à l'égard de Domitien; fit une Epigramme lors de la révolte des Daces, & dit que ces Barbares ne méritent pas que l'Empereur prenne les armes contre eux, comme s'il n'étoient pas aſſez redoutables pour ſe faire craindre. Il ajoûte que comme un Aigle ne s'aviſa pas de prendre une Mouche, ni un Lion un Lievre. Domitien ne doit pas non plus faire attention aux mouvemens des Daces.

*Quid nunc ſæva fugis placidi Lepus ora Leonis?*
*Frangere tam parvas non didicere feras.*
*Servantur magnis iſti cervicibus ungues.*
*Nec gaudet tenui Sanguine tanta ſitis.*
*Præda canum Lepus eſt. Vaſtos non implet hiatus:*
*Non timeat Dacus Cæſaris arma puer.*

regardoit comme une tache qui flétrissoit la gloire de Rome, avoit résolu de se venger à son tour sur les Daces des succès qu'ils avoient eu sur les Romains, & d'éfacer dans leur sang la honte du Traité qu'ils avoient fait avec Domitien, & dont ils avoient eux-mêmes dicté les dures & ignominieuses conditions. Il saisit le premier prétexte qui s'offrit de leur déclarer la Guerre, & partit de Rome à la tête de ses Legions ayant pris avec lui Adrien.

L'approche de l'Empereur étonna grandement les Barbares. Decebale, n'ignoroit point que ce n'étoit pas les Romains qu'il avoit vaincus, (q mais Domitien Prince effeminé, fondu dans les délices, ennemi du travail & de la fatigue, & peu capable d'ambition: & il étoit persuadé

q *Dio. lib.* 68.

Cependant nous lisons que Decebale Roy des Daces sçut se faire craindre des Romains ou plûtôt de Domitien, puisque cet Empereur fut obligé d'acheter la Paix à des conditions peu honorables: le Poëte ne laissa pas de regarder cette Paix comme un Triomphe de Domitien sur les Barbares, & de mettre ce Prince au dessus de Vespasien, & de Tite, qui tous deux avoient été occupés à la Guerre des Juifs, & qui avoient comme partagé l'honneur de la victoire; au lieu que Domitien avoit eu seul la gloire d'avoir réduit les Daces.

*Frater Idumeos meruit cum patre triumphos:*
*Quæ datur ex Dacis Laurea, tota tua est.*

qu'il n'étoit pas si facile de vaincre Trajan, qu'il connoissoit pour un Empereur brave, experimenté, aussi bon Soldat qu'habile Capitaine. Il ne tint pas à lui d'éviter d'en venir aux mains; mais Trajan aimoit trop la gloire pour se contenter d'avoir fait une menace fanfaronne. En effet, comme assez près du Camp des Ennemis on eut presenté (r à l'Empereur un gros Champignon sur lequel étoit écrit en latin, que les Daces & les Peuples voisins prioient Trajan de s'en retourner, & de ne pas rompre la Paix. Ce Prince bien loin d'écouter leurs remontrances, leur livra la Bataille: elle fut une des plus sanglantes qui eût été donnée & l'on peut dire en un sens qu'elle fut fatale aux vainqueurs même, à qui il en coûta beaucoup de sang, car du côté des Romains, il resta sur le Champ de Bataille beaucoup de morts, outre un nombre infini de blessés, dont le malheur fournit à l'Empereur une occasion de faire éclater sa bonté: car comme on manquoit de linge pour bander les playes des blessés, il mit sa casaque en pieces & sacrifia ses habits à la misere de ces pauvres Soldats.

Trajan, au reste, dans cette Guerre, fit tout ce que l'on pouvoit attendre de sa

r *Xiphilin. in Trajan.*

capacité. Il pénétra jusques dans la Ville Capitale du Pays à travers les dangers, prit la sœur de Decebale & le Château où elle s'étoit retiré, & contraignit ce Prince à implorer la clemence du Vainqueur, qui lui accorda la Paix à des conditions, dont la dureté vengeoit l'ignominie de celles qu'il avoit éxigé de Domitien. Mais ce qu'il y a de bien digne d'admiration dans la conduite de Trajan, c'est qu'après avoir prescrit les conditions de la Paix, maître de lui-même au milieu de ses victoires, n'oubliant point sa moderation, non pas même parmi les lauriers de ses triomphes & les acclamations des Legions, il éxigea que Decebale envoyât des Ambassadeurs au Senat pour lui demander la confirmation du Traité.

Si ce fut pour les Romains un spectacle agréable de voir les Daces si insolens de leurs victoires, forcés de reconnoître l'autorité du Senat & de lui demander la Paix après leur malheur; ce fut aussi un jour bien glorieux à Trajan, lorsqu'on vit ces Ambassadeurs entrer dans le Senat les mains jointes comme des Esclaves, servir de Herauts aux victoires de l'Empereur, par l'humble aveu qu'ils faisoient de leur défaite. Rome eut bien-tôt un spectacle plus doux dans la personne de Trajan même qui y arriva couvert de gloire. Le Senat lui décerna l'honneur du Triomphe : & le Titre de Dacique, qu'il avoit si dignement mérité : Il en fut le premier orné pour sujet de la défaite des Daces. Cette cérémonie fut suivie de plusieurs combats de Gladiateurs, & de tout ces plaisirs qu'on avoit coûtume de donner au Peuple.

Trajan eut la satisfaction de trouver dans Rome le même ordre que sa sagesse y avoit établi, & que la prudence de Plotiney avoit entretenu avec une certaine facilité, qui marquoit en elle un genie capable des plus grandes choses. Depuis long-tems l'Empire n'avoit éprouvé une plus heureuse & plus douce domination. Les Provinces ne craignoient plus les entreprises des Ennemis, ni celles des Usuriers : la valeur de Trajan empêchoit les incursions de ceux-là ; sa justice arrêtoit les extortions de ceux-ci ; chaque particulier joüissoit de ses biens sans allarmes. La Ville ne vit plus le sang de ses Citoyens couler dans ses ruës ; l'épée de l'Empereur ne fut funeste qu'aux Ennemis de la République. Les Familles n'avoient à craindre ni la cruauté de Plotine, ni son avarice, ni son ambition : jalouse du bien public, elle ne cherchoit qu'à rendre chaque particulier heureux. Personne n'eut à se plaindre de son autorité, & l'on peut dire que si Trajan étoit la terreur des Barbares, Plotine faisoit les délices des Romains. Elle ne se distinguoit des Dames de la Ville (f ni par le faste de ses habits, ni par la fierté de sa démarche, ni par le nombre de ses Domestiques, ni par l'orgüeil de ses manieres, mais par sa générosité, par son inclination & sa facilité à faire du bien, par la douceur de ses mœurs, par son amour pour la gloire de Rome, par la bonté de son cœur, & par une certaine complaisance qu'elle avoit pour tous ceux à qui elle pouvoit accorder quelque grace : aimables qualités qui lui attiroient le cœur & la confiance de tout le monde.

L'étroite union dans laquelle elle vécut avec Marciane sa belle-sœur, fut encore le fruit de sa sagesse & de son estime pour le mérite de cette Princesse. L'émulation, l'envie, la jalousie ne refroidirent jamais leur amitié : elles se prévenoient par de mutuels témoignages de tendresse & de consideration on ne vit point entre elles une opposition de volontés, parce qu'entre elles regnoit une conformité d'inclinations & de sentimens, & cet accord fut la source de la

f *Plin. panegyr.*

parfaite tranquillité de la Ville & de la Cour, où l'on n'étoit pas dans la triste nécessité d'exercer la penible politique de ménager si bien les hommages que l'on rendoit à Marciane, que Plotine n'en fut point choquée, & où l'Imperatrice voyoit sans chagrin rendre à la Princesse des respects, dont elle n'étoit pas jalouse, comme la Princesse souffroit sans envie & sans peine, que l'Imperatrice reçût les devoirs que lui attiroit son rang.

Plotine garda la même conduite à l'égard de Matidie & des deux Princesses ses filles. Elle eut tant de ménagemens pour elles, entra avec tant de complaisance & de zéle dans leur interêt, eut pour elles des manieres si gracieuses & si prévenantes, qu'elle ne leur fit jamais sentir la superiorité de son rang ; ( *t* & l'on doit avoüer que l'élevation de Plotine ne fit que donner de l'éclat à sa moderation. Cet heureux accord, cette parfaite union, donna beaucoup de satisfaction à Trajan. Il voyoit avec joie cette bonne intelligence regner entre Plotine son Epouse, qui lui étoit fort chere, & qu'il estimoit beaucoup, & les Princesses sa sœur & ses niéces pour lesquelles il avoit une grande tendresse.

*t Plin. lib. 16.*

Ainsi n'ayant rien qui lui donnât de l'inquiétude dans son Palais, il donna toute son attention aux besoins de la Ville & des particuliers : il interrompoit souvent ses plaisirs pour rendre la justice, (u & on le vit plusieurs fois s'arrêter dans le Portique de Livie, dans le Marché ou Fore d'Auguste, & dans d'autres lieux, y écouter avec patience & avec douceur, les plaintes qu'on lui faisoit, & faire rendre à chacun ce qui lui étoit dû avec un zéle aussi admirable qu'il est rare.

Cependant tandis que Trajan, sur la foi du Traité de paix qu'il avoit fait avec les Barbares, occupoit toute son attention du soin de la Ville, qu'il embellissoit tous les jours, & où il faisoit regner la justice: Decebale pratiquoit sourdement les Princes voisins, & les animoit à la revolte; & afin de les obliger à joindre leur armes aux siennes, il leur representoit que ses interêts étoient les leurs; qu'ils devoient regarder les Romains comme leurs Ennemis communs; qu'ils ne devoient point douter, qu'après que la Dace auroit été conquise, leurs Etats ne devinssent la proye de l'ambition de ces Vainqueurs, que l'amour de la liberté devoit les engager à prévenir ce malheur, en s'opposant tous

u Dio. lib. 68.

ensemble aux desseins de l'Empereur : Et au même tems que ce Prince rusé tentoit par ses Emissaires, la fidelité de ses voisins, il fortifioit ses Places, faisoit de grosses provisions d'Armes & de munitions, levoit des Troupes, recevoit les Deserteurs de l'Armée Romaine à sa paye, & par tous ces préparatifs, il menaçoit les Provinces de l'Empire d'une prochaine irruption. Ces mouvemens annoncerent ses desseins : Trajan en fut bien-tôt informé. Il communiqua ces nouvelles au Senat, & après qu'on eut déclaré Decebale ennemi de l'Empire, & qu'on eut résolu de le punir de sa perfidie, l'Empereur partit pour le combattre.

Ce fut durant cette expedition que Trajan fit faire sur le Danube ce 11) fameux Pont qui passa pour un des plus hardis & des plus curieux Ouvrages de l'Univers : il pénétra ensuite dans le Pays des Ennemis, & réduisit Decebale à de si grandes extrémités, que ce Barbare craignant d'être pris, & de servir d'ornement

11. Trajan, craignant que si le Danube venoit à se glacer, son Armée ne pût être secouruë, fit faire ce Pont dont on a tant parlé. L'on assure que ce fut l'Architecte Julius-Lacer, qui fit ce merveilleux Ouvrage.

*Pontem perpetue mansurum in sæcula mundi.*
*Fecit divina, nobilis arte Lacer.*

au Triomphe des Romains, se tua de désespoir. L'Empereur lui fit couper la tête & l'envoya à Rome. Il soûmit toute la Dace, la réduisit en Province, y mit des Colonies, donna son nom à plusieurs Villes, distribua à ses Troupes les richesses que Decebale avoit cru mettre en lieu de sureté, en les cachant dans des fosses qu'il avoit faire dans le Canal d'une Riviere dont il avoit détourné le cours, & mit fin à une Guerre qui tenoit depuis long-tems Rome en inquiétude.* Trajan se signala dans cette expedition, & son exemple anima si fort les Soldats, que l'on raconte qu'un Cavalier qui fut blessé, & qui voulut se faire panser, ayant connu que sa blessure étoit mortelle & qu'il n'y avoit pas de guérison à esperer, au lieu de s'affliger & de perdre courage, voulut signaler les derniers momens de sa vie, par une action

* Les Romains pour faire un plus grand outrage aux Barbares à la vûë desquels ce Pont fut construit, firent graver sur les pilastres cette inscription.

PROVIDENTIA AUG. VERE PONTIFICIS
VIRTUS ROMANA QUID NON DOMET ?
SUB JUGUM ECCE RAPITUR
ET DANUBIUS.

L'Empereur Adrien fit abbatre une partie de ce Pont, pour ôter aux Ennemis de l'Empire, la facilité de faire des irruptions dans les Provinces.

qui marquoit bien glorieusement l'intrepidité de son courage : car ( x étant retourné au combat, il se battit avec plus de fureur, parce qu'il n'avoit plus rien à ménager, tua plusieurs Barbares & fit des merveilles, jusqu'à ce que la perte de son sang diminuant ses forces, lui ôta la vie.

L'Empereur ayant reglé toutes choses dans la Dace s'en retourna à Rome ; il y fut reçû avec de grandes & sinceres demonstrations de joie. On lui décerna l'honneur du Triomphe, on érigea des Trophées à sa gloire, & l'on en voit encore un superbe monument dans la Colonne Trajane, 12 ) élevée dans la place qui porte le même nom, & qui fut la chose que l'Empereur Constance admira le plus dans Rome ; comme elle est encore aujourd'huy un des restes de la magnificence Romaine que les curieux admirent le plus.

La conquête de la Dace, porta la réputation de Trajan jusques dans les Royaumes les plus éloignés, & le rendit respec-

x *Dio. lib. 68.*

12. La Colonne Trajane est un des plus beaux & des plus admirables ouvrages d'Architecture qu'on puisse voir. On y voit represente toutes les victoires, les batailles & les belles actions de Trajan. Ce Prince la fit commencer à son retour de la guerre des Daces, & elle ne fut achevée que sept ans après. Plotine fit placer au sommet

table

table aux Peuples les plus Barbares. Les Nations, dont à peine l'on connoissoit le nom, lui rendirent l'hommage de leur respect & de leur estime, & honorerent ses victoires par de superbes Ambassades. L'on vit jusques aux Indiens venir des extrêmités de la Terre pour lui demander son alliance : & ces Etrangers qui furent les admirateurs de sa vertu, furent aussi les témoins de la magnificence, qu'il fit éclater dans ces fameux combats de Gladiateurs & des Bêtes sauvages, dans ces Jeux, dans ces Courses, & dans tous ces differens Spectacles, dont le paisir dura plusieurs mois.

Ces divertissemens n'occuppoient point si fort Trajan, qu'il s'oubliât par une molle oisiveté: il fit voir qu'il n'étoit pas moins grand dans la Paix que dans la Guerre. Il s'appliqua avec une vigilance infatigable à soulager la Ville affligée par les fleaux les plus cruels : il donna les plus généreux témoignages de son amour pour les Citoyens, dans l'attention qu'il eut à réparer les malheurs que causerent la peste,

de la colonne, l'Urne dans laquelle étoient les cendres de Trajan, & depuis le Pape Sixte V. à la place de l'Urne fit mettre la Statuë de Saint Pierre, laquelle a consacré pour ainsi dire ce superbe monument d'antiquité, à la Religion, & à la pieté de ce Souverain Pontife qui l'a réparé.

les embrâſemens, la famine, les tremblemens de Terre, & un extraordinaire débordement du Tibre. Il embellit la Ville par la conſtruction de pluſieurs nouveaux Bâtimens, & ſur tout de ce fameux Cirque, dont la ſtructure & la magnificence publioient la grandeur d'ame de cet Empereur; outre cela il eut ſoin de faire obſerver les Loix avec une grande exactitude. Trois veſtales qui avoient manqué contre leurs vœux, en firent une épreuve fâcheuſe: quelques ſeveres que fuſſent les peines dont leurs fautes étoient punies, & ſur tout celles qui faiſoient brêche à leur Virginité, Emilie, Martia, & Licinte n'en craignirent point les rigueurs; elles eurent un commerce galant avec trois Chevaliers Romains, auſſi temeraires & auſſi peu ſcrupuleux qu'elles. Butece étoit le premier Auteur de cette perilleuſe intrigue, & il la conduiſit avec tant d'adreſſe & de circonſpection qu'elle ne ſauta aux yeux de perſonne. Les Veſtales à la faveur de leur habit reſpectable & de la ſainteté de leur inſtitut, ſe menageoient des plaiſirs ſecrets, & faiſoient de ſacrileges attentats à leurs vœux, qu'elles affectoient en Public d'obſerver avec beaucoup de régularité: leur vigilance à entretenir le feu ſacré de Veſta ſervoit de couverture au feu de leur criminelle passion. Les Chevaliers de leur côté, interessés à garder le secret, étoient très attentifs à ne faire aucune démarche qui pût l'éventer. Les mêmes peines étoient reservées à leur crime, les mêmes raisons les engageoient à prendre les mêmes précautions. Cette galanterie devoit être penible: il falloit tromper les yeux du Public, & ceux de la grande Vestale, laquelle étoit un severe Espion, qui avoit sans cesse les yeux ouverts sur tous les pas de ses Religieuses. Cependant ce Triumvirat galant auroit triomphé de l'un & de l'autre, si un malheur n'eût découvert ce mystere. Butece avoit parmi ses Domestiques un Valet qui étoit du secret, car dans ces sortes d'affaires, on ne peut se passer de quelque confident. Celui-ci piqué, pour je ne sçai quelle raison, contre son Maître, ne crut pas pouvoir se mieux venger, qu'en le dénonçant pour son sacrilege, & en revelant le commerce que lui & ses complices entretenoient avec les trois Vestales. De pareils attentats n'étoient jamais pardonnés dans Rome. Trajan, sur la plainte du Domestique fit informer du sacrilege: il n'y eut que trop de preuves que ces Chevaliers & les Vestales étoient coupables, & l'Empereur, très severe contre ceux qui commettoient ces sortes de crimes, les condamna au ſupplice qu'ils meritoient.

Cette ſeverité fut ſans doute plus juſte que celle qu'il exerça contre les Chrétiens, contre leſquels il donna de ſanglans Edits, qui furent executés avec une cruauté barbare. Pline, qui gouvernoit alors la Bithinye, écrivit à l'Emperenr, qu'après avoir examiné toutes choſes, il ne trouvoit point que les Chrétiens fuſſent coupables; que leurs maximes étoient pleines de ſageſſe, & leurs actions exemptes de crimes; & ſur cette remontrance, l'Empereur, qui connoiſſoit Pline pour un homme très ſenſé, & très raiſonnable; fit un ſecond Edit par lequel il défendit qu'on recherchât les Chértiens pour leur Religion: mais il ordonna en même tems, que s'ils étoient déferés & convaincus ils fuſſent punis, en quoi cet Empereur, qui aimoit tant la juſtice, ſe contrediſoit lui-même, car en défendant de rechercher les Chrétiens, il les déclaroit innocens, & en ordonnant cependant de les punir quand ils ſeroient déferés & convaincus, il les jugeoit coupables: tant il eſt vrai que la prudence qui n'eſt pas conduite par les lumieres de la Foi, tombe dans la contradiction & n'eſt qu'une vraie folie.

En ce tems-là, mourut Licinius-Sura, l'ami le plus ſincere qu'eût Trajan, qui lui devoit même en partie l'Empire. L'Empereur fut extrêmement affligé de sa mort, il fit donner à ses cendres une superbe sépulture, & dans la magnifique Statuë, qu'il fit ériger à l'honneur de son Favori, il donna un témoignage de sa reconnoissance & de sa douleur. Et certes, dans Sura, Trajan avoit un ami fidele, vrai, zélé, & digne de la confiance dont il l'honoroit, malgré les détours de certains esprits malins, qui jaloux de la faveur de ce Courtisan, qu'ils vouloient rendre suspect au Prince, avoient voulu lui faire croire qu'il avoit de mauvais desseins sur sa vie. L'Empereur qui n'étoit pas capable de concevoir un soupçon si injurieux à la fidelité de son ami, fit voir qu'il ne croyoit point Sura capable d'un si noire attentat, (y & ferma pour toûjours la bouche à l'imposture, sans pourtant faire de la peine aux Imposteurs, qui s'étoient couverts d'un beau dehors de zéle pour ses interêts: car s'étant un jour invité lui-même chez son Favori, il renvoya ses Gardes & ses Officiers, & y resta seul; ensuite il demanda le Barbier, & le Medecin de Sura, se fit faire la barbe & couper le poil des sourcils, prit le bain, se mit à table &

y *Dio. lib.* 68.

soupa tranquilement, sans laisser paroître aucun soupçon de ce dont on l'avoit averti, & le lendemain à son lever, il dit agréablement à ses Courtisans que si Sura en vouloit à sa vie, il avoit eu une belle occasion de faire son coup.

Sura étant mort, tout ce qu'il y avoit à la Cour de gens qui faisoient quelque figure, aspirerent à lui succeder dans la faveur qu'il avoit auprès du Prince. Adrien par son esprit, par son sçavoir, par sa naissance, & par l'honneur qu'il avoit d'être Parent & allié de Trajan, pouvoit sans doute soutenir la qualité de son Favori ; mais tout son merite n'étoit pas capable de lui faire remplir la place de Sura, si Plotine ne fût venuë à son secours. Elle parla pour lui, elle menagea ses interêts, & sçut enfin si adroitement tourner le cœur de l'Empereur du côté d'Adrien, que Trajan, toûjours complaisant pour l'Imperatrice, revêtit Adrien du Consulat, lui donna le Gouvernement de la Syrie, le fit le dépositaire de ses secrets, quoiqu'il n'eût pas en lui la même confiance qu'il avoit en Sura ; & par une glorieuse préference, il lui donna le commandement de l'Armée sous ses ordres dans la Guerre des Parthes, ne sçachant pas sans doute que ces bienfaits qu'il croyoit accorder à l'Epoux de sa niece, tomboient sur l'Amant de sa femme.

Je ne rapporterai point tout ce que Trajan fit dans cette Guerre que son ambition lui fit entreprendre, il faudroit faire une Histolre exprès. ( z Plotine le suivit en Orient aussi bien que la Princesse Matidie, & donna dans les Provinces étrangeres les mêmes exemples de moderation qu'elle avoit donné à Rome : l'Empereur au reste n'eut pas toûjours d'heureux succès. Le Siege d'Atra arrêta ses Conquêtes: car il fut obligé de le lever après avoir perdu beaucoup de monde, sur tout au dernier assaut qu'il livra en personne, & où il donna des marques d'une grande valeur, lorsque piqué de la resistance opiniâtre des Assiegés, il eut quitté ses Ornemens imperiaux pour combattre parmi les Soldats, & avec moins de menagement qu'il ne convenoit à sa Dignité.

Ce Siege fut le dernier de ses Exploits, car d'abord qu'il l'eut levé, il se sentit incommodé, & l'on crut que sa maladie étoit un effet de la trahison d'Adrien; mais beaucoup jugerent que c'étoit une hidropisie jointe à une paralisie sur une partie de son corps. Trajan nonobstant

z *Dio. lib.* 68.

ſon indiſpoſition réſolut de retourner à Rome, où le Senat l'invitoit d'aller recevoir le prix de ſes Victoires. Il remit le Commandement de l'Armée à Adrien, qu'il avoit fait Gouverneur de Syrie, & prit le chemin de Rome accompagné de l'Imperatrice, & de la Princeſſe Matidie. Ils arriverent à Selinonte Ville de Cilicie, laquelle fut depuis appellée Trajanople; mais l'Empereur s'étant trouvé plus incommodé qu'à l'ordinaire, à cauſe des chaleurs de la Canicule, il s'y arrêta: ſon mal ne fit qu'augmenter de plus en plus; & un flux de ventre étant ſurvenu il l'emporta.

Plotine qui durant le cours de cette maladie avoit eu le tems de prevoir la mort de Trajan, ne ſongea qu'aux interêts d'Adrien, qui étoit pour lors à Antioche: & comme elle craignoit que ſon abſence ne lui fût préjudiciable, elle mit en œuvre tous les reſſorts de ſa politique pour lui aſſûrer l'Empire. Nous avons déja dit que Trajan n'aima jamais Adrien, bien loin de ſonger à le déclarer ſon ſucceſſeur, il voulut mourir ſans s'en choiſir aucun; ſoit qu'il voulût imiter en cela Alexandre, qu'il avoit pris pour modele; ſoit que ne jugeant pas Adrien digne de l'Empire, il voulût laiſſer au Senat & aux Legions la liberté de ſe donner un Maître.

Plotine

Plotine connoissoit combien il étoit important pour Adrien, qu'on crût que Trajan l'eût adopté, & declaré son successeur; le respect que le Senat & les Troupes avoient pour toutes les volontés de l'Empereur assuroit, pour ainsi dire, le Trône à celui qu'il paroîtroit avoir choisi, & Adrien n'étoit peut-être ni assez aimé, ni assez estimé pour pouvoir se flater qu'on le preferât à beaucoup d'autres grands hommes, qu'on jugeoit dignes de cette haute fortune. Elle n'eut garde de proposer à Trajan de se choisir Adrien pour successeur de peur qu'il ne s'expliquât pour un autre ou qu'il ne témoignât de l'éloignement pour ce Prince : mais à peine l'Empereur eut rendu l'esprit, que Plotine qui tint cette mort fort secrete, introduisit un de ses Courtisans, sur qui elle pouvoit compter, dans la chambre de Trajan, & l'ayant fait mettre dans le lit, elle fit entrer plusieurs Senateurs & plusieurs Officiers, (*a* en présence desquels le malade postiche déclara d'une voix basse & mourante qu'il nommoit Adrien pour son successeur.

Plotine fit sur le champ écrire au Senat des Lettres sur cette adoption, & comme elles ne pouvoient point être signées par

a *Spartian. in Adrian.*

Trajan qui étoit mort; elle les ſigna, prétextant que l'Empereur à cauſe de ſon indiſpoſition, n'avoit pû les ſigner, & au même tems, elle dépêcha un exprès à Antioche, pour donner avis à Adrien de la mort de Trajan. Au reſte cet Empereur fut généralement regretté de tout l'Empire. Rome n'a jamais verſé des larmes plus ſinceres. Celles de Plotine furent ſans doute plus politiques, elle trouvoit des motifs de conſolation de la mort de Trajan, dans l'attachement & la conſideration qu'Adrien avoit pour elle; cependant elle ne laiſſa point de donner des témoignages publics de ſa douleur, & après avoir fait brûler à Selinonte même le corps de l'Empereur & enfermé les cendres dans une Urne d'or, elle prit le chemin de Rome. Adrien qui étoit venu en diligence d'Antioche, mit lui-même l'Urne dans le Vaiſſeau, & s'en retourna après avoir donné à Plotine des marques de ſa reconnoiſſance.

Plotine & Matidie porterent à Rome le dépôt qu'on leur avoit confié. L'Urne fut reçuë par tous les ordres de la Ville avec de grands reſpects, & on la plaça ſur la ſuperbe Colonne que Trajan avoit lui-même fait élever dans la place qui porte ſon nom. L'Imperatrice Plotine eut le même pouvoir & la même autorité qu'elle avoit eu sous Trajan. Adrien qui lui devoit l'Empire, eut pour elle les égards à quoi l'obligeoit sa gratitude envers sa bienfaictrice ; mais rien ne marqua tant son attachement pour Plotine que la douleur qu'il eut de sa mort. Il parut en deüil durant neuf jours, il fit dresser un Temple à l'honneur de cette Princesse, il composa des Vers à sa loüange, lui fit enfin accorder l'Immortalité, & lui dédia une belle Basilique dans la Ville de Nismes, dont on voit encore des vestiges.

# SABINE

## *Femme de l'Empereur Adrien.*

CE n'eſt point dans l'élevation du rang, & dans les poſtes brillans que l'on trouve un ſolide bonheur, les grands chagrins ſuivent les grandes fortunes, avec les Rois vont ſouvent s'aſſeoir ſur le Trône, la triſteſſe, le dépit, les jalouſies, les ſollicitudes les plus ameres. L'Imperatrice Sabine élevée à l'Empire, fut la victime malheureuſe de ſa grandeur : elle ne fit Adrien Empereur que pour le rendre ſon Tyran & ſon perſécuteur, elle trouva l'eſclavage le plus dur, dans la plus éclatante dignité du monde.

Sabine étoit fille de Matidie, niece de Trajan, & petite-fille de Marciane ſœur de ce Prince, deſquelles le nom reſta inconnu dans l'obſcurité de la fortune mediocre de leurs maris, dont l'on ignoroit même le nom, juſqu'à ce que Trajan ayant été élevé à l'Empire, elles eurent part à ſa fortune. Marciane & Matidie ſa fille étoient veuves, lorſque Nerva adopta Trajan, & de là vient, ſans doute, que l'Histoire a laissé dans l'oubli le nom de leurs maris, lesquels selon toutes les apparences n'étoient pas fort considerables dans l'Empire. Mais Trajan ayant été revêtu de la Puissance Souveraine, sa gloire rejaillit sur tous ceux de son sang; & dès-lors Marciane sa sœur, Matidie sa niece, & les jeunes Princesses Sabine & Matidie fille de sa niece Matidie, furent regardées avec la distinction qui étoit dûë à leur rang. Le Senat qui ne ménageoit rien lorsqu'il s'agissoit de flatter le Prince & de lui faire la cour, leur décerna les Titres & les honneurs les plus pompeux; il les déclara Augustes: & comme Trajan avoit une grande consideration pour sa sœur, & beaucoup de tendresse pour ses nieces, la Cour, la Ville, & les Provinces eurent pour elles le même respect & la même déference qu'on avoit pour l'Imperatrice.

Sabine étoit l'aînée des filles de Matidie, & parce que Trajan n'avoit point d'enfans, elle étoit regardée comme sa fille, & avoit pour dot l'esperance de l'Empire; ce qui donnoit un grand relief à son merite, & relevoit merveilleusement ses belles qualités. A ces grandes esperances de fortune, Sabine joignoit une beauté avec laquelle peu d'autres pouvoient entrer en comparaiſon & une ſageſſe qui ne ſe démentit jamais. (*a* Elle allioit la gravité des mœurs, à la modeſtie de ſon viſage : ennemie de tous les plaiſirs & de tous les divertiſſemens où il entroit la moindre irregularité, elle portoit par tout un exterieur grave & composé, qui marquoit ſon humeur ſevere, & ce fut de ſon air ſérieux & mélancolique, qu'Adrien prit prétexte dans la ſuite de lui reprocher des manieres bruſques & un naturel fâcheux, (*b* bizarre, & incommode; mais les plaintes d'un Epoux ſont ſuſpectes, & il ne doit pas être toûjours crû, ſur les défauts qu'il attribuë à une Epouſe qu'il n'aime point.

De tous ceux qui avoient de l'empreſſement pour Sabine & qui aſpiroient à l'honneur de l'avoir pour Epouſe, Adrien étoit ſans conteſtation le plus remarquable. Outre l'avantage qu'il avoit d'être parent de Trajan & de l'avoir eu pour Tuteur, il poſſedoit de belles qualités, qui brilloient en lui avec d'autant plus d'éclat, qu'il ſçavoit parfaitement bien cacher les défauts qui pouvoient l'obſcurcir. Il étoit grand, bien fait, d'une taille degagée, portant ſes cheveux bouclés, & une barbe épaiſſe qu'il eut ſoin de ne point faire

a *Triſtan. comm. hiſt.* b *Spartian. Adrian.*

raser (*c* parce qu'elle cachoit quelques défauts naturels qu'il avoit au menton. Il avoit un temperamment si robuste qu'il fit à pied une grande partie de ses voyages ayant rarement la tête couverte, même dans l'hiver ; un esprit vaste, poli, pénetrant & capable des sciences les plus abstraites ; aussi n'y a-t'il point eu d'Empereur qui ait sçû plus de choses que lui. 1) Sa mémoire étoit prodigieuse : il se souvenoit de tous les lieux où il avoit passé, & des Rivieres qui s'étoient trouvées sur les routes, il sçavoit le nom de tous les Soldats qui servoient dans ses Armées, il avoit une si grande vivacité d'esprit & une si heureuse facilité à composer, soit en vers, soit en prose, qu'il répondoit sur le champ en vers, si on lui parloit ainsi, & cela avec autant de justesse que s'il eût eu le tems necessaire pour préparer sa réponse. Mais ce Prince eut aussi de grands défauts : il étoit cruel, dissimulé, fourbe, débauché, vain, envieux, & de plus jaloux du merite d'autrui : (*d* il avoit un fond inépuisable d'ambition, & non content d'avoir sur

*c Spon. recher. curieu. d'ant. Spartian.* d *Dio. lib. 69.*

1. Adrien publia des Livres sous le nom de Phlegon son Affranchi. C'est l'Histoire de sa vie. Phlegon avoit lui-même mis au jour des Ouvrages qui étoient de sa composition & qu'on estimoit beaucoup.

le reste des hommes une superiorité de rang, de puissance, d'élevation, il vouloit en avoir une de science, d'esprit & d'habileté, ne pouvant souffrir ceux qui passoient pour plus habiles que lui, lesquels il persécuta cruellement, comme il arriva à Apollodore, 2) & comme il seroit arrivé à Fa-

2. Apollodore natif de Damas, étoit un habile Architecte, & un de ceux dont Trajan se servit pour la construction de ce fameux Pont qu'il fit faire sur le Danube, & de plusieurs autres beaux Edifices. Adrien étoit present à une conversation que Trajan eut un jour avec cet Architecte, au sujet d'un Bâtiment que l'Empereur vouloit faire faire : & comme Adrien vouloit sçavoir de tout, il dit son sentiment qui étoit peut-être opposé à celui d'Apollodore. L'Architecte se voyant contredit sur une matiere dans laquelle il se croyoit beaucoup plus entendu qu'Adrien, lui répondit d'un air méprisant : *Allez vous mêler de peindre vos citroüilles, parce que ce dont nous parlons n'est pas de votre portée.* Cette raillerie piqua vivement Adrien, qui s'amusoit dans ce tems-là à cette sorte de peinture & s'en faisoit gloire, & il en conserva un souvenir ulceré que le tems ne put guerir; car dès qu'il fut élevé à l'Empire, il ne chercha qu'un prétexte pour se venger d'Apollodore. En effet il le bannit de Rome; mais dans peu il porta plus loin son ressentiment, & Apollodore lui en donna le sujet par une autre raillerie. Adrien ayant fait élever un Temple à l'honneur de Venus & de Rome même, il en envoya le modele à Apollodore, comme pour sçavoir son avis, mais en effet pour lui faire voir qu'on pouvoit se passer de lui, & que sans son secours ont étoit en état de faire de beaux Ouvrages. Apollodore l'examina & y trouva des défauts, & ne se souciant pas de ménager l'Empereur, il lui fit remarquer que les statuës de Venus & de Rome qu'on avoit placé dans le Temple, & qui étoient representées assises, étoient trop hautes à proportion du Bâtiment; car ajoûta-t-il en plaisantant, lorsqu'elles trouveront bon de se lever & de sortir du Temple, elles ne le pourront

vorin, si ce Sophiste, par une fine politique, n'avoit sçû lui donner l'honneur de la Victoire dans une dispute qu'ils eurent ensemble sur un mot: 3) tant il étoit dan-

point, à moins qu'elles ne sortent en se courbant. Adrien qui croyoit avoir fait la plus belle chose du monde, fut mortifié lorsqu'il remarqua lui-même cette faute, à laquelle il ne pouvoit point apporter de remede, qu'en abbatant le Temple qu'il n'avoit pas assez élévé, & il fut en même tems si fâché contre Apollodore, qu'il le fit mourir, sous prétexte de quelque crime.

3. Favorin natif de la Ville d'Arles, Hermafrodite, selon quelques-uns, & Eunuque selon d'autres, étoit habile Philosophe très versé dans la Langue Grecque & dans la Latine. Après avoir été long-tems dans la faveur auprès de l'Empereur Adrien, il s'attira ensuite ses mauvaises graces, moins par sa faute que par la legereté de ce Prince. Il disoit qu'il s'étonnoit de trois choses, de ce qu'étant Gaulois il parloit si bien grec; de ce qu'étant Eunuque, on l'avoit accusé d'adultere, & de ce qu'étant haï de l'Empereur, on le laissoit vivre. L'on raconte que dans une conversation qu'il eut un jour avec Adrien, ce Prince le reprit sur un mot qu'il soutenoit n'être pas d'usage, quoiqu'il fût très bon. Favorin pouvoit citer en sa faveur l'autorité de celebres Auteurs; mais comme il n'étoit pas moins rusé Courtisan qu'habile Sophiste, il ceda à l'Empereur, & s'avoüa repris avec raison. Ses amis s'étonnerent qu'il eût cedé, ayant pû défendre l'expression dont il s'étoit servi & qu'Adrien avoit condamnée, en rapportant l'autorité de tant d'Auteurs qui s'étoient servis des mêmes termes. Mais Favorin se moquant de leur fausse délicatesse, les regarda avec un œil goguenard, & leur dit en plaisantant: Eh quoi, vous ne voulez point trouver bon que je croye qu'un homme qui a trente Legions à sa disposition, est le plus habile homme du monde: *Non recte suadetis familiares, qui non patimini me illum doctiorem omnibus credere qui habet trigenta Legiones.* L'Empereur Tibere, tout jaloux qu'il étoit de son pouvoir, ne crut point qu'il pût l'étendre jusques sur l'usage de la langue, ni qu'il pût obliger ses sujets

gereux de faire avec lui assaut d'érudition ou d'éloquence.

Adrien avec toutes ces belles qualités ne put pourtant jamais s'attirer l'estime de Trajan, soit que cet Empereur ne l'aimât pas naturellement, soit qu'il entrevît dans son Parent beaucoup de défauts, malgré son adresse à les cacher, soit que des Courtisans qui étoient dans la faveur, l'indisposassent contre lui. Severien qui avoit épousé Pauline & en qui l'Empereur avoit une entiere confiance, avoit été le premier à avertir Trajan qu'Adrien dissipoit son bien; & ce Prince, qui tout généreux & tout magnifique qu'il étoit, n'aimoit point ces dépenses inutiles qui partent d'une prodigalité sans jugement, avoit aigrement blâmé la conduite d'Adrien; aussi quelque assidu que celui-ci fût auprès de Sabine, Trajan n'eut jamais l'envie de la lui donner.

Il est constant qu'Adrien n'aimoit point Sabine, & que ses empressemens pour cette Princesse, étoit des démarches de sa politique. Plotine recevoit les témoignages de sa tendresse, & Sabine ceux d'une bienséance forcée. Le rang de Sabine, sa for-

à recevoir un mot, ou les empêcher de se servir d'une locution reçûë, & il souffrit qu'un Senateur lui dit qu'il pouvoit donner droit de Bourgeosie aux hommes, mais non pas aux mots.

tune, l'Empire qui étoit comme sa dot, faisoient tout son merite aux yeux d'Adrien : cela flattoit l'ambition de ce Prince, mais ne captivoit pas son cœur, esclave peut-être du merite de Plotine. Adrien cependant étoit trop habile pour ne pas sçavoir déguiser son cœur, & donner à ses feints empressemens la ressemblance d'une inclination véritable ; mais cet artifice n'auroit pas surpris Trajan, si les soins officieux de Sura qui avoit beaucoup de pouvoir sur l'esprit de cet Empereur, joints aux persuasions importunes de Plotine, qui vouloit faire réussir ce mariage, n'eussent enfin pris le dessus, & vaincu l'éloignement qu'il avoit pour cette alliance, à laquelle il ne consentit qu'à regret & comme par force. ( *e* L'on connut en effet la violence qu'il s'étoit faite, au peu de cas qu'il fit d'Adrien, quoiqu'il fût devenu pour ainsi dire son beau-fils, en épousant sa niece Sabine, il n'est personne qui ne croye qu'il ne le choisit point pour son successeur, & que l'élection d'Adrien fut l'ouvrage de l'Imperatrice, laquelle par un tour de son adresse, l'éleva à l'Empire par une adoption simulée, ou finement menagée, en quoi elle fut assistée par Tatien ancien Tuteur d'Adrien ; & par Similis Se-

e *Dio. lib. 69.*

nateur, dont la probité étoit en recommandation dans Rome, & qui dans cette occasion, rendit à Adrien de grands offices dont il fut très mal récompensé.

Adrien étoit à Antioche lorsqu'on lui rendit la Lettre de Plotine qui lui apprenoit la mort de Trajan. Il se fit d'abord déclarer Empereur sans attendre les suffrages du Senat, sous prétexte que la République ne pouvoit point rester sans Chef, & ce fut la raison qu'il allegua lorsqu'il écrivit au Senat pour le prier de confirmer son élection. Il lui protesta qu'il ne feroit jamais mourir aucun Senateur, promesse qu'il accompagna des plus horribles sermens, qu'il viola fort souvent : car comme il étoit fort inconstant dans ses amitiés, il persécutoit ceux qu'il avoit aimé & à qui il avoit les obligations les plus essentielles; conduite assez bizarre qui, dans la suite engagea Similis Préfet du Prétoire, Officier plein d'honneur & de merite, à se retirer à la Campagne, où éloigné du tumulte, des affaires & des dangers de la Cour, il passa sept années, dans la tranquillité de la solitude, & conta pour rien le reste de sa vie, qui avoit precedé le calme de sa retraite ; ce qu'il voulut apprendre à tout le monde, en faisant mettre sur son Tombeau. *Cy gît Similis, qui a été sur la terre soixante & seize ans, & qui en a vécu sept. 4)*

Le nouvel Empereur n'eut pas plûtôt reglé les affaires de l'Orient, qu'il alla à Rome, où il ne doutoit point que sa présence ne fût necessaire : il y fut reçû avec les plus grandes marques de joye. Le Senat lui décerna le Triomphe qui avoit été préparé pour Trajan, & lui donna le Titre de Pere de la Patrie. Sabine fut aussi déclarée Auguste, & le Senat voulant donner un témoignage particulier de son estime & de son inclination pour la niece de Trajan, & peut-être pour faire sa cour à Adrien, l'honora d'un nouveau titre &

4. Similis étoit un Senateur Romain, qui par sa moderation & par un mérite solide, faisoit l'ornement de Rome. Il fut un de ceux qui contribuerent le plus à la fortune d'Adrien. Cet Empereur lui donna la Charge de Prefet du Prétoire; mais comme ce Senateur n'embitionnoit ni la faveur des Grands, ni l'éclat des Emplois, il ne l'accepta qu'avec répugnance, aussi il s'en démit bientôt pour se retirer dans une maison de Campagne qu'il avoit auprès de Rome, où il passa sept années dans les plaisirs innocens de la solitude. Il mourut dans un âge fort avancé, après avoir protesté qu'il n'avoit compté pour rien les années qu'il avoit passé à la Cour, & dans les emplois, exposé aux revers de la fortune, aux artifices des Délateurs, & à l'inconstance de la faveur, & fit mettre sur son tombeau cette inscription.

*Hic jacet Similis*
*Cujus ætas multorum annorum fuit*
*Ipse septem dumtaxat annos*
*Vixit.*

l'appella la nouvelle Cerès. (*f* L'Empereur célébra son Entrée dans Rome par des jeux & par un magnifique Spectacle qu'il donna le jour de sa naissance, il distribua quantité d'argent & tâcha de se concilier l'amour de tout le monde par ses largesses; mais en même tems, il se comporta si mal, à l'égard de l'Imperatrice son Epouse, qu'il fit paroître qu'il ne l'avoit jamais aimée. En effet, comme il ne l'avoit épousé que pour occuper le Trône après lequel il soupiroit, dès qu'il en fut en possession & que Sabine n'eut plus rien à lui faire esperer, il ne lui laissa que la servitude du plus dur engagement : sort ordinaire de ces mariages dont l'interêt ou la politique forment les liens; car comme ce n'est que le bien que le soupirant recherche, il est assez indifferent pour la personne, & il ne reste à l'Epouse que l'inutile désespoir d'avoir acheté cherement des chaînes qu'elle ne peut ni rompre ni supporter. Sabine en fit une experience fâcheuse. Adrien qui pendant que Trajan vécut, avoit paru si empressé auprès d'elle, fut à peine sur le Trône, que las de se contrefaire, bien-loin d'avoir des égards pour sa personne, & de la reconnoissance pour la dignité qu'elle lui avoit procuré il

*f* *Faber. c. 8.*

n'eut au contraire que des mépris & des manieres brutales & injurieuses, & la traita moins en Imperatrice qu'en esclave. g) Une conduite si injuste & si blâmable, ne pouvoit être sans doute que très-difficilement justifiée : cependant Adrien voulut s'excuser sur le naturel bizarre, & difficile de l'Imperatrice, h) dont il disoit que l'humeur étoit insupportable; & c'est là l'excuse ordinaire des mauvais maris. Mais Sabine ne fut pas muette sur la conduite d'Adrien, quand elle vit qu'il se recrioit sur la sienne; elle étoit trop sensible aux injurieux traitemens qu'elle recevoit pour les souffrir sans se plaindre. Un jour que l'Empereur eut pour elle quelques manieres offançantes, elle lui reprocha son ingratitude, & ses façons de faire, indigne d'un Prince; elle crut même lui donner de la confusion, en instruisant le public de ses peines & de son malheur; & en déplorant hautement la triste fatalité de son sort qui l'avoit attaché à un homme intraitable, (i d'un esprit mal fait & d'un mauvais cœur. Mais en publiant ainsi ses chagrins, Sabine les soulageoit peu, & gâtoit de plus en plus ses affaires. Adrien que sa dignité mettoit hors de prise, & qui s'embarrassoit peu des jugemens qu'on

g *Aurel. Vict.* h *Spartian.* i *Aurel. Vict. in Adrian.*

pouvoit porter ſur ſa conduite, n'en devint ni moins fâcheux, ni plus moderé à ſon égard, il parut même qu'il la ménagea moins depuis ſon emportement; car il parvint à cet excès de brutalité, que de la traiter avec la même indignité qu'il auroit traité une ſervante, & il fut même ſur le point de la répudier : mais des raiſons de bienſéance l'ayant empêché de pouſſer ſon ingratitude ſi loin, il ne garda plus de ménagement, & lui marqua ſon mépris par des endroits honteux qui ont flétri ſon nom d'une infamie horrible. Car, non content de ſe livrer à des plaiſirs étrangers, & de porter par les attentats de ſes feux infâmes, le deshonneur dans des familles de diſtinction, ſans épargner même, (*k* celles de ſes amis, il devint folement amoureux d'un jeune homme appellé Antinoüs originaire de Bithinie, dont il abuſa par une effroyable brutalité, & porta à des excès incroyables ſa honteuſe foibleſſe pour cet infâme objet de ſa paſſion, pour lequel il eut toûjours les plus aveugles complaiſances. Une débauche ſi déteſtable ne pouvoit ſans doute qu'irriter l'impatience de Sabine, (*l* & aigrir ſes chagrins ; elle regarda Adrien comme un monſtre dont elle

*k Spartian.* *l Triſtan. Comm. hiſt.*

devoit

devoit fuir les approches, & son aversion pour lui devint si grande, qu'elle fit son possible pour ne pas lui donner un fils, de peur qu'un successeur de son sang, heritier de ses vices, ne fût la ruine du genre humain; elle n'eut pas honte de se venter de ce crime. 5)

Cette division qui regnoit entre Adrien & Sabine, eut pour témoin tout l'Empire. Cette Imperatrice suivit son Epoux dans ses voyages, & l'on sçait qu'Adrien ne fit que voyager durant tout son Regne, (*m* sa curiosité l'ayant conduit dans toutes les Provinces de l'Empire, où il ne fit que courir malgré les frimats, & les incommodités des plus rudes saisons, comme le lui reprocha un jour le Poëte Florus dans des vers badins où il lui dit, que s'il étoit obligé d'aller parcourir la Bretagne, & d'aller souffrir les froids de la Scythie, il ne voudroit pas à ce prix être Cesar; raillerie à laquelle Adrien qui étoit toûjours prêt pour la replique, répondit par une autre à laquelle le Poëte ne trouva pas son compte; car l'Empereur se servant

m *Spartian.*

5. *Hujus uxor Sabina, dum prope servilibus incuriis afficitur ad mortem voluntariam compulsa quæ palam jactabat quod immane ingenium pertulisset, & elaborasse ne ex eo humani generis perniciem gravidaretur.*

de la même penſée, & preſque des mêmes termes de Florus, dans des Vers de même meſure qu'il fit ſur le champ, lui dit qu'il ne voudroit pas être Florus, pour aller courir les Cabarets, & pour ſe laiſſer dévorer à la vermine, lui faiſant entendre qu'il étoit plus ſéant à un Empereur de voyager, qu'à un Poëte d'aller croupir dans les Tavernes. 6)

L'œil du Prince fait la deſtinée de ſes Sujets, ſi l'on peut ainſi l'exprimer: un regard favorable attire à celui ſur qui il le jette les reſpects de tout un peuple, & un regard d'indignation écarte de celui qui en eſt foudroyé, & ſes amis & les indifferens, comme ſi ſon malheur étoit conta-

6. Florus, à ce que l'on croit, étoit de la celebre Famille des Annæes, qui donna les Seneque & Lucain. Adrien l'eſtimoit aſſez & ne lui ſçut pas mauvais gré des railleries qu'il fit ſur ſes voyages dans ces vers:

*Ego nolo Cæſar eſſe*
*Ambulare per Britannos*
*Scythicas pati pruinas.*

L'Empereur lui répondit par ces vers:

*Ego nolo Florus eſſe*
*Ambulare per Tabernas*
*Latitare per popinas*
*Culices pati rotundos.*

Un ſçavant Critique a remarqué judicieuſement que parmi les Romains il n'étoit pas moins honteux à un honnête homme d'être trouvé dans une Taverne que dans un lieu ſuſpect.

gieux : l'inclination des hommes ſuit toûjours celle du Souverain. Sabine du vivant de Trajan voyoit à ſes pieds tout ce qu'il y avoit de grand dans Rome, elle étoit le but où viſoient les ambitieux deſirs d'Adrien, qui lui faiſoit une cour aſſiduë ; mais à peine celui-ci devenu Maître, eut fait éclater ſes mauvais ſentimens pour l'Imperatrice, qu'elle fut non-ſeulement abandonnée de preſque tout le monde, mais encore maltraitée de pluſieurs à qui l'Empereur donnoit cette liberté. Dès-lors on perdit toute ſorte de reſpect pour Sabine, & il n'y eut perſonne qui ne prît la hardieſſe d'attenter à ſon repos, & de lui faire de la peine. Entre ceux qui porterent le plus loin cette licence, Suetone Secretaire d'Adrien, & Septicius-Clarus Préfet du Prétoire, ſe diſtinguerent par un endroit ſi brutal, & ils porterent ſi loin leur inſolence, que l'Empereur, à l'inſçû de qui ils inſultoient à la Princeſſe ſon Epouſe, quelque plaiſir qu'il eût de la voir humiliée, ne put apprendre l'attentat de ces deux Officiers ſans indignation, il les priva de ſa confiance & même de ſon amitié. Il dépoüilla Suetone de ſa Charge, qu'il donna à Heliodore 7.) qu'il aimoit

7. Suetone ayant été dépoüillé par Adrien de la Charge de Secretaire, ce Prince la donna à Hélio-

alors autant qu'il le haït depuis, & traita Clarus en ennemi. (*n* Adrien n'aimoit point Sabine : il la maltraitoit, & engageoit même plusieurs de ses Courtisans à avoir à son égard de mauvaises manieres, mais c'étoit manquer de respect auprès du Prince, & attenter sur ses droits que d'oser insulter l'Imperatrice, & lui faire de la peine sans sa permission. Je sçai que plusieurs ont attribué la disgrace de Suetone & de Clarus, à la trop tendre compassion qu'ils témoignoient pour les maux de Sabine, mais je ne vois point d'assez forte autorité pour appuyer cette conjecture, comme je le fais voir dans les Notes.

C'étoit en Angleterre, qu'arriva la disgrace de Suetone. Adrien qui y voyageoit, y apprit la mort de Plotine, & par les témoignages qu'il donna de sa douleur, il fit voir qu'il avoit eu pour elle autant de tendresse que d'estime. Le sort de Sabine n'en devint pas plus heureux, & Adrien pour n'avoir plus Plotine à aimer ou à ménager, ne fut ni plus humain ni plus tendre

n *Spartian.*

dore Sophiste qu'il aimoit beaucoup dans ce tems-là. Cette élévation d'Heliodore donna de la jalousie à Denis de Milet autre Sophiste qui étoit aussi dans la faveur & que l'Empereur avoit fait Chevalier Romain. Denis qui n'avoit pas mauvaise opinion de lui-même &

à l'égard de son Epouse : elle fût toûjours l'objet de ses persecutions, & Antinoüs celui de ses complaisances : mais la funeste mort de cette infâme victime de son incontinence, fut pour ce Prince un nouveau sujet de tristesse, car l'on dit que l'Empereur étant sur le bord du Nil avec son Favori, celui-ci tomba dans ce Fleuve & s'y noya. Si nous n'aimons mieux croire avec un Historien, ( *o* qu'il l'immola dans l'execrable sacrifice qu'il fit pour prolonger sa vie ; ce que son art magique lui avoit enseigné pouvoir faire, en immolant un homme qui s'offrît volontairement á la mort pour lui : générosité qu'il n'avoit pû trouver que dans son Antinoüs. Quoiqu'il en soit, Adrien à la mort de cet abominable Favori, fit les folies les plus extravagantes, il pleura comme une femme, & pour soulager sa douleur, ou bien par reconnoissance pour Antinoüs, il lui fit élever des Temples & des Statuës, & fit metre au rang des Dieux la honte de tous les hommes.

o *Dio. lib. 69.*

qui se croyoit bien plus digne qu'Heliodore de l'Emploi qu'on venoit de lui donner, le traita un jour d'ignorant, & lui dit que l'Empereur pouvoit bien le faire son Secretaire, mais non pas le faire Orateur.

Les Voyages continuels d'Adrien ne contribuerent pas peu à dissiper son chagrin ; mais la coûtume qu'il avoit pris d'aller toûjours tête nuë, même durant les plus grands froids, & les fatigues de courses altererent si fort sa santé, qu'il tomba dans de fâcheuses incommodités. Son âge déja avancé, le peu d'esperance de guérir de ses maux, & le mépris qu'on commençoit d'avoir pour sa vieillesse, le firent songer à se choisir un Successeur. Il jetta d'abord les yeux sur Severien son beau-frere, & ensuite sur Fuscus Salinator son petit-fils ; après quoi, changeant de sentiment, il pensa à Nepos son intime ami, à Gentianus & à beaucoup d'autres qui lui devinrent odieux, comme si le dessein qu'il avoit eu de leur donner l'Empire, les avoit rendus coupables du crime de l'en avoir voulu dépoüiller. Enfin (*p* contre le sentiment de tout le monde, il choisit Lucius Aurelius Verus qu'il adopta pour quelques raisons secretes, & le déclara Cesar, quoiqu'il sçût 8) à ce qu'on prétend, qu'il ne lui survivroit point, & qu'il ne seroit jamais Empereur. En effet Verus mourut à

p *Spartian. Dio. Xiphil.*

8. L'on dit qu'Adrien qui sçavoit fort bien dresser un Horoscope, étoit persuadé que Verus qu'il avoit adopté

son retour de la Pannonie, le jour même qu'il devoit prononcer un fort beau discours, qu'il avoit composé ou fait composer à l'honneur de son bienfaicteur.

Cette mort mit Adrien dans de nouvelles irresolutions sur le choix d'un Successeur; mais il le fixa enfin sur Tite Antonin qu'il adopta, à condition que celui-ci adopteroit Marc Aurele, & Lucius Verus fils de celui qui venoit de mourir. Cet-

ne vivroit pas long tems après son adoption. On lui entendit chanter souvent ces vers de Virgile :

*Ostendent terris hunc tantum fata neque ultra*
*Esse sinent.*

Un de ces Sçavans, dont l'Empereur étoit toûjours environné, ayant un jour voulu continuer ces vers & dire :

*Nimium vobis romana propago.*
*Visa potens, superi, propria hac si dona fuissent.*

Adrien répondit que cela ne pouvoit point convenir à Verus, mais bien ce qui suit :

*Manibus date lilia plenis.*
*Purpureos spargens flores, ainmamque ne potes*
*His sallem accumulum donis & fangar inani*
*Munere.*

L'on ajoûte qu'après qu'Adrien eut adopté Verus, qu'il sçavoit devoir bientôt mourir, il dit en raillant, qu'il avoit adopte un Dieu & non un fils. Adrien avoit beaucoup aimé Verus, & trop pour la réputation de l'un & de l'autre, car les malins donnerent à cette adoption de honteux motifs.

te action fit beaucoup d'honneur à son discernement; mais il laternit par les cruautés dont il signala la derniere année de sa vie. Severien son beau frere & Fuscus furent les premiers immolés à sa fureur; & Adrien, pour lui donner un prétexte, les accusa d'avoir aspiré à la tyrannie. Catilius Severus Préfet de Rome, fut dégradé parce qu'il avoit songé à se saisir de l'Empire, & il perdit la Dignité qu'il possedoit, pour avoir voulu s'élever à celle que son ambition recherchoit. Mais la victime la plus illustre & en même tems la plus infortunée, fut l'Imperatrice Sabine, que ce cruel Empereur fit mourir, lorsqu'elle trouvoit dans les maux de son Epoux l'esperance d'un meilleur sort. Adrien, après l'avoir persécutée impitoyablement, ne voulant pas qu'elle trouvât dans sa mort un motif de joie & une ressource à ses chagrins, la traita avec tant de cruauté qu'il la contraignit à se faire mourir, ou peut-être il l'empoisonna, comme plusieurs le crurent. Ainsi perit cette Princesse infortunée, par la trahison & par la brutalité de celui qu'elle avoit élevé à la Souveraine puissance. Il ne laissa point de lui procurer la consecration & d'en faire une Déesse, comme si son impieté, par cette Apotheose, eût pû rendre heureuse après sa mort, celle

celle que sa fureur avoit rendu si malheureuse durant sa vie. Le Senat par cette sacrilege cérémonie augmenta le nombre de ses Divinités, il accorda des honneurs injustes à celle à laquelle plusieurs de ce corps en avoit refusé de légitimes sur la Terre.

La mort d'Adrien suivit de près celle de Sabine. Ses douleurs s'aigrirent tous les jours, & au lieu de trouver quelque soulagement dans la science des Medecins, il se plaignit qu'ils l'avoient tué. Il se fit porter à Bayes dans la Campanie, pour chercher la guérison de ses maux dans le changement d'air ; mais comme bien loin d'observer le regime qui pouvoit les soulager, il mangeoit au contraire les viandes qui lui étoient les plus nuisibles, il hâta sa fin. Il la sentit venir dans de grandes sollicitudes sur l'avenir : il les exprima dans des Vers 9) qu'il fit, & qui ont rendu celebres les derniers momens de sa vie défaillante. Il mourut enfin à Bayes entre les bras de Tite-Antonin qu'il avoit fait venir, & son corps fut brûlé dans la maison de Ciceron à Puzol.

9. S'il est vrai qu'Adrien fut inquiet sur la destinée que son ame devoit avoir après qu'il auroit cessé de vivre, le tems auquel il fit ces vers, n'étoit gueres le tems de badiner ;

*Anima vagula, blandula*
*Hospes comesque corporis*
*Quæ nunc abibis in loca*
*Pallida, rigida, nudula,*
*Nec ut soles dabis jocos.*

Un des plus sçavans & des plus celebres Academiciens que nous ayons, a tourné ces vers en ceux-ci :

*Ma petite Ame, ma Mignone,*
*Tu t'en vas donc, ma Fille ? & Dieu sçache où tu vas,*
*Tu pars seulette & tremblotante ; helas !*
*Que deviendra ton humeur Folichonne ?*
*Que deviendront tant de jolis ébats ?*

# FAUSTINE LA MERE

## *Femme d'Antonin le Pieux ou le Debonnaire.*

LE nom de Faustine est autant fameux dans l'Histoire, que celui de Messaline, & connu par d'aussi honteux endroits. Dans les Imperatrices qui ont porté ces deux noms, l'on trouve les mêmes vices, les mêmes inclinations, les mêmes déreglemens; car je ne vois point que la femme de Marc-Aurele ait droit de rien reprocher à l'Epouse de Claude, & que l'on puisse dire que Faustine la mere, ait été plus sage que Messaline, que Neron épousa, après qu'il eut tué Poppée.

Annia Galeria Faustina étoit fille d'Annius 1 ) Verus & sœur d'Ælius Verus, que l'Empereur Adrien déclara Cesar, & qui mourut bien-tôt après avoir reçu cet honneur. Sa famille étoit très-ancienne, & ses ayeux qui étoient originaires de Fayence 2 ) avoient exercé dans Rome les

1. Annius Verus est apellé aussi Cejonius Commodus. Plusieurs lui donnent le nom de Lucius Aurelius, d'autres le nomment simplement Verus.

2. Fayance que les Italiens nomment *Faënza*, est située entre Imola & Flori dans la huitiéme région de l'Italie. Elle est fameuse par sa vaisselle. Pline parle fort des beaux Lins qu'elle produit.

plus importans Emplois avec autant de suffisance que de probité ; mais la splendeur de sa naissance, & le crédit que son frere avoit auprès d'Adrien, qui ne l'aimoit sans doute que trop, ne contribuerent peut-être pas tant à sa fortune, que sa beauté. Ses Medailles nous la representent avec tous les traits d'une personne fort aimable. (*a* Elle avoit un air tendre & gracieux, une humeur enjoüée & folâtre, des manieres libres, une complexion amoureuse, & elle aimoit avec ardeur les plaisirs & les divertissemens, funeste penchant qui la conduisit aux plus grands déreglemens.

Elle avoit pour mere Rupilia Faustina fille d'un certain Rupilius Bonus Consulaire d'une fammille peú connuë, & sans doute fort obscure. (*b* Il y en a même qui prétendent qu'il n'est traité de Consulaire, que pour avoir eu l'honneur de porter les Ornemens de Consul, ou tout au plus pour avoir été subrogé à cette Charge, car son nom ne se lit point parmi les Consuls ordinaires. 3 ) Il y a apparen-

a *Capitolin. in Tit. Antonin.* b *Casaubon not. in Capitol.*

3. Après qu'Auguste eut fait le partage des Provinces soumises à l'Empire Romain, comme je l'ai rapporté dans les Notes du premier Tome, celles qui étoient du partage du Peuple furent gouvernées par des Senateurs qui avoient été Consuls ou Préteurs. Ils portoient

ce que ce fut la beauté de cette [c] Romaine, qui lui procura l'illustre alliance qu'elle fit en devenant l'Epouse d'Annius-Verus, qui d'un côté, descendoit de la race de Numa-Pompillius, & d'un Roy des Salentins, de l'autre; quoiqu'il en soit, de ce mariage naquit Faustine, dont nous parlons, & qui fit de si honteuses taches à l'éclat de sa naissance.

Si Verus & son Epouse prirent soin d'inspirer la vertu à leur fille, il faut avoüer qu'ils travaillerent sur un fond fort ingrat, & l'on ne peut attribuer qu'à la dépravation de son naturel, les impudicités dont elle se soüilla; malheureuse inclination qu'elle eut commune avec Ælius Verus son frere, dont la vie fut si licentieuse, & dont les débauches donnerent tant de chagrin à

c *Eutrop.*

tous le titre de Proconsuls, & n'exerçoient leur charge & leur pouvoir qu'au nom du Senat. Comme il falloit beaucoup de Proconsuls, & qu'en ne faisant que deux Consuls par an, on ne pouvoit point avoir beaucoup de sujets pour leur donner le Gouvernement des Provinces, on faisoit plusieurs Consuls dans une année, sans pourtant qu'il y en eût plus de deux à la fois: mais après que les premiers Consuls avoient exercé leur charge durant quelque mois, on leur substituoit d'autres Consuls qu'on appelloit les petits Consuls, & que les sçavans appellent aujourd'hui les Consuls Subrogés. Les deux premiers Consuls de chaque année étoient les seuls reconnus durant toute l'année dans les Provinces. On les appelle Consuls ordinaires, pour les distinguer des subrogés.

ſon Epouſe Fadille, qui en fit aſſez ſouvent des vacarmes fort importuns & fort inutiles.

Fauſtine outre la nobleſſe de ſon extraction & le mérite de ſa beauté, avoit des manieres fort engageantes ; elle badinoit avec grace, railloit avec eſprit, & dans ſa perſonne étoient répandus beaucoup d'agrémens : (*d* mais elle faiſoit tout avec une certaine liberté fort oppoſée à la modeſtie de ſon ſexe : c'étoit ſur tout dans les parties de plaiſir, que s'affranchiſſant des regles de la bienſéance, elle donnoit carriere à ſa belle humeur, ne meſurant ni ſes paroles ni ſes actions; faiſant paroître en tout de grandes diſpoſitions au libertinage. Il eſt vrai qu'on pouvoit attribuer l'indiſcretion de ſes diſcours & l'irregularité de ſes démarches, aux ſaillies d'une jeuneſſe volage, plûtôt qu'à la force du penchant, & on avoit lieu d'eſperer que le mariage fixeroit un cœur, qui, dans la vivacité de ſes deſirs naiſſans, étoit incapable de retenuë, & que la raiſon corrigeroit les défauts de l'âge; mais rien ne put vaincre la reſiſtance de ſon temperament ; & ſes paſſions ſe fortifiant par l'habitude, ne trouverent enſuite aucun frein aſſez fort, pour retenir leur fougue.

d *Capitolin.*

Il y a apparence que l'humeur trop libre de Faustine, porta ses Parens à la marier de bonne heure, & certainement ils ne pouvoient lui donner un Epoux plus digne de tous ses empressemens, que Tite-Antonin Romain, d'une noblesse ancienne & d'un mérite accompli. Il tiroit son origine de la Ville de Nismes en Languedoc, d'où ses ayeux étoient sortis pour aller habiter en Italie. Sa famille demeura durant quelque tems dans l'obscurité; mais elle fut illustrée par les deux Consulats, qu'exerça Titus-Aurelius, qui fut élevé par son mérite à cette haute dignité, après avoir passé par tous les degrés d'honneur. Il eut pour fils Aurelius-Fulvius qui s'acquit la réputation d'un homme droit & incorruptible, & qui fut aussi honoré du Consulat: celui-ci eut de son Epouse Aria-Fadilla, Titus-Aurelius-Antoninus, connu depuis son élevation à l'Empire sous le nom d'Antonin, & qui fut un des plus grands Princes que Rome eût vû sur le Trône: aussi avoit-il reçu de la nature & de la fortune, tous les avantages & toutes les vertus qu'on peut souhaiter dans un Monarque. (*e* Il étoit d'une taille avantageuse & proportionnée, d'une phisionomie aimable, découvrant sur son visage

*e* *Capitolin. Spon.*

toûjours ſerain, un air de douceur, & en même tems de Majeſté qui lui gagnoit tous les cœurs, & l'on trouvoit que dans les traits il avoit beaucoup de reſſemblance avec Numa-Pompilius, dont il faiſoit revivre les vertus. (*f* Il étoit liberal ſans prodigalité, magnifique ſans faſte, poli ſans affectation, d'un commerce aiſé & agréable, enjoüé dans ſes entretiens, exempt d'ambition dans ſa vie privée, d'orgüeil & de fierté dans ſes dignités, & partout honnête homme. Il ſe faiſoit eſtimer par ſa probité, par ſon érudition & par ſon éloquence, & ſe faiſoit aimer par ſa moderation, par ſa bonté, par ſa douceur; vertus qui firent la gloire de ſon Regne, & qui lui acquirent le ſurnom de Pieux & de Debonnaire, qui fait plus d'honneur à ſa mémoire, que tous ces Titres pompeux qu'on donnoit aux autres Empereurs, & où il y avoit plus de flatterie & de vanité, que de mérire & de verité.

De ſi rares qualités, firent bien-tôt connoître Antonin & lui procurerent les plus beaux Emplois. Il exerça la Queſture avec magnificence, la Préture avec ſplendeur, & tout avec tant de ſageſſe & de capacité, qu'on le jugea digne du Couſulat; éclatante dignité, dans laquelle il eut pour

f *Marc. Anton. de Vit.* 1. *lib.* 1. *Eutrop. Aurel. Vict.*

collegue Catilius-Severus Senateur ambitieux, qu'Adrien auroit fait Empereur, s'il n'eût découvert qu'il ſouhaitoit trop de le devenir.

Ce fut durant l'exercice de ſes importans Emplois qu'il épouſa Fauſtine : mariage qui fut la ſource de tous ſes chagrins, parce qu'il l'attacha à une perſonne d'un caractere fort oppoſé au ſien. Fauſtine dans le printems de ſa vie, ne demandoit que jeux, réjoüiſſances, divertiſſemens. Antonin dans la maturité de ſon âge où il étoit pour lors parvenu, étoit grave & circonſpect, & ſa retenuë n'étoit gueres du goût d'une jeune perſonne, dont l'humeur badine ne cherchoit qu'à folâtrer & à rire.

Une Epouſe de ce caractere, eſt d'aſſez difficile garde. La fidelité conjugale ſe trouve fort expoſée aux irruptions du temperament, & il eſt fort à craindre qu'une femme qui aime tant les divertiſſemens, n'en prennent quelqu'un qui ne ſoit pas tout-à-fait innocent. Fauſtine née avec un cœur tendre & ardent pour les plaiſirs, regarda comme une contrainte gênante, la bienſéance & la retenuë que le mariage éxigeoit d'elle. Le mérite d'Antonin ne put la défendre contre des attentats, que formoient ſur ſon honneur des Amans empreſſés, qui par leurs maximes empoiſonnées, & leurs adulations ſeductrices l'entretenoit dans les vicieuſes inclinations avec leſquelles elle étoit née. (g Elle vécut d'abord après ſon mariage avec ſa liberté ordinaire, donna enſuite dans la galanterie, & ſecoüant peu à peu toute pudeur, elle s'engagea ſi fort dans le crime, que ſes déſordres ſervirent de matiere à la raillerie publique.

On ne ſçauroit diſconvenir qu'Antonin ne fût pleinement inſtruit des infidelités de ſa femme, dont elle faiſoit retentir toute la Ville. Peu jalouſe de ſa réputation, elle ne ſe ſoucioit pas de ſauver même les apparences. Les démarches, & les les libertés qu'elle ſe permettoit, tout marquoit la dépravation de ſon cœur, & quand Antonin n'auroit pas eu aſſez d'eſprit pour connoître ſon malheur, il avoit des amis trop attachés à ſes interêts, pour lui laiſſer ignorer que ſon Epouſe étoit la fable de Rome. Cependant il n'uſa point de ſéverité à ſon égard, & quoiqu'il connût toute la honte de ſa conduite, & que ſon cœur en fût pénétré de douleur, il diſſimula ſon chagrin & le renferma dans ſon cœur.

Le libertinage n'eſt ſans doute jamais

g *Capitolin. in Tit. Anton.*

excuſable ; mais celui de Fauſtine l'étoit d'autant moins, que pluſieurs conſiderations devoient la retenir dans les bornes d'une conduite réguliere. Elle avoit un Epoux dont elle poſſedoit toute la tendreſſe & qui étoit digne de la ſienne. Son mariage avec Antonin ne l'avoit point entierement ſouſtraite à l'autorité de ſes Parens, dont elle devoit craindre les remontrances ; elle devoit d'ailleurs des exemples de ſageſſe aux enfans qu'elle avoit, & leur éducation auroit dû être l'objet de ſes ſoins, & la dérober à ſes plaiſirs ; mais ſa paſſion triompha toûjours de ſa raiſon : elle ſuivit ſes deſirs & non les avis qu'on lui donnoit, elle ne craignit ni le reſſentiment de ſon Epoux qu'elle connoiſſoit incapable de vengeance, ni l'indignation de ſes Parens dont elle mépriſoit les avis ; & au lieu d'inſpirer par ſon exemple la vertu à ſes enfans, elle fraya cette voye de diſſolution dans laquelle nous verrons marcher Fauſtine, la ſeule fille qui lui ſurvéquit, laquelle, formée ſur un ſi infâme modelle, devint un monſtre horrible d'impureté.

Si Galerius-Antoninus & ſon frere, fils de Fauſtine, moururent avant ou après l'élevation de leur Pere à l'Empire, c'eſt un fait ſur lequel les Sçavans ne ſont pas d'accord, & l'Histoire n'en dit rien; 4) mais elle nous apprend que l'aînée des filles dont on ignore le nom, & qui avoit été mariée à Lamia-Silanus, mourut avant le départ d'Antonin pour l'Asie, 5) où l'Empereur l'envoya avec le caractere de Proconsul. Faustine l'y accompagna, & elle se seroit volontiers passée sans doute de faire ce voyage qui l'enlevoit à ses délices de Rome, où sa beauté, ses complaisances & sa gayeté lui attiroient tant d'adorateurs; mais il fallut qu'elle suivît mal-

4. Un moderne dit que Faustine eut de son mariage deux fils, & une fille qui fut mariée à M. Aurele, mais il est sûr qu'elle eut une autre fille qui fut mariée à Lamia-Sillanus. Nous devons à Tristan la découverte des noms d'un des fils d'Antonin qu'il appelle Galerius-Antoninus, mais je ne crois point avec lui qu'ils fussent vivans lors de l'adoption de leur pere; car il y a apparence qu'Adrien n'auroit pas obligé Antonin de se choisir des successeurs Etrangers, s'il en avoit pû choisir dans sa famille. On peut même conjecturer avec fondement, qu'Adrien n'auroit pas appellé Verus à l'Empire si Antonin eût eu des enfans pour lui succeder, puisque quoiqu'il eût adopté Ælius-Verus Cesar pere de Verus, il n'avoit nullement le dessein de le déclarer son successeur, mais il songeoit à choisir un sujet plus propre pour gouverner l'Empire, comme en effet il adopta Antonin.

5. Quoiqu'on donnât le Gouvernement des Provinces du partage du Peuple à des Senateurs qui avoient été indifferemment Préteurs ou Consuls, l'Asie & l'Afrique étoient particulierement destinées pour ceux qui avoient été Consuls. On regardoit l'Asie comme un des plus importans Gouvernemens; à cause de l'utilité qu'en recevoit la Ville de Rome. Le Proconsul qui étoit envoyé en cette Province ne pouvoit y aller que par mer, & il falloit qu'il allât descendre à Smyrne qui étoit la Ville *Metro-*

gré elle son Epoux en Orient. Il y reçut des présages de la Souveraine puissance à laquelle il devoit parvenir, & y donna des témoignages éclatans d'une moderation & d'une douceur que nul accident ne pouvoit suspendre; l'on raconte même qu'il signala son Entrée dans son Gouvernement, par un acte de bonté qui est une preuve de sa *débonnaireté*.

Cette illustre Proconsul étant arrivé à Smirne, se logea dans la Maison du So-

*pole.* L'Empereur Antonin ordonna par un Edit qu'il donna à la priere des Asiatiques, qu'à l'avenir les Proconsuls destinés pour Gouverner l'Asie, iroient par mer : & ce fut dans le dessein d'épargner de grandes dépenses qu'étoient obligées de faire les Villes par où passoient ces Magistrats qui les fouloient par leurs passages. Il falloit aussi que la Flote du Proconsul abordât au lieu où avoient accoûtumé d'aborder les autres Proconsuls; car tous les Proconsuls entroient dans la Province par le même endroit. On aimoit mieux que le Proconsul n'emmenât pas avec lui sa femme, mais il ne lui étoit pas défendu; on l'avertissoit toutesfois qu'il se rendoit responsable de toutes les actions de sa femme. Le Proconsul nouveau marquoit le jour auquel il arriveroit dans sa Province à celui auquel il succedoit, afin qu'une arrivée inopinée ne causât pas de trouble. Il défendoit aux Habitans des Villes qui se trouvoient sur sa route de venir au-devant de lui, & les exhortoit de le recevoir chacun dans leur Ville. C'étoient-là les principales formalités qu'observoient les Proconsuls. Auguste avoit auparavant défendu aux Provinces de rendre aucune honneur extrordinaire aux Gouverneurs durant l'exercice de leur charge, ni deux mois après, parce que plusieurs Gouverneurs achetoient ces honneurs en permettant beaucoup de crimes.

phiste Polemon, 6) parce qu'outre qu'elle étoit la plus commode, elle n'étoit point habitée, à cause que le Maître n'étoit point à Smirne : le jour même qu'Antonin s'y logea, Polemon arriva fort tard. C'étoit un homme plein de lui-même & d'une si sotte & si insolente vanité, qu'il se croyoit égal aux Dieux. La faveur où il étoit auprès de l'Empereur qui aimoit assez les gens de cette profession, soûtenoit sa fierté & le rendoit si impertinent, qu'il ne ménageoit personne. Cela parut dans cette occasion. (*h* Ce Sophiste ayant trouvé sa Maison occupée par le Proconsul qui venoit d'arriver, remplit la ruë de ses emportemens, & après s'être plaint fort brutalement de l'entreprise d'Antonin, il eut la lâche dureté, de lui faire dire qu'il vouloit qu'il sortît sur l'heure de sa Maison, & qu'il n'avoit qu'à aller chercher gîte ailleurs, sans faire reflexion, ou sans vouloir se rendre à celle qu'on lui faisoit faire, qu'il devoit garder des ménagemens

*h Philostrat. vit. Polem.*

6. Il ne faut pas confondre ce Polemon avec d'autres Philosophes de ce nom. Celui dont nous parlons étoit natif de Laodicée de Carie. Il tint un rang fort considerable à Smyrne, & fut député vers l'Empereur Adrien par les Habitans. Adrien reçut avec honneur ce Député, & lui donna des marques de son estime. Cela enfla l'orgüeil de ce Sophiste, qui devint si insolent, qu'il ne regardoit plus personne au-dessus de lui.

avec un Proconſul qu'il étoit dangereux d'irriter, qu'il ne pouvoit point exiger qu'à une heure ſi induë, la femme d'un Proconſul Romain, fatiguée d'un long voyage quittât ſon lit & en cherchât un autre parmi les tenebres; qu'il devoit du moins attendre au lendemain à demander ſa Maiſon.

Un Gouverneur qui n'auroit pas eu toute la moderation d'Antonin, auroit puni l'incivilité de Polemon, & l'emportement brutal de ce Sophiſte impoli, l'auroit engagé à ne pas lui ceder la Maiſon qu'il avoit choiſie pour ſon logement, & que l'autorité que lui donnoit ſa dignité lui permettoit d'occuper; mais Antonin porta plus loin ſa bonté & ſa complaiſance, car ne voulant pas reſter un ſeul moment dans une Maiſon malgré le Maître, il quitta à Polemon ſon logis, quoiqu'il fût minuit, & employa une bonne partie de la nuit à en trouver un autre. Cette avanture au reſte fut ſçuë à la Cour, & on y eut autant d'admiration pour la douceur d'Antonin, que d'indignation pour l'inſolence du Sophiſte. Adrien qui aimoit Polemon eut du chagrin de ſon impoliteſſe, & craignant qu'elle ne fût pour Antonin un ſujet de reſſentiment contre ce Philoſophe, il prit des meſures pour le remettre dans ſes bonnes graces.

Antonin se fit aimer en Asie, pour les mêmes vertus qui le faisoient aimer à Rome. (*i* Il tint une conduite si judicieuse & gouverna cette Province avec tant d'équité, de prudence, & de bonté, qu'il effaça la gloire de son ayeul, qu'il l'avoit gouverné avec une sagesse qui a été tant vantée. L'Empereur apprit avec joye la haute estime où Antonin étoit dans l'Orient, & comme il avoit beaucoup de confiance dans la solidité de ses conseils, il le rappella auprès de lui, pour prendre ses avis dans les affaires. Il y a apparence que Faustine ne fut pas fâchée de quitter l'Asie & de retourner à Rome pour y renoüer ses intrigues : en effet elle y renouvella ses galanteries, & plus son mari se faisoit estimer par la sagesse de ses mœurs, plus elle se décrioit par la licence de sa vie. Antonin devoroit en secret des plaisirs si cuisans, & par une trop molle complaisance, il pardonnoit mal-à-propos des dereglemens qu'il auroit dû punir. C'étoit sans doute par des endroits plus glorieux, qu'il devoit chercher à mériter le Titre de Debonnaire ; mais soit qu'il fût incapable de la moindre violence, soit qu'il craignît que sa severité aigrît le mal qu'elle vouloit guerir, soit qu'il crût couvrir son dés-

*i Capitolin.*

honneur

honneur en le dissimulant, (*k* il permit toûjours à sa bonté de solliciter pour Faustine, qui ne manqua point de faire un très mauvais usage de l'indulgence de son Epoux, & de fournir au Public la matiere des plus sanglantes railleries.

Rien n'enhardit tant au crime, que l'impunité & le mauvais exemple. Faustine ne vivoit tranquille dans son libertinage, que parce que ses excès n'étoient point punis. Antonin n'avoit pas la force de s'armer de severité contre une Epouse qui le deshonoroit, Annius-Verus dans une vieillesse presque caduque & sur le penchant de sa vie, n'étoit point en état d'éclairer les démarches de sa fille, & Ælius Verus au lieu de donner à sa sœur de sages leçons, lui donnoit au contraire de mauvais exemples, & comme si une même naissance leur avoit donné les mêmes inclinations, il se plongeoit dans les mêmes désordres. En effet jamais homme n'a été plus voluptueux : non content des plaisirs ordinaires, il en inventoit de nouveaux, & rafinoit sur ceux qu'avoient recherché les Princes les plus effeminés ; & entre les odieux monumens de sa lubricité que nous trouvons dans l'Histoire, (*l* il est parlé d'un lit d'une façon particuliere, où sur des feuilles

k *Capitolin. in Tit. Anton.* l *Spartian. in Æli. Ver.*

de Roses, & sous des couvertures de Lys, il commit tant de crimes avec ces infâmes Concubines. 7)

Fadille sa femme sentoit vivement l'injure que lui faisoit son Epoux; mais comme elle n'étoit point à beaucoup près aussi souffrante qu'Antonin son beau-frere, elle ne fut pas maîtresse de son chagrin. Elle dit à Verus tout ce que lui inspira sa jalousie: elle lui reprocha ses infidelités, & le mépris qu'il faisoit d'une Epouse qui avoit droit de ne pas se croire indigne des empressemens qu'il portoit à un objet étranger, elle le pressa enfin si fort, qu'elle s'attira une réponse fâcheuse; car Verus se voyant harcelé par Fadille qui revenoit assez souvent à la charge, lui dit un jour brusquement, *qu'on prenoit une femme pour soûtenir l'honneur & la dignité du mariage, & non pas pour en faire les délices, & qu'ainsi elle ne devoit point se formaliser qu'il cherchât des plaisirs hors de sa Maison.* 8) C'est ainsi que par les plus honteux déreglemens, Faustine & Verus devenoient le scandale de Rome, tandis que Fa-

7. *Lectum eminentibus quatuor, anacliteriis fecerat, minuto, eticulo undique inclusum eumque foliis rosæ quibus demptum esset album, replebat, jacensque cum concubinis, velamine de liliis facto se tegebat, unctus odoribus persicis.*

8. *Patere me per alias exercere cupiditates meas: uxor enim dignitatis nomen est, non voluptatis.*

dille & Antonin par la ſageſſe de leur conduite en faiſoient la gloire & l'ornement.

Les débauches de Verus ne nuiſirent pourtant point à ſa fortune. Adrien dont la ſanté s'affoibliſſoit tous les jours, voulant ſe préparer un ſucceſſeur, l'adopta, le fit Préteur, lui donna le Gouvernement de la Pannonie, le déclara Conſul, & eut pour lui tant d'égards, qu'une Lettre de ce nouveau Ceſar étoit plus efficace auprès du Prince, que les plus vives ſollicitations des Courtiſans les plus accredités. Cependant l'on prétend qu'Adrien qui connoiſſoit Verus pour un homme peu propre pour gouverner l'Empire, ne lui auroit jamais remis l'autorité ſouveraine; & que l'adoption qu'il avoit fait de ce Romain, étoit le prix infâme des brutales complaiſances qu'il avoit eu pour l'Empereur, lequel ne les avoit obtenuës qu'à cette honteuſe condition, qu'il ſçavoit ne devoir jamais avoir ſon effet; car il étoit très perſuadé que Verus mourroit avant lui, ce qui lui faiſoit dire qu'il avoit adopté un Dieu & non un fils, & l'évenement verifia ſes prédictions. Verus (m) mourut quelque tems après ſon adoption, ſans avoir laiſſé d'autre marque de ſa dignité que la pompe de ſes funerailles.

m *Spartian. in Æli Ver.*

Quoi qu'Adrien n'eût aucune envie d'avoir Verus pour successeur, il ne sçavoit toutefois à qui laisser l'Empire; mais les vertus d'Antonin le déterminerent en sa faveur; car voyant que son mal augmentoit tous les jours, il convoqua le Senat & déclara qu'il adoptoit Tite Antonin, & ayant fait son Testament il l'institua son heritier & son successeur à l'Empire, (*n* & ajoûta que c'étoit par le conseil & à la persuasion de Polemon qu'il avoit fait ce choix, afin que le prix & le merite de ce service fît oublier à Antonin l'injure qu'il avoit reçû de ce Sophiste à Smyrne.

Ce choix fut la source du bonheur public. Jamais l'Empire n'eut un plus digne Maître. Un des premiers soin du nouvel Empereur, fut de marquer sa reconnoissance à son bienfaicteur, en lui faisant décerner l'immortalité : il crut qu'il devoit procurer une place dans le Ciel, à celui qui lui en avoit donné une si brillante sur la Terre; il n'y réussit pourtant point avec la facilité qu'il s'étoit promis. Le meurtre qu'Adrien avoit fait des plus illustres membres du Senat, avoit rendu sa memoire odieuse, & bien-loin que l'on fût porté à lui accorder les honneurs divins, on étoit au contraire d'avis de casser toutes ses or-

n *Philostrat. vit. Sophist.*

donnances, & de détruire tout ce qui avoit rapport à sa memoire.

Antonin fort affligé de cette résolution, tâcha de la combattre par des raisons qui dans le fonds étoient fort judicieuses. (o Il représenta au Senat que si dans sa deliberation il cassoit la disposition d'Adrien, ils refusoient de le reconnoître pour Empereur, dans le tems qu'ils témoignoient avoir tant de joye qu'il le fût; car enfin, ajoûta-t'il, si vous supprimez les dispositions du défunt, si vous ne voulez pas éxécuter les dernieres volontés d'Adrien, ne cassez-vous point mon adoption qui y est contenuë, & ne m'excluez-vous point de l'Empire qu'il me donne par son Testament? & laissant couler quelque larmes, il attendrit les Senateurs, & leur ayant fait changer de résolution, il obtint ce qu'il voulut, & le Senat enfin fit un Dieu de celui qui avoit été son Tyran.

Antonin signala les commencemens de son Regne, par la grace qu'il accorda à tous ceux qu'Adrien avoit condamnés à la mort; ne voulant pas, disoit-il, qu'on pût lui reprocher d'avoir deshonoré son entrée dans l'Empire par des éxécutions si odieuses; généreux sentimens, qui sauverent la vie à beaucoup de proscrits, les-

o *Dio. lib. 70.*

quels furent autant de voix qui publierent ſa clémence : en effet les Bannis furent rappellés, les Priſonniers furent mis en liberté, les Arrêts de mort furent revoqués, & le Senat honora ces témoignages de ſa douceur, en lui décernant le ſurnom de Debonnaire & le Titre glorieux de Pere de la Patrie, qu'aucun Empereur n'avoit ſi bien merité. Le même Arrêt accorda à Fauſtine la qualité d'Auguſte, & le Senat ne crut point qu'il pût refuſer à cette Imperatrice un honneur qu'il avoit decerné à tant d'autres Princeſſes, malgré les crimes qui les en rendoient ſi indignes.

L'élévation de Fauſtine ſur le Trône de l'Empire, le Titre pompeux qu'elle venoit de recevoir, le ſuprême rang qu'elle occupoit, exigeoient d'elle une nouvelle maniere de vivre : elle ne pouvoit plus ſans honte ſe permettre ces libertés qui l'avoient deshonorée, & qui ne convenoient point à une Imperatrice ſur laquelle tout Rome avoit les yeux ouverts ; mais ces conſiderations ne purent éteindre en elle le goût des plaiſirs, & la paſſion avoit pris un empire ſi abſolu ſur ſon cœur, qu'il ſe révoltoit contre toutes les réflexions qui alloient à gêner ſon penchant.

Après que le nouvel Empereur se fut acquitté envers Adrien de tout ce que sa reconnoissance pouvoit exiger de lui, il étala sa magnificence envers le Peuple auquel il distribua de grandes sommes d'argent, il paya aux Troupes tout ce qu'Adrien leur avoit legué, & leur fit en son particulier des dons considérables. Les Villes d'Italie, & les Provinces eurent aussi part à ses liberalités. (*p* Faustine regarda comme une prodigalité, la grandeur d'ame de son Epoux, & lui en fit de vifs reproches; elle lui dit avec un air chagrin, qu'il devoit se contenter d'avoir épuisé les Finances par ces donatifs, sans vouloir dissiper ses biens particuliers par des largesses inutiles. Personne n'auroit sans doute crû une telle œconomie dans Faustine, qui auroit dû en avoir une plus loüable & plus necessaire; & l'on ne se seroit point attendu qu'une femme si prodigue de son honneur, eût été si ménagere de bien. Antonin l'auroit certainement quitté d'être si œconome; si elle avoit voulu être plus sage; mais il ne laissa pas de blâmer une prudence si mercenaire en répondant à l'Imperatrice, que depuis qu'il étoit parvenu à l'Empire, il n'avoit rien qui fût à lui, parce que son bien étant confondu

p *Capitolin. in Anton.*

avec celui de l'Etat, ſon patrimoine particulier, étoit devenu le patrimoine de la République; paroles remarquables, qui prouvent bien la généroſité de ſon cœur & ſon amour pour ſes Sujets qu'il regardoit comme ſes enfans; auſſi prit-il un ſoin particulier de les rendre heureux. Il extermina les Quadruplateurs; 9) dans la bouche deſquels l'eſperance des confiſcations rendoit les calomnies ſi dangereuſes: il caſſa tous les Officiers qui étoient inutiles au Public; & il regardoit comme une choſe injuſte & honteuſe que la République payât des gens qui ne travailloient point pour elle: il défendit à tous les Gouverneurs de rien exiger des Provinces: il ne confia l'adminiſtration des Charges publiques qu'à des perſonnes d'une probité reconnuë, il n'entreprit aucune Guerre que par neceſſité, plus attentif à maintenir la Paix dans l'Empire, qu'à en étendre les bornes; plus jaloux de la tranquilité publique que de ſa propre gloire. Il avoit ſans ceſſe dans la bouche cette fameuſe

9. Les Quadruplateurs étoient des Dénonciateurs qui avoient la quatriéme partie des biens de ceux qu'ils accuſoient. C'étoit des gens extrêmement dangereux, & qui faiſoient un mal infini dans Rome; parce que, pour s'enrichir, ils noirciſſoient de calomnies ceux qui poſſedoient d'amples Domaines, dont la quatriéme partie devoit leur revenir pour prix de leur délation.

parole

parole de Scipion l'Afriquain, qu'il valoit mieux ſauver un Citoyen que tuer mille Ennemis. Jamais Prince ne s'eſt ſervi de ſon pouvoir avec plus de modération : il écoutoit tout le monde avec facilité, & même avec condeſcendance. L'approche de ſa perſonne, n'étoit interdite à qui que ce ſoit, il écoutoit le pauvre & le malheureux ſans mépris ; on n'avoit pas beſoin d'acheter la faveur d'un Courtiſan pour aller juſqu'à l'Empereur, l'entrée du Palais étoit ouverte à quiconque vouloit lui parler ; ſon Regne ne fut point un Regne de trafic pour ſes Favoris.

Mais de toutes ſes qualités, la douceur & la bonté ſont celles qui ont paru en lui avec plus d'éclat. Il ne ſe vengea jamais d'aucune injure, & ceux qui l'avoient le plus vivement offenſé n'eurent point à craindre ſon reſſentiment. Il donna en effet un bel exemple de cette moderation à Polemon, qu'il l'avoit traité à Smyrne avec tant de brutalité. Ce Sophiſte ayant ſçû qu'Antonin étoit monté ſur le Trône, alla à Rome feliciter le nouvel Empereur ſur ſon élevation. Son arrivée à la Cour rappella le ſouvenir de l'inſolence, avec laquelle il avoit refuſé ſa Maiſon à Antonin, lorſqu'il y étoit allé exercer ſon Proconſulat, & on s'attendoit que l'Empereur traiteroit avec mépris, un homme qui l'avoit traité avec indignité; mais Antonin qui sçavoit se rendre maître de ses passions, regardant la vengeance comme une bassesse, reçut Polemon avec des démonstrations d'estime & de considération, il l'embrassa même avec tendresse, lui fit donner dans le Palais un logement commode, & ordonna en raillant qu'on le mît dans un appartement d'où il ne risquât point d'être délogé. Par ce trait ingenieux de raillerie, Antonin voulut faire comprendre au Sophiste qu'il n'avoit pas oublié son incivilité mais qu'il n'en avoit point le cœur blessé : en effet ce ne fut que par quelque trait de raillerie, qu'il fit sentir à Polemon sa faute, afin qu'il s'en corrigeât; ce qui marquoit aussi que ce n'étoit ni par stupidité, ni par foiblesse, qu'il ne se vengeoit point; mais par vertu & par grandeur d'ame : exemples de douceur & de moderation qui en lui assurant l'amour du Senat & du Peuple, servoient de léçon à tous ceux qui étoient auprès de sa personne; car c'étoit pour les instruire, & pour leur enseigner la douceur, qu'il rappelloit l'outrage que lui avoit fait Polemon à Smyrne. Il le fit fort agréablement un jour qu'un Acteur qui avoit été chassé du Theatre par ce Sophiste, fut se plaindre à Antonin de cette violence, ( q ce Prince lui ayant demandé à quelle heure il avoit été chassé, & l'Acteur lui ayant répondu que c'étoit à midi ; & moi, répliqua l'Empereur, je le fus à minuit, & je ne m'en plaignis point.

Il y avoit déja trois années qu'Antonin gouvernoit l'Empire avec cette sagesse, & cette bonté qui faisoient la felicité publique, lorsque Faustine sa femme mourut dans sa trente-septiéme année. Ses débauches qui avoient causé à l'Empereur des chagrins si vifs & si cuisans, devoient lui avoir préparé de puis long-tems des motifs de consolation, il ne laissa pas de regreter cette Imperatrice, malgré l'opprobre de sa vie. Il lui fit accorder tous les honneurs qu'on avoit décernés aux autres Imperatrices, & la fit placer dans le Ciel, où le Senat avoit auparavant placé les Agrippines & les Messalines. Rupilie-Faustine étoit encore vivante ; elle reçut les complimens que la bienséance attire dans ces occasions, 10 ) & eut la satisfaction de voir l'Empereur son beau-fils, faire rendre à la memoire de Faustine des

q *Philostrat. vit. Polem.*

10. Faustine, lorsqu'elle mourut avoit trente-six ans trois mois onze jours. On dédia une inscription à Faus-

honneurs particuliers ; car Antonin non content de lui avoir fait décerner l'Apotheose, & d'avoir fait célebrer à sa gloire des Jeux somptueux, lui fit bâtir un Temple, qu'il remplit des Statuës de cette nouvelle Divinité, & par un privilege singulier, il fit ordonner qu'on porteroit solemnellement son image dans les Spectacles du Cirque.

Après que l'Empereur eut soulagé sa douleur, par les honneurs qu'il rendoit à la memoire de son Epouse, il se donna tout entier au gouvernement de l'Etat. Il répara les anciens Edifices, & en fit bâtir de nouveaux : il soulagea les Provinces, que la peste, la famine & les tremblemens de terre avoient désolées, & sur tout Cizique, 11 ) où tomba pour lors ce fameux Temple qu'on y voyoit, le plus beau & le

tine sa mere, & c'est de là que nous apprenons l'âge de cette Imperatrice, & que lors de sa mort, sa mere étoit vivante.

MEMORIÆ
DIVÆ FAUSTINÆ AUG.
PIÆQ; CLARISSIMÆQ;
RELICTA MATRE INFELICISSIMA
VIXIT ANN. XXXVI. MENS. III.
DIEB. XI.

11. Cizique étoit une des plus fameuses Villes de la Grece, soit pour sa grandeur, soit pour sa beauté. Elle étoit située dans une Isle dans la Propontide, laquelle

plus grand qu'il y eût au monde. Il fit aussi rebâtir à ses propres dépens les Maisons que le feu avoit consumées à Carthage, à Narbonne & à Antioche, & l'on peut dire qu'il n'y eut point de Province où l'on ne trouvât quelques monumens de ses liberalités, de sa compassion ou de sa magnificence.

Jamais Prince n'a eu l'ame plus pacifique, & n'a été cependant plus redouté. Les Peuples les plus éloignés ployoient sous son autorité, parce qu'ils aimoient sa douceur & sa droiture : il regnoit dans les Provinces aussi souverainement que dans Rome, son nom étoit respecté des Princes alliés de l'Empire Romain, des Etrangers & des Barbares même, & il maintint le repos & la tranquillité de la République par sa seule réputation, avec plus de gloire que ses Prédecesseurs n'avoient fait par la force des Armes.

Un des plus grands biens qu'il pouvoit procurer à l'Empire, fut d'inspirer des sen-

étoit jointe par deux Ponts à la terre ferme. La Ville étoit celebre par ses Forteresses, ses Tours, & la Forteresse étoit de marbre. Mais l'ouvrage le plus digne d'admiration qu'on voyoit dans Cizique, étoit ce Temple fameux, qui, en grandeur & en beauté, surpassoit tous ceux de l'Asie. Les colonnes avoient cinquante coudées de hauteur, & chaque colonne n'étoit que d'une seule piece. Cizique n'est plus renommé que par le marbre que fournit l'isle de ce nom.

timens de vertu à Marc-Aurele, qu'il avoit adopté, & qui devoit lui succeder conjointement avec Lucius-Verus, conformément à la disposition d'Adrien. Il lui donna des Precepteurs de réputation, & fit venir exprés de la Ville de Chalcis le celebre Appollonius, dont l'arrogance fournit à Antonin une occasion de faire voir son extrême bonté. Ce Philosophe étant arrivé à Rome, au lieu d'aller droit au Palais, logea dans une Maison particuliere. L'Empereur ayant été averti de son arrivée, l'envoya querir pour lui confier l'éducation de son fils adoptif; mais Appollonius plein de sa morgue Philosophique, regardant fierement l'Envoyé de l'Empereur, lui dit: que ce n'étoit pas au Maître à aller trouver le Disciple; mais au Disciple à aller trouver le Maître. Antonin ne s'offença point de cette impertinente & sotte vanité; mais il s'en mocqua, & tourna en ridicule ce Sophiste arrogant. Je suis surpris, dit-il, qu'un si grand Philosophe, ait trouvé le chemin plus long de son logis au Palais, que de Chalcis à Rome; lui donnant à entendre par cette raillerie, que puisqu'il étoit venu exprès de Chalcis à Rome pour trouver son Disciple, il pouvoit bien sans se faire tort achever la route, & pousser jusqu'au Palais.

On ne peut point douter qu'Antonin n'ait eu un ſoin particulier de l'éducation de Fauſtine ſa fille, puiſqu'il prit tant de précautions pour faire élever ſon fils adoptif. Mais il ne trouva point dans celle-là, de ſi heureuſes diſpoſitions que dans l'autre. Marc-Aurele ſe forma ſur les vertus d'Antonin. Fauſtine imita les crimes de ſa mere : nous verrons qu'elle porta l'impudicité aux plus affreux excès. Antonin n'en fut pas le témoin; car il mourut dans la vingt-troiſiéme année de ſon Regne, après avoir gouverné l'Empire avec tant de ſageſſe, de juſtice, de moderation, de douceur, & même avec tant de gloire, qu'on auroit pû dire de lui avec beaucoup plus de raiſon, que de Trajan & d'Auguſte, qu'il ne devoit jamais naître ou qu'il ne devoit jamais mourir. Il donna ſur les dernieres années de ſa vie, ce fameux Edit que Saint Auguſtin 12) a tant loüé, & par lequel il étoit défendu aux maris d'accuſer leurs femmes d'adultere, lorſqu'ils

12. Saint Auguſtin parle de cette Loy, dont aucun Juriſconſulte ne fait pourtant point mention. Ulpien rapporte les termes d'Antonin dans la Loy 13. du Digeſte au titre *ad leg. Juliam de adult. Judex adulterii ante oculos habere debet & inquirere, an maritus pudice vivens, mulieri quoque bonos mores colindi auctor fuerit. Per iniquum enim videtur eſſe, ut pudicitiam vir ab uxore exigat quam ipſe non exhibeat, &c.* Sur quoi Godefroy dans ſes Notes ſur cette Loy, rapporte une belle pa-

étoient eux-mêmes coupables du même crime, & il soûmit ces maris infideles aux peines établies contre les femmes de ce caractere. Jamais Empereur n'a été tant regreté & de ses Sujets & des Etrangers, qui avoient une si haute idée de son integrité, qu'ils le prirent souvent pour arbitre de leurs differends.

role de Lactance. *Exemplo continentiæ docenda uxor est, ut te caste gerat. Iniquum enim est ut id exigas quod præstare ipse non possis.*

# FAUSTINE LA JEUNE

*Femme de Marc-Aurele, ſurnommé le Philoſophe.*

L'Amour & l'étude de la Philoſophie, ne ſont pas dans les maris, un attrait qui leur attire toûjours les empreſſemens de leurs femmes. La trop grande ſageſſe des Epoux, eſt bien ſouvent la cauſe où le prétexte des dereglemens de leurs Epouſes ; & qui ſçait ſi Fauſtine la jeune auroit été ſi libertine, ſi Marc-Aurele eût été moins Philoſophe ? Elle étoit fille de Tite-Antonin, comme nous l'avons vû, & dans cet Empereur elle avoit le modelle le plus achevé de toute ſorte de vertus ; mais le poids de ſon penchant corrompu, l'emporta ſur une ſi ſage éducation. C'eſt fort inutilement, & preſque toûjours ſans fruit, que l'attention la plus ſoigneuſe cultive un fond, quand la nature l'a formé ingrat & mauvais. Fauſtine née avec des inclinations dépravées, imita les crimes de ſa mere, comme s'il eût été fatal à celles de ce nom d'être dereglées. Il eſt vray que ſi le viſage eſt le miroir de l'ame, l'on ne devoit pas attendre de cette Princeſſe une conduite fort ſage, ſa phiſionomie annonçoit ſon humeur & le penchant de ſon cœur. Elle avoit la tête petite, (*a* le viſage un peu avancé, le col long, les yeux petits, mais fort vifs, & l'air d'une étourdie : incapable de réflexion & de retenuë, de remords comme de ſcrupule, elle ne ſçut jamais oppoſer aux ſaillies de ſon temperamment, les devoirs de la bienſéance, & l'on trouve peu de Princeſſe qui ayent porté leurs crimes à des excès ſi honteux. Il eſt ſans doute que la négligence avec laquelle Marc-Aurele éclaira ſa conduite, & les complaiſances aveugles qu'il eut pour elle, contribuerent beaucoup à ſon libertinage. C'eſt à des déſordres affreux qu'aboutit pour l'ordinaire une licence impunie. Un mari qui veut être aveugle ſur la conduite de ſon Epouſe, ſe trahit ſoi-même ; & il eſt dangereux de laiſſer une trop grande liberté à certaines femmes, leſquelles ne s'en ſervent que pour deshonorer la main trop indulgente, qui ne ſçait pas tenir leurs paſſions en bride.

L'Empereur Adrien en adoptant Antonin, ordonna que celui-ci donneroit Fauſtine ſa fille à Verus ; mais dès qu'il fut mort,

*a. Spon. recher. Curi. d'Antiq.*

Antonin (*b* qui voyoit une trop grande disproportion d'âge entre sa fille & Verus, prit une résolution opposée à l'intention d'Adrien, & forma le dessein de la marier avec Marc-Aurele, quoiqu'il eût été déja fiancé avec Cejonie fille de Lucius-Cejonius-Commodus. 1)

Marc-Aurele étoit d'une des plus illustres Familles de Rome. Il descendoit de la race de Numa, dont il faisoit revivre la sagesse & la pieté. Il s'appelloit Annius-Verus; 2) mais dès qu'il eut été adopté, il prit le nom de Marc-Aurele. Ses ancêtres avoient toûjours tenus dans

b *Capitolin in Marc Aurel.*

1 Il y a des Auteurs qui prétendent que Marc-Aurele avoit été accordé avec la Princesse Fabia fille d'Ælius. Verus Cesar, qu'Adrien avoit adopté. M. de Tillemont le croit ainsi; cependant Jules Capitolin, dit positivement que la fille de Lucius-Cejonius-Commodus, lui avoit été destinée. *Usus est etiam Commodo Magister, cujus ei affinitas fuerat destinata*, & dans le même endroit, cet Historien en parlant de Marc-Aurele dit: *Viriem togam sumpsit 15. ætatis anno, statimque ei L. Cejonii Commodi filia desponsata est ex Adriani voluntate.* Je sçai qu'il est surprenant que les Auteurs ne parlent point de cette fille de Cejonius, & qu'on ne peut pas bien démêler qui étoit ce Commodus qui fut un des Precepteurs de Marc Aurele; mais je ne vois pas que le silence des Historiens sur la vie & la destinée de cette Romaine, doive faire conjecturer que Marc-Aurele fiança Fabia, après qu'ils ont dit qu'il fiança la fille de Cejonius.

2. Marc-Aurele est très-souvent marqué dans l'Histoire sous le nom d'Antonin: il est vrai qu'on le distingue de son predecesseur par le pronom de Marcus. Après sa naissance,

le Senat un rang diſtingué ; mais ſes vertus perſonnelles le rendirent beaucoup plus illuſtre que ſa naiſſance & que ſes alliances, qui embraſſoient tout ce qu'il y avoit de grand & de conſiderable dans Rome. On voyoit en lui toute ſorte de belles qualités, ſans le mélange d'aucun conſiderable défaut. Il fut grave dès ſon enfance, moderé, ſobre, liberal, & il conſerva la ſimplicité de ſes mœurs, dans l'exercice de la Puiſſance Souveraine & dans tout l'éclat qui l'accompagne. Il paſſa la plus grande partie de ſa jeuneſſe à l'étude de la Philoſophie Stoïcienne. C'étoit avec des Philoſophes qu'on le voyoit converſer ſans ceſſe ; il affectoit leur air ſerieux & compoſé, ſe piquoit de les imiter juſques dans les petites choſes, ne dédaignant pas même de porter à leur exemple une longue barbe & un grand manteau, & de ſe donner en ſpectacle au Public ſous ce riſible équipage. 3) Auſſi lui donna-t'on le

il fut appellé comme ſon ayeul maternel, *Catitius Severus* : après la mort de ſon pere, il fut adopté par ſon ayeul paternel & prit ſon nom, *M. Annius Verus*. Adrien changea Verus en *Veriſſimus*, enſuite Tite Antonin l'adopta & lui donna les noms de *Marcus Ælius Aurelius Verus*. Après qu'il fut parvenu à l'Empire, il prit le nom d'Antonin ; mais pour le diſtinguer de l'Empereur qui avant lui a porté ce nom, on l'appelle ordinairement Marc-Aurele.

3. On ne trouve point d'Auteur qui diſe que le ſurnom de Philoſophe ait été donné à Marc-Aurel, ni par

surnom de Philosophe. Au reste ce fut de son application trop assiduë à l'étude de la Philosophie, que prirent naissance, ces incommodités (c qui altererent sa santé, & ausquelles il fut sujet presque tout le tems de sa vie. 4)

Dès qu'Adrien fut mort, Antonin adopta Marc-Aurele, & résolut en même-tems de lui faire épouser sa fille, quoiqu'elle eût été destinée pour Verus. Faustine la mere en fit la proposition à Marc-Aurele; mais comme celui-ci ne faisoit rien à la légere & qu'il mesuroit toutes ses démarches, il demanda du tems pour

c *Dio. lib.* 71.

le Senat ni par le Peuple, on ne le lit ni dans aucune Inscription, ni sur aucune Medaille, ni dans aucun Historien. C'est donc moins un surnom qu'une épithete, que la maniere de vivre de ce Prince, lui a fait donner par les Ecrivains. Il affectoit en effet si fort d'imiter les Philosophes en toutes choses, que cela alla jusqu'à la manie; & je ne sçai si ce n'étoit point une grande foiblesse dans un Empereur Romain de porter le Manteau de Philosophe. Tertullien en eut aussi la même fantaisie & pour la justifier, il composa le fameux ouvrage *de Pallio*.

4. Marc-Aurele étoit naturellement d'un temperament sain, robuste & vigoureux : *In principio fuerat bona valetudine*, dit Dion : mais son application à l'étude & aux affaires, ruina sa santé. Il vécut pourtant près de soixante ans, sans prendre d'autres remedes que de la Theriaque, pour fortifier l'estomac & la poitrine. Ce remede devint fort commun; & parce que l'Empereur qui en prenoit tous les jours s'en trouvoit bien, la Theriaque devint le remede à la mode.

faire ses réflexions. Cependant Antonin lui donna le Titre de Cesar, l'aggregea au College des Prêtres Saliens, le désigna Consul, & le revêtit enfin de tous les honneurs qui pouvoient donner du relief à un Prince qui devoit être son Successeur. Ils n'enflerent point le cœur de Marc-Aurele. Imbu des maximes Stoïciennes, il se montra insensible à des honneurs qui auroient satisfait l'ambition la plus démesurée, & faisant son plus doux plaisir de l'étude de la Philosophie, il s'y donna tout entier.

Cepedant le tems qu'il avoit demandé pour se déterminer sur le mariage proposé, étant expiré, Marc-Aurele reçut avec reconnoissance l'honneur qu'on lui offroit, & épousa la Princesse Faustine. Cette Fête se fit avec toute la magnificence qui pouvoit convenir à un si grand mariage, & l'Empereur en fit le sujet des plus abondantes largesses. Mais ce qui combla bientôt sa joye, fut la naissance de la Princesse Lucille de laquelle Faustine accoucha. Marc-Aurele en devint plus cher á son beau-pere, aussi reçut-il de lui la Dignité de Tribun, & la puissance Proconsulaire. Ce nouveau degré d'élevation, bien-loin de donner atteinte à sa modestie, le rendit au contraire plus moderé ; & il fut autant ſoumis à Antonin que s'il eût été ſon fils. Jamais on ne vit une ſi bonne intelligence, & un beau-pere & un gendre ſe donner reciproquement de ſi loüables marques d'inclination & d'eſtime.

Pluſieurs mauvais eſprits ne pûrent ſouffrir cet heureux accord, s'imaginant que la faveur où étoit Marc-Aurele auprès de l'Empereur étoit un obſtacle à la leur. Il y a toûjours dans les Cours des Grands, de ces flatteurs corrompus & malins, qui croyent avancer leur fortune en s'inſinuant dans l'eſprit des Princes, par des rapports empoiſonnés, qu'ils font contre ceux dont ils veulent ruiner le crédit, ſous prétexte de zéle, & les Rois les plus ſages & les plus éclairés ne ſont pas toûjours à l'abri de leurs artifices. ( *d* Valerius-Omulus étoit de ce mauvais caractere. Cet adroit & envieux Courtiſan, qui avoit l'oreille de l'Empereur 5 ) mettoit ſourdement à profit toutes les occaſions où il pouvoit jetter des défiances dans ſon eſprit contre Marc-

d *Capitolin in Antonin. Pium & in Marc Anton.*

5. Omulus avoit été bien avant dans la faveur de Tite-Antonin. Cet Empereur alloit quelques fois chez lui pour y manger, & il ſouffroit ſans peine d'être raillé par ce Courtiſan qui faiſoit ſouvent le plaiſant. On raconte qu'un jour Antonin étant allé chez Omulus, y admira des Colonnes de Porphyre qui étoient d'une grande beauté, & lui demanda

Aurele, & lorsqu'il pouvoit donner un mauvais jour à quelque action de ce Prince ou de quelqu'un de sa famille, il avoit l'adresse de la revêtir de toutes les couleurs qui pouvoient lui donner la ressemblance du crime. L'imposture & la ruse étoient dangereuses dans sa bouche ; car comme il ne manquoit point d'esprit, il sçavoit donner du poids aux choses les plus legeres, & il avoit le secret d'employer avec succès la raillerie pour venir à ses fins ; mais en faisant semblant de plaisanter, il portoit des coups mortels, ce qui étoit l'effet d'une malice très-rafinée. Omulus prit ce tour, pour faire prendre à l'Empereur de l'ombrage contre son beau-fils. Domitia-Calvilla 6 ) mere de Marc-Aurele, Princesse fort sage & qui se piquoit de pieté envers les Dieux, alloit regulierement tous les jours porter ses vœux à un Simulachre d'Apollon qui étoit dans son Jardin. Elle s'acquittoit de ce devoir, un jour que l'Empereur & Omulus la

d'où il les avoit eues. Omulus au lieu de répondre à l'honneur que lui faisoit l'Empereur, d'admirer les ouvrages de sa maison, lui répondit brutalement que dans la maison d'autrui il falloit être sourd & muet : *Cum in alienam domum veneris & mutus & surdus esto.*

6. La mere de Marc-Aurele, que nous appellons Domitia-Calvilla, s'appelloit aussi Lucilla. Jules Capitolin lui donne l'un & l'autre nom.

voyoient

voyoient dans une posture fort humble aux pieds de cette Statuë. Omulus qui voyoit Antonin fort attentif à la pieté de la Princesse, tâcha de donner un mauvais sens à cette action, qui méritoit au contraire ses éloges, & pour en décrediter le motif, il voulut insinuer à Antonin que sa mort étoit l'objet de la priere de Calvilla; car regardant l'Empereur avec un sourire malin, il n'est pas difficile, Seigneur, lui dit-il, de comprendre ce que demande à Apollon la mere de Marc-Aurele, c'est votre mort qui doit mettre entre les mains de son fils l'autorité Souveraine.

Antonin dont l'esprit prudent & judicieux n'étoit pas capable de prendre facilement des défiances, ne donna point dans le piége qu'on lui tendoit, & ne diminuä rien de son estime pour Calvilla & de sa tendresse pour Marc-Aurele. Le perfide Courtisan n'eut d'autre satisfaction, que d'avoir dit sans succés une fade plaisanterie, & il ne lui resta peut-être que le chagrin d'avoir fait connoître son odieux caractere. C'est le fruit ordinaire que tirent de leurs impostures ces lâches Adulateurs, qui obsedent les oreilles des Princes.

Tite-Antonin étant mort, le Senat d'accord avec lui sur le merite de Marc-Aurele, le déclara seul Empereur; mais celui-ci qui étoit religieux observateur de sa parole, ne voulut pas manquer à celle qu'il avoit donné à Adrien, d'associer à l'Empire Lucius Verus ; il le fit, & quoiqu'il n'eût point trop bonne opinion de ce Prince, il le déclara son Collegue, lui donna le Titre de César & d'Auguste, & lui fit prendre des engagemens avec Lucille sa fille.

Ce fut alors que la République Romaine, eût pour la premiere fois deux Empereurs, qui la gouvernerent de concert avec une égale autorité ; car jusqu'alors la Puissance Souveraine n'avoit pas été partagée depuis que le Senat l'avoit remise à Auguste. Marc-Aurele fut bien-aise d'associer Verus à sa Dignité, pour se débarrasser sur lui des soins penibles du Gouvernement, & pour avoir plus de tems pour vacquer à l'étude de la Philosophie. En effet il la cultiva sur le Trône avec la même application qu'il la cultivoit lorsqu'il n'étoit que simple particulier, & il ne crut pas dégrader son rang en allant écouter les leçons des Philosophes de réputation dans les Academies, d'où il revenoit rempli de maximes de la plus austere sagesse.

Elles n'étoient gueres du goût de Faustine, dont l'humeur coquette & enjoüée, ne s'accommodoit point d'une conduite si sérieuse, & ne demandoit que des plaisirs & des divertissemens. Aussi dans le tems que dans son Cabinet, Marc-Aurele s'enfonçoit dans ses méditations Philosophiques, Faustine sa femme oubliant sa naissance & son rang, se livroit à des divertissemens dereglés, & l'Empereur trop occupé de son étude, se mettant peu en peine d'éclairer la conduite de son Epouse, elle sçut si bien tirer avantage de cette molle indolence, qu'elle osa ne rien refuser à ses désirs. L'Empereur Verus ne donnoit pas aux siens une satisfaction moins honteuse, & fit voir qu'à beaucoup près il n'avoit point les inclinations aussi nobles que son beau-pere; mais les malheurs qui dans ce tems-là affligerent la Ville & l'Empire, l'arracherent à ses divertissemens. Le Tibre inonda la Ville, renversa les plus beaux Edifices, & ravagea la Campagne. Cette affliction fut suivie d'une famine horrible; & comme si tous les fleaux s'étoient unis pour punir les Romains, les Parthes après avoir chassé de Syrie Atidius Cornelianus qui en avoit le Gouvernement, déclarerent ouvertement la Guerre, qu'ils meditoient depuis plusieurs années.

Les Empereurs donnerent tous leurs soins pour réparer les pertes qu'avoient caufé l'inondation & la famine, & après avoir envoyé des Généraux & des Troupes contre les Cattes & contre les Peuples de la Grande-Bretagne, qui menaçoient auſſi l'Empire d'une révolte, ils furent d'avis que Verus allât en perſonne en Syrie pour punir les Parthes de leur rébellion, & que Marc-Aurele reſtât à Rome où ſa préſence étoit neceſſaire. Le Senat autoriſa toutes ces réſolutions.

Marc-Aurele accompagna ſon Collegue juſqu'à Capouë, d'où il reprit le chemin de Rome; mais ayant bientôt appris que Verus étoit malade à Canuſe, il fit faire par le Senat beaucoup de vœux pour ſa guériſon, & alla voir ſon beau-fils, qu'il ne quitta que lorſqu'il fut en état de continuer ſon voyage de Syrie. Ce fut dans ce têms que Fauſtine accoucha de la Princeſſe Fadile, que Caracalla depuis fit mourir, & de laquelle nous aurons lieu de parler ailleurs. Elle mit encore au monde bientôt après Juſtine, qui ſelon quelques-uns mourut fort jeune; & qui ſelon d'autres imita les crimes de ſa mere. Celle-ci renouvella les déſordres de Meſſaline, ſe ſoüilla des plus infâmes dereglemens, & j'avouë que pour peu que l'on aime l'honnêteté, on ne peut les rapporter ſans horreur. Je ſçai cependant que les regles de l'Hiſtoire obligent celui qui l'écrit, à rapporter les vices comme les vertus de ceux dont il raconte la vie ; & que pour décrire des traits honteux & des faits déteſtables, la plume de l'Hiſtorien n'en eſt ni moins ſage, ni moins retenuë. Pour moi je ſouhaiterois pouvoir rapporter avec plus de circonſpection & en termes plus couverts des crimes ſi horribles ; mais à force de jetter des voiles ſur la penſée d'un Auteur, on la cache entierement, & le Lecteur n'y trouve que celle de l'Hiſtorien ou du Traducteur. Après tout, quand on a lû l'Hiſtoire de Meſſaline, de Julie & d'Agrippine, on ne peut point être ſurpris de ce qu'on peut lire de Fauſtine, qui fut une parfaite imitatrice de leurs déſordres. Car dans le tems que Marc-Aurele enſeveli dans la ſolitude de ſon Cabinet, digeroit les projets qu'il faiſoit pour humilier les Ennemis de l'Empire, ou épuroit ſon eſprit par l'étude de la Philoſophie, l'Imperatrice ſa femme s'abandonnoit à ſon panchant, ſe ſoüillant dans les plus honteux déreglemens. La confiance qu'elle avoit dans la bonté de l'Empereur, l'enhardit à le deshonorer par un libertinage affreux. Elle ne ſe contenta point de chercher dans des Amans de ſa naiſſance & de ſon rang, les empreſſemens qu'elle ne trouvoit pas dans Marc-Aurele, occupé à des soins plus serieux, & d'accorder à d'Illustres Favoris des faveurs, que le mari trop studieux negligeoit, elle se livra à tout venant, & ses prostitutions devinrent publiques. S'étant peu à peu accoûtumée à ne rougir de rien, & ne craignant point du tout Marc-Aurele, qui fermoit les yeux sur ses débauches, elle accorda tout à ses infâmes appétits. Orphitus fut un de ses soupirans, & ses soupirs n'eurent qu'un trop heureux succès. Utilius & Moderatus, eurent part à ses faveurs, ou plûtôt à ses crimes & Tertullus vécut avec elle dans une familiarité infâme.

Le Public, qui compte pour ainsi dire tous les pas des personnes de ce rang, n'ignoroit point le libertinage de Faustine. Sur elle étoient ouverts les yeux de tout le monde; & la médisance qui n'épargne ni Noblesse ni Dignité, ni grandeur ni autorité, ne fit pas grace à l'Imperatrice. Marc-Aurele ne pouvoit qu'être instruit des excès de sa femme, & il étoit sans doute très difficile, que des galanteries que Faustine peu jalouse de sa réputation, rendoit si publiques, échapassent à sa connoissance. Il sçavoit sur tout que Tertullus avoit avec elle de honteuses liaisons, il les avoit surpris un jour dînant tête à tête, & une si grande familiarité lui apprenoit assez qu'ils avoient encore des tête à tête plus secrets & plus criminels. Il eut même la dure mortification de voir que les impudicités de Faustine, fournissoient au Theâtre la matiere des scenes les plus risibles, (*e* puisqu'un jour que cet Empereur étoit à la Comedie, les Acteurs eurent l'impudente temerité de lui reprocher sa honte, & de l'instruire des prostitutions de sa femme, sans déguiser un sujet qu'il auroit été assez hazardeux de joüer sous un autre Empereur qui auroit sans doute converti en veritable Tragedie cette piece Comique. Car un Acteur qui représentoit un mari stupide ayant demandé à son Esclave le nom du galand de sa femme, l'Esclave le nomma par trois fois en disant que c'étoit Tullus; mais le mari affectant ne l'avoir pas bien entendu, & ayant demandé comment il s'appelloit, l'Esclave en prenant un tour de plaisant, lui repliqua qu'il s'appelloit Tertullus. 7)

Marc-Aurele eut sans doute besoin de tout le secours de sa Philosophie; pour

*e* *Jul. Capitolin in Marc Anton.*

7. *Cum stupidus nomen adulteri uxoris à servo quæreret, & ille diceret ter Tullus, & adhuc stupidus quæreret, respondit ille jam dixi ter, Tullus dicitur.* La pensée du comique ne peut pas se rendre en françois.

dévorer en secret des chagrins si cuisans, & en affectant de ne rien sçavoir des galanteries de sa femme, quoiqu'elle prît si peu de soin de les dérober à sa connoissance, il exerçoit une dure politique. Cependant soit en Stoïcien, soit en politique, il dissimula les désordres de Faustine, il lui donna toûjours des marques de tendresse & d'estime, dont elle étoit si peu digne, & voulant sans doute faire croire qu'il ignoroit les taches qu'elle avoit fait à sa vie, ou justifier l'insensibilité qu'il marquoit avoir à son deshonneur, il voulut instruire la posterité de la bonne opinion qu'il avoit de sa femme. (*f* en protestant dans ses reflexions morales, qu'il regardoit comme une faveur des Dieux d'avoir eu une Epouse d'un si bon caractere : inutile précaution qui ne put défendre la réputation de l'Imperatrice contre le bruit Public.

Verus ne tenoit point en Syrie une conduite plus reguliere que celle que Faustine tenoit à Rome, & nous verrons bientôt qu'il ne donna pas à son Collegue des chagrins moins sensibles. (*g* Cependant les Généraux Romains humilierent les Ennemis de l'Empire par des succès heureux, Verus s'en attribua le merite & la gloire,

f *Marc. Aurel. Anton. op. de seip.* g *Capitolin. in Ver.*

&

& après la fin de la Guerre il établit Avidius Caſſius Gouverneur de Syrie ; mais la conduite douteuſe de ce nouveau Gouverneur, ayant jetté des défiances dans l'eſprit de ce Prince, il écrivit à Marc-Aurele, que dans Caſſius ils avoient un dangereux Ennemi à craindre.

Marc-Aurele qui, par ſes maximes Philoſophiques, ſe mettoit dans l'indépendance de la fortune, ſoit qu'il regardât les avis de Verus comme des ſoupçons, que prenoit legerement un Prince qui ne ſongeoit qu'à ſes plaiſirs, ſoit qu'en ſevere Stoïcien il crût que les arrêts du deſtin fuſſent inévitables, répondit à ſon Collegue, que ſi les Dieux avoient deſtiné l'Empire à Caſſius, toute la puiſſance des hommes ne ſçauroit renverſer les decrets du Ciel, & qu'il étoit plus juſte que l'on ſe ſoumît avec docilité aux volontés du deſtin, que de faire contre elles des efforts, qui auſſi bien ſeroient inutiles. Dans ce raiſonnement il y avoit beaucoup plus de Philoſophie que de juſteſſe & de politique, auſſi verrons-nous bientôt que lorſque Caſſius ſe fut ouvertement declaré, Marc-Aurele enviſagea cette révolte ſous des idées bien differentes, & que ſa ſoumiſſion aux ordres du deſtin, ne fut ni ſi aveugle ni ſi docile.

Verus couvrit ſa tête des Lauriers que d'autres avoient cüeillis, & recevant à Rome les honneurs du Triomphe qui étoit le prix d'une Victoire à laquelle il n'avoit aucune part, quoiqu'il ſe vantât des ſuccès avantageux de ces Guerres ; il y continua ces affreuſes débauches, dont il avoit corrompu toutes les Villes de Syrie. On ne vit jamais une licence ſi monſtrueuſe ; & quand on lira dans le chapitre ſuivant les actions de ce Prince, on trouvera que c'eſt avec juſtice qu'on l'a comparé aux Caligula, aux Neron & aux Domitien, Empereurs les plus décriés, qui euſſent occupé le Trône qu'il deshonoroit lui-même par ſes horribles excès. Son incontinence ne reſpectoit rien, elle portoit ſes infâmes atteintes & ſur les perſonnes les plus mépriſables, & ſur celles qui meritoient le plus ſon reſpect : & ſi l'on doit ajoûter foi aux bruits qui coururent & qui ne trouverent que trop de créance dans les eſprits, il porta ſes abominables attentats ſur l'honneur même de Fauſtine ſa belle-mere, & n'eut pas honte de ſoüiller le lit de Marc-Aurele ſon beau-pere & ſon bienfaicteur, par un inceſte criant & par une odieuſe ingratitude. L'on ne peut en effet gueres douter du commerce criminel de Verus & de Fauſtine: l'un revêtu de la puissance souveraine, étoit incapable de retenuë dans ses infâmes passions ; l'autre n'avoit ni honte ni pudeur, & ils brûloient l'un & l'autre des mêmes feux. On dit même que Verus ne fit point un mystere de ce crime, car comme s'il eût voulu s'honorer & tirer gloire d'une si abominable conduite, il se vanta de ce commerce incestueux comme d'une conquête précieuse, & ce fut à Lucile sa femme qu'il eut la lâcheté d'en faire une brutale confidence.

Lucile fut étrangement surprise de trouver une Rivale dans sa mere : car quoiqu'elle fût persuadée que Faustine ne menoit pas une vie fort reglée, elle ne pensoit point que cette Imperatrice pût porter ses débordemens jusqu'au point de s'abandonner à la lubricité d'un beau-fils. Elle ne put retenir son chagrin & sa jalousie, & oubliant pour un tems le respect qu'elle devoit à sa mere, elle lui fit de sanglans reproche des infâmes liaisons qu'elle avoit avec Verus. Il est certains crimes si affreux, que ceux qui en sont coupables cherchent toûjours à en éloigner d'eux & le soupçon & l'infamie, de quelque impudence qu'ils puissent armer leur front : & une femme est un monstre, si dans les reproches qu'on lui fait de ses débauches, elle ne montre quelque honte. Faustine familiariſée depuis long-tems avec le crime, n'eut pourtant point aſſez d'effronterie pour ſoutenir les plaintes de ſa fille qui la couvroient de confuſion; mais elle eut le cœur ſi fort ulceré contre Verus, que beaucoup crûrent dans la ſuite que la mort de ce Prince étoit la punition de ſon indiſcretion, & l'effet de la vengeance de Fauſtine.

Si Marc-Aurele étoit inſtruit de toutes ces choſes, il faut convenir qu'il avoit de belles occaſions d'exercer ſa Philoſophie, & qu'il falloit ſans doute, avoir l'ame fort Stoïque pour diſſimuler & pour ſouffrir une vie ſi licentieuſe. Cependant le caractere de cet Empereur ne ſe démentit point, il parut toûjours inſenſible à ſon malheur, & ne rien voir de ce que tout Rome voyoit. Cette lâche complaiſance ou cette inſenſibilité, ne ſervit qu'à entretenir l'Imperatrice dans ſes habitudes, & l'enhardit à commettre ces crimes éclatans dont elle ſe noircit à Cayette. 8) Marc-Aurele y étoit allé & Fauſtine avoit été de ce voyage. Ce fut dans cette Ville (*b* que

b *Capitolin. in Marc-Aurel. Victor.*

8. Cayette eſt une Ville du Royaume de Naples, ainſi appellée de Cajeta Nourrice d'Enée qui mourut dans l'endroit où eſt la Ville.

cette Princesse emportée par sa passion, se prostitua à des dissolutions que l'on auroit de la peine à croire, si l'on ne les lisoit dans les Auteurs qui ont transmis à la posterité l'infamie de sa vie. Ce ne fut plus à des Senateurs seulement ou à des Chevaliers qu'elle prodigua ses faveurs, ç'auroit été pour elle des ménagemens trop contraignans, que de n'associer à ses crimes que des amans distingués par leur noblesse ou par leur Dignité, & de gêner sa passion par des considerations de bienséance & de délicatesse; ce furent des hommes de vile condition, abjects & méprisables, qui devinrent l'objet de son inclination depravée; car comme elle ne trouvoit plus d'horreur dans le crime, elle ne garda aucun ménagement, elle mit, pour ainsi dire, son honneur à l'encan. On la vit dans les Amphiteatres & sur le Port, faire passer comme en revûë devant elle les Matelots & les Gladiateurs tous nuds, & choisir ceux qui lui paroissoient les plus propres pour satisfaire sa lubricité, don-

*Tu quoque littoribus nostris æneïa nutrix*
*Æternam moriens famam Cajeta dedisti.*
Virg. 7. Æneid.

Cette Ville est entre Capouë & Terracine. On y voit le corps du fameux Connétable de France Charles de Bourbon, qui fut tué au Siege de Rome.

nant à tout l'Empire (*i* le honteux témoignage du plus horrible débordement, sans que l'obscenité de ce spectacle, sans que nulle reflexion, nulle raison de pudeur, de bienséance, pût arrêter la fureur de ses impudiques feux, & la détourner d'un goût si bizarre & si depravé. Jamais on ne vit un libertinage si prodigieux. 9)

Ce fut peut-être durant ces débauches, que Faustine devint enceinte. On ne devoit attendre qu'un fruit corrompu d'une grossesse arrivée dans de si honteuses conjonctures. Le songe de l'Imperatrice n'aida pas peu à fortifier ces soupçons, & presagea le mauvais naturel de l'enfant qu'elle portoit. Elle étoit pour lors à l'Anuve, & elle songea qu'elle mettoit au monde deux Serpens, dont l'un étoit plus cruel

i *Capitolin. in Marc Anton. Aurel. Victor.*

9. *In tantum petulantia proruperat, ut in campaniæ sedens amæna littorum obsideret, ad legendos ex nauticis, quia plerumque nudi agunt, flagitiis aptiores*, dit Victor. *Faustinam satis constat apud Cajetam conditiones sibi & nauticas & gladiatorias elegisse*, dit Capitolin. Faustine n'étoit pas la premiere qui avoit eu cette honteuse curiosité : Martial raille dans une Epigramme, une Romaine qui sçavoit soutenir la vûë d'un homme nud :

*Invitas nullum nisi cum quo Cotta lavaris*
*Et dant convivam balne sola tibi.*
*Mirabar, quare numquam me Cotta vocasses*
*Jam scio me nudum, displicuisse tibi.*

que l'autre. Ce ſiniſtre préſage ne ſe verifia que trop au grand malheur de l'Empire, Fauſtine accoucha de deux jumeaux, de Commode, qui a été un des plus grands fleaux du genre humain, & d'Antonin qui n'auroit pas été d'un meilleur caractere s'il eût vécu. La dépravation du naturel de Commode, la malignité de ſon cœur, ſes inclinations corrompuës, ſon penchant pour les Spectacles, ſon amour pour les Gladiateurs, firent toûjours croire & avec fondement, ſans doute, que Marc-Aurele n'étoit pas ſon pere, mais bien quelqu'un de ces Gladiateurs qui avoient eu part aux faveurs de Fauſtine. Je ſçai qu'il y a des Auteurs qui, pour mettre à couvert l'honneur de Marc-Aurele, ou celui de Fauſtine, dont elle étoit ſi peu ménagere, ou pour cacher la honte de la naiſſance de Commode, ont fabriqué certaine Hiſtoire au ſujet de la groſſeſſe de l'Imperatrice. Ils diſent que Fauſtine ayant vû un Gladiateur de bonne mine, en ſentit ſon cœur épris. Cette paſſion la jetta dans une maladie de langueur qui allarma Marc-Aurele. Un ſi bon mari ne négligea rien pour procurer à ſa femme le remede qui pouvoit la guérir, il lui demanda la cauſe de ſon mal, & il apprit que cette langueur étoit l'effet de ſon amour pour un Gladiateur. Ce genre de maladie déconcerta un peu le flegme Philosophique de Marc-Aurele, & parce que le remede qu'il voyoit bien que Faustine auroit souhaitté, interessoit trop son honneur & sa gloire, il consulta les Chaldéens sur cette maladie, de laquelle il leur expliqua la cause, & chercha dans leur science la guérison de Faustine. Ces Medecins furent d'avis qu'on égorgeât le Gladiateur qui avoit blessé le cœur de l'Imperatrice, & de lui en faire boire le sang. Marc-Aurele fut obligé d'entrer dans l'ordonnance de ces Chaldéens & de donner au remede la principale guérison; car il étoit aussi porté par la réponse de ces sçavans, que l'Empereur coucheroit avec sa femme après qu'elle auroit bû cette sanglante potion. Tout fut executé, & le succès fut heureux; mais parce que l'imagination de Faustine avoit été échauffée par l'idée du Gladiateur, elle conçut Commode; qui apporta du sein de sa mere les inclinations d'un veritable Gladiateur. Il est vrai que l'Historien qui rapporte ce fait, dit que c'étoit un bruit du Peuple, qui ne trouvoit créance que parmi les esprits foibles, & il y a apparence que de l'humeur dont étoit Faustine, personne n'auroit jamais crû qu'elle fût femme à languir d'amour pour un Gladiateur, en n'oſant ſatisfaire ſa paſſion, par retenuë, ou par délicateſſe.

Il eſt étonnant que Marc-Aurele qui étoit ſi fort amateur de la vertu, & qui certainement ne pouvoit point ignorer les proſtitutions de ſa femme, ait eu la force de les diſſimuler ſi long-tems, & qu'il ne fit point reflexion qu'en ne puniſſant point de ſi horribles déſordres, il s'en rendoit complice & en partageoit l'infamie avec l'impudique Fauſtine. Il ne pouvoit point au reſte douter que tout Rome ne ſçût la vie ſcandaleuſe de ſon Epouſe; car parmi ſes Courtiſans, il s'en trouva qui furent aſſez jaloux de ſon honneur, pour oſer lui faire des reproches d'un ſilence ſi peu politique. Ils lui repreſenterent l'infamie dont Fauſtine deshonoroit ſa maiſon, & les outrages qu'elle faiſoit à un Epoux & à un Empereur, à ſes interêts & à ſa gloire; que des crimes ſi honteux demandoient une punition éclatante; que c'étoit preſque autoriſer les diſſolutions de Fauſtine que de les diſſimuler; qu'une ſi molle clémence, étoit dans cette occaſion une honteuſe foibleſſe; que ſa femme meritoit qu'on lui ôtât une vie qu'elle avoit ternie par tant d'adulteres, de proſtitutions & de débauches; que du moins s'il ne vouloit pas faire mourir la fille d'Antonin, il devoit la répudier & faire divorce avec une Princeſſe qui avoit deshonoré leur mariage, par des infidelités les plus honteuſes & les plus puniſſables.

Marc-Aurele écouta ces avis avec ſon flegme ordinaire, & répondit froidement à ces Courtiſans zelés, que s'il répudioit Fauſtine, il falloit qu'il lui rendît ſa dot, 10) voulant par là leur faire comprendre, qu'ayant reçû l'Empire de la liberalité d'Antonin qui lui avoit en même tems donné ſa fille, il ne pouvoit ſans ingratitude la renvoyer, ſans lui remettre l'Empire qu'elle lui avoit procuré. Cette réponſe ferma pour toûjours la bouche aux amis de Marc-Aurele. Ils ne ſe mirent plus en peine d'arrêter des débauches que le foible Empereur ſouffroit par un ſentiment de gratitude & de générosité; & Fauſtine, perſuadée que la reconnoiſſance de ſon Epoux envers Antonin, lui ſeroit un abri contre la punition que meritoient les infidelités qu'elle lui faiſoit, continua impunément ſon libertinage & vêcut dans les plus grands déréglemens. C'eſt ainſi que l'impunité, enhardit l'Auteur du crime & lui donne la licence de le commettre ſans crainte.

10. Burrhus avoit fait la même réponſe à Neron lorſque ce Prince vouloit répudier Octavie, qui lui avoit procuré l'Empire.

La conduite de l'Empereur Verus n'étoit pas plus reguliere, il s'abandonna aux débauches les plus affreuses, & à la cruauté près, il s'abandonna aux vices des plus cruels Tyrans. Mais la Guerre des Marcomans troubla bientôt ses infâmes plaisirs. La révolte de ces Barbares porta l'allarme dans Rome, & Marc-Aurele avec toute sa Philosophie, se trouva dans de grandes perplexités. Il n'oublia rien de ce que la superstition payenne mettoit en œuvre pour se rendre les Dieux propices; 11) mais comme c'étoit à des Divinités impuissantes qu'il adressoit ses vœux, il fut obligé de se préparer à la défense, & de chercher dans la force & dans le courage des Legions, le secours que ses sacrifices sacrileges ne pouvoient obtenir de ses

11. Marc-Aurele ayant consulté ses Dieux touchant l'issuë de la Guerre qu'il alloit entreprendre contre les Marcomans, les Prêtres de ces fausses Divinités lui déclarerent que pour avoir un heureux succès, il falloit appaiser la colere des Dieux irrités contre les Chrétiens. L'Empereur qui étoit fort attaché à sa superstitieuse Religion, donna des Edits sanglans contre les Chrétiens, & il y en eut un nombre infini qui souffrirent le martyre. Deux des plus illustres furent Saint Gervais & Saint Protais freres, dont le pere & la mere avoient eu le bonheur de mourir pour la foy de Jesus-Christ. Ce fut à Milan que ces deux freres donnerent leur vie pour confesser le vrai Dieu au milieu des affreux tourmens que leur fit souffrir le Préfet Astase. On me pardonnera si dans un Ouvrage profane je mets cette Note pieuse, qui regarde le martyre de deux

Dieux. Cependant les Marcomans faisoient des dégâts dans les Provinces, & dans ce même tems la peste faisoit des ravages dans Rome. Il n'y avoit point de jour que ce fléau ne laissât des marques de sa fureur. Marc-Aurele apporta toute la vigilance dont il étoit capable pour remedier à une si affligeante calamité, & après avoir donné les ordres necessaires pour regler toutes choses, il partit avec son Collegue à la tête de son Armée, & se rendit à Aquilée.

L'Approche des Empereurs qui avoient fait de grands préparatifs pour cette Guerre, effraya les Barbares, & détacha de leur Ligue quelques Princes voisins que les rebelles avoient attiré dans leurs interêts, & dans ce même tems les Quades, ayant perdu leur Roi, declarerent hautement qu'ils n'en vouloient point d'autre que celui que les Empereurs voudroient leur donner. Verus que ce voyage enlevoit à ses plaisirs, & qui n'avoit quitté Rome qu'avec beaucoup de regret, souhaitoit fort d'y retourner: il répresenta à Marc-Aurele que la Guerre étoit finie & qu'il n'avoit plus d'Ennemis à combattre; que la con-

Saints, dont le lieu de ma naissance porte le nom. C'est *Saint Gervais* petite Ville du Diocese de Castres dans le Haut-Languedoc.

tagion ravageoit l'Armée, exposée au danger de perir entierement & sans ressource, si l'on ne ramenoit les Legions dans leurs quartiers. Marc-Aurele qui pesoit les choses avec plus de sagesse, n'eut garde de donner dans les raisons ou dans les prétextes de son Collegue. Il lui fit comprendre que cette feinte soumission des Barbares n'étoit qu'un artifice concerté paur faire licencier l'Armée, afin de porter à l'Empire un coup plus sûr, lorsque les Legions auroient été congediées. Verus qui vouloit marquer de la déference pour les sentimens de son beau-pere, n'osa plus insister: mais après qu'ils eurent passé les Alpes, ce Prince qui n'aimoit point les fatigues de la Guerre, & qui plus il s'éloignoit de Rome, plus il desiroit d'y retourner, allegua tant de raisons à Marc-Aurele, qu'il lui persuada enfin de suspendre la Guerre, & d'aller prendre avec le Senat les mesures les plus justes pour réduire les Ennemis.

C'étoit au commencement de l'Hyver qu'ils reprirent tous deux le chemin de Rome & dans la même voiture. Mais comme ils furent arrivés entre les Villes de Concordia & d'Altino, Verus fut attaqué d'une Apoplexie qui l'emporta. Marc-Aurele continua sa route jusqu'à Rome, où il fit faire à son Collegue de superbes funerailles. Il lui procura les honneurs de l'Apotheose, & fit mettre au rang des Dieux le plus débauché des hommes: après quoy s'étant mis en état de réduire les Barbares, il marcha contre eux avec une Armée formidable. Celle des rebelles n'étoit pas moins redoutable, & elle etoit beaucoup plus nombreuse; car outre les Marcomans, il y avoit des bandes d'Allemans, de Quades & de Vandales. A ceux-là s'étoient joints les Sarmates & les Japiyens, Peuples accoûtumés aux fatigues de la Guerre, nourris dans les Combats, & autant irreconciliables ennemis de l'Empire, que les Marcomans même, contre lesquels Marc-Aurele avoit assemblé toutes ses forces, quoique la peste les eût fort diminuées, & qu'elle eût fait de grands ravages dans les Legions Romaines. La conduite de l'Empereur supplea au nombre & fut victorieuse des Barbares. Ces avantages lès étonnerent; mais ne les abbatirent point; car tirant une nouvelle ressource de leur desespoir, ils ramasserent toutes leurs forces, & résolurent de faire un dernier effort. Et certes l'on peut dire que jamais l'Empire Romain ne courut un plus grand peril, il est constant que ses Legions n'auroient pû échaper à l'épée des Ennemis, si le Ciel fléchi par les prieres des Chrétiens qui servoient dans les Troupes de Marc-Aurele, n'eût combatu pour ainsi dire pour elles.

L'Armée Romaine qui étoit sur les terres des Quades, s'étant par malheur logée dans un poste très-desavantageux, les Barbares l'y assiegerent. (k Elle étoit comme prisonniere dans un lieu fermé par des Montagnes, des fossés & des détroits, d'où elle ne pouvoit sortir qu'en se donnant à discretion aux Ennemis, qui esperoient de la défaire sans coup ferir. Comme parmi les Romains il y avoit beaucoup de Soldats blessés & beaucoup d'autres qui étoient frappés de la peste, la contagion s'alluma de plus en plus, & faisoit tous les jours des ravages horribles. Ce fleau devint encore plus cruel par la chaleur excessive qui faisoit étrangement souffrir les Soldats & les chevaux, parce qu'on manquoit d'eau, ce qui rendit la soif le plus insupportable de tous ces maux, de maniere qu'il sembloit que tous les malheurs se fussent unis comme de concert pour faire perir l'Armée. Les Barbares qui ne souffroient aucune de ces incommodités & qui étoient instruits du triste état des Romains, attendoient une victoire assu-

k *Dio. lib.* 71.

rée & d'autant plus avantageuse, qu'ils voyoient bien ne devoir pas leur coûter la perte d'un seul Soldat, puisque sans en venir aux mains, il falloit que les Romains perissent de misere dans ce poste où ils étoient comme assiegés, ou que pour en sortir ils se livrassent à eux, ce qui étoit leur seule ressource.

Marc-Aurele n'ignoroit point le danger, & ne manqua pas d'implorer la protection des Dieux Tutelaires de l'Empire; mais ses prieres n'eurent aucun succès, parce qu'elles ne s'adressoient point à celui qui a seul le pouvoir d'ouvrir & de fermer les cataractes du Ciel. Dans cette extrêmité la plus fâcheuse où les Troupes Romaines se fussent trouvées, l'Empereur étoit fort embarrassé; & comme il étoit dans ces cruelles perplexités, le Préfet des Gardes Prétoriennes lui vint dire que dans l'Armée il y avoit une Legion composée de Chrétiens qui ne demandoient rien aux Divinités qu'ils adoroient, qu'ils n'eussent la confiance d'obtenir, & qu'il ne voyoit pas que dans cette occasion on dût négliger de leur faire demander à leur Dieu un secours dont ils avoient tant de besoin. Marc-Aurele fit sur le champ appeller les Officiers de cette Legion, & les pria de demander au Dieu des Chré-

tiens

tiens la délivrance de leurs maux. Ils la demanderent & ils l'obtinrent, le Seigneur ayant voulu manifester sa toute-puissance en faveur de ceux qui invoquoient son nom. Car à peine la priere des Chrétiens fut finie, que le Ciel qui étoit fort serain s'obscurcit tout à coup, & aussi-tôt les Romains eurent la joie de voir tomber dans leur Camp une pluye abondante, qui tempera la chaleur & rafraîchit les Soldats & les animaux, qui avoient plus souffert par la soif que par tous les autres maux, dans le tems que sur les Barbares il tomba avec violence une grêle épaisse accompagnée d'éclairs & de tonnerre qui jetterent une si grande épouvante dans leurs cœurs, que saisis de frayeur ils prirent la fuite & abandonnerent leur Camp & leur bagage aux Romains, qui les poursuivirent & en firent un grand carnage. Marc-Aurele reconnut qu'il devoit ce bienfait éclatant à la Legion des Chrétiens. Il l'honora du surnom glorieux de *Fulminante*, & eut depuis les Chrétiens en estime. 12)

Je sçai que les Ennemis de la Religion

12. Cette Legion s'appelloit Melitine, soit qu'elle eût été levée à la fameuse Ville de ce nom, soit qu'elle y eût son Quartier. On prétend que dès Trajan même elle avoit le surnom de Foudroyante, & que Marc-Aurele ne fit que le lui confirmer.

Chrétienne, pour affoiblir la vérité de ce miracle, ont attribué ce celebre évenement aux enchantemens du Magicien Arnulphe, & que les flatteurs, pour faire la cour à l'Empereur, publierent que c'étoit à sa pieté que les Dieux avoient accordé cette grace. Je laisse aux Lecteurs à voir dans les Auteurs de l'Histoire ce qu'on a dit pour refuter ces visions.

Cette victoire releva infiniment la gloire de Marc-Aurele, & le rendit redoutable aux Barbares. Les Legions le proclamerent Empereur 13) avec un applaudissement général; mais il ne voulut recevoir cet honneur, qui lui étoit si bien dû, qu'après que le Senat le lui eût confirmé par un decret qui lui décerna aussi le Titre de Germanique. Le Senat ne pouvoit sans doute faire trop d'honneur au mérite de ce

13. Ce mot d'Empereur a deux significations bien differentes l'une de l'autre. Dans le sens qu'on lui donne aujourd'hui, ce mot signifie une Dignité à laquelle est attachée une autorité souveraine & perpetuelle, telle que l'on accorda à Jules Cesar, & ensuite à ses successeurs. Dans l'autre sens, ce mot d'*Imperator* est un honneur, un titre de gloire, une récompense que les Armées donnoient à leurs Généraux, après qu'ils avoient remporté quelque Victoire. Dion distingue ces deux significations, en disant: que Cesar Auguste prit le nom d'Empereur: *non quale propter Victoriam tribui more vetusto solebat ( id enim sæpius & antea & postmodum ex ipsis actionibus reportavit vicies quidem Imperator dictus ) sed summa Imperii demonstraretur, quod patri quoque ejus Julio & ejus filiis fuerat decretum.*

Prince, le Senat, dis-je, qui canonisoit, pour ainsi-dire, si souvent les vices les plus honteux de ces Tyrans timides & flatteurs ausquels il prodiguoit les Titres les plus pompeux, & s'il en accorda avec justice à Marc-Aurele, il en donna sans raison à Faustine. Car dans le tems que cet Empereur honoroit le Trône par ses vertus & par le soin qu'il prenoit de défendre la République contre les efforts de ses Ennemis, & que par des victoires dûës à sa conduite il se rendoit digne des honneurs que le Senat & les Legions lui préparoient, Faustine se livroit sans reserve aux plus brutales voluptés, & devenoit par ses infâmes prostitutions l'opprobre & l'horreur de l'Empire, dont Marc-Aurele faisoit les délices & le bonheur. Cependant le Senat honora Faustine de ses Eloges & lui décerna le Titre superbe de *Mere des Armées*, 14) lors même qu'elle méritoit des mépris & non pas des honneurs. Au reste les Barbares étoient tellement consternés, que Marc-Aurele les auroit entie-

14. *Faustina quoque matre exercituum appellata est.* L'Imperatrice Livie fut la premiere à qui le Senat devenu flateur, donna de semblables titres; car on l'appella Mere de la Patrie. On voit dans l'Histoire une infinité de ces exemples. On fit frapper à l'honneur de Faustine une Medaille, dans laquelle on lui donna le titre de Mere des Armées: *Divæ Faustinæ Aug. Matr. Castror. Consecratio.*

rement subjugués, & auroit réduit leurs Pays en Provinces Romaines, si la nouvele de la revolte de Cassius qui s'étoit fait déclarer Empereur en Syrie, ne l'eût obligé de porter ses Armes contre ce rébelle, qui depuis long-tems nourrissoit un desir secret de monter sur le Trône, & qui avoit des intelligences dans Rome. Ce fut alors que l'Empereur reconnut que les soupçons de Verus n'avoient pas été mal fondés, & que dans Cassius il avoit un dangereux Rival. Cette revolte l'engagea à donner la paix aux Allemans sous des conditions assez raisonnables; & renvoyant à un autre tems le soin de mieux soumettre les Ennemis de l'Empire, il se disposa à aller combatre le sien propre.

Avidius Cassius descendoit de la célebre Famille des Cassius, qui avoit tenu dans Rome un rang distingué du tems de la République, de la liberté de laquelle elle avoit été toûjours fort jalouse. Celui-ci avoit hérité de la haine que ses ancêtres avoient marqué dans toutes les occasions, contre ceux qui s'arrogeoient une trop grande puissance, & l'on dit que lui-même dans sa jeunesse, avoit conspiré contre Antonin le Debonnaire; (l mais que son pere qui étoit homme

l Vulcat. Gallic. in Caff.

de bien l'avoit détourné de cet horrible dessein. On voyoit dans Cassius le bizarre assemblage des vertus & des vices les plus opposés entre eux. Tantôt on le voyoit sévére, sérieux, tantôt humain, doux & poli. Quelquefois il affectoit une grande pieté & beaucoup de respect pour les Dieux, & peu après on lui voyoit mépriser ce que la Religion avoit de plus sacré. A certains jours il s'inondoit de vin & poussoit la débauche jusqu'à l'excès, & après il vivoit avec une frugalité & une temperance étonnante : tantôt il se livroit sans aucune retenuë aux plaisirs les plus brutaux, & tantôt il les fuyoit avec soin; de sorte que ce mélange de bonnes & de mauvaises qualités, le firent comparer à Catilina dont il n'étoit pas fâché qu'on lui donnât le nom. Il étoit si exact observateur de la discipline militaire, que sa sévérité tendoit à la cruauté ; car il punissoit les moindres fautes des plus rigoureux supplices. Marc-Aurele qui le regardoit comme un homme de service, capable de contenir les Troupes dans le devoir, lui avoit donné des Emplois importans dont il s'étoit toûjours bien acquitté, & ce fut, sans doute pour le récompenser qu'on lui avoit donné le Gouvernement de toute la Syrie, où après avoir pris toutes ses mesures, il fit éclater sa revolte.

L'on dit qu'il y fut poussé par les sollicitations de Faustine. Cette Princesse (m en qui l'amour des plaisirs n'avoit point éteint l'ambition, s'imaginant que Marc-Aurele, qui étoit presque toûjours malade, ne pouvoit pas vivre long-tems, & voulant chercher un appuy à ses enfans & s'assurer elle-même sur le Trône par quelque alliance, crut que dans l'Empire il n'y avoit personne plus propre à ses desseins que Cassius, de qui les exploits n'avoient pas moins de réputation que le nom, & dans cette vûë elle lui écrivit de se saisir de l'Empire d'abord qu'il apprendroit la mort de Marc-Aurele, & lui promit de l'épouser. Mais il n'y a pas apparence que Faustine ait jamais eû ce dessein; car outre qu'il n'a jamais paru qu'elle fût ambitieuse, son vice capital ayant été le libertinage, nous avons les Lettres qu'elle écrivit à Marc-Aurele, où elle l'exhorta à ne pas faire grace à Cassius ni à ses complices; sentimens de vengeances qui la défendent de tout soupçon d'ambition. Il est plus vraisemblable que Cassius se laissant emporter à de folles esperances, & se voyant àla tête d'une Armée considerable,

m *Dio. lib. 71.*

aimé de ses Troupes, respecté dans la Syrie, & poussé d'ailleurs par ses flatteurs & par son ambition, fit courir le bruit que Marc-Aurele étoit mort; soit qu'il le crut ainsi, soit que par cette fausse nouvelle, il voulut engager l'Armée à se choisir un Maître, & se saisir de la puissance Souveraine.

La nouvelle de cette révolte que Marc-Aurele apprit à l'Armée lui donna beaucoup de chagrin. La réputation de Cassius, la haute estime où il étoit & dans les Troupes & dans les Provinces, l'amour qu'avoient pour lui les Soldats le lui rendoient redoutable. L'Empereur tint d'abord cette nouvelle fort secréte; mais voyant que dans son Armée il se formoit déja des partis, il ne voulut plus dissimuler la rebellion de Cassius, dont tout le monde étoit instruit; & ayant fait assembler les Legions, il leur dit: Qu'il leur parloit moins pour éclater en injures & en plaintes contre ses Ennemis, que pour partager avec elles la douleur qu'il avoit d'être engagé à une Guerre Civile, & de se voir trahi par un homme qui lui avoit témoigné beaucoup de fidelité, & qu'il n'avoit jamais offencé (*n* » Quelle ami-

*n Dio. lib.* 71.

» tié, ajoûta-t-il, sera désormais à l'abri
» de la trahison ! quelle vertu sera hors
» d'atteinte ! Si cette révolte n'étoit for-
» mée que contre moi, je la mépriserois,
» & je me metterois peu en peine de me
» défendre ; mais c'est contre vous com-
» me contre moi qu'il tourne ses armes, il
» attaque la République, & nous ne pou-
» vons la défendre qu'en versant le sang de
« nos Citoyens. Pour moi, mes chers com-
» pagnons, quoique exposé aux dangers
» dans ces Terres Etrangeres, éloigné de
« Rome & de ma famille, chargé d'an-
» nées & d'incommodités, je n'épargne-
» rai ni mes soins, ni mes peines, pour
» faire rentrer Cassius dans son devoir,
» c'est à vous à bien faire le vôtre. La vic-
» toire est pour ainsi dire entre vos mains.
» Nous avons pour Ennemis des Cili-
» ciens, des Juifs, des Syriens, des Egyp-
» tiens, Peuples effeminés, qui ont été
» si souvent la matiere de nos Triomphes.
» N'en craignez point la multitude, votre
» valeur est une plus sûre ressource que le
» nombre des Soldats. Cassius a plus de
» réputation que de mérite, & quand il
» seroit même plus grand Capitaine qu'il
» n'est : que peut faire un Lion à la tête
» des timides Chevreüils ? Vantera-t'on
» les Exploits que Cassius a fait dans la
Guerre

Guerre des Parthes ? N'est-ce pas à vo- « tre courage qu'il les doit ? N'en som- « mes-nous pas redevables à la conduite « des autres Généraux ? Je croi que sa re- « volte a été l'effet de sa folle crédulité, & « que le bruit de ma mort répandu dans la « Syrie, l'a engagé témerairement dans « une si aveugle entreprise ; ainsi la nou- « velle qui lui aura appris que je vis & que « je me porte bien, lui aura fait tomber « les armes des mains ; mais quand même « il n'auroit pas abandonné son dessein, « mon approche le déconcertera, il appren- « dra votre valeur, il respectera ma Di- « gnité. Si j'ai quelque chose à craindre, « c'est qu'il ne soit la triste victime de son « desespoir, ou du zéle de quelques Sol- « dats, qu'il se tuë de honte, ou que quel- « qu'un ne le tuë pour punir son Audace. Je « ne souhaite ni l'un ni l'autre, un tel mal- « heur me raviroit le plus doux fruit de la « victoire, & la gloire de pardonner à un « Ennemi & de marquer mon affection à « celui qui m'a trahi ; il m'ôteroit enfin « l'occasion de faire voir qu'il y a encore « dans certains hommes de précieux restes « de la générosité de nos Peres. »

Cependant le Senat déclara Cassius Ennemi de la République, & confisqua ses biens au profit du Prince, & Marc-Aurele qui n'avoit que des ſentimens géné-reux les ayant refuſés, on les appliqua au Treſor public. Au reſte cette revolte fut auſſi-tôt éteinte, que déclarée. Caſſius fut tué par un Centenier qui voulut déli-vrer l'Empereur de ce redoutable adver-ſaire, lequel par cette mort violente an-nonce aux Tyrans quelle eſt la fin funeſte qui termine pour l'ordinaire les puiſſances uſurpées.

Tandis que ces choſes ſe paſſoient, Fauſtine étoit à Rome auprès de la Prin-ceſſe Fadille ſa fille qui étoit malade, & que le Medecin Piſitheus n'avoit ſçu gué-rir, quoique ſon indiſpoſition fût aſſez legere. Marc-Aurele lui apprit la revolte de Caſſius, & la pria de l'aller joindre pour qu'ils puſſent prendre enſemble les réſolu-tions & les meſures convenables. Fauſti-ne, ſoit qu'elle n'eût aucune part au crime de Caſſius, ſoit qu'elle voulût couvrir ſa perfidie par des dehors artificieux & par une apparence d'indignation contre l'Au-teur de cette conſpiration, répondit à Marc-Aurele qu'elle ſe rendroit au plûtôt auprès de lui; mais cependant il devoit prendre garde de ne pas faire grace à ces rebelles, puiſque c'étoit la plus grande marque d'amour qu'il pouvoit donner à ſes enfans. « Sçachez, lui dit-elle, que c'eſt une fausse politique de pardonner aux perfides ; si on ne les punit, leur méchanceté en devient plus hardie. Je me souviens que Faustine ma mere, representa à votre pere Antonin lorsque ce même Cassius avoit attenté à sa vie, qu'une affection sage & reglée, devoit avoir pour objet, son sang plûtôt que des Etrangers, & qu'un Empereur qui néglige sa femme & ses enfans étoit un Empereur sans tendresse. Notre fils Commmode, poursuit-elle dans sa seconde Lettre, est encore fort jeune, & Pompeïen notre gendre est déja fort vieux, ils sont sans appui, c'est les exposer à l'ambition & à la fureur de Cassius si vous le laissez vivre. Gardez-vous de pardonner à des gens qui ont osé former contre vous un si punissable attentat.

Marc-Aurele dont les sentimens étoient toûjours pleins de bonté & de douceur, n'entra point dans ceux de sa femme ; car à peine eut-il appris la mort funeste de Cassius, qu'il donna publiquement des marques de sa douleur. Sa moderation alla même jusqu'à s'interesser auprès du Senat pour les complices de la revolte. » Je reconnois votre tendresse, ma chere Faustine, écrit-il à son Epouse, dans l'officieux soin que vous prenez de moi &

» de mes enfans. J'ai lû plus d'une fois la » Lettre que vous m'avez écrit à Formies, » & dans laquelle vous me conseillez de » punir les complices de Cassius ; mais je » ne sçaurois suivre votre avis si opposé » aux sentimens de mon cœur : je suis au » contraire résolu de pardonner à sa fem- » me, à ses enfans, à son beau-fils, & je » veux prier le Senat de temperer si bien » la rigueur des Loix en leur faveur, qu'il » ne les condamne ni à un exil trop rigou- » reux, ni à des peines trop rudes. Rien » n'est plus digne d'un Empereur que la » clemence : c'est cette vertu qui a placé » Cesar parmi les Dieux, qui a immorta- » lisé la memoire d'Auguste, qui a décoré » Antonin votre pere du glorieux Titre » de Debonnaire. Si dans cette Guerre on » n'avoit suivi que mes ordres, Cassius » seroit encore en vie. Les Dieux m'ac- » corderont leur protection en récompen- » se de ma moderation. J'ai désigné notre » beau-fils Pompeïen Consul pour l'an- » née prochaine.

L'on ne peut voir rien de plus grand dans un Empereur Payen, que ces sentimens de Marc-Aurele : on les trouve encore dans la Lettre qu'il écrivit au Senat, qu'il prie de ne répandre le sang d'aucune personne de qualité, & de rendre les bannis à la Patrie, & les proſcrits à leurs Domaines. » Que ne puis-je, dit-il, rappeller du tombeau la plûpart de ceux à qui cette revolte coûte la vie; car je n'approuverai jamais qu'un Empereur venge ſes interêts propres. Faites donc grace, je vous prie, à la femme de Caſſius, à ſes enfans, à ſon gendre; mais pourquoi demandai-je grace pour des perſonnes qui ne ſont coupables de rien! qu'il vivent ſans crainte; qu'ils ſentent qu'ils vivent ſous le Regne de Marc-Aurele, qu'ils joüiſſent en repos de l'heritage de leurs peres, qu'ils ayent la liberté d'agir, de commercer, d'aller où ils voudront, qu'ils portent par tout un témoignage vivant de votre clemence & de la mienne. » Tels étoient les ſentimens de Marc-Aurele, conſignés dans ſes Lettres que l'Hiſtoire a conſervées, & qui ſeront un monument immortel de la grandeur d'ame & de la généroſité d'un ſi grand Prince. Il en donna des marques réelles, aux reſtes malheureux de l'infortuné Caſſius; car il fit rendre à ſes enfans la moitié de tous les biens de leur pere, & prit ſous ſa protection Druantianus ſon beau-fils, & Alexandrie ſa fille, de laquelle par ſes bienfaits il ſoulagea la douleur que lui avoit cauſé la déplorable fin de ſon pere.

Le Senat au reste releva infiniment la clemence de l'Empereur. Rome retentit du bruit des acclamations & des magnifiques éloges que l'on donna à la moderation d'un si bon Prince qui ne sçavoit que pardonner, & Marc-Aurele après avoir mis ordre aux affaires de la Ville, partit pour l'Asie, afin d'étouffer par sa presence toutes les semences de la Guerre, & de réduire entierement à l'obeïssance les Villes & les Provinces qui avoient suivi le parti de Cassius. Faustine suivit son Epoux dans ce voyage ; mais le terme de ses impudicités étoit arrivé avec celui de sa vie. Elle mourut dans un Village 15) au pied du Mont Taurus. (o Les uns disent qu'elle fut emportée par une mort subite, les autres prétendent qu'elle mourut de la goute, il y en a qui assurent qu'elle se procura elle-même la mort, pour ne pas avoir

o *Dio. lib.* 71. *Capitol. in Marc Antonin.*

15. Ce Village s'appelloit HALALA, du nom du Dieu Elagabal qu'on adoroit sur le Mont Taurus, comme si l'on disoit Village d'Elagabal, *Vicus* HALALÆ, ou ALALÆ. Marc-Aurele en fit une Colonie & lui donna le nom de sa femme, & depuis, ce lieu fut appellé Faustinople. Il étoit situé au pied du Mont Taurus, la Montagne de toute l'Asie la plus grande & même de tout l'Univers, & elle a presque autant de noms qu'il y a de Païs où elle s'étend : de là vient qu'elle est connuë sous les noms de Taurus, Imaüs, Egide, Paropamisus, Orate, Orege, Cragus, Sarpedon, Choatre, & plusieurs autres.

la coufusion & la honte de voir ses intelligences avec Cassius découvertes ; quoiqu'il en soit, Marc-Aurele témoigna une douleur inconsolable à la mort de sa femme. Ce fut dans cette occasion que sa Philosophie l'abandonna ; car se laissant aller sans reserve à son affliction, il pleura aussi amerement que s'il eût perdu la femme du monde la plus vertueuse. Il prononça l'Eloge funebre de Faustine, il fit rendre à sa memoire toute sorte d'honneur, & pria le Senat d'en faire une Divinité. Le Senat accoûtumé depuis long-tems à prodiguer ces honneurs, & à peupler le Ciel des Romains de pareilles Déesses, accorda sans peine l'immortalité à Faustine, & plaça dans le Ciel, celle qui par ses crimes avoit été l'opprobre du genre humain. Il ordonna encore par un decret également impie & flatteur, qu'on dresseroit dans le Temple de Venus des Statuës d'argent à l'honneur de Faustine & de Marc-Aurele ; qu'on y éleveroit un Autel, sur lequel les filles de Rome qui voudroient se marier, seroient obligées d'offrir des Sacrifices conjointement avec leurs Epoux; que dans l'Amphiteatre on placeroit une effigie d'or de Faustine, au même endroit où elle avoit accoûtumé de s'asseoir lorsqu'elle étoit vivante, & que toutes les fois que l'Empereur y prendroit sa place, les principales Dames de Rome iroient se ranger auprès de la Statuë de Faustine pour lui faire honneur. Marc-Aurele de son côté soulagea sa douleur, par les marques qu'il donna de son amour & de son estime pour son Epouse. Il fit une Colonie du Village où elle étoit décedée, & l'appella Faustinople. Il institua des Fêtes qu'il appella Faustiniennes, & fir bâtir à la gloire de Faustine un Temple superbe, qui depuis fut dédié à Elagabale, comme s'il lui eût été fatal d'être consacré aux plus infâmes Divinités.

Après que l'Empereur eut reglé toutes choses en Orient, il reprit le chemin de Rome. Il y entra en triomphe ayant à son côté son fils Commode, qu'il créa son Collegue au Tribunal. Il donna au Peuple le plaisir des plus magnifiques Spectacles, il pourvût avec une admirable prévoyance à tous les besoins de l'Etat, & fit fleurir les Loix dans tout l'Empire. Des vertus si brillantes & si utiles, & le soin qu'il prenoit de la République, rendirent ce Prince cher à tout le monde, & mirent en vogue dans Rome & en sa faveur la fameuse Sentence de Platon, que les Empires sont heureux lorsque des Philosophes les gouvernent, ou que ceux qui les gouvernent sont Philosophes.

Le Trône de l'Empire étant vuide par la mort de Faustine, la Princesse Fabia sœur de Verus songea à le remplir. Dans cette vûë elle mit en usage tous les moyens que sçait employer une femme qui veut plaire. La Philosophie la plus severe ne met pas toûjours à couvert des traits de l'amour le cœur de ceux qui la professent : le Stoïcien le plus insensible se décatonise auprès d'une personne charmante, & un regard tendre & passionné, change souvent dans un moment une ame fortifiée par les maximes de la plus austere sagesse. Fabia (p fit toutes les démarches qui pouvoient faire comprendre à Marc-Aurele ses prétentions, & arma ses regards de tous les feux qui pouvoient enflammer le cœur de l'Empereur ; mais des raisons domestiques balancerent les appas de cette Romaine, dont la vertu étoit d'ailleurs fort douteuse. Marc-Aurele ne voulut pas donner une marâtre à ses enfans, ni répondre aux empressemens de celle qui soupiroit après le Trône, plus ardemment, sans doute qu'après son cœur, & ayant pris pour Concubine la fille d'un de ses Intendans, il s'appliqua infatigablement à mettre toutes choses dans le bon ordre. Il étoit occupé à ce glorieux soin, lorsqu'-

p *Capitolin. in Marc Anton.*

qu'il eut avis que les Barbares méditoient une nouvelle revolte. Il se résolut de ne les plus ménager, & de les soumettre si bien qu'ils ne fussent plus en état de remuer, & de troubler le repos de l'Empire : en effet, après leur avoir déclaré la Guerre avec les cérémonies accoûtumées, 16) il partit de Rome accompagné de son fils Commode (q dont il vouloit former la jeunesse à la vertu, & se rendit avec beaucoup de diligence à portée des Ennemis, sur lesquels peu de tems après il remporta une victoire que la valeur des Barbares ne lui disputa durant un jour entier, que pour donner plus d'éclat à sa conduite & pour exercer son experience. Cet avantage auroit été suivi de la défaite entiere de ces Peuples ligués, si la mort n'eût arrêté Marc-Aurele au milieu d'une course si glorieuse : car quelques jours après cette Bataille il se sentit malade. Il connut d'abord qu'il étoit arrivé au dernier terme de sa

q *Dio. lib.* 71.

16. Il y avoit à Rome dans le Temple de Mars une Colonne sur laquelle étoit posée une lance qu'on y gardoit avec beaucoup de superstition. Lorsqu'un Empereur vouloit déclarer la Guerre à quelque Nation, il alloit en cérémonie dans ce Temple, & après y avoir offert des sacrifices pour la prosperité de ses Armes, il tournoit la pointe de cette lance fatale vers le Peuple ou vers la Nation à laquelle il vouloit faire la Guerre, & la lui déclaroit par cette cérémonie.

vie. Il fit assembler ses amis dans sa chambre, il leur presenta son fils, les pria de lui servir de pere, de l'instruire, de lui donner leurs conseils, leur fit un discours si touchant qu'il leur fit verser des larmes, & après avoir donné à Commode les plus sages avis, il mourut regreté de tous les Ordres de la Ville, des Armées, des Provinces & de tout l'Empire, comme le meilleur Prince qui eût encore regné.

Cette mort donna lieu à une infinité de soupçons. Les uns attribuerent la maladie de Marc-Aurele aux fatigues de la Guerre. Dion assure qu'il sçait de très-bonne part, que des Medecins employés par Commode, hâterent sa mort pour plaire à ce Prince dénaturé qui souhaitoit de regner. D'autres enfin disent que l'Empereur voyant dans son fils un naturel dépravé & des inclinations corrompuës, la vie lui devint odieuse, & qu'il voulut la terminer par une abstinence volontaire. Il est du moins très-constant que le plus grand chagrin de Marc-Aurele, vint du mauvais caractere qu'il avoit reconnu en son fils, qui avoit déja donné les témoignages les plus marqués d'une grande cruauté & de toute sorte de vices, quelque soin qu'il eût pris de lui inspirer des sentimens nobles (*r* &

*r. Dio. lib.* 71.

vertueux en ne confiant sa jeunesse qu'à des Precepteurs habiles, & renommés par leur mérite; mais la malignité de ses inclinations fut plus puissante que toute la prévoyance de cet Empereur. Quoiqu'il en soit de la mort de Marc-Aurele, elle fit gemir tout l'Empire, & les honneurs pompeux qu'on rendit à sa memoire, les larmes que répandit tout Rome, le deüil dont toutes les familles furent remplies, furent de glorieux témoignages de la haute estime qu'on avoit pour sa vertu, & du regret inconsolable qu'on avoit de sa mort.

# LUCILLE

## *Femme de Lucius-Verus.*

LA vertu n'eſt pas un bien hereditaire ; elle ne ſuit ni les noms, ni le ſang : d'un pere ſage & moderé, naiſſent ſouvent des enfans libertins & ſcelerats, & plus ſon mérite a été brillant, plus il contribuë à faire paroître avec honte les vices qui les font dégénérer. Il y a une certaine malignité de naiſſance que rien ne peut corriger ; l'éducation, même la mieux cultivée, le bon exemple, les leçons de la plus auſtere ſageſſe redreſſent rarement la nature. Marc-Aurele fut un Prince accompli ; en lui on admira l'aimable & rare alliance des vertus civiles, politiques & guerrieres ; cependant ſes enfans n'eurent aucune de ſes belles qualités. Commode ſon fils fut un des Princes les plus déreglés ; en lui l'on vit le monſtrueux aſſemblage de tous les vices des Tyrans : dans Lucille ſa fille aînée, l'ambition & le libertinage furent des crimes éclatans : Ses autres enfans deshonorerent la grandeur de leur naiſſance par les plus infâmes actions, &

l'on remarqua, que ceux même que la mort enleva dans leur enfance, avoient un funeste penchant au mal. (*a* Tant il est vrai que du sein même de leurs meres les enfans portent la semence des vertus ou des vices qui illustrent ou qui ternissent leur vie, & que les occasions font germer.

Lucille nâquit dans Rome vers la fin de la premiere année du Mariage de Marc-Aurele avec Faustine. ( *b* Sa Naissance qui combla la Ville de joie, fournit à l'Empereur Antonin une heureuse occasion pour faire ses largesses au Peuple & pour revêtir son beau-fils des plus éclatantes Dignités. Il l'honora de la Puissance du Tribunat, lui accorda l'autorité Proconsulaire, & l'éleva si haut qu'il ne lui laissa plus desirer que l'Empire qu'il lui remit aussi avant sa mort.

Quoique Lucius-Verus 1 ) fût fils adoptif d'Antonin aussi-bien que Marc-Aurele, il n'en reçut pas de si grandes mar-

a *Lamprid. in Commod.* b *Tillem. sur M. Aurele.*

1. Lucius Cejonius Commodus étoit le nom de famille de Verus : car d'habiles Critiques prétendent que le nom de Verus ne lui fut donné que par M. Aurele quand il l'eut déclaré Auguste. Il avoit encore celui de Ælius, mais par son pere qui fut ainsi appellé par Adrien lorsqu'il l'adopta. A tous ces noms il ajoûta souvent celui d'Antonin qu'il avoit reçû du Prince qui portoit ce nom, le jour de son adoption.

ques d'estime & de tendresse, car Antonin ne l'avoit jamais voulu élever ; mais Marc-Aurele fut à peine Empereur, qu'il le fit d'abord nonseulement Cesar & Auguste, mais encore son Collegue dans la Puissance Souveraine, & pour se l'attacher par les liens les plus étroits, il lui fit fiancer sa fille Lucille, qu'il n'épousa pourtant que deux ans après en Orient.

Verus étoit un Prince bien fait, (c sa taille étoit avantageuse, son visage imprimoit le respect. Il avoit des cheveux longs & fort blonds, & il en prenoit un soin si curieux, que pour en relever la couleur, il répandoit dessus de la poudre d'or. 2) Il ne parloit qu'avec peine mais ce défaut n'auroit pas terni sa réputation s'il n'avoit pas eu d'ailleurs les plus grands vices. Il aimoit le jeu avec fureur, les femmes avec passion, le vin sans mesure, & nous verrons jusqu'à quel point il poussa ces excès. Il s'abrutit sur tout si fort dans les débauches du vin, dont il s'inondoit jusqu'à la crapule, que son visage en devint tout boutonné & comme couperosé. (d

Les témoignages de bonté qu'il reçut

c *Capitolin. in Ver.* d *Spon. recher. Cur. d'Antiq.*

2. *Dicitur sane*, dit Capitolin, *tantam habuisse curam flaventium capillorum ut capiti auri rumenta respergeret quo magis coma illuminata flavesceret.*

de Marc-Aurele, furent pour lui dans le commencement un juste motif de reconnoissance. Il l'a marqué par sa déference à toutes les volontés de l'Empereur, qu'il regarda moins comme son Collegue & son Egal que comme son Superieur & son Pere: Et parce que Marc-Aurele faisoit ses plus cheres délices de l'étude de la Philosophie, Verus qui avoit peu de penchant & même peu de genie pour les Sciences, affectoit par une complaisance politique de paroître Philosophe. Mais difficilement soûtient-on long-tems un caractere emprunté. C'est un personnage penible à soûtenir lorsqu'il faut faire violence à l'esprit, notre penchant se manifeste bien-tôt par quelque saillie dont nous ne sommes pas les maîtres. Verus se lassa de se contrefaire, & parce que la sagesse imposante de Marc-Aurele étoit pour lui un frein incommode qui tenoit en bride ses passions, il lui tarda de trouver une occasion de quitter Rome pour avoir la liberté de se satisfaire.

La revolte de plusieurs Peuples Barbares arriva à propos. Les Parthes que Trajan avoit soumis secoüierent le joug de l'obéissance, & firent soulever tous les Peuples de l'Orient. Les Cattes 3) couroient

3. Les Cattes étoient un Peuple de l'ancienne Germanie. Ils habitoient au pied de la Forêt Hercyne, au-

l'Allemagne;

l'Allemagne ; & l'Angleterre menaçoit de quelque remuëment. On choisit Aufidius-Victorinus pour aller contenir les Cattes dans leur devoir, on envoya Agricola en Angleterre, & on fut d'avis que l'Empereur Verus allât en personne contre les Parthes qui étoient les ennemis les plus redoutables, & que Marc-Aurele demeurât à Rome, pour de-là pourvoir aux besoins de l'état & à l'Education de sa famille.

Lucille étoit alors dans le premier éclat de sa jeunesse. Elle avoit environ treize ou quatorze ans, & Marc-Aurele en faisoit l'objet de ses soins, afin de la rendre digne du haut rang auquel elle étoit desti-

jourd'hui la Forêt Noire. Ce Peuple fut fort celebre du tems des Romains, à qui il donna beaucoup d'exercice. Les Cattes étoient robustes, vigoureux, pleins de courage & fort amateurs de la vertu. D'abord qu'ils avoient atteint l'âge de dix-sept ans, ils se laissoient croître la barbe & les cheveux, qu'ils ne se faisoient couper que lors qu'ils avoient tué un ennemi. Les plus braves parmi eux portoient un anneau de fer, ce qui étoit une marque d'ignominie, & faisoient un vœu de ne le quitter que lorsqu'ils auroient tué plusieurs ennemis. Les Auteurs placent le Païs des Cattes le long de la Forêt Noire ; mais ils ne sont pas bien d'accord touchant le lieu ; car la Forêt Hercyne, si Cesar dit vrai dans ses Commentaires, étoit si vaste, que quoique l'on l'eût côtoyée durant soixante jours, on n'en avoit pû découvrir le bout. Il y a apparence que leur veritable Païs étoit ce que nous appellons aujourd'hui le Païs de Hesse-Cassel, qui en est la Capitale, & semble avoir retenu leur nom *Castellum-Cattorum*.

née. Elle étoit bien faite, & Verus lui devoit sa tendresse & ses empressemens autant à cause de son merite personnel, que par reconnoissance pour les obligations qu'il avoit à son pere. Mais la disproportion de leur âge ne contribuoit gueres à unir leurs cœurs, Lucille étoit extrêmement jeune, & Verus âgé alors de trente-deux ans, n'étoit pas sans avoir soupiré pour quelqu'autre; aussi verrons-nous qu'il ne parut jamais passionné pour Lucille, & que Lucille n'aima peut-être jamais Verus.

Si ce Prince au reste étoit bien-aise d'aller en Syrie, Marc-Aurele de son côté n'étoit pas fâché qu'il y allât, mais ils avoient des raisons bien opposées. Marc-Aurele qui n'ignoroit point les inclinations corrompuës de son Collegue, se flatoit qu'éloigné des délices de Rome, il s'accoûtumeroit á la sobrieté, à la peine & au travail dans les incommodités & les fatigues de la guerre; & Verus au contraire esperoit que maître de soi-même & n'ayant personne qui éclairât ses actions, il jouissoit sans trouble des plaisirs que la présence gênante, & l'austerité des maximes de son beau-pere lui interdisoient. Ilpartit plein de ces criminelles esperances & arriva en Syrie. Il ne voulut pas d'abord se faire connoître par des excès. Il commença par se donner aux divertissemens de la chasse & du jeu, dans la Poüille, de là il passa à Corinthe & ensuite à Athenes sur des Vaisseaux chargés de Joüeurs d'instrumens qui faisoient retentir la côte de doux concerts & d'airs mols & effeminés, & étant enfin arrivé à Corinthe, il laissa le soin de la guerre à ses Généraux qui étoient des Officiers d'experience, & se livra à toute sorte de plaisirs, de voluptés & de débauches avec si peu de réserve, qu'il ne songea pas plus aux armées & à la guerre, que s'il ne fût venu exprès que pour se divertir. Par cette conduite si peu judicieuse & si peu conforme à la gravité de son rang, il devint la fable des Syriens & le spectacle de leur dérision; ils mépriserent un Prince qui s'oublioit dans un loisir si voluptueux, & ils commencerent même de le haïr, d'abord que sa lubricité mit en allarme la pudeur de leurs femmes.

Marc-Aurele apprit avec douleur les excès de son Collegue, & ce ne fut point un des moindres sujets qui donnerent tant d'exercice à sa Philosophie. Cependant malgré l'indolence de Verus, les armes Romaines eurent des succès heureux. Vologeses Roi des Parthes fut chassé de l'Armenie, Cassius prit Cteziphon & il y ruina le fameux Palais des Rois, qui passoit pour une merveille de l'art, Edesse dans la Mesopotamie fut assiegée. Babylone, Seleucie & beaucoup d'autres Villes furent soûmises, & les principales Provinces qui composoient le Royaume des Parthes reconnurent l'Empire Romain.

Verus s'enfla de ces grands succès, comme s'ils étoient le précieux fruit de ses travaux militaires. Il se fit ridiculement appeller Partique, & Armenien, & s'appropria avec autant d'orgüeil que d'injustice ces Titres qui marquoient l'éclat des Victoires dont il usurpoit la gloire, & dont d'autres avoient le mérite. Il donna des Rois aux Nations qui avoient accoûtumé d'en avoir, il distribua les Gouvernemens des Provinces aux Senateurs de sa suite, & donna à Avidius-Cassius celui de la Syrie qui étoit le plus considerable & le plus important.

Cette dignité fut pour ce Général une amorce qui le fit soupirer après une plus haute. Il couvrit son ambition du loüable prétexte d'amour de la liberté ; on lui entendoit dire qu'il n'y avoit rien de plus insupportable qu'un Empereur, dans le tems qu'il couvoit le perfide dessein de le devenir. Si Verus lui envoyoit des Ordres, il les recevoit avec mépris & les executoit avec négligence, il ne cessoit de fronder le

Gouvernement présent & de répandre partout des semences de révolte. Tantôt il parloit des débauches de Verus avec une insolente temerité, tantôt il faisoit de mordantes railleries de Marc-Aurele qu'il appelloit une vieille Philosophie. Verus qui croyoit avoir remarqué dans la conduite de Cassius des pas douteux qui rendoient sa fidelité suspecte, fut confirmé dans ses soupçons en apprenant ses insolens discours : il fut encore averti que ce Gouverneur faisoit de gros amas d'argent, & que cette précaution marquoit en lui quelque profond dessein. Il en donna d'abord avis à Marc-Aurele, & lui manda que Cassius aspiroit à la tyrannie, & qu'il étoit d'autant plus à craindre que les Soldats l'écoutoient volontiers.

Marc-Aurele dont l'ame Philosophe s'élevoit au-dessus des idées communes, répondit à son Collegue, qu'il avoit reçû sa Lettre, mais qu'il y trouvoit plus d'inquiétude que de grandeur d'ame, & qu'elle étoit peu digne de leur regne. *Si les Dieux, lui dit-il,* (e *veulent élever Cassius sur le Trône de l'Empire, l'on ne peut faire contre leurs Arrêts que d'inutiles efforts, puisque selon la maxime de votre Bisayeul même, jamais Prince ne fit mourir son Suc-*

e *Vulcatius Gallican.*

*cesseur : si au contraire Cassius n'est pas appellé par le Ciel à la Puissance Souveraine, il se creusera lui-même son malheur. Après tout, on ne peut point traiter comme coupable un homme que personne n'accuse, & auquel on ne peut imputer d'autre crime que d'être aimé des soldats, & si l'on maltraitoit un homme de ce mérite, l'on ne manqueroit pas de dire qu'il auroit été la victime de notre défiance & de notre jalousie, plûtôt que de son crime. Pour ce qui regarde la fortune de mes enfans, continuë-t'il, je les verrai périr de sang froid s'ils meritent moins d'être aimés que Cassius, & si la vie de celui-ci est plus necessaire à l'Empire que celle des enfans de Marc-Aurele.*

Ces sentimens sont grands à la verité, mais il faut convenir aussi que dans la réponse de cet Empereur il y a plus de Philosophie que de Politique. L'on sçavoit que Cassius dans sa jeunesse avoit donné des marques precoces d'une ambition extrême, & il n'étoit pas si peu dangereux qu'on dût mépriser ses pratiques. Verus cependant crut avoir assez satisfait à son devoir, en instruisant son beau-pere de ce qui se passoit, & s'embarrassant peu de ce qui pouvoit en arriver, il ne songea plus qu'à ses plaisirs. Il s'abandonna aux plus infâmes. Son Palais devint un serrail abominable, rempli de femmes les plus débauchées, avec lesquelles il vivoit dans les plus odieuses dissolutions; & non content de se souiller dans ces affreux désordres, il entretenoit encore de jeunes garçons dont il abusoit brutalement. Il passoit les Hyvers à Laodicée (*f* & les Etés à Antioche, laissant par tout de honteuses traces de ses débauches, faisant ses plus sérieuses occupations des jeux, des dances & des festins où il passoit les jours & les nuits avec d'indignes Affranchis qu'il faisoit dépositaires de ses pensées les plus intimes, & sur qui il se déchargeoit du soin des affaires.

Une conduite si irreguliere faisoit gemir Marc-Aurele, il crut ne pouvoir arrêter de si honteux excès qu'en envoyant à Verus la Princesse Lucille, afin qu'il l'épousât; il communiqua son dessein au Senat, & après avoir pris son avis, il déclara qu'il vouloit mener lui-même sa fille en Syrie; mais un étrange accident arrivé à la jeune Princesse lui fit differer son départ. Elle se trouva possedée du demon, & ce malheur affligea sensiblement Marc-Aurele. (*g* On fit venir à Rome tout ce qu'on put découvrir d'habiles Medecins, d'Ha-

f *Capitol. in Ver.* g *Metaphras. act. S. Ab.* 22. *Octobre. Baron. ad an.* 163.

ruſpices & de Devins, pour chercher dans leur ſcience la guériſon de Lucille; mais ce fut inutilement qu'ils mirent en œuvre leurs ſacriléges ſecrets, le demon indocile à la voix de ſes ſuppots, proteſta qu'il n'y avoit que ſon ennemi l'Evêque de Hieraple Aberce qui pût lui faire quitter ſa proie. L'Empereur manda auſſi-tôt ce Prélat, & le pria de guérir la Princeſſe ſa fille. La ſainteté de cet Evêque fut plus redoutable au demon que toute la ſcience des Haruſpices. Il commanda à l'eſprit immonde de ſortir du corps qu'il obſedoit, au nom de celui devant qui toute puiſſance fléchit, & le demon forcé d'obéïr à la Vertu du Très-Haut & de reconnoître ſon Empire ſouverain & l'autorité de ſes Miniſtres, quitta ſur le champ le corps de la Princeſſe qui ſe trouva délivrée de cette dangereuſe & honteuſe poſſeſſion. Marc-Aurele fut ſenſible à ce ſignalé bienfait, & pour en marquer ſa reconnoiſſance au ſaint Evêque qui le lui avoit accordé gratuitement (*h* parce qu'il avoit reçû gratuitement de Dieu le don de faire ce miracle, il établit en faveur des pauvres de l'Egliſe de Hieraple une penſion de trois mille muids de froment qu'il ordonna qui leur ſeroient diſtribués tous les ans, com-

*h* *Matth.* c. 10, 8.

me

me ils le furent en effet, quelque disette qu'il y eût, jusqu'à ce que Julien l'Apostat éteignit cette pension, croyant éteindre ce glorieux monument de la verité de ce miracle & de la Divinité de celui au nom de qui il avoit été operé.

Lucille ayant été heureusement délivrée, son pere ne voulut plus differer de la conduire en Syrie. Cette Princesse avoit alors environ dix-sept ans, & elle étoit dans le plus vif éclat de sa beauté. Elle n'ignoroit point ce qu'on disoit à Rome de Verus, & ce n'étoit peut-être point sans regret qu'elle quittoit le Palais de son pere pour se laisser conduire en Orient, où elle devoit épouser un Prince que ses débauches avoient étrangement décrié; mais M. Aurele s'imaginoit que Verus, quand il auroit épousé Lucille, ne porteroit point ailleurs sa tendresse, & que la présence de la Princesse seroit un frein à ses honteuses dissolutions. Il partit donc de Rome & arriva à Brunduse; mais ayant appris que ses ennemis faisoient courir le bruit que sous le prétexte specieux de mener Lucille à son époux, il n'alloit en Syrie que pour enlever à son Collegue la gloire d'avoir terminé la Guerre, il voulut faire voir l'innocence & la droiture de ses intentions & s'en retourna à Rome, après avoir confié sa fille à sa sœur Cornificia & à Pompetanus Oncle de Verus. Il donna pour lors une loüable marque de sa moderation & de son éloignement pour tout faste, car ayant appris que les Provinces averties de son voyage & de celui de sa fille, se préparoient à leur rendre les honneurs qui étoient dûs à leur rang, il fit écrire aux Proconsuls & aux Gouverneurs qu'il ne vouloit point que personne fût au-devant de la Princesse, ni qu'on lui rendît aucun honneur, n'ignorant point sans doute que de ces dépenses les Provinces en supportoient les charges, & que les Proconsuls en avoient le mérite & les récompenses.

Cependant l'on apprit en Syrie que M. Aurele étoit en chemin avec la Princesse sa fille. Cette nouvelle donna du chagrin à Verus, qui ne se soucioit pas trop d'avoir son beau-pere pour témoin de sa vie licentieuse, ni son épouse pour obstacle à ses plaisirs insensés; mais sur tout il craignoit que M. Aurele ne fût instruit de tous ses excès & de son inapplication pour les affaires de l'Empire; il voulut parer le coup, en s'avançant jusqu'à Ephese sous le loüable prétexte d'épargner à l'Empereur la peine & la fatigue d'un plus long voyage, & ce fut là qu'il reçut la Princesse Lucille & qu'il apprit que M. Aurele s'en étoit retourné à Brunduse, ce qui lui fit beaucoup de plaisir. Il épousa Lucille & l'emmena en Syrie, & il y a apparence qu'elle n'y eut pas de grands agrémens. Verus continua ses débauches au mépris de la jeune Imperatrice, & se plongea dans les plus honteux plaisirs lors même qu'il en pouvoit prendre de legitimes. M. Aurele en fut pleinement instruit, & voyant que la présence même de sa fille n'étoit pas capable de faire changer de conduite à son Collegue, il le rappella sous le prétexte que la Guerre étant finie, il étoit juste qu'il vînt à Rome recevoir le fruit de ses travaux & l'honneur du triomphe que le Senat lui avoit décerné.

Verus se seroit passé volontiers de cet honneur, la gloire n'étoit pas sa passion dominante. Un Prince qui s'oublie dans les débauches n'est gueres jaloux de sa réputation ni de ce qui peut l'illustrer, mais ne voulant pas marquer de la résistance aux empressemens de son beau-pere, ni du mépris pour la récompense que le Senat accordoit à ses victoires, ausquelles pourtant il sçavoit très-bien qu'il n'avoit pas fort contribué, il partit à son cœur défendant, & emmena avec lui la Princesse son Epouse. Celle-ci quitta la Syrie avec moins de regret, Verus ne l'avoit regardée que comme l'espion de ses démarches, & ne lui avoit jamais témoigné ni consideration ni tendresse; aussi n'étoit-elle pas fâchée de retourner à Rome, où elle s'imaginoit que Verus n'oseroit mener une vie aussi débordée que celle qu'il menoit en Orient. Mais les chaînes qu'une longue habitude a fortifiées ne se rompent pas facilement. Ce Prince porta à Rome l'infamie de ces débauches dont il avoit soüillé la Syrie. Il les outra même si fort qu'il passoit les nuits entieres à joüer & à se remplir de vin, courant toutes les ruës de la Ville sous un habit déguisé, & faisant toutes ces folies qui avoient rendu Neron l'execration de Rome, si l'on en excepte sa cruauté. (*i* Il fit dresser dans son Palais un appartement qu'on appelloit le Cabaret du Prince, & c'est là qu'appellant les compagnons de ses débauches, il faisoit ces excès que les Historiens de sa vie rapportent. 4) Il ne quittoit les plaisirs de la table que pour se livrer à de plus honteux, sacrifiant à tout ses feux infâmes, sans respecter les droits

i *Capitolin. in Ver.*

4. Verus dans ses débauches se servoit d'un verre de cristal d'une grandeur démesurée; il contenoit plus de vin qu'un homme n'est capable d'en boire. Il appelloit ce verre *Loiseau*, qui étoit aussi le nom d'un cheval qu'il avoit beaucoup aimé & pour lequel il fit bien des folies, comme Caligula avoit fait pour son *Incitatus*.

les plus sacrés de la Nature, également incapable de remords & de scrupules, n'ayant pas même honte de vivre avec Fabia sa sœur dans une familiarité incestueuse, & d'entretenir avec Faustine sa belle mere un horrible & brutal commerce comme nous l'avons déja rapporté.

Lucille connoissoit depuis long-tems que la secrete intelligence qu'il y avoit entre le cœur de Verus & celui de sa sœur alloient plus loin que la tendresse fraternelle; les complaisances outrées de cet Empereur pour Fabia, le pouvoir absolu que cette Princesse avoit sur l'esprit de son frere, tout marquoit leur criminelle amitié. L'on disoit que l'ambition en étoit les nœuds. Mais Lucille, plus à portée de démêler leurs vrais sentimens, en connoissoit mieux le principe. Elle en conçut de la jalousie, & l'on dit qu'elle ne s'en guérit que par la mort de son époux, qui, malgré ses reproches, ne laissoit pas de mener toûjours une vie débordée. M. Aurele connut alors qu'en changeant de climat l'on ne change pas pour cela de penchant. En rappellant Verus à Rome, il ne fit que donner un nouveau theatre à ses égaremens; il devint le triste témoin des désordres qu'il n'apprenoit auparavant que de loin, & il eut le chagrin d'en avoir fait Rome spectatrice.

Verus devint pour lui un fardeau pesant, par l'irregularité de sa conduite & par le peu de cas qu'il faisoit de la Princesse Lucille, & sa douleur étoit d'autant plus vive qu'il la dévoroit sans se plaindre : à ce chagrin se joignit celui que donna la révolte des Marcomans, qui, voulant secoüer le joug de la dépendance, déclarerent la guerre à l'Empire. Marc-Aurele en fut allarmé, il fit assembler le Senat pour prendre les résolutions convenables dans cette fâcheuse conjoncture, & après qu'on eut fait tous les préparatifs necessaires, il fut résolu que les deux Empereurs conduiroient en personne l'armée. Ce dessein fut le projet de la judicieuse prudence de Marc-Aurele, car il craignoit d'un côté que Verus, s'il le laissoit à Rome, ne la perdît par ses débauches, & il apprehendoit d'autre part que s'il l'envoyoit seul contre les Barbares, il ne précipitât l'Empire dans quelque malheur, ou qu'il abandonnât l'Armée pour se livrer à ses plaisirs. Ils partirent donc ensemble, mais avec des sentimens bien differens, car Verus ne quittoit qu'à regret Rome où il avoit les plus honteuses liaisons; aussi à peine eurent-ils passé les Alpes, qu'il persuada à son beaupere de s'en retourner à Rome, en alleguant les raisons que nous avons rapportées ci-dessus. Comme ils étoient en chemin près d'Altino, Verus fut subitement saisi d'une apoplexie. On le descendit de son Char, on lui fit tirer du sang & on le porta à Altino. 5) Il y vêcut trois jours sans parler & sans avoir aucune connoissance, & il y mourut, peu regretté que des Compagnons de ses crimes. 6)

( *l* Il n'est point d'innocence qui soit à

1 *Capitolin. in Marc Anton.*

5. Altino est l'Altinum des Anciens près d'Aquillée, entre Concordia & Padouë.

6. On dit que Verus avoit avec lui ce malheur, que la peste le suivoit par tout où il alloit, & qu'il laissoit après lui ces traces funestes de son passage: *Fuit ejus fati ut in eas Provencias per quas rediit, romam usque, lucem secum diferre videretur.* Capitolin rapporte la superstition des gens qui croyoient que cette peste étoit la punition d'un sacrilege commis par des Soldats dans un Temple d'Apollon en Babylone, où ils enfoncerent un coffre d'or dans lequel ils pensoient trouver de grandes richesses, & d'où il sortit un air de contagion qui infecta tout l'Univers, & qui suivoit Verus de Province en Province. Ce malheur donna occasion à un imposteur nommé Planus de dire publiquement dans Rome, que la fin du monde étoit proche, & que le feu du Ciel devoit dans peu consumer la terre. Il ajoûta que cela arriveroit quand on le verroit changé en Cicogne. Il faisoit ces prédictions du haut d'un figuier sauvage d'où s'étant précipité un jour qu'il avoit marqué pour cette métamorphose, il lâcha adroitement une Cicogne qu'il avoit cachée dans le sein; mais la métamorphose n'étant pas arrivée, on le saisit & on le mena à Marc-Aurele qui lui auroit fait trouver la fin du monde arrivée pour lui, s'il eût été moins porté au pardon. Cet imposteur avoüa que sa prédiction étoit un jeu concerté avec d'autres de son caractere, pour mettre le feu dans Rome & la piller.

couvert des traits de la calomnie. Il se trouva des esprits assez malins pour vouloir jetter le soupçon de cette mort sur Marc-Aurele qu'ils accusoient d'avoir servi à son Collegue dans un repas un morceau qui lui donna la mort, & de l'avoir même fait saigner à Altino à contre-tems, pour hâter sa fin. D'autres s'efforcerent de rendre Faustine coupable de cette trahison. Ils disoient qu'elle avoit préparé des huitres empoisonnées qu'elle avoit fait manger au Prince, pour le punir de l'indiscrete confidence qu'il avoit fait à Lucille de leurs amours. Il y en eut enfin qui crurent que Lucille elle-même avoit donné la mort à son époux, pour se venger de ses infidelités & mettre fin au pouvoir qu'avoit pris sur son esprit la Princesse Fabia, qu'elle regardoit comme une Rivalle d'autant plus dangereuse qu'elle ne ménageoit, ni sa réputation ni son honneur, pour se soûtenir dans cette détestable faveur.

Il y a apparence que Lucille fut bien-tôt consolée de la mort de son époux, dans les mépris & les débauches de qui elle avoit trouvé la matiere des plus cuisans chagrins. D'ailleurs des raisons d'Etat & l'autorité paternelle avoient serré les nœuds de leur Mariage, plûtôt qu'une inclination mutuelle; car Lucille étoit si jeune lorsqu'on la fiança à Verus, & celui-ci fit si peu de séjour à Rome qu'ils n'eurent pas le tems de soupirer l'un pour l'autre : mais la Princesse ne joüit pas long-tems de sa liberté, à peine les liens qui l'attachoient à Verus furent rompus par la mort de cet Empereur, que son pere lui prépara de nouvelles chaînes & aussi pesantes pour elle que les premieres, en l'attachant à un second Mari. Ce ne fut pas la proposition d'un autre Mariage qui fit de la peine à Lucille, un Pere qui offre un Mari est toûjours favorablement écouté d'une fille, mais ce fut le choix de ce nouvel époux qui n'étoit pas du goût de la Princesse. Car comme Marc-Aurele ne se conduisoit pas selon les maximes de la politique, il ne chercha dans un beau-fils, ni la noblesse ni les richesses, mais la vertu & la moderation, & il crut en avoir trouvé un de ce caractere dans Pompeïan Originaire d'Antioche, Senateur d'une réputation plus illustre que sa naissance, d'une sagesse profonde & d'une grave maturité. Ce dernier dégré de mérite ne plaisoit pas à Lucille, & elle témoigna à l'Empereur un éloignement infini pour ce Mariage. L'Imperatrice Faustine (*m* se récria aussi sur le choix de Marc-Aurele & allegua plusieurs raisons pour le com-

m *Capitolin. in Marc Anton.*

battre. Elle ne trouvoit dans Pompeïan ni assez de naissance ni assez de fortune, mais ce n'étoit point ce qui révoltoit Lucille ; elle ne voyoit dans Pompeïan ni assez de jeunesse ni assez de vivacité ; elle lui auroit passé d'être moins prude & moins vertueux s'il eut été plus galant & moins vieux, & pour avoir trouvé Verus trop amateur des plaisirs, elle ne demandoit pas un époux qui en eût passé l'âge & qui en fût ennemi, & c'est ce qu'elle craignoit de rencontrer dans Pompeïan qui étoit sur le penchant de sa vie & qui ne se présentoit qu'avec un visage composé & sérieux, & sur lequel étoit peinte la gravité de sa profession. Cependant la résistance des Imperatrices ne firent point changer l'Empereur, il voulut absolument que ce Mariage se fit, & Lucille eut à essuyer toute la violence que fait une obéïssance forcée. Pompeïan devint époux de cette Princesse, il en eut un fils qui porta son nom, &, si Dion dit vrai, une fille qui fut appellée Lucille.

Cette auguste alliance lui attira les respects de tout Rome, où on en avoit déja beaucoup pour son mérite, & quoiqu'il n'eût point la Dignité de Verus ont eut toûjours pour lui les égards qui étoient dûs à un homme qui appartenoit de si près à l'Empereur. La Princeſſe ſon épouſe ne perdit rien des honneurs & des prérogatives dont elle avoit joüi comme Imperatrice. Elle eut dans l'Amphitheatre & dans les aſſemblées publiques le rang qu'elle avoit occupé ſous Verus, la mort de ce Prince ( n ne la dépoüilla d'aucun de ces avantages, & elle porta toûjours les marques & les pompeux Ornemens de ſa Dignité, mais elle n'en garda pas les bienſéances, & quoiqu'elle fût fort jalouſe de lui faire rendre ce que lui devoient les autres, elle oublia de lui rendre ce qu'elle lui devoit elle-même. Comme elle n'avoit épouſé Pompeïan que pour ne pas ſe roidir contre les volontés de ſon pere, elle ne ſe ſoucia pas trop de garder ſa foi à un époux à qui elle n'avoit pas donné ſon cœur, & deshonnora ſon Mariage par d'horribles proſtitutions. Malheureux ſort de ces Mariages mal aſſortis, où une autorité abſoluë qui ne ſçauroit unir les cœurs, lie à un époux trop meur une épouſe trop jeune, qui ſe vange ſur le Mari qu'elle trahit, de la ſoumiſſion forcée qu'a exigé d'elle, un pere qui a voulu être obeï.

Lucille qui dans les vivacités de ſon âge, qui étoit alors d'environ vingt-quatre ans, ne s'accommodoit guéres de l'exterieur

n *Herodian. lib.* 1.

composé & du temperamment severe de Pompeïan chercha dans des objets étrangers une humeur plus enjoüée & des inclinations moins austeres, & ce fut dans Quadratus (o Romain d'illustre Naissance, qu'elle trouva une jeunesse riante soûtenuë par des manieres galantes & de grandes richesses, ce qui convenoit fort à son tendre panchant. Quadratus éprouva bien-tôt qu'il n'étoit pas haï de Lucille dont il devint extrêmement passionné, & par ses assiduités auprès de cette Princesse il mit sa réputation en doute; enfin leur galanterie cessa d'être un mystere & fixa au désavantage de Lucille les soupçons du Public. Ce crime fut pour elle un funeste engagement à de plus honteux, car trouvant dans Commode son frere un cœur aussi corrompu que le sien (p elle eut avec lui les plus abominables liaisons. Par ces incestueuses faveurs, elle se conserva dans la prééminence du rang que son frere lui laissa prendre après la mort de Marc-Aurele, & ce fut à un prix si honteux que son ambition acheta ces vaines distinctions dont elle joüissoit avec tant d'orgüeil & d'affectation. Mais comme de tous les honneurs, il n'en est point de plus fragile que ceux que le crime procure, Lucille eut

o *Herodian. lib.* 1. p *Dio. in Com. lib.* 72.

bien-tôt le chagrin de ceder par force la place qu'elle avoit occupée avec un faste si peu réglé.

Crispine femme de Commode ne pouvant souffrir que Lucille s'arrogeât les premiers honneurs qu'elle prétendoit lui être dûs, s'empara du droit de préséance, & se fit rendre les devoirs attachés à sa Dignité d'Imperatrice. Cela divisa la Cour, mais Commode eut à peine déclaré son sentiment, que tout le monde à son ordinaire suivit la fortune; l'on apporta à la nouvelle Imperatrice les hommages que l'on avoit jusques-là rendus à Lucille, & Lucille elle-même se vit obligée par bienséance, malgré sa fierté, de faire la cour à sa belle sœur & de reconnoître par cette penible démarche sa prééminence. Il en coûte cher à certaines ames fieres & orgüeilleuses de fléchir sous l'autorité d'autrui après avoir vû tout le monde reconnoître la leur, & de démentir par ces préférences exterieures, la préférence secrette qu'elles font d'elles-mêmes; ce n'est qu'avec chagrin qu'elles plient sous le joug de la dépendance, l'on ne cede jamais de bonne grace, lorsqu'on cede par force. Lucille ne put voir qu'avec des yeux chagrins & jaloux Crispine remplir la place qu'elle avoit occupée, & avoir sur elle une ſuperiorité dont elle-même avoit ſi ſouvent fait ſentir le poids à l'Imperatrice regnante avant ſon élévation. Elle regarda comme l'annéantiſſement de ſon pouvoir la gloire de Criſpine, il lui ſembloit qu'elle étoit mépriſée lorſqu'on honoroit ſa belle-ſœur, & que les prétentions de la femme de Commode étoit un attentat ſur les droits de la veuve de Verus. Ce fut là le ſujet de la jalouſie qui diviſa ſi fort ces deux Princeſſes, elle dégénéra en haine, & Lucille qui n'étoit pas femme à la tenir long-tems renfermée dans ſon cœur, faiſant paſſer ſa colere ſur l'Empereur qui autoriſoit les prétentions de Criſpine, réſolut de renverſer ce Prince du Trône, & d'y élever quelqu'un qui en le partageant avec elle, la remît dans les honneurs dont elle venoit d'être dépoüillée. Elle étoit d'autant plus piquée contre ſon frere, que pour l'engager dans ſes interêts, elle lui avoit prodigué des faveurs dont perſonne n'ignoroit ni la honte, ni l'horreur. Quantité de réfléxions combattirent d'abord cette hardie réſolution, mais ſa paſſion applanit bien-tôt tous les obſtacles que trouvoit ſa raiſon, & après s'être raſſurée contre les remords, elle ne ſongea plus qu'à aſſocier quelqu'un à ſon crime. Pompeïan ſon Epoux ne lui parut pas propre pour conduire cette trame, & elle n'auroit osé lui faire une si délicate confidence ; Pompeïan aimoit Commode, & il étoit d'ailleurs trop sage pour entrer dans une si noire trahison. Quadratus fut celui qu'elle choisit pour le faire dépositaire de son dessein & exécuteur de sa vengeance.

Lucille prit un tems favorable pour faire entrer ce Romain dans son ressentiment. Il est certains momens funestes aux Amans faciles, qui ne sont pas en état de rien refuser à l'objet de leur passion, & une maîtresse adroite sçait profiter des conjonctures. La Princesse assurée de l'amour de Quadratus, lui fait part de son chagrin avec une tristesse concertée, afin de le rendre sensible ; elle se plaint de l'injurieux affront qu'elle a reçu de Crispine (*q* qui en la dépoüillant des honneurs qu'on lui avoit déferés jusqu'alors, la dégradoit du rang qui lui étoit dû étant fille d'un Empereur & veuve d'un autre, & parce que tout ce que dit une maîtresse quand elle est affligée, sort de sa bouche avec un air d'insinuation qui pénetre jusques dans le fond du cœur, Lucille n'eut pas de peine à insinuer ses plaintes à Quadratus & à le faire souscrire à tous ses desseins. Ils résolurent de massacrer Commode qui avoit sacrifié

q *Herodian. lib.* I. c. 19.

les interêts de sa sœur à ceux de son Epouse, mais comme l'entreprise étoit hazardeuse, Quadratus voulut en partager le péril avec d'autres. Il engagea dans ce complot Pompeïan, qui pour avoir le nom du mari de Lucille n'en avoit pas le mérite, & Quintien jeune homme entreprenant & hardi, & beaucoup d'autres personnes de distinction. Quintien se chargea de donner à Commode le coup mortel, & Quadratus qui étoit fort riche promit de répandre si à propos une grosse somme d'argent, que le peuple occupé à contenter sa cupidité ne songeroit point à venger une mort qui lui procuroit cette largesse. (*r*

Quintien ne manqua pas de courage, mais il n'eut point assez de conduite, car comme l'Empereur, pour entrer dans l'Amphiteatre où on sçavoit qu'il devoit aller, passoit par un endroit obscur dans lequel l'assassin s'étoit caché pour faire son coup plus facilement à la faveur de l'obscurité, il se contenta de lui montrer le poignard & de lui dire d'un air menaçant, voilà ce que le Senat t'envoye. (*ſ* Cette imprudence & ces menaces fanfaronnes ne servirent qu'à découvrir la conspiration & à procurer à Quintien la peine que méri-

*r Herodian. lib.* 1. *ſ Lamprid. in Com. Herodian. lib.* 1, *Dio. lib.* 72.

toit

soit son attentat & son étourderie. Les Gardes de l'Empereur se jetterent sur le champ, sur lui & lui donnerent la mort qu'il n'avoit pû ou osé donner à Commode. 7)

Lucille ne pouvoit être que dans d'étranges perplexités dans l'attente du succès de la conjuration, & elles se changerent en de vives & justes apprehensions, lorsqu'elle eut appris que l'Empereur avoit échapé à sa trahison. Commode fit faire une exacte recherche de ceux qui y avoient part, & cela fut cause d'une infinité de meurtres. Quadratus fut un des premiers immolés à la vengeance du Prince, parce qu'il se trouva un des plus coupables, & Lucille fut condamnée à un rigoureux bannissement, dans l'Isle de Caprées. Mais cette peine ne punissoit pas assez sé-

7. De sçavans Critiques sont partagés de sentimens sur ce Pompeïan, que les uns font fils de Lucille, les autres parent, & d'autres ni l'un ni l'autre. Il n'y a pas d'apparence que ce Conjuré fût fils de Lucille, mais un Camarade de Quadratus qui portoit le même nom. Dion & Lampride assurent que ce fut Pompeïan qui menaça Commode en lui montrant le poignard & en lui disant : *Hunc tibi pugionem Senatus mittit.* Herodien attribuë tout cela à Quintien, & M. de Tillemon préfere Dion à Herodien, mais celui-ci rapporte avec tant d'exactitude toutes les circonstances de la conspiration, que je ne vois pas que son autorité ne doive balancer celle de Dion. D'ailleurs Herodien étoit à la Cour de Commode & à portée de sçavoir les choses, & il rapporte ce qu'il a vû aussi bien que Dion.

vérement l'énormité du parricide qu'elle avoit voulu commettre. Commode voulut donner à ſon reſſentiment une entiere ſatisfaction, en faiſant ôter à ſa ſœur une vie qui ne méritoit point une fin plus heureuſe. Ce fut ainſi que cette orgüeilleuſe & impudique Imperatrice ſe creuſa elle-même ſon précipice, & que pour procurer à ſon ambition déreglée de vains honneurs, elle s'attira des malheurs très-réels & une mort prématurée.

# CRISPINE

## *Femme de Commode.*

# MARTIA

## *Concubine du même Empereur.*

IL eſt difficile de corriger un cœur né vicieux ; l'éducation la plus ſage, les exemples de vertu les plus puiſſans redreſſent rarement la Nature. Ce qui naît avec nous ſe peut adoucir, mais non pas vaincre : 1) Les ſemences que la Nature a jetté dans notre ame portent le fruit qui leur eſt propre.

Marc-Aurele prit un ſoin très-appliqué de la jeuneſſe de ſon fils : Les diſcours qu'il lui tenoit ne tendoient qu'à lui inſpirer la moderation, la douceur, l'humanité, & toutes ces vertus dont il lui donnoit lui-même de ſi beaux exemples. A la tendreſſe

1. C'eſt ainſi que raiſonnoient les Payens. Mais à Dieu ne plaiſe que je veüille ôter à la grace le pouvoir qu'elle a de changer les cœurs & les eſprits & de réformer la Nature, & qu'en raiſonnant ſelon les principes de ceux dont j'écris l'Hiſtoire, je veüille faire douter de ma croyance, qui n'eſt autre que celle de l'Egliſe Catholique.

de ses leçons, succedoit la sagesse des instructions des plus habiles Précepteurs, qu'il avoit eu soin de choisir entre tout ce qu'il y avoit dans l'Empire de gens célébres par leur sçavoir & par leur probité. Cependant toutes ces précautions, ces soins, ces préceptes furent inutiles; la dépravation du naturel de Commode fut plus forte que l'éducation, rien ne fut capable de reformer ses vicieuses inclinations. Dès son enfance, pour ainsi dire, la malignité de son cœur se manifesta, & il n'avoit que douze ans lorsqu'il donna un témoignage anticipé d'une barbare cruauté dont il semble qu'un âge si tendre ne devoit pas être capable: S'étant trouvé à Centumcelles 2) & y ayant voulu prendre le bain, il fit jetter l'Etuviste dans la fournaise du Bain, parce que l'eau étoit un peu trop chaude: aussi étoit-il d'un naturel colere, impetueux, violent, emporté, ce qui paroissoit même dans sa phisionomie. (a Il avoit les yeux étincelans, le regard farouche & égaré, jettant çà & là des œillades qui sembloient menacer ceux sur qui elles s'ar-

a *Lamprid. in Comm. Spon. recher. cur. d'antiq. Herodian.*

2. Centumcelles, selon le sentiment des Modernes, est Civitavecchia, aujourd'hui Ville maritime à treize lieuës de Rome.

rêtoient. D'ailleurs il n'étoit pas mal fait de sa personne. Sa taille étoit d'une juste proportion ; il avoit le visage mâle, le teint délicat, la chevelure blonde & frisée, mais du reste tout marquoit en lui un homme corrompu. Ses discours étoient remplis de termes obscenes, n'ayant ni suite ni liaison, comme sont pour l'ordinaire les discours des yvrognes : Ses manieres étoient basses, méprisables, indignes d'un homme de sa naissance & de son rang, ne faisant que sauter, que sifler, se comportant en bouffon plûtôt qu'en Prince, profanant des plus horribles débauches, le Palais, où il avoit changé son appartement en lieu de prostitution & d'infamie, où avec ses semblables il se plongeoit dans les plus honteux excès de la crapule & de la lubricité, trop prodigue pour craindre la dépense, (*b* trop corrompu pour épargner la pudeur; tels étoient les tristes préludes de la vie abominable d'un Prince né du plus sage des Empereurs Romains.

Ceux qui étoient auprès de lui l'entretenoient dans cette funeste pente au vice. Il ne pouvoit souffrir que ceux qui flattoient ses passions, & Marc-Aurele ayant voulu éloigner du Palais certaines per-

*b* *Lamprid.*

sonnes qu'il avoit chargées de la garde du jeune Prince, & qui au lieu de former sa jeunesse à la vertu ne lui donnoient que de très-mauvaises leçons, Commode en eut tant de chagrin qu'il en tomba malade, & l'Empereur eut l'aveugle complaisance de rappeller ces indignes & perfides surveillans, ou plûtôt ces infâmes corrupteurs qui acheverent de pervertir l'esprit de son fils.

Marc-Aurele qui n'ignoroit point ses désordres, résolut de l'emmener avec lui en Scythie, où les Marcomans si souvent rebelles avoient fait de nouveaux actes d'hostilité, & afin de donner un frein à l'impetuosité de ses passions, il trouva à propos de le marier de bonne heure, & plûtôt même qu'il n'auroit fait, si la révolte des Barbares ne l'avoit mis dans la nécessité de donner tous ses soins aux préparatifs de cette Guerre, ou si le Prince eût été plus sage. Le Mariage se fit avec assez de précipitation, l'Empereur qui sçavoit que sa présence étoit absolument nécessaire dans la Scythie, se détermina d'abord sur le choix d'une Epouse, & ce fut sur Crispine qu'il jetta les yeux. C'étoit une des plus aimables personnes qu'il y eût dans Rome, (c fille du Senateur Brutius-Præsens, dont

c *Trist. Com. hist.*

le mérite fut honoré plusieurs fois du Consulat, mais elle n'avoit pas la sagesse de son pere. Elle étoit née avec une complexion tendre, & un cœur susceptible de l'amoureuse passion, & quelque gravité, quelque retenuë, qu'exigeât d'elle le haut rang où l'élevoit le choix de Marc-Aurele, son temperamment fut plus puissant que la raison; elle deshonora sa dignité par un libertinage scandaleux, qui fut cause de sa ruine & de la mort funeste dont Commode punit dans la suite ses infidelités. Il y a apparence que lorsque l'Empereur la fit épouser à Commode, elle avoit été jusqu'alors ou assez sage, ou assez circonspecte pour cacher ses galanteries, mais nous verrons que le Mariage au lieu de fixer son inclination, lui servit de malheureux motif pour porter ailleurs ses desirs.

Après que ces nôces furent célébrées, l'Empereur & son fils partirent pour la Scythie. Il y en a qui croyent que la nouvelle Imperatrice fut de ce voyage: quoiqu'il en soit, Marc-Aurele qui avoit résolu d'exterminer entierement les Barbares, fut arrêté par la mort au milieu de ses victoires, & l'on croit avec beaucoup de fondement que ce fut par la perfidie de son fils qu'il cessa de vivre, & que les Medecins qui étoient chargés de sa guérison achetèrent la faveur de Commode aux dépens de la vie de son pere.

Cependant la Princesse Lucille joüissoit dans Rome de tous les honneurs qu'on avoit accoûtumé de rendre aux Imperatrices, (d & quoiqu'elle eût épousé en secondes nôces un mari d'une Dignité inferieure à celle de Verus son premier Epoux, l'Empereur son pere lui avoit conservé toutes les prérogatives dont joüissoient les femmes des Empereurs, & elle s'arrogeoit avec beaucoup d'orgüeil & de fierté les plus fastueuses distinctions. Crispine regarda comme un attentat sur ses Droits, les prétentions de Lucille; elle crut que les premiers honneurs étoient dûs à l'Imperatrice regnante plûtôt qu'à la veuve d'un Empereur, laquelle sembloit même être déchuë de ses privileges en épousant un simple Senateur; & comme elle n'avoit pas moins de vanité que sa belle-sœur, elle prit par tout la premiere place & se fit rendre tous les devoirs dûs à sa Dignité. Lucille en eut un si grand dépit, qu'elle résolut de faire assassiner l'Empereur Commode son frere, & d'élever quelqu'un sur le Trône qui en l'y faisant asseoir elle-même, la rétablît dans la splendeur du rang qu'elle avoit occupé & dont elle se voyoit

d *Herodian. Lib. 1. c. 20.*

dépoüillée.

dépoüillée. Nous avons vû quel fut le succès de cette conspiration ; elle ne servit qu'à fournir à Commode un prétexte pour exercer sa cruauté : Car l'assassin qui devoit donner le coup fatal à cet Empereur s'étant contenté de le menacer en lui montrant un poignard, & en lui disant, que c'étoit là ce que le Senat lui envoyoit, l'Empereur le fit arrêter & lui fit souffrir le supplice que méritoit son attentat.

Les paroles de ce Conjuré furent gravées profondément dans le cœur de Commode, (*e* Il regarda le Senat comme un corps composé d'ennemis qu'il avoit raison de craindre & desquels il devoit se défaire. Ce fut l'origine de cette haine implacable qu'il conserva toute sa vie contre le Senat, & le motif ou le prétexte de ces sanglantes éxécutions qui inonderent Rome de sang & de larmes. Il fit mourir les plus illustres membres du Senat, & tous ceux qui avoient été aimés de Marc-Aurele. Paterne Colonel de ses Gardes, qu'il accusoit d'avoir voulu attenter à sa vie. Cardinus & Maximus, qui avoient si bien servi dans toutes les Guerres que son Pere avoit eu, furent sacrifiés des premiers à sa fureur. Servius-Julianus qui commandoit une de ses armées fut la vic-

*e Herodian. lib.* I. *c.* 22.

time de son fils. L'infame Commode se vengea sur ce Pere malheureux, de la généreuse & loüable résistance que son fils avoit opposé à ses poursuites.

Si sa cruauté se fit craindre, son incontinence ne se fit pas moins détester, il en porta les abominables feux jusques sur l'honneur de toutes ses sœurs. Il eut avec une cousine de son Pere un commerce honteux. (*f* Il exposoit en sa présence ses Concubines, à la brutalité de ceux qui vouloient partager ses faveurs, il appelloit sa femme, une concubine qu'il aimoit, quoique ce fût celle qui par ses infidelités meritât le moins sa tendresse. Il n'y a point de turpitude à laquelle il ne se livrât, jamais on ne vit un pareil débordement.

Crispine étoit témoin de ses désordres, mais elle auroit eu tort de s'en plaindre, puisque les siens n'étoient pas moins honteux. Cette Imperatrice emportée par son temperamment, peu intimidée par les sanglantes exécutions que son époux faisoit tous les jours, chercha à l'exemple de Commode des plaisirs étrangers & mena une vie dissoluë. Elle se vengea des infidelités de l'Empereur, par ses prostitutions; & dans le tems qu'il deshonoroit l'Empire par sa lubricité, elle deshonoroit le Trône &

f *Lamprid. in Com.*

l'Empereur par son libertinage. Mais comme ces represailles ont souvent des suites dangereuses, & qu'une femme n'en use pas impunément envers un mari dont les ressentimens sont à craindre comme l'étoit Commode, Crispine porta bientôt la peine de ses débauches. Car ayant été surprise un jour en flagrant délit, Commode sensible dans le moment à son deshonneur, l'envoya en éxil à Caprées. 3 )

L'Imperatrice Lucile avoit eu la même Isle pour le lieu de son bannissement, & ce fut là que se trouverent ces deux Princesses que la dispute de la préséance avoit si fort divisées. L'on ne sçait si la conformité de leurs malheurs les réünit, mais l'histoire nous apprend qu'une mort violente y termina leur vie ; car Commode qui avoit toûjours dans l'esprit l'entreprise de Quintien, de laquelle il sçavoit que sa sœur étoit la cause, la fit mourir dans Caprées, & ordonna au même Ministre de sa cruauté d'ôter la vie à Crispine. ( g

Cette éxécution fut suivie de beaucoup d'autres. Rufus, & Capiton personnages Consulaires, Vitrasia-Faustina sa proche parente, Crassus qui étoit Proconsul en

g *Dio. lib.* 73.

3. Voyez la description de l'Isle de Caprées dans le premier Tome, dans les Notes sur Julie Note 17.

Asie, & une infinité de grands hommes, illustres par leur noblesse & par leur merite, perdirent la vie par ordre de ce Tyran ; si Sextus fils de Maximus & qui brilloit au-dessus de tous les Romains par la vivacité de son esprit & par son érudition échappa à sa fureur, il dut son salut à l'artifice dont il se servit pour tromper ceux qui devoient l'immoler à la cruauté du Prince. 4)

4. Sextus qui étoit en Syrie, ayant appris que son Pere avoit été mis à mort, & jugeant bien qu'on ne l'épargneroit pas lui-même, usa d'un plaisant stratagême pour échaper aux Ministres de la cruauté de l'Empereur qui remplissoient la Syrie de meurtres. Il bût une grande quantité de sang de lievre, & étant monté à cheval, il le piqua à dessein de le faire cabrer, de sorte que s'étant jetté exprès à terre comme si le cheval l'eût jetté, il se fit porter à la maison par ces domestiques qui le releverent de terre où il faisoit semblant d'être presque mort, & où il vomit le sang qu'il avoit bû, comme si ç'eût été un funeste effet de sa chute. Le bruit de ce triste accident se répandit par tout, & vint jusqu'aux oreilles des Ministres de Commode, à qui l'on rapporta même que Sextus étoit mort, & ils le crurent avec d'autant plus de raison, que Sextus fit le mort, & qu'on exposa aux yeux du public le cercuëil dans lequel l'on avoit enfermé un belier qu'on fit brûler comme si c'étoit le corps de Sextus. Celui-ci s'ennuya pourtant d'être enfermé dans sa maison, il courut d'une Ville à l'autre, changeant toûjours d'habit & contrefaisant sa voix pour n'être pas découvert. Le bruit en fut porté à la Cour, qui envoya des ordres pour le faire arrêter. On fit mourir beaucoup de personnes qui avoient de la ressemblance avec Sextus, & on en envoya les têtes à Rome. On confisqua le bien de plusieurs autres qu'on accusoit d'avoir donné retraite à ce proscrit, on en fit perir d'autres qui n'avoient jamais vû ni connu Sextus, & l'on ne sçut jamais si l'on avoit tué

Perennis favori de Commode pouſſoit l'Empereur à ces violences. Car comme il avoit pris un pouvoir abſolu ſur ſon eſprit, il rendoit ſuſpects par ſes calomnies ceux qui lui donnoient de l'ombrage, & en ſe défaiſant par cette voye funeſte, de ceux qui pouvoient balancer ſon credit, il avoit la direction des affaires & gouvernoit l'Empire. En effet ce ruſé Courtiſan abuſant de la confiance du Prince, diſpoſoit de toutes choſes. Il appliquoit à ſon profit les confiſcations des biens de ceux qu'il faiſoit périr par ſes impoſtures & ramaſſoit des ſommes immenſes dans le deſſein de les diſtribuer aux ſoldats lorſqu'il croiroit être tems de faire éclater le deſſein qu'il avoit de monter ſur le Trône. Il fit donner à ſes fils les plus importans emplois de la milice, il attribuoit à ſa valeur & à ſa capacité les exploits & les avantages qui étoient le fruit du courage & de

le veritable Sextus. Après la mort de Commode, il ſe préſenta un homme qui ſe dit être Sextus fils de Maximus, & qui demanda les biens de ſon pere & ſes Dignités. On lui fit à Rome beaucoup de queſtions auſquelles il répondit ſort pertinemment, quoiqu'on l'interrogeât ſur des affaires de famille qu'un étranger ne pouvoit gueres ſçavoir. Pertinax qui ſçavoit que le vrai Sextus entendoit fort bien la langue grecque qu'il avoit cultivée en Syrie, fit quelques queſtions à ce faux Sextus en grec, mais cet impoſteur n'ayant ſçû répondre ni comprendre même ce que l'Empereur lui demandoit, fut chaſſé honteuſement de Rome.

l'habileté des Généraux, il porta enfin ſa hardieſſe juſqu'à ôter aux plus braves Officiers de l'Armée d'Angleterre leurs Charges, pour les donner à des gens dont il étoit très aſſuré.

Ces hardies entrepriſes & quelques avis que Commode reçut de pluſieurs endroits que Perennis aſpiroit à la tyrannie, éveillerent cet Empereur de ſon aſſoupiſſement, & l'indiſpoſerent contre Perennis; mais ce qui acheva la ruine de cet inſolent Miniſtre, ce fut l'arrivée de quinze cens Soldats de l'Armée d'Angleterre, qui dirent à l'Empereur qu'ils venoient le défendre contre les trahiſons de Perennis qui vouloit élever ſon fils à l'Empire. Cléandre que l'Empereur aimoit beaucoup donna foi & cours à cette nouvelle, & ſçût ſi bien irriter Commode contre Perennis, que ce malheureux Favori fut maſſacré d'abord par ordre du Prince, qui ne ſe délivra de la dépendance de Perennis, que pour tomber dans celle de Cléandre, laquelle ne fut pas moins honteuſe.

Cet homme qui ſervit de joüet à la fortune, étoit natif de Phrigie, & avoit été conduit à Rome parmi les Eſclaves de rebut; (*h* & après une infinité d'avantures, ayant eu le ſecret d'entrer dans la maiſon

h *Dio. lib.* 72. *Herodian. lib.* 1.

de l'Empereur, il fit si bien par ses intrigues, qu'il devint chef de ceux qui couchoient dans la chambre de l'Empereur, ensuite Colonel des Gardes Prétoriennes, & enfin si puissant, si accredité, & si aimé de Commode, que le Prince lui fit épouser Damostratie une de ses concubines, & lui donna toutes sortes de pouvoir.

Il arriva à Cléandre ce qui arrive presque à tous ceux que la fortune tire de l'obscurité; il devint insolent, fier, ingrat, & il ne se servit de l'autorité que l'Empereur lui avoit laissé prendre, que pour se frayer un chemin à une plus grande. Arbitre de la fortune des Romains, il faisoit & défaisoit les Consuls à sa fantaisie, 5) il vendoit les Charges & les emplois, il élevoit à la Dignité de Senateurs 6) les hommes les plus abjets, pourvû qu'ils

5. Cleandre créa dans un an vingt-cinq Consuls, ce qu'on n'avoit pas vû jusqu'alors; & qu'aucun Empereur même n'osa faire depuis. Severe qui fut depuis Empereur fut un de ces Consuls.

6. Comme Cleandre donnoit la Dignité de Senateur à ceux qui vouloient l'acheter, on vit une infinité de gens sans mérite, sans science & sans probité se revêtir de cette Charge, autrefois si respectable, & réservée pour la vertu. Jules Solon poussé par son ambition, vendit tout son bien pour se faire Senateur, il acheta fort cherement une Charge dans le Senat & la paya à Cleandre: C'est ce qui fit dire assez plaisamment, que Cleandre après avoir dépoüillé Solon, l'avoit relegué dans le Senat.

eussent assez d'argent pour en payer le prix; & afin de fermer la bouche à ceux que leur zéle pour le service de l'Empereur auroit pût porter à blâmer une conduite si hardie, (*i* il fit mourir Byrrhus beau-frere de Commode, qu'il accusa d'aspirer à la tyrannie, lorsque lui-même prenoit toute sorte de mesures pour y parvenir.

C'est ainsi que Commode par son indolence se trahissoit lui-même, en laissant prendre à ses Favoris un pouvoir si étendu, tandis que livré à ses passions, il ne songeoit qu'à les satisfaire. Il passoit les jours entiers à combattre & à tuer des bêtes dans l'Amphitheatre, & comme si ce carnage eût illustré son nom aussi glorieusement que les plus fameuses expéditions, il se fit appeller l'Hercule Romain. 7) Il fit de son Palais un infâme serrail, où il entretenoit trois cens femmes & autant de

i *Lamprid.*

7. Commode ayant eu la folie de se faire appeller Hercule à qui il affectoit de ressembler dans la maniere de s'habiller en portant une peau de Lion & une massuë. On fit courir ces vers où il n'y a pas grand sens.

*Commodus Herculeum nomen habere cupit*
*Antoninorum non putat esse bonum :*
*Expers humani jures & Imperii :*
*Sperans quin etiam clarius esse Deum*
*Quam si sit princeps nominis egregii*
*Non erit iste Deus, nec tamen ullus homo.*

garçons qui étoient les miserables victimes d'une si monstrueuse lubricité. Il eut la folie de donner son nom à la Ville de Rome, il l'appella la Colonie de Commode, & l'on accusa Martia de lui avoir inspiré cette extravagance, car l'on sçavoit qu'elle étoit de toutes ses concubines, celle qui avoit le plus de pouvoir sur son cœur.

Martia sortoit d'une famille affranchie. C'étoit une femme d'une rare beauté, & d'un esprit delié, artificieux & rusé, capable des plus grandes intrigues du cabinet. Elle se fit aimer de Commode par sa beauté, par ses complaisances, & par toutes ces artificieuses carresses que sçavent faire les femmes de son caractere qui veulent plaire; aussi elle sçut si bien réussir à captiver le cœur de l'Empereur, qu'il eut pour elle les mêmes égards & la même tendresse, qu'il auroit pû avoir pour une Epouse, & l'on peut dire que si elle ne fut pas declarée Imperatrice, elle en eut les honneurs, & l'autorité. (*l* Au reste elle fut fort affectionnée aux Chrétiens, quoiqu'elle n'imitât pas la sainteté de leur vie, elle s'interressa pour eux dans toute sorte d'occasions, (*m* & leur fit accorder beaucoup de

l *Herodian. lib.* 1. *Dio. lib.* 72. *Xiphil. in Com.* m *Baron. ad an.* 182.

graces : de-là vient que l'Eglise joüit d'une profonde paix durant le regne de Commode, tandis que Rome & les Provinces regorgeoient du sang que sa cruauté faisoit répandre, cet Empereur n'ayant rien à refuser à une maîtresse qu'il aimoit avec tant d'empressement qu'il n'eut pas honte de quitter son nom & de se faire appeller Amazonien, pour faire honneur au portrait de Martia habillée en Amazone ; car c'étoit l'équipage sous lequel cette rusée plaisoit davantage à Commode. Mais ce qui marque sur tout & le déréglement d'esprit dans ce Prince, & son amour insensé pour sa concubine, c'est qu'il eut la folie de se montrer dans l'Amphiteatre en habit d'Amazone (*n* afin de témoigner à la belle Martia combien elle lui paroissoit aimable lorsqu'elle en étoit parée ; indigne bassesse qui donna un spectacle bien risible aux Romains, lorsqu'ils virent dans l'Arene leur Empereur sous l'abit d'une femme dégrader sa Dignité par un travestissement si extravaguant : mais à quelles honteuses bassesses l'amour dereglé ne porte point ceux qui s'y livrent !

C'est ainsi que Commode abandonnant les affaires de l'Empire, ne songeoit qu'à ses folies, tandis que Cléandre, abusant

*n* *Lamprid.*

insolemment de la stupide confiance de ce Prince, travailloit à affermir son autorité en s'attirant les bonnes graces du Peuple, sans faire réfléxion que les moyens qu'il prenoit le conduisoient à sa ruine. En effet, comme Rome étoit très affligée par la peste & 8) par une horrible disette de bled, Cléandre fit gros amas de toute sorte de grains, dans le dessein de le distribuer au Peuple quand il le verroit réduit à la derniere famine, afin d'acheter sa faveur & sa protection par cette largesse politique & interessée; mais Papyrius qui avoit l'Intendance des vivres ayant pénetré les desseins de Cléandre, le rendit la dupe de ses propres artifices; car ayant fait aussi de considérables provisions de bled, il en rendit la cherté si grande, qu'on commen-

8. Dion rapporte qu'on n'avoit jamais oüi parler d'une peste si terrible & si contagieuse. Elle enlevoit tous les jours à Rome jusqu'à deux mille personnes, & Herodien assure que toutes les Bêtes de somme en mouroient. Les Medecins ordonnerent à l'Empereur de se retirer à Laurentum, Ville dont le terroir étoit complanté de Lauriers d'où elle avoit pris son nom, prétendant qu'il seroit là avec moins de danger, à cause que le climat étoit froid, & que l'odeur du laurier a la proprieté de chasser la peste. Beaucoup de monde se retira dans cette Ville. Les Medecins ordonnoient qu'on remplît les oreilles & les narines de pommades de senteur, & qu'on se servît de parfums & de choses qui rendent quelque odeur, parce que les parties de l'air pestiferé trouvant les pores & les entrées des sens remplis par les corpuscules de ces parfums, ne pouvoient point pénetrer, ou faisoient un moins mauvais effet.

ça à craindre la famine beaucoup plus que la peste, quoiqu'elle fût si contagieuse qu'elle emportoit chaque jour environ deux mille personnes. Papyrius qui n'aimoit point Cléandre, voyant le Peuple allarmé & disposé à une sédition, accusa ce Favori d'être la cause d'une disette si affreuse, & d'avoir des desseins ambitieux, & dans ce même tems il arriva une espece de prodige qui fortifia l'accusation de Papyrius, car dans le tems que le Peuple étoit assemblé dans le Cirque, il se présenta une femme inconnuë d'une taille extraordinaire, suivie d'un grand nombre d'enfans qui se prirent à crier contre Cléandre. Ces cris séditieux animerent si fort le peuple qui regardoit déja ce Favori comme l'auteur de ses malheurs, qu'il s'en alla tumultuairement trouver Commode qui étoit hors la Ville occupé à ses plaisirs, pour lui demander qu'on lui livrât Cléandre. Celui-ci ayant été averti de cette émeute détacha d'abord les Gardes sur cette troupe mutinée & en fit faire un grand carnage; ceux qui pûrent échapper, s'enfuirent dans la Ville & y porterent l'épouvante & la confusion: on sortit des maisons; on prit les armes, & Rome devint le Theatre d'une guerre intestine.

Commode noyé dans ses infâmes plaisirs ignoroit ce tumulte, & personne n'osoit l'en avertir, de crainte de s'attirer l'indignation de Cléandre, qui faisoit faire à cet Empereur tout ce qu'il vouloit ; mais la Princesse Fadille que sa naissance & son rang mettoient au-dessus de ces craintes, alla trouver son frere, se jetta à ses pieds les yeux en pleurs, lui représenta la triste situation où se trouvoit Rome, & l'éminent danger où il étoit lui-même durant la fureur du Peuple, que Cléandre par son insolence & sa dureté avoit porté à la sédition, & lui découvrit la perfidie des desseins de cet ambitieux Courtisan, qui n'avoit d'autre vûë que de s'élever jusqu'au Trône. Les avis de la Princesse étoient trop interessans pour ne pas allarmer Commode ; mais ce qui détermina cet Empereur à accorder Cléandre aux clameurs du peuple, fut les plaintes de la belle Martia, laquelle affectant de craindre pour la vie de l'Empereur, (o lui fit paroître le péril plus grand peut-être qu'il n'étoit en effet, & lui dit tout ce qui étoit capable de l'irriter contre Cléandre : & comme ce qu'une maîtresse dit, persuade, Commode condamna à la mort ce malheureux Favori, dont la chute fit chanceler beau-

o *Dio. lib. 72.*

coup de fortunes, car ſon amitié fut un crime pour ceux qui y avoient eu part, leſquels on perſécuta cruellement pour cet injuſte ſujet.

La perfidie de Cléandre augmenta la défiance que Commode avoit du Senat, depuis la conjuration de Lucille, car s'étant imaginé qu'il ne pouvoit compter ſur la fidelité de perſonne, il enveloppa dans ces ſoupçons les perſonnages les plus illuſtres, & ne ſe guérit de ſes viſions que par leur mort. Papyrius qui avoit contribué à la ruine de Cléandre, Julien Gouverneur de Rome & que ce Prince appelloit ſon pere, Jules Alexandre Capitaine experimenté, brave & intrepide, Maternianus, Sura & une infinité d'autres grands hommes furent les victimes de ſa fureur.

Ces ſanglantes éxécutions, n'interrompoient point ſes folies ni ſes débauches. On le vit parmi les Gladiateurs dans l'amphitheatre faire parade de ſon adreſſe à tuer des bêtes ſauvage & s'en faire une gloire. Quelques fois il paroiſſoit avec un habit bizarre, portant une peau de Lion ſur une robe de pourpre brochée d'or, & tenant une maſſuë pour imiter Hercule dont il avoit pris le nom, & d'autres fois il s'habilloit en femme à la vûë du peuple, à la ſanté de qui il bûvoit hautement, afin d'entendre crier. *Vive l'Empereur.* De plus il alloit dans l'Arene combatrre avec les Gladiateurs, massacrant impitoyablement ceux qu'il combattoit, lesquels le ménageoient par le respect qu'ils avoient pour sa Dignité, & le Senat autorisoit par ses lâches acclamations, des actions si honteuses : car d'abord que Commode avoit tué un Ours, un Lion ou quelqu'autre animal, on entendoit ces graves Magistrats mêler leurs applaudissemens à ceux du Peuple, & crier servilement, (p *Tu es le vainqueur du monde, tu surmontes tout, ô brave Amazonien !* 9)

Enfin après avoir deshonoré l'Empire par une infinité de crimes qu'il seroit ennuyeux de rapporter, la fantaisie lui prit de se faire substituer à la place des Consuls (q qu'il résolut de faire mourir, & de se representer sur le Theatre comme Consul & comme valet des Gladiateurs ; car parmi je ne sçai combien de Titres ridicules qu'il se donnoit, celui qu'il prenoit le plus volontiers étoit celui *de premier Combattant entre les suivans des Gladiateurs, qui d'une seule main avoit tué environ dou-*

p *Dio. lib.* 72. *Xiphilin. in Com.* q *Herodian. lib.* 1.

9. *Dominus es, primus es, omnium felicissime, ex æterno tempore amazonice vincis.*

*ze mille hommes*. Le premier jour de Janvier, qui étoit un des plus ſolemnels chez les Romains, 10) fut le jour que Commode choiſit pour donner cette Scene au public, & ce fut à ſa chere Martia qu'il fit confidence de ce projet inſenſé.

Martia qui prévoyoit les ſuites d'un deſſein ſi extravagant, combattit de toutes ſes forces la réſolution de l'Empereur. Elle lui repreſenta le tort infini qu'une action ſi baſſe faiſoit à ſa gloire & à la réputation du Peuple Romain; que ſes propres interêts devoient le faire revenir de ſon entêtement pour les Gladiateurs, puiſqu'il ne ſe trouvoit jamais parmi eux ſans expoſer ſa vie, & ſans ſe commettre à la perfidie de gens ſans honneur & ſans foi. Elle tâcha de donner de la force à ſes ſollicitations, en les accompagnant de mille careſſes, en embraſſant ſes genoux, & en verſant

10. Le premier jour de Janvier étoit chez les Romains un des plus ſolemnels. Il étoit conſacré au Dieu Janus dont il portoit le nom. On le ſolemniſoit avec beaucoup de pompe. Les Conſuls & les autres Magiſtrats portoient leur habit de cérémonie & offroient des Sacrifices à Janus avec un culte ſuperſtitieux pour obtenir une année heureuſe; on ôtoit de deſſus la tête du Dieu Janus la Couronne de Laurier qu'il avoit portée durant le cours de l'année, & on y en mettoit une nouvelle.

*Laurea flaminibus quæ toto perſtitit anno*
*Tellitur, & frondes ſunt in honore nova.* Ovid.

des

des larmes, mais rien ne fut capable de lui faire abandonner son dessein.

Lætus & Electus Capitaines de ses Gardes ne réüssirent pas mieux, envain ils representerent à Commode la honteuse fletrissure qu'une si monstrueuse nouveauté alloit faire à l'Empire. L'Empereur qui ne se conduisoit que par ses fantaisies, leur ordonna de disposer toutes choses pour cette cérémonie, & regardant ces zélés Officiers comme de temeraires censeurs de sa conduite il les quitta brusquement en les regardant d'un œil irrité. En effet il se sentit si piqué que ces Capitaines eussent eu la hardiesse de lui faire des remontrances, qu'il résolut de les faire mourir le lendemain; & étant entré dans

Les Romains regardoient Janus comme Pere de l'année; de là vient que dans le Temple qui lui étoit consacré il y avoit douze Autels representans les douze mois.

Martial nous apprend une partie de ces Cérémonies dans une de ses Epigrammes.

*Principium des, Jane, licet velocibus annis*
*Et revoces vultu sæcula longa tuo*
*Te primam pia thura regent, te vota salutem:*
*Purpura te felix te colat omnis honos:*
*Tu tamen hoc maris, latiæ quod contigi Urbi,*
*Mense tuo reducem, Jane videre Deum.*

Epigr. 8. lib. 8.

Les Romains avoient encore accoûtumé ce jour là de se visiter, de se souhaiter la bonne année, & de se faire mutuellement des présens.

*Herodian. hist. lib. 1.*

son cabinet, il fit une liste de ceux qu'il vouloit faire tuer, écrivit leur nom dans ses tablettes lesquelles il cacha sous le chevet de son lit. Lætus & Electus au reste n'étoient pas seuls proscrits. Martia étoit aussi marquée dans ce funeste dénombrement, & ceux qui avoient le plus de crédit dans le Senat étoient destinés au même supplice, parce que ce Tyran vouloit enrichir ses Gladiateurs de leurs biens. Mais les choses tournerent bien autrément. Commode fut lui-même la victime de sa cruauté; car son dessein ayant été découvert, il reçut la mort de la main de ceux-là même à qui il vouloit la donner.

Les Romains de consideration avoient chez eux des enfans qui servoient à leur divertissement par leur babil. On les laissoit aller presque nuds; car pour tout habit on ne leur faisoit porter que des diamans. L'Empereur en avoit un dans son Palais, & il l'aimoit si fort qu'il le faisoit souvent coucher avec lui, & lui avoit donné son nom en l'appellant Philo-Commode. 11) Les complaisances que le Prince avoit pour cet enfant l'enhardissoient à prendre toute sorte de libertés, de manie-

11. Philo-commodus, comme qui diroit le Favori de Commode.

re qu'il entroit & sortoit de la chambre de Commode sans qu'aucun Officier ni Garde l'en empêchât. Ce fut précisément ce bien aimé de Commode qui découvrit le secret de la proscription ; car étant sorti du cabinet de l'Empereur tenant à la main les tablettes qui étoient les dépositaires des violentes intentions de l'Empereur, Martia qui craignoit que ce ne fût quelque memoire important qu'il pourroit perdre, l'appella, le caressa, & se fit donner les tablettes. Sa curiosité la porta à les lire, il est aisé de comprendre quelle fut la surprise & de quelle frayeur elle fut saisie en y lisant la barbare résolution de Commode. *Quoi Prince ingrat*, dit elle, *est-ce là la récompense que tu prépares à mon amour & à mon attachement à tes interests ? n'ai-je souffert durant tant d'années tes duretés, tes insolences,* (q *tes excès & ta mauvaise humeur, que pour recevoir une cruelle & injuste mort pour prix de ma patience ? Mais non ce ne sera pas ainsi qu'un Prince noyé dans la crapule, traitera une femme sobre.*

Les longues reflexions n'étoient pas alors de saison : tous les momens dans cette conjoncture étoient précieux. Martia ne les perdit point en inutiles pensées : el-

q Herodian. lib. 1.

le manda inceſſamment Electus avec qui l'Hiſtoire dit qu'elle avoit des liaiſons très-étroites & peu innocentes, & lui faiſant lire dans les tablettes l'endroit qui l'intereſſoit ſi fort, apprenez, lui dit-elle, quelle fête l'on veut nous faire ſolemniſer ce ſoir même. Electus n'eut pas plûtôt été inſtruit des deſſeins de l'Empereur, & du danger où il étoit de perdre la vie, qu'il trembla de frayeur. Il envoya dans le moment les tablettes bien fermées à Lætus par un homme de confiance, & Lætus n'ayant pas été moins ſurpris que Martia & Electus, il fut les trouver pour déliberer ſur le parti qu'ils avoient à prendre. Il fut promptement réſolu dans ce Conſeil ſecret qu'on empoiſonneroit Commode, & cette voie leur parut d'autant plus facile, que Martia avoit accoûtumé de preſenter le breuvage à l'Empereur, qui le prenoit avec plus de ſatisfaction des mains d'une perſonne qu'il aimoit tant. L'artifice réüſſit. Commode revenant des Bains tout échaufé demanda à boire, & Martia lui preſenta d'abord un vin ( *r* d'un excellent goût, mais d'une dangereuſe compoſition; 12 ) car à peine en eut-il bû qu'il ſentit

*r* *Herodian lib.* 1.

12. Dion dit, qu'on mit du poiſon dans la viande qu'on lui ſervit au ſouper, & que c'étoit de chair de bouc.

une grande pesanteur de tête & beaucoup d'assoupissement. Martia & Electus firent retirer tout le monde sous prétexte de vouloir laisser reposer l'Empereur; mais quand les conjurés virent qu'il vomissoit extraordinairement, soit que ce fût un effet du vin qu'il avoit bû auparavant avec excès, soit que le poison même lui procurât ce vomissement, (ſ craignant alors que leur trahison ne retombât sur eux-mêmes, & avec d'autant plus de raison que Commode marquoit soupçonner quelque chose, par certaines menaces qu'il faisoit, ils engagerent Narcisse Athlete puissant & vigoureux à l'étrangler dans le lit, & lui firent les plus magnifiques promesses. L'espoir d'une grande récompense résolut cet homme à commettre ce parricide: il entra dans la chambre de l'Empereur dans le tems que les Soldats étoient ensevelis dans le sommeil ou dans les vapeurs du vin, & il étrangla Commode, qu'on fit d'abord transporter hors de la chambre couvert d'un tapis.

Martia & ses complices étoient dans de vives apprehensions de ce qui arriveroit lorsqu'on sçauroit la mort de Commode. Ils jugerent qu'il falloit proclamer Empereur quelque Senateur de mérite, qui fût

ſ *Dio. lib.* 72.

agréable à tous les Ordres de la Ville, & qui les protegeât contre la persecution des Soldats qu'ils connoissoient bien ne devoir être que fort affligés de la mort d'un Prince qui les laissoit vivre dans une grande licence. Pertinax leur parut digne de cette haute Dignité, ils le déclarerent Empereur sans autre formalité, & firent courir le bruit que Commode étoit mort d'apoplexie. Nous parlerons bien-tôt des circonstances de l'élection de Pertinax; nous dirons ici que le nouvel Empereur harangua les Soldats, & qu'il fit l'éloge de Lætus qui lui avoit donné l'Empire.

Le Consul Falcon ne put entendre loüer Lætus sans marquer son chagrin, & comme il n'étoit pas homme à trahir son sentiment, ni par complaisance, ni par politique, il dit hardiment à Pertinax, qu'on ne devoit attendre rien de bon de son Regne, puisqu'il en ternissoit les commencemens par la honte des éloges qu'il donnoit au meurtrier de l'Empereur, & par les marques d'estime qu'il donnoit à Martia & à Electus, qui avoient été les ministres des cruautés de Commode. Pertinax répondit avec beaucoup de moderation à Falcon; il lui dit qu'un jeune homme comme lui, ne comprenoit point la violence qui impose la nécessité d'obeïr; que Martia & Lætus avoient fait par contrainte tout ce qu'ils avoient fait, & que leur derniere action faisoit assez voir le peu de part qu'ils avoient aux violences de Commode.

Pertinax étoit trop convaincu des obligations qu'il avoit à Martia, pour ne pas justifier la trahison de cette Concubine. Elle reçut du nouvel Empereur toutes les marques de reconnoissance qu'il put lui donner durant les trois mois qu'il regna, mais elle n'échapa point au supplice que méritoit son crime. Julien vengea la mort de Commode; car cet Empereur à l'élevation duquel Lætus avoit contribué, s'étant imaginé que ce même Lætus & Martia favorisoient le parti de Severe, les fit mourir, & fit ensuite exposer aux Bêtes Narcisse qui avoit étranglé Commode. C'est ainsi que le retardement du supplice ne doit jamais rassurer le criminel, parce que tôt ou tard le Ciel le punit.

# TITIANA

## *Femme de Pertinax.*

IL ſemble que l'Empereur Pertinax n'échapa aux fureurs de Commode, que pour être la victime des trahiſons de la fortune, & qu'il n'illuſtra ſa vie par les plus glorieux Exploits, que pour la finir miſerablement ſur le Trône. Heureux Particulier, malheureux Souverain : il éprouva que les poſtes les plus élevés ne ſont ſouvent que d'affreux précipices. Il étoit d'un Village de la Ligurie, fils de Helvius Succeſſus Marchand de bois, (*a* & qui ayant gagné quelque bien voulut faire apprendre les belles Lettres à ſon fils ; mais il eut tant de peine à le déſabuſer du trafic de bois 1 ) qu'il l'appella *Pertinax*

a *Capitolin. in Pertin.*

1. Succeſſus pere de l'Empereur Pertinax vendoit du bois préparé d'une certaine maniere qu'il ne faiſoit point du tout de fumée, ſoit qu'il ne le fît cuire qu'à demi au feu, comme quand on fait le charbon, ou qu'il le fît ſecher au ſoleil & qu'enſuite il l'aroſât avec de l'écume d'huile, ou qu'il le couvrît durant quelque tems de marc des Olives, comme l'enſeigne Catox au rapport de Caſaubon. Il ſemble pourtant par les termes de Capitolin qu'on préparoit ce bois-là, en le faiſant cuire à

de

de ſon opiniâtreté, ſurnom qui lui demeura toute ſa vie, & ſous lequel il fut toûjours connu. Il parut cependant que Pertinax étoit né pour un plus noble métier; car il exerça ſi bien celui de la Guerre dans toutes les occaſions où il fut employé, qu'on le regarda comme un homme habile & de reſſource, & capable des plus importantes Charges. En effet, ce fut lui qui par ſa prudence & par ſa fermeté appaiſa les Legions qui s'étoient mutinées dans la Grande Bretagne, (b où tout penchoit à la révolte, & l'on peut dire qu'il ſauva cette Iſle à Marc-Aurele, auſſi cet Empereur connut ſi bien l'importance de ce ſervice & le mérite de Pertinax, qu'il en fit pluſieurs fois l'éloge en plein Senat: loüanges bien glorieuſes, quand elles ſont données par un Prince auſſi ennemi de la flatterie & de la diſſimulation que l'étoit Marc-Aurele. Mais ce ne fut pas par de frivoles éloges ſeulement que les Exploits de Pertinax furent récompenſés, il fut promu aux Charges les plus conſiderables, & enſuite élevé au Conſulat; ſublime Dignité qui lui at-

b *Dio. lib.* 73.

demi au feu, car cet Hiſtorien appelle la cabane où Succeſſus préparoit ou vendoit ſon bois, *Coctilitia Taberna.*

tira la jalousie d'une infinité d'envieux, (c qui ne pouvoient souffrir qu'il devînt leur égal, ne prévoyant pas qu'ils devoient un jour l'avoir pour Maître. 2)

Pertinax avoit la plus heureuse phisionomie du monde, (d la tête belle, le front grand, les cheveux bouclés, la barbe longue, l'air majestueux, la taille haute, assez d'embonpoint, le ventre un peu gros. Il parloit bien, & son discours étoit plus affable & plus gracieux que ses manieres qu'on trouvoit un peu rudes. Son principal défaut fut l'avarice qui ne le quitta point lors même qu'il fut Empereur. Il aimoit aussi les plaisirs, & nous verrons qu'il n'en prit point toûjours de fort honnêtes : il ne manquoit pas de sçavoir, & avant qu'il eût aucune Charge

c *Dio. lib.* 71. d *Spon. recher. Curi. d'Antiq.*

2. Marc-Aurele ayant fait Senateur Pertinax en récompense de ses services, en fut ensuite fâché, parce que la dignité de Senateur étoit un obstacle à celle de Préfet du Prétoire dont il vouloit honorer Pertinax ; mais qu'un Senateur ne pouvoit point exercer. Cela le porta à déclarer Pertinax Consul. Cette élévation lui attira l'envie de beaucoup de monde, qui trouvoit que c'étoit avilir le Consulat, que de le donner à un homme d'une si obscure naissance. On fit des railleries piquantes sur le nouveau Consul, on disoit que la plus sublime dignité de l'Empire, étoit l'heureux fruit d'une malheureuse guerre ; & à ce sujet, on chantoit dans Rome ce vers d'un Poëte tragique ;

*Talia, infelix bellum efficit.*

dans les Troupes, il exerça avec assez d'approbation celle de Professeur de Grammaire à Rome, dans laquelle il succeda au fameux Sulpice Appollinaire qui avoit été son Maître.

Pertinax par son mérite ayant effacé l'obscurité de sa naissance, & s'étant par ses services attiré l'estime de l'Empereur, chercha à se procurer une alliance qui lui fît honneur, & jetta les yeux sur Flavia Titiana Romaine d'une humeur enjoüée, & toûjours prête à suivre son penchant plûtôt que son devoir. Elle étoit fille de Flavius Sulpicianus, 3) qui, par ses richesses s'étoit acquis un grand crédit dans le Senat. Elle fut sensible aux assiduités de Pertinax, & son cœur naturellement tendre, ne se refusa pas long-tems aux empressemens d'un homme, qui déja faisoit figure dans Rome, & à qui ses services & ses belles actions promettoient les plus grands Emplois. Ce mariage fut bien-tôt conclu ; mais ceux qui l'avoient contracté, ne furent pas long-tems à en bannir l'honneur par une vie licentieuse. Pertinax porta son affection vers des objets étrangers,

3. Il y a des Auteurs qui donnent à Sulpicianus le pronom de Flaccus, d'autres celui de Claudius. Il est plus vraisemblable que son veritable pronom, étoit Flavius; & le nom de Flàvia Titiana qu'avoit sa fille me paroît en être une assez forte conjecture.

& Titiana, je ne sçai par quel goût bizarre, devint si fort amoureuse d'un Jouëur de Harpe, qu'elle s'abandonna à sa passion sans reserve : elle ne s'efforça point d'en cacher au public la honte & la violence, ses démarches scandaleuses instruisirent tout Rome de son intrigue, & il n'y eut personne qui ne sçût qu'un Bâteleur étoit l'objet favori de ses feux.

Une si infamante galanterie auroit dû sans doute irriter Pertinax contre une Epouse qui le deshonoroit, & l'engager à punir sa lubricité; cependant il ne s'embarrassa point des actions de sa femme, soit que n'ayant pas des inclinations plus honnêtes qu'elle, il ne voulut ni lui reprocher, ni punir en elle un crime dont il étoit lui-même si honteusement coupable, soit qu'il crût que sa femme s'étant entierement décriée, il n'étoit plus tems d'arrêter une intrigue à laquelle il avoit laissé prendre de trop fortes racines pour pouvoir les rompre, soit enfin qu'il fût trop occupé de son amour pour Cornificia (e dont il étoit comme ensorcelé, pour s'appercevoir de ce qui se passoit chez lui. Ainsi il laissa à Titiana toute sorte de liberté, & elle en profita avec tant d'im-

e *Jul. Capitolin. in Pertinax.*

pudence qu'elle rendit le Puplic témoin de ses déreglemens.

Ils passerent une bonne partie de leur vie à se faire ces infidelités mutuelles. Celles de Titiana porterent à sa réputation une tache qui lui a fait une éternelle flétrissure ; mais celles de Pertinax ne nuisirent pas à sa fortune. Il fut fait Proconsul d'Affrique, Emploi dont il s'acquitta si bien, que Commode Prince ennemi du mérite respecta le sien & le récompensa de la Charge de Préfet de la Ville, dans l'exercice de laquelle Pertinax fit éclater une moderation & une douceur, qui furent d'autant plus agréables aux Romains, que Fuscianus venoit de remplir le même Emploi avec une extrême sévérité. Cette sage conduite de Pertinax gagna le cœur de tout le monde, & lui procura peut-être l'Empire : Car Commode ayant été tué, ceux qui avoient été les Auteurs de ce meurtre, craignant avec raison qu'il n'eût des suites fâcheuses, s'imaginerent que les Soldats regreteroient moins ce Tyran, si on élevoit à l'Empire quelque personne recommandable par ses vertus & dont la probité fût connuë de tout le monde. Pertinax leur parut avoir ce mérite, & comme ils n'avoient pas de tems à perdre, parce que le jour s'approchoit (Commode ayant été tué dans la nuit, ) Lætus, Electus & quelques-uns de leurs Partisans allerent heurter à sa porte & se la firent ouvrir. Le Portier vit à peine Lætus avec des Soldats, que saisi de frayeur il courut à la chambre de son Maître pour lui dire que le Capitaine des Gardes de l'Empereur demandoit à lui parler, & à peine il eut proferé ces quatre mots, que Lætus & Lectus parurent.

Pertinax pour qui le meurtre de tant de Senateurs que Commode avoit fait perir, étoit un avertissement de ce qu'il devoit attendre, ne douta point qu'ils ne vinssent pour le tuer par ordre de ce Tyran, cependant il ne parut point effrayé, car comme il s'attendoit tous les jours à se voir sacrifié à la fureur de l'Empereur, qui n'avoit épargné non pas même les plus intimes amis de son pere, il montra beaucoup de courage, & sans sortir du lit, ni changer de couleur, il leur dit avec un visage assuré, qu'ayant eu beaucoup de part à l'amitié de Marc-Aurele, il s'étoit souvent étonné que Commode l'eût laissé vivre jusqu'à ce jour-là ; qu'il y avoit long-tems qu'il n'y avoit pas de nuit qu'il n'eût regardé comme la derniere de sa vie. « Qu'attendez-» vous donc Messieurs, continua-t-il, (*f*

f *Herodian. lib.* 2 *c.* 4.

executez les ordres de Commode & en « me donnant une prompte mort, mettez « fin aux allarmes & aux frayeurs dans lesquelles j'ai passé tristement tant de « jours. Votre crainte fait tort à votre pro- « bité lui répondit Lætus ; ce n'est pas « votre vie que nous venons vous deman- « der ; mais notre sureté & celle de la « République. Celui qui en étoit le Ty- « ran ne vit plus : nous lui avons fait souf- « frir la mort à laquelle il nous avoit des- « tinés. Nous venons donc vous offrir « l'Empire, parceque nous ne connoissons « personne qui en soit plus digne que « vous, & que nous sommes assurés que « notre choix sera approuvé de tout le « monde. «

Pertinax, s'imaginant qu'ils vouloient tenter sa fidelité pour avoir un prétexte de le faire mourir, interrompit Lætus, & sans lui donner le tems de parler davantage : » Cessez, lui dit-il, de vous mocquer d'un malheureux vieillard, en lui faisant « des offres si flattueuses pour le surpren- « dre, & pour le faire mourir après l'avoir « abusé par ces vaines esperances. Mais, « repliqua Lætus, puisque vous ne voulez « pas m'en croire, prenez ces Tablettes, « & reconnoissez le caractere de Commo- « de, lisez-y l'arrêt de mort qui y étoit «

» écrit contre nous, & vous apprendrez » de quel danger nous avons échapé.» Pertinax voyant beaucoup de franchise dans le procedé de Lætus & d'Electus qui avoient été toûjours de ses amis, & ayant reconnu le caractere de Commode, se rassura, & s'abandonnant ensuite à leur conduite, il leur dit qu'il feroit tout ce qu'on éxigeroit de lui.

Après que Lætus & Electus furent assurés de Pertinax, ils furent d'avis d'aller parler aux Legions & de sonder leur sentiment, Lætus qui étoit Capitaine des Gardes, ne doutant point qu'il n'eût beaucoup de facilité à les faire entrer dans le sien, parce que sa Charge lui donnoit une grande autorité dans l'Armée : & cependant ils firent répandre dans la Ville la nouvelle de la mort de Commode & l'Election de Pertinax, afin que l'on crût que l'Armée avoit fait ce choix & qu'il fût plus facilement approuvé.

Pertinax néanmoins avec toutes les preuves qu'on lui donnoit de la mort de Commode, n'étoit pas encore bien rassuré, & son cœur étoit agité par des mouvemens, tantôt de crainte, & tantôt d'esperance. Il repassa dans son esprit tout ce que lui avoit dit Lætus & Electus, & il ne sçavoit qu'en croire : dans ces incertitudes, il envoya un de ses Domestiques en qui il avoit beaucoup de confiance pour sçavoir la verité des choses ; mais ses craintes furent entierement dissipées, quand celui-ci lui eut dit qu'il avoit vû Commode mort & entre les mains de ceux qui l'emportoient hors du Palais. Cependant Lætus annonça aux Soldats la mort de Commode, leur fit croire qu'un accident d'Apoplexie l'avoit étoufé, & leur proposa Pertinax dont la valeur, la vertu & la gravité leur étoient, disoit-il, connuës. Déja le Peuple marquoit la joie qu'il avoit de la mort de Commode, par les acclamations qu'il donnoit au nouvel Empereur, ainsi les Soldats entraînés par l'exemple de la multitude plûtôt que par leur penchant, reconnurent Pertinax & lui prêterent serment. Celui-ci, à travers tous les honneurs qu'on lui rendit d'abord, entrevoyoit toûjours de grandes difficultés qui rendoient son Election peu assurée. Il ne croyoit point qu'un homme d'une naissance fort obscure comme la sienne, fût jamais bien affermi sur le Trône que venoit de quitter un Prince d'une si noble origine, & que tant d'Illustres Senateurs de réputation souffrissent sans chagrin la domination d'un homme qui leur étoit inferieur : agité par ces serieuses réflexions, il devint la proye de mille inquiétudes : aussi quand il fut arrivé au Senat, il ne prit aucune marque d'Empereur, & ne voulut pas qu'on lui rendît les honneurs qui étoient dûs à la Dignité qu'on venoit de lui donner : on ne laissa pourtant point de le recevoir dans le Senat avec les témoignages les plus empressés de joie & de respect, & on le salua du nom d'Empereur & d'Auguste. Pertinax remercia les Senateurs de leur bonne volonté ; mais il refusa l'Empire en s'excusant sur sa vieillesse. Il leur representa que son âge ne lui permettoit point d'accepter une Dignité dont on ne pouvoit remplir les devoirs qu'en se donnant des soins infinis, lesquels on ne pouvoit point attendre d'un homme qui étoit sur le penchant de sa vie, que dans le Senat il y avoit beaucoup de Sujets très-capables de gouverner l'Empire ; & prenant à l'instant par la main Glabrion Senateur illustre par une noblesse qu'il prétendoit prendre son origine dans Ænée, & qui étoit Consul pour la seconde fois, il voulut le faire asseoir à la place destinée pour les Empereurs. Eh bien lui dit Glabrion, puisque vous me jugez plus digne de l'Empire, je vous le céde & je vous prie avec tout le Senat de l'accepter, & alors tous les Senateurs s'étant approchés, ils lui firent prendre la place que ſa modeſtie & ſes craintes lui faiſoient refuſer. Dès qu'il y fut aſſis, il fit un diſcours rempli des plus ſages réflexions & des plus belles maximes, il pria le Senat de partager avec lui le ſoin de la République, & après avoir fait faire les Sacrifices accoûtumés, il ſe retira dans le Palais des Empereurs.

Le même jour que Pertinax fut déclaré Empereur, Titiana ſon Epouſe fut ſaluée Auguſte, & le Senat par un decret ſolemnel décerna au jeune Pertinax fils de l'Empereur le Titre de Ceſar; mais Pertinax ne voulut point que l'Imperatrice (*g* ſe fît appeller Auguſte, ſoit que ne croyant pas ſon autorité encore aſſez affermie, il ne trouvât pas à propos qu'elle reçût un Titre qu'il craignoit qu'elle dût bien-tôt quitter, ſoit que le ſouvenir de ſon obſcurité lui fît refuſer par modeſtie, cet honneur, ſoit que perſuadé que tout le monde étoit inſtruit de la vie licentieuſe de Titiana, il eût honte qu'elle ſe parât d'un Titre dont elle terniſſoit l'éclat (*h* par ſon libertinage : le Senat ne manqua point de faire toutes les démarches que la bienſéance & la politeſſe éxigeoient de lui, il ſupplia l'Empereur de ne pas permettre

g *Jul. Capitol. in Pertinax.* h *Jornand.*

que Titiana refusât un honneur qu'on lui décernoit avec tant de joie, & qu'aucune Imperatrice n'avoit refusé; mais Pertinax avec une resistance qui justifioit assez son nom, leur répondit qu'il suffisoit qu'il eût lui-même accepté l'Empire qu'ils lui avoient donné quoiqu'il ne l'eût pas mérité, & qu'il ne consentiroit jamais que son fils prît le Titre de Cesar que quand il s'en seroit rendu digne. De plus, pour faire voir qu'il ne s'enorgüeillissoit point de sa Dignité, il ne voulut point que ses enfans fussent élevés dans le Palais, & on ne les vit jamais dans ces fastueuses distinctions d'habits, de rang, & de place qui paroissoient duës à des enfans d'un Empereur.

Les grandes qualités de Pertinax & la sagesse de sa conduite, avoient fait concevoir une idée avantageuse de son gouvernement, & il ne la démentit point. Il commença son Empire par les plus utiles reglemens: il chassa de la Ville les Délateurs, cette peste si préjudiciable au repos public, il supprima les Impôts qui gênoient la liberté du commerce, il adjugea les terres incultes à ceux qui vouloient les labourer, & les exempta de tout Impôt durant dix ans. Il paya les arrerages des pensions, & des appointemens qui étoient dus aux Officiers & aux Troupes, & commença à corriger les abus & les désordres qui s'étoient introduits dans la discipline militaire. Ses mœurs au reste ne changerent point avec sa condition, ses amis trouverent en lui la même franchise, la même familiarité : il commerçoit avec eux sans faste & sans éxiger des devoirs gênans, il les faisoit manger chez lui sans cérémonie & leur laissant une entiere liberté, & ce n'étoit que lorsqu'il mangeoit seul, que Titiana se mettoit à sa table.

Nous ne sçavons point qu'elle fut la conduite de cette Princesse depuis l'élevation de son mari à l'Empire, l'Histoire n'en parle point, il y a apparence que le peu de tems que regna Pertinax ne lui donna pas de grandes occasions de faire paroître son caractere; car les changemens que cet Empereur fit, n'ayant pas plû aux Soldats & sur tout aux Prétoriens, accoûtumés à la licence sous Commode qui leur permettoit tout, ils se repentirent d'avoir élû un vieillard dont la rigueur ne s'accordoit point avec leurs façons de vivre, & résolurent de choisir un autre Empereur qui fût moins severe. Lætus fomenta leur mécontentement; cet Officier sous prétexte d'avoir élevé Pertinax à l'Empire ſe croyoit en droit de prétendre à tout, il l'accuſoit d'ingratitude toutes les fois que ce Prince lui refuſoit quelque choſe qu'il ne pouvoit lui accorder ſans injuſtice, & faiſant ſemblant de plaindre les Soldats qui avoient, diſoit-il, à faire avec un Empereur ennemi de leurs plaiſirs, il les anima ſi fort contre lui, que deux cens des plus factieux marcherent vers le Palais pour lui ôter la vie. 4)

L'Imperatice Titiana n'eut pas plûtôt apperçuë cette Troupe mutinée, qu'elle courut effrayée avertir Pertinax du peril où il étoit expoſé. Il étoit ſans doute très-facile à l'Empereur de chaſſer & même de tuer ces canailles; car il avoit auprès de lui les Gardes qui avoient été de faction durant la nuit, quelque Cavalerie armée, & un nombre infinie de gens qui étoient pour lors dans le Palais, pouvoit aiſément éviter le danger, en faiſant fermer les por-

4. Falco Senateur d'illuſtre naiſſance, qui étoit alors Conſul & qui peut-être aſpiroit à l'Empire, avoit déja diſpoſé les Prétoriens à la révolte. Il n'y avoit que peu de jours qu'un de ces eſclaves avoit eu l'inſolence de demander que Pertinax lui remît le Palais Imperial, qu'il prétendoit lui appartenir étant fils de Fabia ſœur de l'Empereur Verus. Son impoſture fut punie à la verité, car on lui fit donner le foüet, mais cette peine n'expioit pas une ſi hardie effronterie, & Pertinax qui après ce ſupplice avoit renvoyé l'eſclave à ſon maître, montra dans cette occaſion une clemence aſſez hors de ſaiſon.

tes du Palais & en se retirant dans un lieu de sûreté jusqu'à ce que cette sédition fût appaisée; mais regardant comme une action honteuse de fuir à la vûë du peril, & se flattant que sa presence arrêteroit la fureur des Soldats & les feroit rentrer dans leur devoir : il alla au-devant des Prétoriens, prit un air résolu, & leur dit d'un ton ferme & imposant. *Est-ce une action qui vous couvre de gloire, Camarades, que de tuer votre Empereur! j'ay assez vécu,* (i *& ma vie est assez glorieuse pour ne pas me soucier de mourir, & ne sçai-je pas même qu'il faut mourir? mais quoy! vous voulez qu'il soit dit que ceux-là même qui avoient le soin de garder l'Empereur, ont eu la perfidie de le massacrer! ne sera-ce pas pour vous une honteuse tache que tous les siecles vous reprocheront? après tout, en quoy vous ai-je offensé? si vous regretez Commode, ne sçaviez-vous point qu'étant né, il devoit mourir? que s'il est vrai que sa mort n'ait pas été naturelle, pouvez-vous m'accuser, ni même me soupçonner, d'avoir conspiré contre lui? Vous avez été témoins de ma conduite, & je ne sçache point que qui que ce soit de vous ait lieu de s'en plaindre, puisque je ne vous ay rien*

i *Herodian. lib.* 2.

*refusé de ce que vous m'avez demandé avec quelque apparence de justice.*

La présence de l'Empereur, sa gravité, & ce discours touchant, arrêterent d'abord leur fureur. Leur visage déconcerté sembloit marquer leur repentir, & leurs yeux n'osoient soûtenir les regards du Prince, comme s'ils avoient honte de leur entreprise : déja ils commençoient de remettre leurs épées dans le fourreau, lorsqu'un de ces Soldats plus animé & plus insolent que les autres 5 ) lui donna un coup d'épée & anima tous les autres contre Pertinax. Electus voyant l'Empereur blessé, tira son épée, tua deux ou trois de ces mutins & défendit son Prince jusqu'à ce que percé lui-même, il tomba mort par terre en donnant un si rare exemple de fidelité ; & Pertinax voyant ces conjurés courir brutalement sur lui, se couvrit la tête, pria le Ciel de venger sa mort, & ne fit aucune défense. Ces infâmes as-

5. Il étoit Liegois & s'appelloit Tausius, & en donnant à l'Empereur un coup d'épée, il lui dit : voilà ce que les Soldats t'envoyent. Les Troupes n'avoient en effet jamais approuvé l'Election de Pertinax, car Capitolin dit : que le lendemain ou surlendemain de l'élévation de Pertinax à l'Empire, les Soldats voulurent faire choix de Triarius Maternus Lascivius Senateur d'une naissance illustre, qui eut assez de vertu pour refuser cette dignité, en s'enfuyant tout nud chez Pertinax.

foüillés

sassins, ne se contenterent point de s'être soüillés de son sang & de lui ôter la vie, ils eurent encore l'inhumanité de lui couper la tête, de la mettre au bout d'une lance, & de l'emporter dans leur Camp.

Telle fût la fin funeste de Pertinax, qui fut regreté du Senat & du Peuple, qui attendoient de son zéle & de son amour pour la justice, la reformation des abus que son Prédecesseur avoit introduit. Ce Prince infortuné avoit eu plusieurs présages de son malheur. Car trois jours avant sa mort, il lui sembla voir dans le Bain un homme qui le menaçoit de son épée : le jour qui préceda celui de sa fin, on vit les étoiles reluire dans le Ciel comme dans la nuit, & les hosties qu'il immola se trouverent n'avoir point de cœur, ce que les Payens regardoient comme un três-dangereux présage. Il laissa un fils & une fille de sa femme Titiana, laquelle eut quelque esperance de conserver son rang & les honneurs qu'on lui rendoit, quand elle vit son pere Sulpicianus prétendre à l'Empire, que les Prétoriens mirent à l'encan; mais les intrigues de Julianus prévalurent aux offres de Sulpicianus, & Titiana fut obligée de passer dans l'obscurité d'une vie privée le reste de ses jours.

# MANLIA SCANTILLA

## *Femme de Didius Julianus.*

IL eſt dangereux de ſuivre les mouvemens qu'inſpire l'ambition ; on a vû preſque toûjours tomber, ceux qu'elle vouloit élever. Scantilla emportée par ſa vanité, pouſſa Julien ſon mari à prendre l'Empire, & à répandre ſes tréſors pour ſe procurer la puiſſance ſouveraine, mais ſes perſuaſions furent fatales à ſon Epoux, elles ne ſervirent qu'à lui faire acheter une mort funeſte & malheureuſe, & il ſemble que Julien ne monta ſur le Trône que pour y finir miſérablement une vie que la nature ne lui demandoit peut-être pas encore. C'eſt ainſi que nous ſommes ſouvent les dupes de notre propre orgüeil. Si nous voulons même porter nos réfléxions plus loin, nous pourrons attribuer la chûte de Julien à une autre cauſe ; car s'il eſt vrai qu'il ait eu part au meurtre de Pertinax, l'on a raiſon de croire que Dieu ne voulut pas permettre qu'il joüît long-tems d'une dignité qu'un ſi grand crime lui avoit acquis.

(*a* M. Didius Severus Julianus originaire de Milan étoit petit-fils par ſa mere du célebre Salvius Julianus, 1) ce Juriſconſulte qui fit tant d'honneur au regne d'Adrien. Il fut élevé auprès de la Princeſſe Domitia Lucilla mere de l'Empereur Marc-Aurele, laquelle lui procura les plus beaux emplois. Il épouſa Manlia Scantilla, de laquelle il eut Didia Clara qu'il maria à Cornelius Repentinus.

L'Hiſtoire ne nous apprend ni la famille ni le caractere de Scantilla, mais il eſt aiſé de conjecturer que cette Dame avoit plus de vanité que de prudence; puiſque ce fut en partie par ſes ſollicitations que Julien acheta l'Empire, tandis que tout ce qu'il y avoit de Senateurs de merite & de qualité trembloit à la nouvelle de la mort

a *Spartian. in Julian.*

1. L'Empereur Adrien avoit choiſi les plus ſçavans Juriſconſultes de ſon tems, pour lui ſervir de conſeil. Un des plus fameux c'eſt M. Salvius Julianus, qui fut deux fois Conſul & Préfet de Rome. Il fut l'Auteur de l'Edit perpetuel qui étoit une eſpece de Réglement que tous les Gouverneurs des Provinces devoient garder; car comme les Edits de Préteurs perdoient leur autorité à meſure que leurs Auteurs perdoient la leur, & qu'ainſi la Juriſprudence ou la maniere d'exercer la juſtice varioit tous les ans, S. Julianus ſous l'autorité d'Adrien compoſa cet Edit qu'on appella perpetuel, afin que dans les Provinces on jugeât d'une maniere uniforme. Au reſte ce Juriſconſulte étoit biſayeul maternel de l'Empereur Julien.

de Pertinax, dont le malheur étoit pour eux une leçon de ce qu'on devoit craindre de la fureur des Soldats.

Après que les Prétoriens furent pour ainsi dire rassasiés du sang de l'Empereur, ils se retirerent dans leur Camp & mirent des Sentinelles pour empêcher le Peuple d'en approcher. L'impunité de leur attentat augmenta bientôt leur insolence, car voyant que personne ne se mettoit en état de venger la mort du Prince qu'ils venoient de massacrer avec tant de brutalité, & qu'aucun Senateur ne se présentoit pour se faire élire à la place de Pertinax, ils eurent la hardiesse de mettre à l'encan la premiere dignité du monde. (*b* En effet, ayant fait monter sur les murailles du Camp un Soldat qui avoit la voix puissante, ils firent crier que l'Empire étoit à vendre, & qu'ils le remettroient à celui qui en donneroit davantage.

Sulpicien Beau-pere de Pertinax étoit pour lors dans le Camp, où cet Empereur l'avoit envoyé pour appaiser les Soldats, mais dès qu'il sçut sa mort, il pria les Prétoriens de l'élever à l'Empire, & leur offrit de l'argent. Tandis qu'il étoit en marché avec eux, l'on apprit à Julien la proposition des Gardes. Il étoit à table avec

*b Herodian. lib. 2.*

quelques-uns de ses amis, & faisoit débauche avec eux. Cette nouvelle réveilla son ambition & celle de sa femme Scantilla. Elle porta d'abord ses yeux sur le Trône, & l'éclat de cet objet l'éblouït : Car ne pensant point au périls presque inséparables des grands postes, quoiqu'elle en eut un éxemple bien récent, elle persuada à son mari de quitter la table & d'aller faire incessamment un offre aux Soldats. Elle lui réprésenta que l'Empire étant à vendre, personne n'étoit mieux en état de l'acheter que lui, qui avoit plus d'argent que pas un Sénateur ; qu'il ne falloit point laisser échapper une si favorable occasion. Didia Clara joignit ses prieres aux instances de sa mere, pour obliger son pere à se procurer une dignité à laquelle elle voyoit bien qu'elle auroit part, & dont elle esperoit peut-être d'être un jour l'heritiere. Enfin, les Parasites 2) qui soupoient chez Julien le solliciterent à aller faire une offre aux Prétoriens, & tous en-

2. Une personne doit être en garde contre trois sortes de gens qui prennent la fausse ressemblance d'un vrai ami, dit un ancien, le flatteur, le galant de sa femme & le parasite. *Adulter, adulator & parasitus amico similis est.* Un parasite entre lâchement dans tous les sentimens de celui dans la maison de qui il a l'entrée, pour se conserver une place à sa table, mais dès que la bonne chere cesse, ce faux disparoît. *Ferret olla viget amicitia.*

semble le presserent si fort qu'il quitta la table, s'en alla au Camp, & cria aux Soldats qu'on n'avoit qu'à le faire Empereur, qu'il en acheteroit la dignité au prix qu'on voudroit. Les Gardes lui déclarerent l'offre qu'avoit fait Sulpicien, & lui dirent qu'il falloit qu'il encherît. Julien leur représenta qu'en écoutant les offres de Sulpicien ils se trahissoient eux-mêmes, & qu'ils ne faisoient pas réfléxion que l'alliance étroite qu'il y avoit entre ce Sénateur & Pertinax, devoit être pour lui une exclusion de l'Empire, puisqu'ils devoient craindre de trouver dans Sulpicien le vangeur du sang de son gendre, & après avoir dit tout ce qui pouvoit leur rendre son concurrent suspect, il leur fit une offre avantageuse; ils la communiquerent à Sulpicien, pour voir s'il vouloit encherir, & cette infâme négociation dura quelque tems, car Sulpicien dans le Camp & Julien à la porte enchérirent plusieurs fois l'un sur l'autre, (c & les Soldats recevoient les encheres comme dans un marché. Enfin Julien en fit une fort considerable, & offrit de payer comptant, & sur le champ on le fit monter sur les murailles du Camp avec une échelle; car on ne voulut point lui en ouvrir les portes, & après qu'ils fu-

c *Xiphil. in Did. Jul. Dio: lib. 73. Herodian. lib. 2.*

rent convenu de toutes les conditions sous lesquelles on lui vendoit l'Empire, il fut déclaré Empereur ; on lui donna le surnom de Commode, & on le conduisit sur le soir au Senat, au bruit, non des acclamations, mais des imprécations que lui donnoit de toutes parts le Peuple qui lui reprochoit la turpitude, & l'infâme marché qu'il avoit fait de l'Empire qu'il n'avoit pas eu honte d'acheter.

Julien ayant laissé les Soldats à la porte & aux environs du Senat, y entra pour y prendre sa place, & après qu'il se fut assis il parla aux Senateurs en ces termes, que je rapporte sur la foi d'un de ceux qui étoient présens. (*d* » Je vois, Messieurs, leur dit-il insolemment, que vous n'avez point « d'Empereur, & qu'il n'y a personne qui « soit plus digne que moi de l'être. Je ne « veux point faire ici mon éloge, ni vous « parler de mes vertus, personne parmi « vous ne les ignore ; aussi, persuadé que « vous me connoissez, je suis venu tout « seul dans le Senat pour vous faire part de « l'Election qu'a fait l'Armée de moi pour « gouverner l'Empire, afin que vous con- « firmiez ce choix par vos suffrages. Le Se- « nat souffrit cette arrogance. Ce timide corps qui avoit entierement perdu le goût

d *Dio. lib.* 73.

de la liberté & qui étoit incapable d'aucune généreuse résolution, le déclara Empereur, mit sa famille au nombre des Patriciennes, & par le même Arrêt, il honora du superbe Titre d'Auguste Manlia Scantilla, & Didia Clara sa fille.

Durant que ceci se passoit au Camp, & dans le Senat, ces deux Dames qui étoient devenuës Princesses à leur insçû, attendoient dans de grandes impatiences le succès de la négociation de Julien. Elles en furent dans peu instruites par leurs émissaires, qui leur apprirent que les Prétoriens avoient élû Julien, & que le Senat avoit confirmé cette Election. Elles sçurent que le Titre d'Auguste leur avoit été décerné, & que le nouvel Empereur étoit conduit au Palais où il leur mandoit de l'aller joindre. (e Il est aisé de comprendre qu'elle fut leur joye; un si heureux changement de condition flatte grandement l'amour propre; on ne monte pas sur un Trône avec indifference; mais de profondes réfléxions vinrent bien-tôt corrompre par leur amertume, un si doux plaisir: Car à travers ces honneurs si brillans, ces Princesses regardant l'élévation de Julien comme un funeste présage du malheur qui l'attendoit, elles n'allerent au Palais qu'avec répugnance,

e *Spart. vit. Did. Julia* vocatis.

&

& n'y entrerent qu'avec frayeur ; l'image & la crainte de l'avenir balançant en elles la joye de leur fortune présente, 3) & certes, tout étoit capable de leur inspirer cette crainte ; car le premier objet qui se présenta à elles & au nouvel Empereur, ce fut le corps de Pertinax étendu par terre. Ce triste spectacle ne toucha point Julien ; au contraire, il servit de matiere à ses lâches bouffonneries : car ne craignant plus rien du côté des Senateurs dont il avoit comme extorqué les suffrages, après avoir bassement acheté ceux des Soldats, il insulta brutalement au cadavre d'un Prince, de la mort duquel il n'étoit point innocent, & après avoir plaisanté sur le soupé frugal qu'on lui avoit préparé, il fit chercher pour lui-même tout ce qu'on put trouver de bon & de délicat dans Rome ;

3. Il semble que cette tristesse & cette crainte de Scantilla & de sa fille ne s'accordent point avec cet empressement & ces fortes sollicitations qu'elles employerent pour obliger Julien à acheter l'Empire. Cependant Spartien dit positivement qu'elles n'entrerent dans le Palais qu'en tremblant & comme avec chagrin. *Trepidis & invitis eò transeuntibus.* On peut concilier cet Historien avec Dion, en disant que sur la nouvelle de la mort de Pertinax, Scantilla & Didia porterent Julien à faire son possible pour devenir Empereur, mais que les circonstances de la mort de ce Prince, les réflexions qu'elles firent sur l'inconstance de la fortune, & sur le refus que faisoient tant d'illustres Senateurs d'acheter l'Empire ; leur inspirerent d'autres sentimens qui étoufferent ceux de leur ambition,

il ſoupa en débauche, joüa au dez, fit danſer en ſa préſence des Comédiens, (*f* ſans que le ſang encore fumant de ſon prédéceſſeur, dont le corps étoit toûjours là par terre, fut capable de modérer une réjoüiſſance faite ſi fort hors de raiſon, & de troubler ſa joye par la crainte d'un ſemblable ſort, laquelle avoit déja fait trembler Scantilla ſa femme.

Le lendemain les Senateurs allerent en cérémonie au Palais pour rendre leurs devoirs à l'Empereur, & pour l'accompagner au Senat; ils affectoient des ſentimens de joye de ſon élévation, dans le tems que leur ame en étoit au déſeſpoir: Cependant par une lâche flatterie, ils lui décernerent le Titre de Pere de la Patrie, & ordonnerent qu'il ſeroit dreſſé à ſon honneur une Statuë d'argent. Julien fut au Senat pour le remercier de ce qu'il l'avoit élû & qu'il avoit donné à ſa femme & à ſa fille le Titre d'Auguſtes, & eut aſſez de modeſtie ou de politique pour refuſer les autres honneurs qu'on vouloit lui faire. Du Senat il alla au Capitole, accompagné toûjours des Senateurs qui lui donnoient par tout de faux témoignages de leur eſtime; mais le Peuple moins capable de diſ-

*f Dio. lib.* 73.

ſimulation, vit à peine Julien qu'il vomit contre lui les injures les plus outrageuſes, le traita de parricide, & lui reprocha d'avoir uſurpé l'Empire. Ces ſanglans reproches déconcertoient Julien, mais il diſſimula ſon reſſentiment, & afin d'appaiſer ces eſprits qu'il voyoit extrêmement émûs contre lui, il leur promit une groſſe ſomme d'argent: ces offres ne firent qu'allumer de plus en plus la fureur de la populace: On entendit mille voix confuſes qui crioient qu'on ne vouloit point de ſon argent; que jamais on n'en recevroit de ſa main; que c'étoit un lâche qui ne cherchoit qu'à corrompre les Romains par cette largeſſe artificieuſe. Alors Julien n'étant plus maître de ſa colere, fit faire main baſſe ſur ceux qui étoient les plus proches, & en fit tuer beaucoup. Cette violence aigrit de plus en plus le Peuple, qui ne ceſſa de faire d'horribles imprécations contre lui & contre les Soldats qui l'avoient élû pour de l'argent, & lui jetterent même des pierres; & après avoir pouſſé enſuite les plus tendres regrets ſur la mort de Pertinax, à la mémoire duquel ils donnoient de grands éloges, ils appellerent à leur ſecours les Armées de Syrie & de Niger, qui en avoit le Commandement, & les ſupplierent de venir promptement vanger l'Empire Romain de la flétrissure que lui avoit fait l'usurpateur Julien.

Ces menaces épouvanterent Julien, parce qu'il en connut les conséquences. On le vit dès lors affecter beaucoup d'honnêteté envers les Senateurs & les personnes de qualité, leur promettre & même au de-là tout ce qu'elles lui demandoient; mais personne ne comptoit sur ses carresses, parce qu'elles étoient outrées, & qu'il ne convenoit point à un Empereur d'en faire de si excessives. (g Il donna à son beau-fils la Charge de Prefet de la Ville, & à Didia Clara sa fille un appanage conforme à son rang & à sa dignité d'Auguste. Il mit enfin en œuvre tous les moyens qui pouvoient affermir son autorité qui étoit odieuse à ceux qui n'avoient pas eu part à son Election, & qui le devint aux Soldats mêmes qui en étoient les auteurs, parce qu'il ne put point leur payer tout ce qu'il leur avoit promis. Aussi plusieurs crurent que Julien ne posséderoit pas long-tems sa dignité, & la plûpart le souhaiterent. Il arriva même une espece de merveille, qui confirma cette opinion, & qui remplit les esprits de superstition; car dans le tems que Julien offroit un Sacrifice au Dieu Janus, dont la Statuë étoit devant la porte

g *Dio. lib.* 73.

du Senat, on vit tout-à-coup autour du Soleil trois Astres si brillans que les Soldats ne cessoient de les regarder, & de dire qu'ils annonçoient quelque grand malheur à Julien: On crut avoir trouvé bientôt en effet la prédiction de ce Phénomene dans la révolte des trois Généraux qui secoüerent l'Empire de Julien; ce fut Septime Severe, Clodius Albinus, & Pescennius Niger. Severe commandoit dans la Pannonie, Albin dans la Grande-Bretagne, & Niger en Syrie; ils avoient beaucoup d'autorité dans les Provinces où ils commandoient, & se trouvoient à la tête des trois plus nombreuses Armées de l'Empire: comme ils ont beaucoup de part à cette endroit de l'histoire, il ne sera pas hors de propos de les faire connoître.

Decimus Clodius Albinus 4) étoit d'Adrumet en Afrique: Il descendoit de la famille des Postumes & de celle de Cejones qui avoient donné de grands hommes à la République, & desquelles tirerent leur origine les deux Lucius Verus, les Em-

4. Albin fut ainsi appellé par son pere, Cejonius Postumus, à cause qu'il naquit extrêmement blanc. C'est ce que nous apprenons de la Lettre que Cejonius en écrivit à son allié Bassian qui étoit Proconsul d'Afrique. *Ma femme s'accoucha le 25 Novembre d'un garcon qui naquit si blanc, que la blancheur de son corps effacoit celle du linge où il fut reçû; de là vient que je lui ai donné le nom d'Albinus.*

pereurs Gallien, Gordien & Constantin; & quoi qu'en ayent voulu dire certains Auteurs, il est constant qu'Albinus étoit d'illustre naissance. (*h* Son Pere Cejonius Postumus lui donna le nom d'Albinus, parce qu'il nâquit extrêmement blanc. Il étoit grand, il avoit les cheveux frisés, le front large & fort blanc, une voix mince à peuprès comme celle des Eunuques, la bouche fort fenduë. (*i* Il étoit si grand mangeur, que s'il en faut croire un ancien Auteur, il mangeoit en un seul déjeûné cent becque-figues, quatre cens huîtres, dix melons, cent pêches, cinq cens figues & vingt livres de raisins, ce qui pourtant paroît impossible. Il servit avec beaucoup de gloire sous Marc-Aurele & sous Commode qui lui avoit donné le pouvoir de prendre le Titre de César quand il le trouveroit à propos, honneur qu'il refusa par une modération qui plut fort au Senat, auquel il disoit qu'on devoit rendre son ancienne autorité. Il remporta dans les Gaules plusieurs avantages qui lui procurerent le Gouvernement d'Angleterre. Il entendoit parfaitement bien le métier de la Guerre; il étoit grave, & severe observateur de la discipline militaire, mais ce qu'il avoit de bonnes qualités étoit ob-

*h Capitolin. vit. Clod. Albi. i Spon. recher. cur. d'antiq.*

fcurci par de grands défauts; car outre qu'il étoit mauvais maître & plus mauvais mari, injufte envers fes domeftiques, & d'une humeur infuportable envers fa femme; il étoit d'un affez mauvais commerce à l'égard de tout le monde, fevere jufqu'à l'excès; (k la moindre faute étoit à fes yeux un grand crime, & jamais il ne pardonnoit, Il étoit très-propre dans fes habits, & très-peu à fa table; on trouvoit dans fes repas beaucoup de profufion & très-peu de délicateffe : Quelquefois il ne bûvoit point de vin; mais cette temperance le conduifoit enfuite à des excès outrés, auffi il ne foupoit jamais chez lui pour avoir la liberté de boire ailleurs jufqu'à la crapule. Il donnoit encore dans des débauches plus honteufes, & l'on met au nombre de fes vertus, de ne pas s'être livré à ces lubricités qui font honte à la nature, contre lefquelles il fe déclara toûjours. Avec tous ces défauts & ce peu de bonnes qualités, nous lifons qu'il fut aimé des Senateurs & des perfonnes de condition, plus qu'aucun autre Prince l'ait été; à quoi les cruautés de Severe contribuerent beaucoup.

Pefcennius Niger originaire d'Aquin, étoit d'une famille equeftre, ni trop obf-

k *Capitolin. vit. Albin.*

cure ni trop illuſtre: Il étoit d'nne taille fort avantageuſe. Il avoit le viſage beau, modeſte, vermeil; la voix ſonnante & ſi forte, qu'on l'entendoit de mille pas lorſqu'il parloit dans le camp. Il portoit ſes cheveux bouclés juſqu'à la tête, & ils étoient ſi noirs, qu'on l'en appella du nom de Niger. Il buvoit beaucoup, mangeoit peu, & ne chercha jamais de plaiſirs que dans l'uſage d'un légitime mariage. Il avoit été pluſieurs fois Conſul, & avoit exercé avec une grande réputation de ſageſſe & de modération les plus belles Charges de la ville & de la milice. Partout il avoit donné des marques d'un grand zéle pour le bien public & pour la conſervation des Citoyens. Il fut toûjours exact obſervateur de la diſcipline militaire, retènant les Soldats dans leur devoir par ſes remontrances & plus encore par ſon éxemple, & en éloignant d'eux tout ce qui pouvoit abatardir leur courage; car un jour qu'il étoit ſur le bord du Nil, quelques Soldats natifs du pays ayant demandé du vin, il leur répondit qu'il étoit ſurpris qu'étant ſi près du Nil ils demandaſſent du vin. 5) On l'a accuſé

5. L'on dit que les eaux du Nil ſont ſi bonnes, que les Habitans de ce Païs ne ſe ſoucient point de vin; mais ce n'étoit pas toutesfois dans cet eſprit que Niger refuſoit du vin à ſes Soldats; mais pour les accoutumer à ſe priver de tout; car quelques Soldats de ceux qui avoient

d'être dissimulé, ambitieux, léger, & adonné extrêmement à ses plaisirs, qui lui coûterent l'Empire. L'on a dit de lui (*l* qu'il a été un très-bon Soldat, un excellent Officier, un admirable Capitaine, un Mestre-de Camp très-severe, un Consul illustre, un homme qui se signaloit dans la paix & dans la guerre, & un Empereur très-malheureux; & quand on compare ses vertus avec ses vices, l'on trouve (*m* qu'il n'avoit pas assez de merite pour être digne de grands éloges, & qu'il n'avoit pas d'assez grands défauts pour meriter beaucoup de blâme.

Septime Severe, natif de Leptis en Afrique, sortoit d'une famille de Chevaliers Romains. Son nom marquoit son humeur; il étoit en effet cruel, vindicatif, colere, emporté: on le fait passer pour le Prince le plus avare qui eût encore regné, quoique nous trouvions que ce fût par son desintéressement & par sa magnificence qu'il se fit aimer dans les Gaules, (*n* à moins qu'on ne veüille dire que c'étoit une géné-

l *Spartian. Vi. Pescen. Nig.* m *Dio. lib.* 74. n *Spartian. in Sev.*

été vaincus par les Sarrasins ayant dit un jour à Niger que s'ils n'avoient pas du vin ils ne pouvoient pas se battre. Eh! quoi, n'avez-vous pas honte de me demander du vin, leur répondit ce Général, est-ce que ceux qui vous ont vaincus en boivent?

rosité politique ; car il est constant que dans ses projets & dans toutes ses actions, il n'avoit que son avantage en vuë. Jamais homme n'a sçu mieux que lui l'art de feindre, (*o* rarement son cœur étoit d'accord avec sa langue ; fourbe & dissimulé, il témoignoit le plus d'amitié à ceux qu'il avoit le plus d'envie de tromper, couvrant ses profonds desseins des plus belles apparences de franchise, n'ayant ni honte ni scrupule d'employer les plus exécrables sermens pour faire acroire ce qu'il disoit, afin de tromper plus sûrement. Il étoit très-habile dans le métier de la guerre, & de tous les Empereurs Romains, nous ne trouvons point qu'il y en ait eu de plus belliqueux ; (*p* il sçavoit sur tout parfaitement bien conduire une Armée. Prompt, actif, vigilant, infatiguable, animant les autres au travail par son éxemple, inébranlable dans ses entreprises. (*q* Il dut ses succés à son courage & à l'étenduë de son genie plûtôt qu'à la Fortune. Il fut toûjours ennemi non seulement de l'oisiveté, mais encore du repos, & lors même qu'il n'eut que peu de momens à vivre, il demanda s'il y avoit quelque chose à faire : aussi avoit-il un corps robuste (*r* & vigoureux, jusqu'à ce

o *Herodian. lib.* 2. p *Dio. lib.* 75. q *Aurel. Victor. Epit.* r *Dio. lib.* 76.

que les douleurs de la goute l'eurent affoibli. Son visage étoit majestueux, ses cheveux blancs & bouclés, sa barbe longue, sa voix belle & harmonieuse. (*s* Il avoit le menton un peu avancé & le front ridé, ce qui marquoit son tempéramment billeux & colere. Au reste il n'aimoit point le faste ni dans ses habits ni dans sa table, & de la Domination il cherchoit le solide & non l'éclat. Severe noircit sa jeunesse de plusieurs mauvaises actions: cependant par la faveur de son Oncle Septime Severe il fut fait Sénateur. Marc-Aurele lui donna la Charge de Questeur, & ensuite celle de Lieutenant de Proconsul d'Afrique, où il donna un témoignage assez brutal de sévérité, car un Bourgeois de Leptis l'ayant rencontré un jour qu'il marchoit en cérémonie, & l'ayant voulu embrasser croyant bien pouvoir en agir ainsi avec un homme avec qui il avoit vêcu dans une grande familiarité, Severe lui fit aussi-tôt donner des coups de bâton, (*t* en lui disant: mon ami garde-toi de faire ainsi le familier avec un Magistrat du Peuple Romain. 6) Commode l'avança aussi beau-

s *Spon. recher. cur. d'antiq.* t *Spartian. vit. Sev.*

6. Les Lieutenans des Proconsuls étoient précedés de quelques Litteurs, mais ils alloient à pied, jusqu'à ce que l'Empereur ou le Senat ayant été informé de l'af-

coup à la recommandation de Létus, qui avoit pour lors grande part à la faveur de ce Prince; car après lui avoir confié plusieurs emplois qu'il exerça avec sévérité, on lui donna le Commandement de toutes les Armées de l'Illyrie.

Tels étoient les trois Généraux qui se révolterent contre Julien & qui disputerent l'Empire. Rome & les Provinces se partagerent en factions, il ny eut que partis, que cabales, que mouvemens; on vit renouveller les horreurs du fameux Triumvirat qui coûta tant de sang à Rome. De ces trois Concurrens 7) Niger sembloit le plus puissant; car outre que son Commandement étoit le plus considerable & le plus important en ce tems-là,

faire que Severe avoit eu avec son Concitoyen, ordonna qu'à l'avenir les Lieutenans des Proconsuls auroient un Chariot.

17. L'on fit consulter le fameux Oracle de Delphes, lequel de ces trois prétendans à l'Empire, il étoit plus expedient pour la République, d'avoir pour Empereur, & l'Oracle répondit par ce vers :

*Optimus est Fuscus, bonus Afer, pessimus Albus.*

L'on demanda ensuite lequel des trois parviendroit à l'Empire, & l'Oracle rendit ainsi sa réponse :

*Fundetur sanguis Albi, nigrique animantis,*
*Imperium mundi pœna reget urbe profectus.*

On s'informa après qui seroit le successeur de cet Em-

parce qu'il s'étendoit non-seulement sur toute la Syrie, mais encore sur la Phenicie & sur tous les Pays voisins de l'Euphrate; il avoit le cœur des Romains qui le regardoient comme un homme extrêmement zélé pour la République, & le seul qui pût les dédommager de la mort de Pertinax, dont on disoit qu'il avoit les vertus. D'ailleurs il étoit aimé des Troupes & de toute la Syrie, où il avoit exercé son autorité avec beaucoup de douceur & de bonté.

Severe n'étoit ni tant aimé, ni si puissant, mais il étoit plus actif, plus laborieux & beaucoup plus rusé que Niger, habile à profiter des conjonctures & très-capable de conduire une affaire de si grande importance. Pour Albin, (*u* il ne surpassoit Niger & Severe qu'en âge, & il

u *Capitolin. in Albin.*

pereur, & l'Oracle déclare que ce seroit celui qui auroit reçû des Dieux le nom de Debonnaire, que Caracalla porta.

*Cui dederint superi, nomen habere pii.*

Enfin, on fut curieux de sçavoir la durée du Regne de celui que les Destins appelloient à l'Empire, & l'Oracle satisfit à cette demande, en apprenant qu'il régneroit vingt ans, par une réponse allégorique.

*Bis denis Italûm conscendet navibus æquor*
*Sic tamen una ratis, transiliet Pelagus.*

étoit plus en état de faire un Empereur, que de se faire Empereur lui-même.

Niger étoit instruit de ce qui se passoit à Rome ; on lui mandoit que le Peuple n'attendoit plus que lui pour l'élever à l'Empire ; que Julianus étoit en horreur au Senat & à tous les Ordres de la Ville ; que les Soldats même ne pouvoient plus le souffrir, parce qu'il n'étoit pas en état de leur payer le prix auquel ils lui avoient vendu l'Empire. Enfin on lui marquoit qu'il ne devoit plus differer de se rendre à Rome où tout le monde étoit pour lui. Niger qui ne vouloit rien faire à la légére, assembla les Officiers de son Armée & les Principaux de la Syrie, & leur fit part de ce qu'on lui écrivoit de Rome. Tous le solliciterent de profiter de l'occasion & de la bonne volonté des Romains, & lui promirent d'exposer leurs vies pour son service. Niger fut bien-aise de les voir dans cette disposition ; mais afin qu'ils ne pussent jamais l'accuser d'avoir tenté de
» lui-même cette entreprise : Je vous pro-
» teste, leur dit-il, que ce n'est pas l'am-
» bition qui me pousse à ravir l'Empire à
» Julien, mais je ne puis refuser au Peu-
» ple Romain le secours qu'il me deman-
» de contre un Tyran qui l'opprime. (x

x Herod. lib. 2.

L'Empire eſt ſans Chef, il a beſoin de « quelqu'un qui en prenne le gouverne- « ment ; on m'appelle à Rome, mais je « ne veux rien faire ſans votre aveu ; & « puiſque vous voulez partager avec moi « les dangers & les difficultés de cette « entrepriſe, il eſt juſte que je me con- « duiſe par vos lumieres. Alors on n'en- « tendit qu'acclamations & que cris de joie ; l'Armée & le Peuple, comme à l'envi, le proclamerent Auguſte & Empereur ; on le revêtit de la Pourpre & des autres Ornemens Imperiaux ; on le conduiſit en cérémonie dans les Temples d'Antioche, & enſuite en ſa maiſon que l'on avoit eu ſoin d'orner de toutes les marques de la Souveraineté. La Renommée porta le bruit de ſon élection juſques dans les Provinces les plus éloignées. On vit bien-tôt arriver à Antioche des Ambaſſadeurs de tous les Princes voiſins & des Rois & des Satrapes qui étoient au-delà de l'Euphrate & du Tibre, pour le feliciter de ſon élevation à l'Empire, & pour lui offrir leur ſecours. Il les reçut avec des témoignages de reconnoiſſance & de généroſité, les remercia de leurs offres, & leur répondit qu'il ne croyoit pas qu'il fût obligé d'en venir aux armes & de répandre du ſang pour établir ſon Empire.

En effet s'imaginant n'avoir rien à craindre, au lieu d'aller droit à Rome pour y faire confirmer son Election par le Senat, il s'amusa à se divertir dans Antioche, & à gagner le cœur des Syriens par les frequens divertissemens qu'il leur donnoit, de Jeux, de Spectacles, de Courses; ce qui plaisoit fort à cette Nation qui aime extrêmement ces sortes de réjoüissances.

Severe instruit de toutes ces choses, voyant que l'Empire étoit flotant, pour ainsi dire, & comme exposé au pillage, se fit donner dans la Pannonie le Titre d'Empereur, mais il prit de plus justes mesures pour se l'assurer : car après avoir éxageré aux Officiers de son Armée & aux Soldats l'état miserable où étoit réduit l'Empire par l'indignité du Chef que les Prétoriens avoient élû, en rendant venale, la plus haute Dignité du monde; après avoir inhumainement massacré l'Empereur Pertinax, dont eux-mêmes connoissoient le mérite, & dont ils avoient si souvent éprouvé la bonté durant le tems qu'ils avoient servi sous lui; il les anima à aller venger cet horrible parricide, & couvrant son dessein d'un si loüable prétexte, il sçut si bien manier les esprits qu'on le proclama Empereur avec de grands témoignages d'allegresse, & on lui donna le surnom de Pertinax,

Pertinax, qui étoit en grande veneration dans l'Illyrie. Il ne s'arrêta pas-là; il distribua aux Troupes une grosse somme d'argent, il fit aux Officiers de son Armée & aux Gouverneurs des Provinces de magnifiques promesses, qu'il sçavoit bien qu'il n'executeroit point: il attira par ses intrigues dans son parti les Armées des Gaules, (y & après s'être assuré de tous ceux dont il croyoit avoir quelque chose à craindre, il se résolut d'aller droit à Rome. Cependant comme il concevoit finement les choses, & qu'il digeroit tous ses projets, il ne manqua point de faire réfléxion qu'après avoir vaincu Julien, (z il auroit encore à faire à Niger & à Albin. Le premier lui paroissoit à la verité peu à craindre à cause de son indolence & de son peu d'activité, & il méprisoit le second comme un homme incapable d'une si haute entreprise, (a & qui aimoit les plaisirs bien plus que la gloire. Mais il craignoit de les avoir tous deux à la fois sur les bras, & c'est ce qu'il vouloit empêcher. Pour cela il usa d'un artifice adroit qui lui réüssit parfaitement; ce fut de traiter avec un de ces deux Prétendans, & de faire avec lui une fausse alliance, pour éviter qu'ils n'en fissent entr'eux une veritable. Il crut qu'il

y *Spartian. in Sever.* z *Dio.* 73. a *Herod. lib.* 2.

étoit inutile de faire quelque propoſition à Niger, lequel enflé de ce que Rome l'avoit appellé, ſe regardoit comme Maître de l'Empire : Mais il ne douta point qu'Albin n'écoutât ſes offres, parce qu'il ſçavoit que ce Général étoit aſſez crédule. D'ailleurs Severe trouvoit qu'il lui étoit plus important de traiter avec Albin, qui étant bien plus proche de lui que Niger, pouvoit avec les Troupes qu'il commandoit en Angleterre, lui diſputer l'Empire. Ce fut donc à lui qu'il s'adreſſa, en lui envoyant un Officier affidé avec des Lertres pleines d'honnêteté, dans leſquelles il lui donne la qualité de Ceſar. Il lui communique le deſſein qu'il a d'aller délivrer Rome de la tyrannie ſous laquelle Julien la fait gemir; il lui offre de partager avec lui l'Autorité Souveraine, il l'exhorte même & le ſollicite de prendre lui-même le Gouvernement de l'Empire, qui a beſoin, dit-il, d'un Chef d'une naiſſance illuſtre, qui ſoit en état de lui rendre ſon ancien éclat, ce qu'on ne pouvoit attendre que de lui; & pour tromper plus ſûrement le facile Albin & lui ôter tout ſujet de défiance, il écrivit au Senat une Lettre remplie de grands éloges de ce Général, qu'il diſoit être ſi digne du Trône de l'Empire; & d'abord il fit frapper des Monnoyes à ſon effigie qu'il eut ſoin de faire répandre par tout, & lui fit même ériger des Statuës comme à un Empereur.

Albin ſe laiſſa ſurprendre à ces ſpecieuſes promeſſes avec d'autant plus de facilité, que n'aimant ni la fatigue ni la peine, quoiqu'il eût beaucoup de valeur, il ſe flattoit de ſe voir élevé à une dignité dont il goûteroit bien-tôt les douceurs ſans courir aucun danger pour ſe l'acquerir. Il accepta l'offre de Severe & reſta tranquile en Angleterre en attendant le dénoüement de cette grande affaire.

Sevére ne craignant plus rien de ce côté là, s'efforça de perſuader à ſes Troupes qu'elles n'avoient plus rien à craindre de la part de Niger. *Apprehenderiez-vous*, leur dit-il, *l'Armée de Syrie compoſés d'Orientaux voluptueux, mols, effeminée, qui n'ont jamais éprouvé les fatigues de la guerre? Niger au lieu d'être allé à Rome, ſe noye dans les délices d'Antioche, & ne donne à ſes Legions d'autre exemple que celui d'aſſiſter aux Spectacles & aux Jeux. Sçachez*, ajoûta-t'il avec un air de confiance orgüeilleuſe, *qu'au premier bruit de mon Election, les Legions qui ſont en Syrie ſe rangeront de mon côté. Mon nom ne leur eſt point inconnu, & elles ne voudront point en venir aux mains avec mes Legions*, *qu'ils sçavent leur être superieures en nombre aussi-bien qu'en courage & en experience. Allons droit à Rome qui est le centre de l'Empire, & ensuite nous nous rendrons facilement maîtres du reste. Allons venger la mort déplorable de ce vénérable Vieillard, de Pertinax, ce Prince qui étoit si digne de commander, & des vertus duquel vous avez encore l'image presente.* Ce discours anima si fort les esprits, que l'Armée ne demanda plus qu'à marcher : & Severe profitant en habile homme de cette ardeur, prit le chemin de Rome, ne quitta point les armes, & ne s'arrêta qu'autant de tems qu'il en falloit pour laisser prendre haleine aux Soldats. Il s'attira merveilleusement leur amour durant cette longue marche par sa maniere de vivre sans faste & sans aucune marque de distinction. Il ne quitta point sa cuirasse, mangea les mêmes viandes que mangeoient les Soldats, & il en agit avec eux moins en Général qu'en Camarades.

La nouvelle de l'approche de Severe se répandit dans l'Italie, & fut portée jusqu'à Rome. Julien qui n'avoit eu aucun ombrage de Severe, fut étrangement surpris d'apprendre sa révolte; il courut allarmé au Senat, & l'obligea à déclarer ce Général ennemi de la République, & complice de son crime les Soldats qui dans un certain nombre de jours ne quitteroient point son service. Cet Arrest leur fut apporté par des Consulaires, & Aquilius qui avoit causé la mort à tant de Senateurs sous Commode, fut envoyé pour assassiner Severe. Valerius Catulinus fut nommé pour prendre le Commandement des Troupes à la place de Severe, comme s'il eût été facile à un Senateur de déplacer un Général à qui obéïssoit une Armée. Cependant Julien fit de grandes largesses aux Prétoriens après leur avoir payé tout ce qu'il leur avoit promis, afin de les engager à le bien défendre. (*b* Il fit entrer dans la Ville de la Cavalerie, & fit venir même du Port de Misene tous les Soldats de Marine. Deslors on ne vit dans la Ville que mouvemens, qu'armes, que campemens, que trouble, comme dans un Pays ennemi. (*c* On y faisoit faire l'exercice aux Soldats, aux chevaux & aux élephans pour les préparer à bien faire, ce qui jettoit la consternation & l'épouvante dans le cœur des Citoyens. Mais on ne pouvoit s'empêcher de rire en voyant Julien occupé à faire fortifier le Palais avec des barricades, de bonnes portes, des barreaux & des grilles de fer pour y trouver un asile, se

*b* *Herodian. lib.* 2. *c* *Dio, lib.* 73.

ressouvenant que Pertinax n'auroit pas été tué, si les Prétoriens avoient trouvé le Palais ainsi muni; précautions inutiles, qui en marquant la timidité de ce Prince, l'exposoient à la risée de tout le monde. Ce fut dans ce tems qu'il fit mourir Martia & Lætus. C'est ainsi que la Justice divine reserva à une mort violente les auteurs de celle de Commode, & qu'un meurtrier doit s'attendre à une fin funeste. (*d*

Cependant Severe après s'être rendu maître de toutes les Villes d'Italie, où la terreur des armes d'une si formidable Armée portoit l'épouvante, s'approchoit de Rome, où il eut le moyen de faire entrer un grand nombre de ses Soldats. La nouvelle de l'arrivée de Severe déconcerta entierement Julien, qui voyoit tout le monde se déclarer pour le Vainqueur, & abandonner ses interêts. Les Prétoriens qui lui avoient vendu l'Empire, n'étoient pas en état de le défendre; accoûtumés aux plaisirs & à l'oisiveté, ils n'étoient plus capables d'aucune fonction militaire; ils n'avoient ni courage ni adresse, & n'aimoient pas même Julien. Dans ces agitations, il assembla le Senat, & demanda qu'on envoyât quelques-uns du Corps avec les

d *Dio. lib. 3. c. de Episc. audien.*

Prêtres & les Vierges Vestales (*e* vers Severe, pour lui representer de ne pas attenter au repos de la Ville & à la liberté de la République, comme si une cérémonie de Religion étoit capable d'arrêter des Soldats, qui pour l'ordinaire n'en ont guéres. Aussi le Senat lui representa que c'étoit une ressource fort inutile, & le Consulaire Quintillus qui étoit revêtu de la Charge d'Augure, osa lui dire avec beaucoup de liberté, qu'un Prince qui n'avoit pas le courage de combattre ses Ennemis, n'étoit pas digne de gouverner l'Empire, & cet hardi reproche fut appuyé par beaucoup de Senateurs. Julien en fut si piqué, qu'il envoya aussi-tôt querir les Soldats pour obliger le Senat d'obéïr, ou pour le massacrer; mais comme il sentoit son autorité extrêmement affoiblie, il quitta un dessein que son ressentiment lui inspiroit assez hors de saison; & étant allé en personne au Senat, il fit faire un Decret par lequel on lui associoit Severe à l'Empire, & il l'envoya à Severe par Crispin Préfet du Prétoire, à qui il avoit secretement donné ordre de tuer Severe. Celui-ci en eut quelque soupçon, il refusa l'association que lui offroit Julien, & lui manda qu'il l'aimeroit mieux avoir pour ennemi

*e Hered. lib. 2. Spar. vi. Julian.*

que pour Collegue, & sur l'avis d'un de ses Officiers, il fit courir après Crispin, le fit arrêter & lui fit ôter la vie : juste punition que méritoit la lâcheté de ce Préfet, pour s'être si honteusement prêté à celle de Julien. Ainsi cet indigne Empereur ne sçachant plus quel parti prendre, après avoir tenté inutilement toute sorte de voyes ordinaires pour arrêter la chute de sa fortune, eut recours aux malefices ; car par d'horribles Sacrifices qu'il fit offrir avec des cérémonies extravagantes & inusitées, il s'imaginoit pouvoir changer en sa faveur le cœur des Romains & faire tomber les armes des mains des ennemis. Il s'avisa même de faire faire certains enchantemens pour apprendre ce qui devoit lui arriver ; mais son impie curiosité n'apprit que des choses fâcheuses, & l'approche de l'Armée de Severe à l'obéissance de qui toutes les Villes se soumettoient à l'envi, lui apprit qu'il faut plus que la fumée sacrilege d'un Sacrifice immonde pour arracher les armes des mains des Legions victorieuses, & que les operatious magique ne nuissent pour l'ordinaire qu'à ceux qui les mettent en œuvre. Dans cette extremité il voulut remettre l'Empire à Pompeïen beau-fils de Marc-Aurele, qui étoit pour lors à Terracine ; mais

8) mais ce ſage Senateur qui regardoit cette offre comme un don que Julien lui faiſoit d'une choſe dont il n'étoit plus le maître, l'en remercia fort honnêtement, & s'excuſa ſur ſon âge & ſur ſes incommodités. Enfin ne ſçachant plus quel parti prendre, abandonné de tout le monde & des Prétoriens mêmes qui s'étoient déclarés pour Severe ſur la promeſſe qu'il leur fit faire qu'ils n'auroient aucun mal, pourvû qu'ils ne s'oppoſaſſent point à lui, & qu'ils lui miſſent entre les mains les meurtriers de Pertinax; il ſe retira dans le Palais avec Repentinus ſon Gendre & Genial l'un de ſes Préfets, & là il ſe mit à déplorer ſon malheur.

8. Pompeïen avoit une maiſon à Terracine, où il ſe retiroit l'orſqu'il arrivoit quelque changement à la Cour, ou qu'il vouloit ſe mettre à l'abri de toute occaſion de donner ſujet aux Empereurs de le perdre. Pertinax lui offrit l'Empire, mais ce ſage Senateur le refuſa en s'excuſant ſur ſon grand âge & ſur ſon mal d'yeux qu'on diſoit être un mal de commande. Car ſur la fin du regne de Commode, Pompeïen voyant que ce Prince faiſoit mourir ce qu'il y avoit de plus illuſtres parmi les Senateurs, ſe retira, feignant d'être preſſé par ſon mal, & ne parut plus au Senat. Dès que Pertinax eut été élevé à l'Empire, Pompeïen qui connoiſſoit ce Prince pour un homme droit & de bon ſens, aſſiſta au Senat & ſe trouva guéri de ſon mal d'yeux; mais à peine Pertinax eut été maſſacré, que ſon mal le reprit, & il ſe retira à Terracine, d'où Julien le fit venir pour lui offrir l'Empire qu'il refuſa encore, s'excuſant ſur la foibleſſe de ſa vûë, qui ſe ſeroit pourtant trouvée aſſez bonne ſi on eût élevé à l'Empire un autre Pertinax.

Cependant Messala qui étoit Consul, ayant fait assembler le Senat dans le Temple de Minerve, exposa l'état des choses. La mort de Julien fut le premier article de la déliberation ; on déclara Severe Empereur, & il fut encore résolu que l'on décerneroit les honneurs divins à Pertinax. L'on fit d'abord deux députations bien differentes ; l'on envoya à Severe les plus considerables Senateurs, pour lui porter les Ornemens Imperiaux & pour le prier de venir prendre possession à Rome de la Dignité que le Senat lui offroit ; & on commit des gens pour aller ôter la vie à Julien. On le trouva dans le Palais poussant des regrets inutiles & implorant vainement la clemence de Severe. Il offrit de lui ceder l'Empire, & demanda qu'on lui laissât la vie. Le Tribun executa son ordre, & tua Julien lorsque ce Prince pour l'attendrir disoit : Quel mal ai-je fait ? Ai-je fait mourir personne ? Ce fut ainsi que Julien acheta au prix de sa vie un Regne de deux mois.

La mort de cet Empereur causa un vif chagrin à la Princesse Scantilla son Epouse, & à Didia Clara leur fille. Nous avons vû qu'en entrant dans le Palais elles avoient eu un secret pressentiment des malheurs de Julien, & elles eurent le chagrin de le voir justifié par la fin funeste de ce Prince, laquelle fut le fruit de leurs conseils indiscrets. Elles prierent Severe de permettre qu'elles fissent mettre son corps dans le tombeau de ses Ancêtres. Ce nouvel Empereur ne voulut pas leur refuser cette consolation ; il leur accorda la vie, mais il les dépoüilla du titre d'Augustes, & ôta à Didia Clara le patrimoine que lui avoit donné son pere. Ainsi ces deux Princesses après avoir rempli les premieres places de l'Empire, retomberent dans leur ancienne obscurité, & il semble qu'elles ne parurent durant deux mois dans la splendeur du plus haut rang, que pour goûter toute l'amertume du revers de la Fortune.

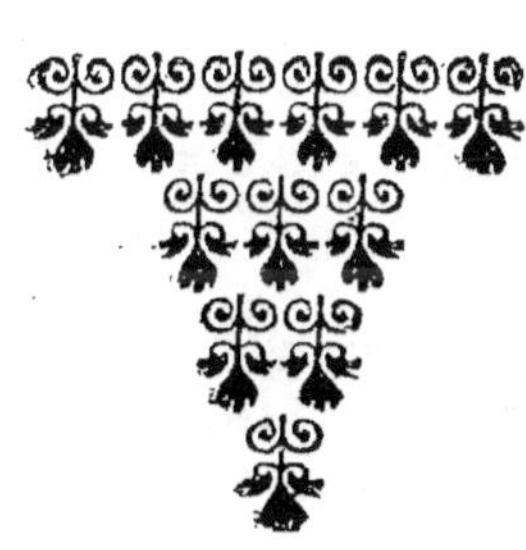

# JULIE

*Femme de Severe.*

# PLAUTILLE

*Femme de Caracalla.*

JUlie femme de Severe eſt une des Imperatrices qui a fait le plus de bruit. Son élevation, ſes galanteries, ſon amour pour les Sciences & ſon eſtime pour les Sçavans, ſes chagrins, ſa mort même ont rendu ſon nom fameux dans l'Hiſtoire. (a La Fortune la tira d'une condition médiocre pour l'élever juſqu'à la premiere Dignité du monde, & pour verſer enſuite dans ſon cœur ſes plus cruelles amertumes. Auſſi les divers événemens qui compoſent l'Hiſtoire de ſa vie, les peines, les inquiétudes & les contradictions qu'elle eût à ſouffrir, les chagrins ſecrets, qui agiterent ſon cœur ſous un appareil de grandeur & ſous ce brillant éclat qui l'environnoit, ont fait avoüer à un Payen même, qu'il n'eſt point de place ſi élevée & de

a *Dio. lib.* 77.

si riante prosperité qui puisse causer un solide bonheur.

Julia Domna 1) Pia étoit de la Ville d'Emese 2) en Phenicie, fille de Julia Soémias, & de Bassie Prêtre du Soleil, que les Phéniciens adoroient sous le nom d'Elagabale. Elle avoit une sœur appellée Julia Mesa, laquelle de son mariage avec Julius Avitus natif d'Apamée, eut deux filles, Sœmie & Mamée. L'aînée fut mere d'Avitus Bassianus, connu depuis sous le nom d'Elagabale; & de Mamée qui étoit

1. Julie femme de l'Empereur Severe est appellée ordinairement *Julia Domna*, & quelques fois *Julia Pia*. On trouve des Medailles & des Inscriptions où on lui donne le nom de *Julia Domna Severa Pia*. Parmi les Modernes, il y en a qui croyent avec Oppien que ce mot *Domna* est un abregé ou une syncope de *Domina*, terme d'honneur réservé pour les Meres des Empereurs; & ils fondent leur opinion sur plusieurs Inscriptions où de certaines Imperatrices sont appellées *Dominæ*. Monsieur de Saumaise & M. Spon ont fort judicieusement remarqué que le surnom de *Domna* étoit commun dans l'Orient & sur tout dans la Syrie; & je me range du sentiment de ces Sçavans avec d'autant plus de raison, que l'on trouve que beaucoup de femmes ont porté ce nom.

2. Capitolin & Herodien disent que Mesa étoit d'Emese, d'où l'on doit conclure qu'Emese étoit aussi la patrie de Julie qui étoit sa sœur. Dion au contraire dit que Mesa étoit d'Apamée aussi bien que son mari. *Apamea Mesæ sicut & Marcello patria erat.* Il y a apparence que ces Princesses étoient d'Emese même, puisque Caracalla donna à cette Ville le droit de Colonie Romaine, parce qu'elle étoit le lieu de la naissance de sa mere; & quand Dion dit que Mesa étoit d'Apamée, il a donné pour patrie à Mesa cette Ville comme plus fameuse que l'autre, puisqu'elle étoit la Capitale de la Région Apameane, dans laquelle Emese étoit située.

la cadette, nâquit Varius Alexianus, qui fut ensuite appellé Alexandre Severe. La famille d'où Julie sortoit n'étoit pas fort illustre; 3) mais la haute fortune à laquelle cette Syrienne monta lui tint lieu de noblesse & à tous ceux de son sang. Nous verrons ces quatre femmes avoir beaucoup de part aux affaires de l'Empire sous les Regnes de Severe, de Caracalla, de Macrin, d'Elagabale & d'Alexandre.

Julie étoit née avec une grande beauté, (b & avec un funeste penchant à en faire un mauvais usage. Tous ceux qui la voyoient, la trouvoient aimable, plusieurs la trouverent facile; & la licence de sa vie fut une malheureuse preuve, que la sagesse & la beauté se trouvent rarement unies dans une même personne. Elle avoit un esprit aisé, fin, délicat, mais artificieux, (c malin, dissimulé comme l'avoient les Syriens; une imagination vive & féconde, une pénétration profonde, qui entroit

b *Spon. recher. cur. d'Ant.* c *Spartian. in Carac.*

3. Dion dit formellement que Julie n'étoit point d'une naissance même médiocre, & il parle de son élévation à l'Empire, comme d'une grande fortune. Il paroît cependant que cette Princesse n'étoit pas d'une famille trop obscure, puisque son pere Julius Bassianus étoit fils d'un Proconsul d'Afrique & frere d'un Consulaire; joint que la Charge de Pontife du Soleil qu'exerçoit Bassien, est une preuve que sa famille devoit être de quelque consideration dans la Phenicie.

avec une merveilleuse facilité dans le fond des affaires les plus difficiles ; un discernement juste, qui dans une diversité de sentimens ne manquoit rarement de choisir le meilleur. Aussi l'Empereur Severe qui connoissoit la superiorité du génie de son Epouse, la consultoit dans les occasions même les plus délicates & les plus importantes, & en suivoit souvent les avis. Elle pensoit avec justesse, parloit avec grace, écrivoit avec politesse ; elle étoit capable des plus fines négociations du cabinet, & je ne sçai si Caracalla eut de Ministre & de Secretaire d'Etat qui s'acquittât de sa Charge avec plus de facilité & de suffisance que Julie sa mere, lorsqu'elle en exerça les fonctions. Elle cultiva les heureux talens qu'elle avoit reçû de la nature, par l'étude des belles Lettres, de la Philosophie, & de la Géometrie ; (*d* elle s'appliqua aussi à la vaine science de l'Astrologie judiciaire ; on la voyoit avec des Sophistes ou d'autres Sçavans dont elle aimoit l'entretien & recherchoit le commerce ; heureuse si elle n'en eût jamais eu de plus dangereux, & si en se nourrissant l'esprit des idées de la Philosophie, elle eût muni son cœur de ses maximes ; mais de si graves occupations ne remplissoient pas tous ses mo-

d *Philostrat. vit. Philis. Dio. Philostrat. vit. Apollon.*

mens, & elle ne refusoit pas à son penchant toutes les satisfactions qu'il lui demandoit ; comme selon le caractere de sa Nation elle aimoit naturellement les Jeux, les Spectacles & ces autres divertissemens qui flattent les sens, c'étoit sur tout dans ces lieux que sa beauté qui étoit piquante, son humeur facile & enjoüée, son esprit vif & agréable, lui attiroient beaucoup de soupirans, qui, sans doute, ne lui parloient pas toûjours de Philosophie ; elle devint aussi sçavante en galanterie qu'elle étoit habile pour le sérieux ; & se laissant ensuite entraîner par sa passion, elle se permit des libertés qui la deshonorerent. Ce qu'il y a au reste d'assez particulier, c'est que cette belle Syrienne, qui étoit si ardente pour les plaisirs, ne l'étoit guéres moins pour les honneurs ; & son cœur, tout amolli qu'il étoit par les délices, brûloit d'une extrême ambition, laquelle étoit nourrie & entretenuë par (*e* l'esperance d'une grande fortune que lui promettoit son horoscope.

Julie étoit dans le plus vif éclat de sa beauté lorsqu'elle quitta la Phenicie pour aller étaler ses charmes à Rome. Car soit que des affaires de famille l'eussent engagée à faire ce voyage, soit que remplie

*e* *Spartian. in Sever.*

des esperances flatteuses de la grandeur que lui promettoit sa naissance, elle crût qu'Emese n'étoit point une Ville assez considerable pour y faire une grande fortune, elle regarda Rome comme un Theatre où les frequentes révolutions qui y arrivoient faisoient naître les plus favorables occasions de s'élever; sûre du pouvoir de sa beauté, & de son habileté à profiter des conjonctures, elle quitta sa Patrie pour aller chercher l'accomplissement de ses prédictions dans la Capitale de l'Empire, & elle le trouva bientôt dans son mariage avec Septime Severe. Nous avons déja parlé de la naissance de cet Officier 4) & des differens Emplois dont l'honora Marc-Aurele. Il exerçoit celui de Tribun du Peuple avec autant de vigilance que de sévérité lorsqu'il épousa Martia. L'on ne sçait quelle étoit sa famille ni sa patrie, & l'on n'a d'autres preuves de la sagesse de ses mœurs & de la tendresse qu'eut Severe pour elle, que le soin qu'il

4. Severe étoit de si basse extraction, qu'il ne sçavoit point qui étoit son pere. On prétend que sa mere avoit été si coquette qu'on ne pouvoit point sçavoir qui étoit le veritable pere de Severe. Cela lui fut ingenieusement reproché par Aspace Senateur, dont la langue mordante n'épargnoit personne; car Severe s'étant fait donner le titre de fils de Marc-Aurele, Aspace lui dit qu'il le félicitoit de ce qu'enfin il avoit trouvé son pere, *Congratulor tibi Cæsar quod patrem inveneris.*

prit de faire dresser à son honneur des Statuës lorsqu'il fut parvenu à l'Empire, quoiqu'elle fût morte. Deux filles furent le fruit de ce mariage. Un Moderne prétend qu'elles portoient (*f* le nom de leur pere, & que l'une & l'autre s'appelloient Septimie. Nous verrons quelle fut leur destinée. Leur mere n'eut pas le tems de la voir; elle mourut après que Severe fut de retour des Gaules. Celui-ci songea d'abord à une nouvelle alliance. Il avoit eu depuis longtems certains présages (*g* qui lui promettoient la Puissance Souveraine. Ces agréables augures flattoient délicatement son ambition; & comme il n'étoit pas homme à rien négliger de ce qui pouvoit contribuer à son agrandissement, il chercha une Epouse qui entrât dans ses prétentions, & qui travaillât dans ses vûës. Pour en trouver une qui fût propre à son dessein, il fit adroitement faire l'horoscope aux personnes qu'on lui proposa, & s'informa sur tout de toutes celles à qui les destinées promettoient une grande fortune; car il ajoûtoit beaucoup de foi aux prédictions, & souvent il se mêloit lui-même d'en faire. On lui dit qu'il y avoit une Syrienne à laquelle les plus habiles Devins avoient annoncé que celui qu'elle épouseroit seroit

*f Onuphre. g Dio. lib. 77. Spartian. in Sever. Xiphil.*

un jour Souverain, & que toutes les regles de la chiromancie lui promettoient ce haut rang.

Ces pompeuses espérances étoient dans Julie un grand merite aux yeux de Severe, & quoique sa beauté fût assez capable de rendre un cœur sensible à ses attraits, cet Officier n'étoit rempli que de l'idée brillante de cette grandeur future. Le rapport qu'il y avoit entre les présages qui lui étoient arrivés, & les magnifiques prédictions qu'on avoit fait à Julie, sembloit marquer leur mariage par la ressemblance de leurs destinées. Severe ne songea plus à rien qu'à (*h* faire agir ses amis pour négocier cette affaire; ils n'eurent pas beaucoup de peine à réussir. Severe faisoit à la Cour une figure considérable, il avoit reçû de l'Empereur des marques obligeantes d'estime en plusieurs occasions; & quoiqu'il eût ses défauts, il étoit trop artificieux pour ne pas les cacher, & pour se montrer par ses mauvais endroits. Ainsi Julie le regardant comme un homme qui pouvoit un jour devenir quelque chose, accepta la proposition qu'on lui fit d'épouser Severe. (*i* Ce mariage fut célébré dans le Temple de Venus qui étoit auprès du Palais, & l'Imperatrice Faustine qui vou-

h *Spartian.* i *Dio. lib.* 74.

lut honorer cette fête de sa présence, eut le soin officieux de faire préparer dans le Palais même un lit pour les Mariés.

Severe ne s'oublia point dans les douceurs de son mariage. Persuadé qu'un loisir voluptueux ne conduit ni à la gloire ni à la fortune, & qu'il n'y a qu'une réputation éclatante qui puisse élever un homme aux grands Emplois, il embrassa toutes les occasions où il pouvoit faire paroître ses talens. L'Empereur Marc-Aurele qui estimoit sa capacité, lui donna le Gouvernement de la Gaule Lyonnoise, & il s'y comporta avec tant de modération, qu'il s'attira l'amour des Gaulois. Julie qui l'avoit suivi dans son Gouvernement (*l* accoucha à Lyon d'un fils qu'ils appellerent Bassien du nom de son ayeul maternel, & qui depuis fut surnommé Caracalla; & environ deux ans après elle mit au monde à Rome Geta, dont le visage eut beaucoup de ressemblance avec celui de son pere.

Je ne rappellerai point les troubles qui arriverent à Rome & dans l'Empire après le meurtre de Commode; j'en ai déja parlé, & j'ai rapporté les prétextes dont se servit Severe pour conduire à Rome l'Armée qu'il commandoit & qui l'avoit déclaré Empereur. D'abord qu'on fut infor-

l *Aurel. Vict. Epit. Eutrop.*

mé de son approche, le Senat qui par complaisance pour Julien l'avoit traité d'ennemi de la République dans un Arrest qui avoit fort piqué Severe, apprehendant qu'il se vengeât de cette affront, chercha les moyens de faire sa paix avec lui, & de mériter sa bienveillance. Cent Senateurs allerent le trouver dans son Camp pour le féliciter sur son arrivée, & pour lui porter les hommages du Senat. Severe leur déclara qu'il n'étoit venu que pour venger la mort de Pertinax; & comme c'étoit l'honorable motif dont il couvroit son ambition, il fit punir des derniers supplices ceux qui s'étoient soüillés du sang de ce Prince. Il ordonna ensuite aux autres Prétoriens de le venir trouver, non pas chargés de leurs armes, mais couverts de lauriers, & dans l'équipage où ils se mettoient lorsqu'ils assistoient à quelque spectacle ou à quelque cérémonie. Les Officiers leur firent accroire que Severe vouloit recevoir leur serment; ils les flatterent de belles promesses; & les Prétoriens donnant dans ce panneau, quitterent leurs armes, se couvrirent de lauriers, & allerent au Camp comme à une fête. Mais à peine ils furent en présence de l'Empereur, qui étoit assis sur un Trône, qu'à quelque signal dont on étoit convenu, les Soldats de l'Armée les environnerent, & tournant contre eux la pointe de leurs halebardes & de leurs javelots, ils les mirent hors d'état de se défendre. Alors Severe les regardant d'un œil fier & avec un air d'indignation : *Vous ne doutez point*, leur dit-il, *que vous ne soyiez ici comme des victimes dont le sort est entre mes mains. S'il falloit chercher des supplices capables d'expier vos crimes, on ne sçauroit en trouver d'assez rigoureux. Vous n'avez pas eu honte de tremper vos mains dans le sang de ce vénérable Vieillard, de ce sage Empereur que votre devoir vous obligeoit de défendre au péril même de vos vies ; & ce fameux Empire que nos Ancêtres avoient toûjours regardé ou comme le prix & la récompense de la valeur, ou comme l'apanage d'une noblesse ancienne, vous l'avez honteusement deshonoré en le mettant en vente comme une chose de vil prix. Mais ce qu'il y a encore de plus lâche & de plus indigne, c'est qu'au lieu de maintenir Julien dans la Dignité que vous lui aviez vendu, vous l'avez trahi par une perfidie digne de mille mort. Cependant quelque énorme que soit votre attentat, je ne veux point vous faire expier par votre mort celle de Pertinax que vous avez brutalement assassiné ; mais aussi je ne veux point confier la garde de ma personne à des Soldats si souvent parjures, & à des mains fumantes encore du ſang de l'Empereur qu'elles ont maſſacré. Je veux à la verité que malgré l'énormité de votre crime vous deviez votre vie à ma bonté; mais afin que vous portiez par tout la peine de votre parricide, & un témoignage de la justice que je dois à la mémoire de Pertinax, j'ordonne à mes fideles Soldats de vous dépoüiller de toutes les marques de la milice que vous êtes indignes de porter; & en même tems je vous commande de vous éloigner d'ici, & d'aller porter ailleurs la honte de votre infâme attentat. Que ſi quelqu'un de vous ſe trouve à cent mille pas de Rome, je vous jure qu'il ſera puni de mort.* Cet ordre fut exécuté ſur le champ. On dépoüilla ces miſérables, & on les chaſſa avec ignominie. 5)

Severe fut receu dans Rome avec de grandes démonſtrations de joye. Son entrée avoit la magnificence du plus ſuperbe triomphe. Les Romains pour marquer leur ſatisfaction portoient des robes blan-

5. Le cheval d'un de ſes Prétortiens ſe voyant abandonné de ſon Maître, le ſuivit en henniſſant, & on ne put jamais le retenir. Le Prétorien lui-même ne put par ſes menaces empêcher qu'il ne le ſuivît. La fidelité de cet animal le toucha ſi fort, qu'il le tua & ſe tua enſuite lui-même ſur ſon cheval; & l'Hiſtorien qui raconte ce fait, aſſure qu'il ſembloit que ce cheval avoit quelque joye de mourir, plûtôt que d'être obligé de quitter ſon Maître.

ches & des couronnes de fleurs. Les Senateurs parés de leurs habits de cérémonie, saluerent l'Empereur à la porte de la ville, & l'assurerent de la sincerité des vœux du Senat pour la prosperité de son Empire. Ce jour avoit l'air d'un jour de fête & de réjoüissance, on ne voyoit dans toutes les ruës que fleurs, que couronnes de lauriers, que feux allumés où l'on brûloit des parfums pour honorer l'arrivée du Prince. L'on n'entendoit qu'applaudissemens, qu'acclamations, que cris de joye; chacun s'éforçoit de témoigner son allégresse, & tout le monde s'empressoit si fort de voir Severe, que quantité de gens montoient sur des murailles & sur d'autres lieux élevés pour le regarder & pour l'entendre parler, comme si la Fortune en avoit fait un homme nouveau.

Severe alla le lendemain au Senat, & y fit un discours fort obligeant, mais fort artificieux. Il protesta qu'il n'avoit consenti à son élection que pour venger la mort de Pertinax, & pour rendre aux illustres familles leur premiere gloire & leur ancienne splendeur: qu'il ne feroit jamais mourir aucun Senateur qu'après que le Senat l'auroit condamné; qu'il n'écouteroit point les délateurs, que dans sa maniere de gouverner l'Empire, il vouloit avoir

Marc-

Marc-Aurele pour modele, & que de Pertinax il vouloit prendre non ſeulement le nom, mais encore le caractere. Ce projet plut beaucoup parce qu'il étoit beau, mais certains vieux Senateurs qui connoiſſoient Severe depuis long-tems, dirent tous bas, qu'il n'y avoit pas trop à compter ſur les promeſſes d'un homme qui n'agiſſoit qu'avec artifice, & qui ne tenoit parole qu'autant que ſes interêts l'éxigeoient. Cependant le Senat décerna à Severe tous les honneurs qu'on avoit accordés aux Empereurs précedens, & donna à Julie le titre d'Auguſte, & enſuite celui de Mere de la Patrie & des Armées, & pluſieurs autres que la flatterie inventa. Alors s'accomplirent les prédictions qu'on lui avoit faites. Elle ſe vit élevée au rang que lui avoit promis ſa naiſſance, & elle en ſoutint l'éclat avec autant de faſte que de dignité. En elle l'élévation & la proſperité produiſirent leurs effets ordinaires, l'orgüeil, la fierté, l'inſolence. Enyvrée de ſa fortune, elle ne ſe ſouvint plus par quels degrés elle y étoit parvenuë. Elle traita avec hauteur & même avec mépris les plus grands Perſonnages de l'Empire, & ſe regarda infiniment au deſſus de ceux qui peu auparavant étoient beaucoup au-deſſus d'elle. Tel eſt le caractere de la fauſſe grandeur.

Severe se concilia l'amour des Romains par les honneurs de l'apotheose qu'il fit accorder à Pertinax dont on cherissoit grandement la mémoire, & par les jeux, les fêtes & les réjouïssances qui suivirent son Entrée dans Rome. Le mariage des deux Princesses ses filles fut encore un agréable surcroît de plaisirs & de divertissemens. Il maria l'une avec Aëtius qu'il fit Consul, & donna l'autre à Probus avec le Consulat & la Charge de Préfet de la ville, qu'il refusa pour un motif où la politique eut sans doute beaucoup de part. 6) Ces nôces furent célébrées avec beaucoup de pompe. Severe n'oublia rien pour les rendre somptueuses, afin de s'attirer les bonnes graces du Peuple. Il combla de biens ses deux beaux-fils, fit ensuite de très-utile réglemens, & après avoir mis un bon ordre dans la ville, il partit pour aller combattre Niger, lequel s'oubliant dans les délices d'Antioche, ne songeoit à rien moins qu'à la guerre. Severe la fit par ses Lieutenans

6. Probus ayant été fait Préfet de Rome, pria son beau-pere de le dispenser d'accepter cette charge; l'Empereur fut surpris de ce refus parce que la Préfecture de Rome étoit un des plus beaux Emplois de l'Empire. Mais Probus pour faire sa cour à Severe, lui dit qu'il regardoit l'honneur d'être son beau-fils infiniment audessus de celui que procuroit la charge de Préfet de la Ville.

avec beaucoup de bonheur. (*m* Il se donna un sanglant combat en Cilicie, les Troupes de Niger furent défaites, Niger lui-même fut obligé de prendre précipitamment la fuite, sans que cette précaution pût le garentir des mains de son ennemi; car il fut blessé près de Cizique par des gens de Severe, & on le trouva à demi mort dans un marais. Il fut porté en cet état aux pieds de Severe, qui lui fit couper la tête pour l'envoyer à Rome. 7)

L'Empereur usa avec beaucoup de cruauté de la victoire. Il fit mourir la plûpart des Senateurs qui avoient suivi le parti de son ennemi, & relégua les autres; il punit les villes qui lui avoient donné du secours, ou qui lui avoient témoigné de l'affection; Bizance 8) éprouva tout ce

m *Herodian. Spartian.*

7. On avoit prédit à Niger qu'il ne tomberoit ni mort ni en vie entre les mains de son ennemi; mais comme les réponses des Oracles avoient toûjours deux sens, Niger lorsqu'il fut porté devant Severe, étoit si mal, qu'il mourut un moment après; de maniere qu'on peut dire que dans cet état il n'étoit ni mort ni vivant.

8. Bizance fut depuis appellée Constantinople, du nom de Constantin son restaurateur. Parmi les merveilles de cette Ville, l'on admiroit sept Tours qui se portoient les unes aux autres d'une maniere très distincte, le bruit qui se faisoit à la premiere, ç'a été l'écho le plus curieux qu'on ait peut-être jamais vû. Lorsque l'armée de Severe tenoit Bizance assiegée, les assiegés trouverent le moyen de tirer les vaisseaux des assiegeans à la rade, sans qu'on vît comment ils le faisoient.

dont est capable la fureur des Soldats, & le ressentiment d'un Conquerant irrité ; & Emese auroit été enveloppée dans son indignation, si l'Imperatrice Julie n'eût sollicité le pardon de sa patrie. Il fit ôter la vie à la femme & aux enfans de Niger, & par cette sévérité outrée il se rendit extrêmement odieux ; aussi il n'y avoit presque personne qui ne souhaitât d'avoir Albin pour Empereur, à cause de la facilité de ses mœurs, de sa douceur & de son naturel pacifique. L'on dit même que durant que Severe étoit en Orient, plusieurs des plus illustres Senateurs écrivirent à Albin, & le solliciterent par des lettres dont Severe eut connoissance, de venir à Rome. (n Ces négociations lui rendirent Albin redoutable, il tâcha de s'en défaire par les voyes les plus honteuses & les plus lâches ; mais ses trahisons n'ayant tourné qu'à sa confusion, il lui déclara la guerre sans ménagement. Julie l'y poussa par ses sollicitations. Cette Princesse qui pensoit finement les choses, voyant bien qu'Albin étoit beaucoup plus aimé que Severe, & que le nombre de ses partisans seroit grand si l'on lui donnoit le tems de faire des préparatifs & de grossir son parti, persuada à l'Empereur de rompre tout-à-fait avec

n *Capitolin. in Albin.*

lui & de l'aller combattre ; & elle n'eut pas de peine à faire faire toutes les démarches qu'elle voulut, à un Epoux sur l'esprit duquel elle avoit pris un ascendant absolu. Au premier signal de la guerre, on ne vit dans l'Empire que troubles, que cabales, que partis. Les Princes Etrangers, les villes, les Senateurs mêmes embrasserent les interêts, les uns d'Albin, les autres de Severe, & le peuple fatigué de ces contestations qui coûtoient & des frais & du sang, disoit ouvertement qu'il étoit las de souffrir. Outre cela, il arriva une espece de prodige qui remplit les esprits de superstition & en même tems d'épouvante, car (*o* il parut en l'air un si grand feu, que plusieurs crurent que la ville alloit être réduite en cendres ; mais bien-tôt l'on revint agréablement de cette frayeur, lorsqu'on vit tomber une petite pluye semblable à la rosée, & qui paroissoit être une pluye d'argent. En effet, comme on se fut avisé de frotter de cette eau quelques pieces de cuivre, elles parurent être d'argent ; mais cette blancheur disparut trois jours après, & ces pieces se trouverent être du cuivre comme auparavant.

Cette guerre ne fut pas heureuse à Al-

*o* *Dio. lib.* 75.

bin ; il fut vaincu près de Lyon, & sa défaite assura l'Empire à Severe. Jamais on ne vit un Conquerant plus brutalement cruel; il fit couper la tête à Albin & l'envoya à Rome ; il fit mourir encore la femme & les enfans de son ennemi, & se déchaîna avec fureur contre ceux qui avoient été de son parti, ou qui l'avoient favorisé ; & après avoir répandu leur sang, il confisqua leurs biens. Il porta ensuite à Rome sa vengeance, il fit une exacte recherche des amis d'Albin, & sous prétexte de punir leur attachement aux interêts de son adversaire, il s'emparoit de leurs biens & enfloit ses trésors de leurs richesses. On ne vit dans la ville qu'accusations, que supplices, que funerailles ; les plus illustres Senateurs, les plus considérables Consulaires, les Chevaliers les plus distingués, perdirent pour de faux crimes leur vie & leurs domaines dont Severe s'empara ; car son avidité ne fut pas moins redoutable que sa cruauté, & il n'y a peut-être pas eu d'Empereur qui ait été aussi avare que lui. Les grands amas d'argent qu'il faisoit, au lieu de rassasier sa convoitise, ne servoient qu'à l'échaufer davantage. Il exigea avec une extrême dureté les Tributs ordinaires, & en établit de nouveaux sous couleur, qu'il ne falloit point laisser les coffres de l'Epargne vuides ; faisant ainsi passer pour une sage précaution, ces impôts qui n'étoient qu'un conseil de son avarice ; de maniere que la cupidité de cet Empereur ne fut pas moins funeste à Rome que la fureur de la guerre.

Il est étonnant qu'un Prince d'une humeur si impetueuse, d'un temperamment si bilieux & si emporté, & d'une sevérité si infléxible, ait été si insensible aux infidélités de son Epouse, qui s'accordoit avec si peu de réserve des plaisirs qui interessoient son honneur ; car enfin Severe ne pouvoit point ignorer que (p l'Imperatrice s'abandonnoit à des divertissemens honteux, & qu'elle flétrissoit sa dignité & sa réputation par une licence dont les excès étoient connus de toute la ville. Cependant cruel pour tout le monde, l'Empereur fut indulgent pour Julie, il dissimula des prostitutions qu'il devoit punir, ou peut-être il ne sçut point toute l'infamie des désordres de cette Princesse, qui, par ses carresses sçavoit endormir sa crédulité. En effet, elle avoit tant de confiance dans le pouvoir qu'elle avoit sur l'esprit de son Epoux, qu'elle osa entrer dans une conspiration qu'on forma contre lui, si l'on en croit certains Historiens, assurée de se ti-

p *Spartian. Aurel. Vict.*

rer de ce mauvais pas, au cas que sa trahison vînt à être découverte ; & elle y réussit, car malgré les avis incontestables qu'eut l'Empereur que Julie sa femme avoit part à la conjuration, il ne laissa pas de lui donner les plus tendres témoignages d'amour, & d'avoir pour elle les complaisances qu'auroit pû esperer l'Epouse la plus fidelle. Cela parut dans une occasion qui regardoit la fortune de Geta le plus jeune de ses deux fils. Severe ayant un jour fortement souhaité de sçavoir qui seroit son successeur, son imagination frappée par l'image des sacrifices qu'il avoit offert, lui représenta dans un songe que ce seroit un Antonin qui regneroit après lui ; de sorte que regardant ce songe comme une prédiction, (q il mena son fils Bassien au Camp, & lui donna le nom de Marc-Aurele Antonin 9) en présence des Legions.

q *Spartian. in Sev. in Get.*

9. Ce songe ne fut pas le seul ni peut-être le vrai motif pour lequel Severe donna à ses fils le surnom d'Antonin ; car outre qu'il y fut porté par un sentiment de reconnoissance pour l'Empereur Antonin, qui en le faisant Avocat du fisc lui ouvrit l'entrée à toutes les Charges qu'il eut, il avoit résolu de fixer le nom d'Antonin sur la tête de tous ceux qui auroient l'autorité souveraine, & de faire de ce nom une dignité ; de sorte que comme depuis Auguste on appelloit tous les Empereurs Augustes & Cesars, il vouloit qu'à l'avenir on les appellât Antonins.

Julie

Julie qui aimoit Geta, & beaucoup plus que l'aîné, lui représenta que n'ayant donné qu'à Bassien le nom d'Antonin, qui étoit un présage de l'Empire pour celui qui le portoit, il sembloit exclure de cette dignité son second fils. Severe connut que l'Imperatrice souhaitoit que Geta eût les mêmes espérances qu'avoit Bassien, il n'eut garde de lui refuser cette satisfaction; & quoique le songe n'appellât qu'un Antonin, à l'Empire, la volonté de Julie prévalut à celle des Dieux, tant l'Empereur avoit de complaisance pour elle. Il n'en eut pas de si grandes pour sa sœur. Elle avoit quitté Leptis, lieu de sa naissance, 10) & étoit allée à Rome, emmenant avec elle un fils qu'elle avoit. La Cour fit à cette Princesse tous les honneurs imaginables. Celui qu'elle avoit d'appartenir de si près à Severe, lui attira les hommages de tout ce qu'il y avoit de considérable & de distingué dans Rome. Mais tout ce qu'on faisoit pour elle, étoit un devoir que l'on rendoit à la bienséance & à la politique, & non au merite. Les manieres peu polies de cette Etrangere, son air grossier & presque rustique, l'extrême difficulté

10. Severe & sa sœur étoient originaires de Tripoli & nés à Leptis la grande, car il y avoit deux Villes qui portoient ce nom dans l'Afrique mineure.

qu'elle avoit de s'exprimer en Latin, qu'elle n'entendoit presque point, au lieu de lui attirer le respect du peuple, fournissoit au contraire la matiere des plus piquantes railleries; & Severe qui ne trouvoit pas non plus dans sa sœur l'urbanité des Romaines, étoit fâché de son arrivée; aussi renvoya-t'il bientôt à Leptis l'un & l'autre, après les avoir chargés de présens.

Mesa sœur de l'Imperatrice arriva aussi à Rome dans ce même tems, & y mena ses deux filles Soémie & Mamée. (r Elles y trouverent de plus grands agrémens que la sœur de Severe, aussi étoient-elles d'un caractere bien different. Mesa étoit une Dame d'un mérite solide, d'une prudence éclairée & d'une sagesse qui ne se démentit jamais. Elle avoit un esprit d'intrigue capable de la politique la plus rafinée. Tous ses pas étoient adroitement concertés, ses démarches délicatement ménagées, sa conduite finement étudiée. Elle avoit l'ame grande, le cœur noble, l'esprit vaste; jamais femme n'a mieux entendu qu'elle le manége de la Cour. Aussi habile à cacher ses veritables sentimens, qu'à pénétrer dans ceux d'autrui, elle sçut toûjours tirer avantage de ses lumieres, & l'on ne sçauroit disconvenir que l'élevation d'E-

r *Herodian. Lamprid. Spartian.*

lagabale & ensuite celle d'Alexandre ses petits-fils au Trône de l'Empire, nayent été l'ouvrage de sa politique & de son courage. Elle acquit à la Cour de Severe cette experience dans les affaires dont elle sçut ensuite si bien se servir. Elle vécut avec Julie dans une parfaite union & avec de grands ménagemens. Elle ferma les yeux sur la conduite de cette Princesse ; & quoiqu'elle ne fût pas réguliere, elle ne lui en fit ni reproche, ni remontrance, observant avec soin de ne pas être fâcheuse ni incommode, pour ne pas devenir odieuse; car elle n'ignoroit point qu'il y a des personnes qui craignent moins la honte de leur dissoulution, que la censure qu'on en peut faire. Elle eut encore beaucoup de déférence pour Severe, aussi eut-elle beaucoup de part à l'estime & à la bienveillance de cet Empereur, auprès de qui elle fut fort puissante ; & comme elle avoit un génie étendu & pénétrant, qui prévoyoit les évenemens long-tems avant qu'ils arrivassent, elle se servoit de son crédit & de la faveur qu'elle avoit à la Cour, pour amasser des sommes immenses, qu'elle s'imaginoit bien devoir un jour lui être d'un grand secours.

Mesa étoit veuve lorsqu'elle quitta la Syrie pour aller à Rome ; elle éleva ses filles dans les maximes de la Cour, & leur inſpira une partie de ſa politique. Ses ſoins ne furent point inutiles, & nous verrons dans la ſuite de cette Hiſtoire qu'elles ſçurent tirer avantage des leçons de leur mere. Ces Princeſſes au reſte ne reſterent pas toûjours à Rome, elles ſuivirent l'Imperatrice dans tous les voyages où elle accompagna Severe, qui regardant comme de funeſtes Exploits ceux qu'il avoit fait en combattant ſes concitoyens, déclara la guerre aux Barbares, afin de s'illuſtrer par des victoires moins odieuſes. Ses Armes eurent des ſuccès heureux, mais la Ville d'Attra dans l'Arabie en arrêta le cours. Severe après avoir fait des efforts inconcevables pour la prendre, fut obligé d'en lever honteuſement le Siege. Il eut le chagrin d'y voir perir une partie de ſon Armée, & ſes Lauriers flétris par des revers de la Fortune qui le mirent au deſeſpoir. Criſpus Tribun d'une des Compagnies de ſes Gardes en fut la victime, il paya de ſa vie la liberté d'avoir recité quelques vers qui ſembloient reprocher à l'Empereur le ſang de tant de Soldats & de braves Officiers qu'il faiſoit perir pour ſuivre ſon caprice & pour contenter ſon ambition. 11)

11. Lavinie fille du Roi Latinus ayant été fiancée par

Nous ne suivrons point Severe dans tous les voyages qu'il fit en Orient & en Angleterre, nous chercherons sur tout à découvrir ce qui se passoit dans sa propre maison, de quoi il étoit lui-même si peu curieux ; car dans le tems que poussé par sa vanité, ce Prince alloit chercher en Orient de nouveaux lauriers. Julie sa femme flétrissoit sa gloire par ses galanteries, & ses enfans par leurs débauches. Il en fut enfin averti, & ce fut alors qu'il prit la résolution de faire de leur éducation le soin de ses plus sérieuses occupations. Caracalla n'avoit alors qu'environ quatorze ans, & son frere étoit plus jeune de quelques années. L'Empereur les avoit emmenés en Orient avec leur mere, afin de les éloigner

Turnus, fut ensuite promise à Enée. Turnus qui aimoit Lavinie, déclara à son rival une guerre cruelle, & fit souffrir à son armée une infinité de fatigues. Les soldats ne les supportoient qu'avec beaucoup d'impatience, par ce qu'ils voyoient que Turnus pour satisfaire son amour sacrifioit ses Troupes; & c'est ce que Virgile fait dire à un des soldats de ce Général amoureux.

*Scilicet ut Turno contingat regia conjux,*
*Nos animæ viles, inhumata infletaque turba*
*Sternamus campis, &c.*

Crispus Tribun dans les Prétoriens, voyant que Severe piqué de la résistance de ceux d'Atra, s'opiniâtroit inutilement à prendre cette Ville, & que pour contenter son caprice il immoloit son armée, dit un jour les vers du soldat de Turnus. On les rapporta à Severe, qui connoissant bien ce que Crispus vouloit dire, le fit mourir

des délices de Rome, & des adulations des flateurs qui pouvoient corrompre leur esprit, capable dans ce tems-là de toutes sortes d'impressions ; mais dans[f] les sanglantes éxécutions qu'il faisoit faire tous les jours, il donnoit à ses enfans des leçons d'une extrême sevérité, & elles ne furent que trop puissantes sur l'esprit de Caracalla, qui avoit naturellement des dispositions à la cruauté, à la violence, & aux plus grands vices. Elles ne parurent pourtant point durant son enfance ; il étoit au contraire gracieux, plein de douceur : de générosité & de tendresse, vertus qui pouvoient être le fruit précieux de l'éducation chrétienne qu'il reçut par les soins de Procule qui professoit la foi de Jesus-Christ & que Severe aimoit beaucoup, parce qu'il avoit éprouvé de lui la guérison de quelque mal auquel les Medecins n'avoient sçû remedier : 12) mais les flateurs, les plaisirs, & les mauvais exem-

f *Tertullian. ad Scap. c. 4.*

12. Ce Procule étoit surnommé Toparcion ; il fut Intendant d'Evode affranchi de Severe. Il guérit ce Prince avec de l'huile, qui par reconnoissance le prit dans son Palais, & le chargea de l'éducation de son fils Bassien que Procule avoit déja fait nourrir par une Chrétienne qui étoit peut-être sa femme. Procule fit venir dans le Palais un jeune Chrétien pour tenir compagnie au Prince, & l'on raconte que Bassien qui n'avoit alors que sept ans, avoit conçû tant d'amitié pour ce Chrétien,

ples corrompirent son naturel, & malgré tous les soins que prit son pere pour lui inspirer des inclinations nobles, il n'eut que des sentimens dépravés. Dans Geta, au contraire l'éducation fut plus puissante que la nature : il fit voir dans son bas âge un naturel âpre, rude, bourru, indocile, porté à la sensualité & à l'avarice; mais avec les nuages de l'enfance se dissiperent tous ces dèfauts : il devint humain, honête, poli. Son accès fut plein de douceur (t il recevoit ses familiers avec bonté, les Grands avec affabilité, les Sçavans avec estime. Dans toutes sortes d'occasions il donna des marques d'une grande modération, & il étoit encore fort jeune, qu'il dit à son pere un mot plein d'un grand sens, & qui étoit un témoignage de sa compassion pour les malheureux. 13) De

t *Herodian. lib* 4.

lequel Spartien dit être un Juif, que sçachant un jour qu'on l'avoit foüetté, il fut long-tems sans vouloir regarder ni son pere, ni le pere du jeune Chrétien, ni aucun de ceux qui avoient été cause qu'on l'avoit maltraité.

13. Severe ayant résolu de faire mourir un grand nombre de ceux qui avoient pris le parti de Niger & d'Albin, dit à ses fils qu'il vouloit les délivrer de leurs ennemis. Caracalla non seulement entra dans les sentimens cruels de son pere, mais même il fut d'avis que par une précaution encore plus inhumaine on fit mourir les enfans des proscrits, afin qu'ils ne pussent point venger la mort de leurs peres. Geta qui alors avoit environ neuf à dix ans, trouva cette pré-

la difference de l'humeur des deux freres naquit cette antipathie qui les divisa si fort, qu'ils ne purent jamais se souffrir; l'un affectoit de blâmer ce que l'autre approuvoit, & ceux qui étoient dans les bonnes graces de Geta devenoient l'objet de la haine de Caracalla. Les flateurs contribuoient beaucoup à entretenir cette scandaleuse division par leurs rapports empoisonnés, car sous prétexte d'attachement aux interêts de l'un de ces Princes, ils ne cessoient de l'animer contre l'autre.

L'Imperatrice avoit plus de tendresse pour Geta que pour l'aîné; outre qu'il étoit mieux fait, elle trouvoit en lui beaucoup plus de naturel, de docilité & de complaisance: d'ailleurs elle craignoit l'esprit fougueux & emporté de Caracalla qu'elle sçavoit aussi n'être pas tant aimé des Romains que son frere, mais elle ne

voyance fort cruelle & fort injuste, & ayant demandé à son pere si le nombre des proscrirs étoit grand, s'ils avoient des enfans & des parens, son pere lui répondit qu'ils en avoient beaucoup. Alors le Prince lui répliqua qu'il y auroit donc bien des gens qui seroient fachés qu'il eût vaincu; & comme Caracalla soutenoit toûjours qu'il falloit faire punir les enfans aussi bien que les peres, Geta lui dit, que puisqu'il ne vouloit pardonner à personne, il pourroit bien un jour tuer aussi son frere. On assure que Severe touché de la remontrance de Geta, auroit donné la vie à ces malheureux, si le sentiment de Plautien n'eût prévalu. On dit que la barbe crut de bonne heure à Geta, ce qui promettoit en lui une grande sagesse. *Spon.*

laissa point d'agir de concert avec Severe pour porter ces deux Princes à vivre dans une parfaite intelligence ; l'Empereur sur tout s'attacha sérieusement à ramener l'esprit de son aîné & à le retirer de ses débauches, & comme le mariage a été toûjours regardé comme le frein le plus capable d'arrêter les saillies de la jeunesse, il forma le dessein de le marier avec Plautille, fille de son Favori Plautien, qui fut un des grands ressorts du gouvernement durant tout le tems de sa faveur, & un exemple de l'instabilité de la fortune après sa chute.

Plautien étoit originaire d'Affrique, & d'une naissance très-obscure; il avoit signalé sa jeunesse par plusieurs (*u* crimes qui le firent banir de sa Patrie, & il s'introduisit ensuite dans les bonnes graces de Severe par un autre crime pour lequel il méritoit un plus rigoureux supplice. * Il s'acquit un si grand credit auprès de cet Empereur, & devint si puissant, qu'il fut l'arbitre souverain de la fortune des Romains. Severe le fit Préfet de Prétoire, & en même tems Senateur, réünissant en lui deux dignités qui jusqu'alors avoient été incom-

u *Herodian. lib. 3.*

* *Ut verò alii affirmant, flore magnis ætatis per strupum conciliatus.*

patibles ; 14) il le combla de biens, & lui laiſſa la liberté d'en acquerir davantage. Cela l'enhardit à commetre des violences & des injuſtices criantes. La Fortune fit en lui ce qu'elle fait ordinairement dans ceux qu'elle tire de l'obſcurité, elle le rendit inſolent, enyvré de ſa faveur, il ſe regarda comme au-deſſus du reſte des hommes. S'il alloit par la Ville, les domeſtiques qui le précedoient avertiſſoient que Plautien alloit paſſer, & obligeoient ceux qui ſe trouvoient dans la ruë, ou de paſſer ailleurs, ou de baiſſer la vûë, & de ne pas porter leurs yeux ſur ce Miniſtre, comme

14. La charge de Préfet du Prétoire étoit affectée aux Chevaliers, & on étoit ſi réſervé là-deſſus, que dès que le Préfet étoit fait Senateur, il perdoit ſa charge de Préfet. De là vient que Marc-Aurele ayant fait Pertinax Senateur, en fut enſuite fâché, parce qu'il auroit ſouhaité le revêtir de la charge de Préfet à quoi la dignité de Senateur mettoit obſtacle. Comme cette charge étoit militaire, celui qui la poſſédoit commandoit la garde de l'Empereur & portoit l'épée. Severe en faiſant Plautien Senateur, voulut qu'il continuât d'exercer la charge de Préfet; de ſorte que Plautien par un aſſez bizarre mélange de dignités portoit en même tems l'épée & la robbe de Senateur. Depuis l'élévation de Macrin à l'Empire, on nomma indifferemment des Senateurs & des Chevaliers à la préfecture du Prétoire, & on donna à cette charge une puiſſance fort étenduë. Conſtantin depuis la diminua beaucoup; car après avoir caſſé les Gardes Prétoriennes qui avoient ſuivi le parti de Maxence, il diviſa l'Empire en quatre départemens, & créa quatre Préfets du Prétoire pour les gouverner & y rendre la juſtice; de ſorte que cette charge qui étoit militaire devint civile.

s'ils étoient indignes de le regarder: jamais on ne vit une si extravaguante fierté, cependant tout fléchissoit devant cette idole de la Cour. On ne vit que Statuës dressées à son honneur, on ne juroit que par sa fortune; on faisoit des prieres publiques pour sa conservation, lors même qu'on auroit souhaité de le voir anéanti, car le Peuple n'aime jamais une puissance excessive, & celle de Plautien devint d'autant plus redoutable, qu'on lui attribuoit les violences & les cruautés de Severe qui ne cessoit point de répandre le sang des plus nobles Citoyens: aussi ce Ministre fut autant haï que l'Empereur, & plus craint que lui.

Severe quoique jaloux de son autorité, voyoit avec complaisance cet insolent Favori s'en arroger une si grande, & (*x* avoit pour lui une inclination si aveugle qu'il desiroit de l'avoir pour Successeur, ce qui faisoit dire hautement à tout le monde qu'on verroit plûtôt le Ciel tomber, que Severe faire du mal à Plautien. Julie souffroit avec autant d'impatience que de chagrin ce monstreux pouvoir de Plautien. Accoûtumée à traiter avec hauteur tout ce qu'il y avoit de grand dans l'Empire il lui étoit dur de plier sous la puissance d'autrui, & ne pouvoit digerer de voir un

x *Dio. lib.* 76.

homme de neant faire tout, disposer de tout, regler tout, & exercer une autorité qui aneantissoit la sienne. Elle ne manqua point de mettre en œuvre ses artifices pour ébranler le crédit du Ministre, mais ses efforts & ses ruses furent inutiles. Plautien qui n'aimoit point l'Imperatrice, de laquelle il sçavoit n'être pas non plus aimé, para les coups qu'elle lui porta, & les fit servir contre elle-même ; car comme il connoissoit la force de son ascendant sur l'esprit de Severe, il entreprit d'accuser Julie de toutes ses galanteries, il les lui reprocha avec brutalité, & osa offrir d'en fournir la preuve. L'Empereur vit tranquillement Plautien attenter à l'honneur de son Epouse par ses accusations, & fut le témoin de sanglans outrages qu'il vomit contre elle sans lui imposer silence : peut-être étoit-il bien aise que Julie eût cette mortification, & que Plautien lui fît essuyer la honte d'un reproche qu'il n'avoit eu la force de lui faire lui-même : quoiqu'il en soit, l'Imperatrice eut le chagrin de se voir sacrifiée par l'Empereur à la vengeance de Plautien, & d'éprouver qu'il ne lui étoit point avantageux de faire assaut de crédit avec le Favori du Prince. Dès-lors elle cessa de se mêler d'aucune affaire, elle s'adonna à l'étude de la Philosophie ; & à la place de ces Courtisans flatteurs qui lui faisoient une cour assiduë, on ne vit plus chez elle que des Sophistes & des Sçavans avec lesquels elle s'amusoit à disputer, plus peut-être pour tromper son ennui & pour se consoler de sa disgrace, que pour étaler sa science, quoiqu'elle n'en manquât point. Parmi les Sçavans que l'Imperatrice avoit auprès d'elle, Philostrate 15) étoit un des plus illustres; il étoit Professeur d'Eloquence, & avoit mis au jour la vie des Sophistes qu'il adressa à l'Empereur Severe. Julie l'honoroit d'une estime particuliere, elle le fit son Secretaire & l'engagea à écrire la vie d'Appollonius de Thyane : car cette Imperatrice ayant lû l'Histoire de ce celebre Magicien qu'avoit composée Damis grand ami de ce fourbe, & ayant trouvé cet ouvrage assez mal ran-

15. Il y a eu trois Philostrates. Celui dont nous parlons est Philostrate d'Athenes surnommé Flavius, aïeul de Philostrate de Lemne. Il fait passer son Apollone pour un Prophete & pour l'Auteur de plusieurs miracles dont il ne rapporte d'autre preuve que son autorité. Cette histoire a tout l'air d'un Roman; car sans rapporter d'autres endroits de la vie de cet imposteur, Philostrate veut faire croire que Domitien ayant fait venir Apollone d'Asie à Rome, il lui reprocha les discours séditieux qu'il répandoit contre lui, & lui fit des menaces, & qu'alors Apollone ayant dit à l'Empereur en présence de toute sa Cour qu'il le défioit de pouvoir se rendre maître de son corps, il avoit disparu à l'instant & s'étoit trouvé le même soir à Pouzzoles qui étoit à trois journées de là. Récit qui est une vraye fable.

gé, elle pria Philostrate d'écrire lui-même la vie de ce fameux imposteur.

Le triomphe de Plautien enfla de plus en plus son orgüeil & le rendit plus insolent, car ne trouvant sur son chemin personne qui lui fît obstacle, fier de son pouvoir & sûr de la protection du Prince, il osa porter ses vûës plus loin, persuadé qu'il pouvoit tout entreprendre. Ce fut alors qu'éclaterent ses vices ; il se livra aux plus outrés & aux plus infâmes, & n'eut pas honte de se soüiller de ces horribles saletés qui font outrage à la nature. Ce qu'il y a de particulier dans la conduite de Plautien, est que cet homme abruti par le crime étoit possédé de la plus inquiéte & plus incommode jalousie, & que dans le tems qu'il accordoit à ses feux impudiques de si honteux plaisirs, il ne pouvoit souffrir que sa femme prît les plus innocens. Grave & sérieux dans sa maison, il interdisoit aux autres les divertissemens que prenoient les personnes les plus severes, il ne permettoit point à son Epouse de faire les visites que la bienséance même l'obligeoit de faire, & il porta sa jalousie jusqu'à lui défendre de parler à l'Empereur & de voir l'Imperatrice.

Il arriva dans ce tems-là certains prodiges, qui sembloient annoncer la chute de ce monſtrueux édifice de fortune : il parut une Comete qui donna lieu aux Spéculatifs de dire que c'étoit un préſage de quelque grand malheur, mais peu penſoient que l'élevation de Plautien fût ménacée, car l'Empereur avoit un ſi grand foible pour ce Miniſtre, qu'il avoüoit lui être impoſſible de ſe réſoudre à lui faire du mal. Plautien n'ignoroit point ces diſpoſitions de Severe à ſon égard, il connoiſſoit tout le pouvoir qu'il avoit ſur l'eſprit de ce Prince, & en faiſoit un mauvais uſage. Aveuglé par ſon ambition, il ne ſongeoit qu'à s'élever & à abaiſſer les autres. Plus l'Empereur lui accordoit de graces, plus il en demandoit, mais il ne travailloit que pour lui, & ne penſoit point a ſe faire des créatures : on ne trouve gueres de la généroſité dans ces éleves de la Fortune, leurs ſentimens ne démentent preſque jamais leur naiſſance; en eux tout ſe ſent de la baſſeſſe de leur origine. Plautien à travers la ſplendeur de ſon rang ſe ſouvenoit de tems en tems de la honte de la ſienne, non pas pour en devenir plus ſage & plus moderé, mais pour chercher les moyens de l'effacer par une alliance éclatante. Il ne manquoit point ſans donte de familles illuſtres dans Rome, mais elles ne le paroiſſoient pas aſſez à ſa vanité; il viſoit au grand : il n'y eut que la famille Imperiale qui pût fixer ses prétentions ; car Plautien qui se repaissoit des plus douces illusions, se flattoit de pouvoir assurer sa fortune par cette magnifique alliance, & vouloit par là se préparer un moyen de s'élever plus haut. Cet ambitieux projet ainsi concerté, il ne chercha qu'une occasion favorable pour faire à Severe la proposition du mariage de Caracalla avec Plautille, & l'Empereur la fit naître lui-même ; car ayant formé le dessein de marier le Prince son fils comme je l'ai dit, il le communiqua à son Favori Plautien, qui ne manqua point de se servir de tout l'ascendant qu'il avoit sur l'esprit de l'Empereur pour l'engager à choisir Plautille pour l'Epouse de Caracalla. Severe qui étoit dans l'impuissance de rien refuser à son Ministre, fut d'abord déterminé, & annonça à son fils qu'il vouloit qu'il épousât la fille de Plautien.

Plautille (y) étoit belle, les traits de son visage avoient quelque chose de vif & de piquant : mais son humeur étoit facheuse. Comme la fierté suit la fortune, elle avoit pris certains airs de hauteur dont tout le monde ne s'accommodoit point : ils révoltoient sur tout Caracalla qui n'aimoit point Plautille, parce qu'il haissoit

(y) *Tristan. Comment. histor.*

extrêmement

extrêmement Plautien, à cauſe qu'il maîtriſoit Severe, & qu'il abuſoit inſolemment de ſon crédit. Nous ne ſçavons point ſi Julie fut conſultée ſur ce mariage, mais on a raiſon de croire qu'il ne fut pas de ſon goût, & qu'elle ne pouvoit point approuver que ſon fils épouſât la fille de ſon ennemi capital, lequel n'avoit d'ailleurs pour tout mérite que ſa fortune, dans le tems qu'il pouvoit choiſir une Epouſe dans une infinité de Familles illuſtres, & parmi quantité de Romaines (z qui ſurpaſſoient en beauté celle de Plautien, auſſi-bien qu'en nobleſſe & en mérite. Caracalla qui étoit plus intereſſé que perſonne dans cette affaire, reçut la propoſition de ſon pere (a avec des paroles d'obéïſſance, mais avec un viſage ſérieux & peu content : ſes manieres toutefois ne firent point changer Severe, il devint beau-fils de Plautien en épouſant Plautille.

Ces nôces furent célébrées dans une heureuſe conjoncture. L'Empereur revenoit pour lors de l'Orient, vainqueur des Parthes, chargé des Lauriers qu'il y avoit cueillis, & emmenant avec lui un nombre infini de captifs. Son triomphe & le mariage de ſon fils furent le double motif des largeſſes qu'il fit aux Prétoriens & au Peu-

z *Dio. lib.* 76. a *Herodian. lib.* 3. *c.* 35.

ple. A ces liberalités il joignit les divertissemens ordinaires, les Jeux, les Courses, les Spectacles. Ces réjoüissances durerent plusieurs jours, & Plautien de son côté contribua à la magnificence de cette Fête. Il fit faire devant le Peuple plusieurs combats de Bêtes Sauvages, & régala les Senateurs d'un grand Festin, où l'on trouva ( *b* une grossiere abondance, & peu de délicatesse; mais on ne put voir sans indignation, que pour donner à sa fille un nombreux domestique & une musique mélodieuse, il fit faire des Eunuques, par une cruauté inoüie dans Rome, & choisit pour cet usage des enfans d'honnête famille, & même des peres de famille qui avoient leurs femmes : Nouveauté qui ne marquoit pas moins son insolence que sa brutalité. La nouvelle Princesse apporta pour dot à son Epoux des sommes immenses : l'on assûre qu'elles auroient été suffisantes pour marier cinquante Reines, l'on porta ces Trésors au Palais, & le Peuple vit passer à travers les ruës de Rome ces amas monstrueux d'or & d'argent, qu'il regardoit comme ses dépoüilles, & comme les fruits des voleries de Plautien.

Caracalla au reste ne fit pas voir dans

b *Dio. lib.* 76.

ces réjoüissances un cœur content & satisfait. Comme il avoit été forcé de prendre beaucoup sur son inclination en épousant Plautille, il fit voir que son cœur n'avoit aucune part à ce mariage, & que l'autorité de son pére avoit contraint sa volonté, aussi vêcut-il avec Plautille dans une grande indifference que l'humeur altiere, fâcheuse & hautaine de cette Princesse fit dégénérer en aversion ; car Plautille en devenant l'Epouse de l'heritier du Trône, devint aussi plus fiere & plus imperieuse : Elle voulut maîtriser Caracalla comme son pere maîtrisoit Severe. Tout ce que le jeune Prince disoit, tout ce qu'il faisoit étoit un sujet de censure pour son Epouse, qui controlloit sans aucun ménagement ses actions, & sa conduite, & les blâmoit en termes piquans, qui pénétroient profondément le cœur de Caracalla, lequel n'étoit pas d'un naturel trop souffrant. (*c* Ces altercations, ces reproches & ces plaintes aggravoient de plus en plus le poids des chaînes de son mariage, & l'aigrissoient plus fort contre Plautille. Elle devint un objet odieux à ses yeux : sa présence lui fut bien-tôt insupportable, il voulut avoir un appartement séparé de celui de son Epouse, il vécut

*c Herodian. lib. 3.*

avec elle avec froideur, bien-tôt il la regarda avec aversion : enfin il la haït, & la ménagea si peu, que dans les querelles qu'ils avoient souvent ensemble, il lui dit plusieurs fois que dès que Severe seroit mort, il l'a feroit périr avec Plautien son pere.

Ces menaces affligerent Plautille. Comme elle avoit eu le tems & les occasions d'étudier l'humeur de Caracalla, elle le connoissoit assez bien pour le trouver homme à tenir sa parole, & c'étoit pour elle la mariere de ses plus sérieuses & plus tristes réflexions. Le sort funeste que tant d'autres Imperatrices avoient trouvé sur le Trône, agitoit sans cesse son cœur & le remplissoit des plus vives craintes. Pleine de ces idées désolantes, elle alloit répandre ses pleurs dans le sein de son pere, elle lui répétoit les menaces que lui faisoit Caracalla, qui ne promettoit pas moins à son ressentiment que la perte de leur vie, elle lui réveloit tout ce qui se passoit dans leur mariage, où elle ne trouvoit qu'amertume, & en lui faisant part de ses chagrins, elle lui communiquoit ses frayeurs. C'est ainsi que ces Favoris de la Fortune, qui pour couvrir la honte & la bassesse de leur origine, achetent des alliances d'éclat, préparent à leurs filles de durs esclavages dans ces mariages que leur ambition recherche, & qui sont trop forts même pour leur propre interêt : car le mari qui soupire après la dot bien plus ardemment que pour celle qui l'apporte, n'a pour l'ordinaire que du mépris ou de l'indifference pour l'Epouse d'abord qu'il est devenu le maître, ou qu'il a dissipé le prix de son mariage.

Les menaces que Caracalla avoit fait à Plautille, irriterent Plautien; mais elles lui jetterent dans l'ame les terreurs d'une vive crainte. Instruit par sa fille des desseins violens d'un jeune Prince, qui pouvoit être bientôt en état de les exécuter, & de qui il sçavoit être extrêmement haï, il comprit son danger, & ne vit d'autre moyen pour s'en garantir que de le prévenir, en se rendant maître de l'Empire. L'entreprise étoit hazardeuse, & fort difficile, mais elle lui paroissoit nécessaire, & dans l'obligation de mettre en sûreté sa vie & ses richesses, il trouvoit un motif assez interessant pour devoir tout tenter. Cependant mille obstacles se présentoient à son esprit, & le faisoient chanceler dans son dessein. Il falloit renverser Severe du Trône, massacrer cet Empereur & ses enfans, & se saisir de l'Empire; il falloit se rendre maître du Palais, égorger la Garde ou la corrompre, avoir des Troupes à ſa dévotion, & être aſſuré que celles du Prince reſteroient dans l'inaction ; il falloit ſe faire un parti & compter ſur ſa fidelité, aſſocier à cette entrepriſe des gens capables de la ſoutenir ; il falloit en un mot, renverſer l'Etat, ce qui dans la ſituation où étoient les choſes ; n'étoit pas trop aiſé à faire. Dans ces ſollicitudes, dans ces ſanglantes agitations où le mettoient la crainte de ſa chûte, & l'eſpérance du ſuccès, on le voyoit pâle & tremblant, on liſoit ſur ſon front (*d* le chagrin qui dévoroit ſon cœur, & Plautien dans la plus brillante fortune où un ſujet ſoit jamais arrivé, étoit la proye des plus vives allarmes & des plus cruelles perplexités.

C'étoit dans le tems que ce Miniſtre méditoit le grand coup qu'il vouloit frapper que le Mont-Veſuve 16) vomit une

d *Dio. lib.* 62.

16. Le Mont Veſuve eſt fameux par les flames & les cendres qu'il vomit, & qui tiennent en allarme les Villes voiſines. De tous les embrâſemens de cette Montagne dont on ait oüi parler, il n'en eſt point de ſi terrible que celui qui arriva ſous l'Empire de Tite. La cendre vola juſqu'en Syrie, & Dion dit qu'elle fut ſi épaiſſe qu'elle déroba pendant pluſieurs jours à Rome la clarté du Soleil, ce qui cauſa une grande frayeur aux Romains qui ne pouvoient comprendre la cauſe d'un ſi etrange évenèment. Il arriva auſſi un embrâſement extraordinaire en l'année 1691. cette Montagne jetta du bitume enflâmé & des cendres mélées de feu qui deſolerent tout le Païs. La Ville de Naples fut à deux doigts de ſa ruine.

quantité extraordinaire de feu & avec de si grands mugissemens, (e qu'on les entendoit de Capouë. On regarda cet évenement comme un avertissement de quelque grand changement, & la chûte de Plautien vérifia bientôt cette conjecture. Geta frere de l'Empereur étant tombé malade & se sentant mourir, fit appeller son frere, & lui parla avec la liberté d'un homme, qui, n'ayant plus rien à craindre, dit ses sentimens sans artifice & sans déguisement. Il lui représenta combien étoit dangereuse l'autorité qu'il avoit laissé prendre à Plautien, qu'il pourroit bien s'en servir contre celui là même qui la lui avoit donnée, il lui développa toute la trame des pernicieux desseins qu'il brassoit, & les projets que formoit son ambition; il lui fit comprendre qu'en élevant si haut son favori, il trahissoit ses interêts & ceux de sa famille, que des honneurs excessifs qu'il lui avoit accordé, il avoit fait un nouvel aiguillon à son orgüeil, & lui fit voir enfin, que dans la conduite qu'il avoit tenu à l'égard de ce fastueux Ministre, il y avoit de l'aveuglement. Severe qui étoit un homme d'un sens profond, trouva le raisonnement de son frere d'autant plus solide & plus judicieux, qu'il avoit fait lui-même de sérieu-

e *Ibid.*

ses refléxions sur le trop grand credit qu'il avoit laissé prendre à Plautien. L'Empereur avoit été choqué de ce grand nombre de Statuës qu'on avoit élevé à l'honneur de son favori dans Rome & dans les Provinces, & de l'insolence de Plautien qui avoit souffert (*f* qu'on en plaçât parmi celles de ses parens, comme s'il avoit été leur égal. Dès lors il résolut de l'abbaisser, & lui témoigna moins de tendresse qu'à l'ordinaire. Ce refroidissement de l'amitié de l'Empereur humanisa un peu la morgue de Plautien, il devint plus traitable, mais il ne se déconcerta point, & ne désespéroit point de rentrer dans les bonnes graces de son maître. Il crut que cette indifference de l'Empereur étoit un effet des mauvais offices que lui rendoit Caracalla, qui souvent parloit à son pere du credit excessif de Plautien, de ses richesses, de son autorité & de tout ce qui pouvoit l'indisposer contre lui; & celui-ci pour se venger de son beau fils, avoit l'œil ouvert sur toutes ses démarches, épioit toutes ses actions, tenoit pour ainsi dire registre de tout ce qu'il faisoit, de tout ce qu'il disoit, & le rapportoit à l'Empereur en y donnant une face désavantageuse, & un motif criminel, sans faire réfléxion qu'en croyant

*f Spartian. in Sever.*

nuire

nuire au Prince, il hâtoit ſa propre ruine; car Caracalla qui étoit informé des artifices de Plautien l'en haïſſoit davantage, & travailloit avec plus d'ardeur à le perdre.

Ce Miniſtre ne doutoit point que ſa mort ne fût l'objet des deſirs de Caracalla, & le but de ſes intrigues. L'averſion de ce Prince étoit trop marquée pour s'y méprendre. Cela lui donnoit d'étranges inquiétudes. Quelque amitié que l'Empereur lui eût témoigné juſqu'à lors, il ne pouvoit pas ſe flatter d'y avoir toûjours la même part, ſur tout depuis qu'il n'en recevoit plus ces marques de complaiſance qu'il lui prodiguoit auparavant; il regardoit au contraire l'indifference de Severe comme le commencement de ſa diſgrace & comme un préſage de ſon malheur. Les pleurs de Plautille, qui venoit dépoſer ſes peines & ſes chagrins dans ſon ſein, & lui rapporter les menaces que lui faiſoit ſon Epoux, augmentoient auſſi ſes frayeurs: tout en un mot l'avertiſſoit de ſon danger & du penchant de ſa ruine. Plein de ces triſtes penſées, il ſongea aux moyens de mettre ſa vie en ſûreté & de reculer ſa chûte; mais ceux qu'il prit eurent un effet oppoſé à ſes intentions, & lui furent funeſtes: car ayant réſolu de faire maſſacrer l'Empereur & le Prince Caracalla, il prit mal ses mesures, & fut lui-même la victime d'un dessein si mal digeré. Il s'adressa pour commettre ce crime à Saturnin Centenier dans les Prétoriens, qui lui avoit marqué un dévouëment entier dans toutes les occasions : il le fit appeller un soir, l'introduisit dans sa chambre, & après avoir fait retirer tout le monde, (g *il est tems*, lui dit-il, *que vous me donniez la derniere & la plus grande marque de votre attachement & de votre amitié, & que vous receviez un témoignage de ma reconnoissance qui réponde à celui que j'espere de votre affection. Il dépend de vous de m'élever à l'Empire, & de me mettre en état de le partager avec vous. En travaillant à ma fortune, vous faites la vôtre. Il faut renverser du Trône Severe qui l'occupe, & Caracalla qui est prêt d'y monter. Que ma proposition & le mot imposant d'Empereur ne vous effraye point, l'entreprise vous paroîtra grande ; mais l'exécution en est très-facile. Vous sçavez que personne n'a permission d'entrer dans la chambre de l'Empereur, que l'Officier qui est de garde, & voici que vous êtes de tour, il n'est rien de plus aisé, en vous servant de votre privilege, que d'entrer dans la chambre où couche Severe & dans celle de Caracalla, & de les*

g Herodian, lib. 3.

*poignarder, ſans que qui que ce ſoit puiſſe vous faire obſtacle. Il n'y a pas ici un moment à perdre, l'occaſion ne ſçauroit être plus favorable; allez au Palais, comme ſi vous aviez quelque choſe d'important à dire de ma part à l'Empereur, égorgez Severe & ſon fils, cette action de générosité va vous élever au poſte que je remplis. ſi vous partagez avec moi le péril de cette entrepriſe, vous en partagerez le fruit & la récompenſe. Mais ſçachez auſſi que l'ouverture que je vous fais de mon deſſein, ne vous laiſſe point la liberté de déliberer; il faut vous préparer, ou à donner la mort à Severe, ou à perdre vous même votre vie, car enfin mon interêt & mon ſalut exigent que je vous mette hors d'état d'abuſer de ma confiance & de réveler l'important ſecret que je mets entre vos mains.*

Cette propoſition effraya Saturnin; mais comme il étoit extrêmement ruſé, il ne parut point un ſeul moment ſuſpendu entre la fidelité qu'il devoit à Severe, & les récompenſes magnifiques que lui promettoit Plautien, perſuadé que s'il montroit de la répugnance à accepter cette commiſſion, ce Miniſtre le feroit mourir pour le crime même qu'il refuſeroit de commettre; il feignit au contraire d'être prêt à exécuter ſes ordres, le pria de les lui donner par écrit, & afin de lui faire croire qu'il regardoit cette affaire comme fort facile, il se prosterna à terre, le salua du nom d'Empereur, & lui rendit ces hommages anticipés comme s'il l'avoit déja revêtu de la dignité dont il alloit dépoüiller Severe. La grimace du Tribun combla de joye Plautien, qui croyant avoir trouvé un homme propre à ses desseins, lui donna l'ordre qu'il demandoit, & eut l'imprudence de mettre par écrit un secret dont la révélation étoit si périlleuse, ne faisant pas reflexion qu'au cas que son entreprise ne réüssît point, il laissoit entre les mains de Saturnin une preuve incontestable & décisive de son crime ; mais il étoit si fort aveuglé par sa passion, qu'il ne fit aucune attention aux suites fâcheuses que pouvoit avoir sa facilité. Il envoya promptement Saturnin au Palais, & lui recommanda de ne pas manquer d'abord qu'il auroit massacré les Princes de lui dépêcher un exprès, afin qu'il pût se saisir du Palais avant qu'on sçût leur mort.

Les choses étant ainsi concertées, Saturnin va au Palais chargé des ordres de Plautien ; mais bien résolu d'en faire un usage tout autre que celui dont ils étoient convenus. Car s'imaginant combien il étoit difficile de tuer deux Princes qui couchoient dans des chambres séparées, & craignant sans doute d'être puni comme complice de l'attentat de Plautien, si l'on venoit à découvrir qu'il en eût été le dépositaire, il fit dire à l'Empereur qu'il avoit à lui communiquer un secret important, & ayant été introduit sur le champ dans la chambre de Severe : *Seigneur*, lui dit-il les larmes aux yeux, *je suis envoyé par Plautien pour vous donner la mort ; mais contre ses intentions, je viens vous donner la vie. Votre favori voulant par une horrible ingratitude vous renverser du Trône, m'a donné ordre de vous massacrer & votre fils aussi. Peut-être auriez-vous peine à le croire capable de cette perfidie, si je ne portois dequoi justifier ma sincerité. Dans l'ordre par écrit que je vous présente vous reconnoitrez le crime de Plautien dans sa propre écriture. J'ai fait semblant, Seigneur, de me charger de cette infâme commission, de crainte que quelqu'autre Officier moins fidele se prêtât à sa trahison, & attentât à votre vie.*

La tendresse que Severe avoit toûjours eu pour Plautien combatit encore pour lui dans son cœur, contre l'accusation de Saturnin. Ce Prince crut que cette prétenduë conspiration n'étoit qu'une malice de Caracalla qui vouloit l'aigrir contre ce

Ministre qu'il haïssoit, & il en étoit si fort persuadé, qu'il fit à l'instant appeller son fils & lui fit de sanglans reproches de ce lâche artifice qu'il mettoit en œuvre pour perdre un homme qui lui étoit si utile & qu'il honoroit de son affection. Caracalla eut beau protester qu'il étoit innocent, son pere le croyoit coupable. Saturnin voyant que l'Empereur refusoit de se rendre à la verité, & aux preuves qu'il présentoit du crime de Plautien, n'étoit point sans de vives allarmes. Car il ne doutoit nullement que l'orage ne fondît sur lui, s'il ne désilloit les yeux de Severe en convainquant le coupable. Alors il se joignit à Caracalla & adressant la parole à l'Empereur : *Quelle preuve plus claire & plus convainquante des desseins de Plautien, pouvez-vous demander, Seigneur, que sa propre écriture ? mais si son écrit & son seing ne sont pas des témoignages suffisans, permettez que j'envoye à votre Ministre un de mes Soldats qui lui dise de ma part que ses ordres sont heureusement exécutés, & vous verrez s'il ne viendra pas aussitôt, pour se mettre en possession du Palais & de l'Empire, & par cette démarche, rendre lui-même contre lui-même un témoignage évident de la vérité de mon accusation, & servir de preuve de la trahison qu'il trame.*

La chose arriva en effet comme l'avoit dit Saturnin. Plautien eut à peine entendu de la bouche du Soldat que lui dépêcha le Tribun que tout étoit fait, que s'abandonnant à la flateuse espérance de regner, il crut avoir un pied sur le Trône. Il mit d'abord une cuirasse & courut avec précipitation au Palais, où il entra sans trouver la moindre résistance. A peine Saturnin le vit qu'il le salua du nom d'Empereur, & le prenant par la main, le conduisit dans la chambre où il lui disoit qu'étoient les corps des Princes nageant dans leur sang. Le premier objet qui se présenta à Plautien fut l'Empereur & Caracalla pleins de vie. Il n'en fallut pas davantage pour lui faire comprendre qu'il étoit trahi. (*h* Severe lui reprocha l'énormité de sa perfidie & de son ingratitude, qui lui avoient fait entreprendre d'ôter la vie à un Prince qui l'avoit accablé de bienfaits, comblé de richesses & d'honneurs, & qui lui avoit donné les marques les plus tendres de sa bienveillance, de son amour & de sa confiance. Plautien fut en désordre au premier moment qu'il vit l'Empereur; mais ayant d'abord pris un front de hardiesse & d'impudence, il dit à l'Empereur que tout ce qu'on lui imputoit étoit une insigne fauſ-

h *Herodian. lib.* 3.

feté, malicieusement concertée pour le perdre, & se plaignit ensuite de cet artifice, avec un air d'innocence si ferme & si résolu, que Severe en fut attendri & parut ne pas le croire tout-à-fait coupable; mais par malheur pour Plautien, on entrevit à l'ouverture de sa robe, qu'il étoit cote-maillé, & Caracalla l'ayant fait remarquer à son pere: *Quoi* dit-il en s'adressant à son beau pere, *vous venez au Palais à une heure indue & sans être mandé, vous portez sous votre habit une Cuirasse, & tout cela sans dessein? est-ce pour aller à un soupé, est-ce pour se mettre à table qu'on s'arme avec tant de précaution*? & à l'instant, sans lui donner le tems de répondre, il lui ôta l'épée, lui donna un souflet, & l'alloit percer de son épée, si Severe ne l'en eût empêché. L'infortuné Ministre ne porta pas loin son malheur, l'Empereur (*i*) ordonna à un de ses Domestiques de lui ôter la vie, & dans le tems qu'il exécutoit cet Arrêt de mort, quelqu'autres Soldats qui étoient là présens lui arracherent le poil de la barbe.

Dans le tems que cette scene se passoit dans la chambre de l'Empereur, la Princesse Plautille étoit dans son appartement avec l'Imperatrice Julie, & ne songeoit à

i *Herodian. lib. 3, Dio. lib. 76.*

rien moins qu'au malheur de ſon pere ; mais un Officier alla bien-tôt le lui annoncer & d'une maniere fort brutale, car étant entré dans leur chambre avec un air peu civil : *Voilà une partie de votre Plantien*, leur dit-il bruſquement, en leur jettant le poil de la barbe qu'on avoit arraché à ce malheureux Préfet. Ces paroles percerent le cœur de Plautille. Avec ſon pere elle perdoit l'unique appui de ſa fortune, & ſe voyoit expoſée aux barbares perſécutions d'un Epoux dont rien n'arrêteroit les violences ; Plautien étant le ſeul homme de l'Empire dont l'autorité tenoit en bride le naturel boüillant & emporté de ce Prince. Elle verſa des larmes, & témoigna une douleur d'autant plus vive, que perſonne ne ſe mettoit en peine d'en ſoulager l'amertume ; car l'Imperatrice, au lieu de les eſſuyer & de prendre part à ſon affliction, donna l'eſſort à ſa joie, & ne put s'empêcher de témoigner la ſatisfaction qu'elle avoit de la mort de Plautien, malgré la néceſſité de la cacher, à quoi ſembloit l'obliger la bienſéance ; mais elle avoit trop ſouffert de l'inſolence de ce Miniſtre, pour ne pas laiſſer échaper le plaiſir que lui donnoit la nouvelle de ſa ruine, au même tems que Plautille rempliſſoit ſon appartement de ſes regrets pour le même sujet. Celle-ci en effet avoit bien connu les suites fâcheuses qu'auroit cette mort, car Caracalla n'étant plus retenu par la crainte qu'il avoit de son beau-pere, laissa agir avec liberté son naturel fougueux & emporté, & devint redoutable à toute la Ville. Son Epouse Plautille essuya les premiers traits de sa vengeance : comme il ne l'avoit épousée que pour ne pas se roidir contre les ordres de l'Empereur, il se vengea sur cette Princesse de la violence qu'il s'étoit faite. Tantôt (*l* il lui reprochoit brutalement le malheur de son pere, & vomissoit contre elle les outrages les plus injurieux ; tantôt il recherchoit les occasions de la mortifier & de lui donner du chagrin, enfin il en vint à cette barbare extrêmité, qu'il ne tint pas à lui de la faire perir par les voyes les plus funestes.

Severe, soit par un reste de compassion pour la famille de Plautien qu'il avoit tant aimé, soit par bienséance, ne voulut pas abandonner entierement Plautille au ressentiment de Caracalla ; il l'a relegua dans l'Isle de Lipare 17 ) & enveloppa dans cette peine un fils qu'elle avoit, en qui on

l *Herodian. lib.* 3.

17. Lipare est une Isle de la mer Thyriene, entre la

punit le crime de Plautien son ayeul. Ce bannissement fut accompagné de (m toutes les rigueurs qui pouvoient en augmenter la dureté. Ces illustres exilés y vécurent miserablement & dans de continuelles allarmes d'une mort violente ; & non seulement on ne leur fournit point de quoi vivre d'une manicre conforme à leur rang, mais même on les laissa manquer de toutes choses.

La mort de Plautien délivra les Princes Caracalla & Geta d'un facheux censeur, mais elle leur fut une malheureuse occasion de s'abandonner à toute sorte d'excès; car comme ils n'avoient plus à craindre l'autorité de ce Ministre qui les reprenoit sans ménagement, lorsque leur jeunesse s'échapoit à des violences ou à des débauches, ils se livrerent à une licence effrenèe. Severe eut beau employer ses remontrances & ses menaces, les discours em-

m *Dio. lib.* 76.

Sicile & l'Italie & l'une des Æolienes, elle est celebre dans la Fable, pour être le Païs de Vulcain.

*Turbatur Liparis, stupuit fornace relicta Mulciber.*

Dit Claudien. liv. 2. du Ravissement de Proserpine; Juvenal parle aussi de cette Isle.

*Siccato nectare tergens*
*Brachia Vulcanus Liparæa nigra taberna.*

poisonnés des flatteurs furent écoutés préferablement à la voix du pere, & l'on vit ces deux freres si differens dans leur humeur, si acharnés l'un contre l'autre, si divisés dans leurs sentimens, nés avec des inclinations entierement opposées, se ressembler dans ce qu'ils avoient de mauvais, & commettre les mêmes crimes.

L'Empereur n'étant plus gouverné par Plautien, entreprit de reformer certains abus; & pour faire ces utiles reglemens, il se servit de Papinien cousin de l'Imperatrice, Jurisconsulte fameux, dont le seul nom fait l'éloge. Il lui donna la Charge de Prefet du Prétoire, laquelle reçut un nouvel éclat en la personne de ce grand homme. Dans cette occasion la Fortune fit honneur au mérite. 18) L'Empereur inspiré par Papinien fit des Ordonnances très-sages & très-judicieuses; mais il faut convenir aussi que ces Loix si salutaires dans l'intention de celui qui en inspiroit

18. Papinien a été sans contestation le plus grand Jurisconsulte qui ait jamais été; c'est le sentiment du sçavant Cujas, qui étoit lui-même si capable d'en juger: & ce qu'il y a de beau en lui, c'est qu'il étoit aussi intégre qu'habile, & qu'il aimoit autant la justice qu'il la connoissoit. L'Empereur Valentinien III. trouvoit les décisions de ce grand homme si équitables, qu'il ordonna que lorsque sur une question de droit on trouveroit deux Jurisconsultes de different sentiment, on suivroit celui dont l'avis seroit appuyé de celui de Papinien.

l'établiſſement, devinrent inhumaines par la ſévériré avec laquelle on les fit obſerver, car Severe ſe laiſſant entraîner à la rigidité de ſon temperamment, les faiſoit executer avec une cruauté inexorable. Il pourſuivoit & puniſſoit ſans miſericorde les voleurs, ſans faire réfléxion que ſon inſatiable avarice lui faiſoit commettre les mêmes crimes qu'il puniſſoit avec tant de rigueur dans les autres. Il fit des Edits ſanglans contre les adulteres & tous ces autres crimes qui bleſſent l'honnêteté, 19 ) dans le tems qu'il négligeoit d'arrêter les déſordres de ſes enfans qui rempliſſoient Rome de leurs débauches. Celles de l'Imperatrice étoient encore plus honteuſes, & ſi les Auteurs de l'Hiſtoire ne rapportent point les particularités de ſes galanteries, ils nous apprennent aſſez que ſa vie étoit débordée, pour ne pas nous faire deſirer d'en ſçavoir l'infâme détail. Cependant Severe qui puniſſoit avec tant d'auſterité les débordemens des femmes, traita la ſienne avec une indulgence qui le deshonoroit, qui flétriſſoit ſa gloire. Atten-

19. Après que Severe eut donné un rigoureux Edit contre les adultéres, on nomma des Commiſſaires pour faire des recherches de ceux qui étoient coupables de ce crime. Cet Edit mit en jeu beaucoup de monde. Dion dit qu'il y eut tant de perſonnes dénoncées, qu'il s'en trouva juſqu'à trois mille ſur un ſeul Memoire.

tif à venger les maris des infidelités de leurs Epouſes, il ſouffroit les déloyautés de la ſienne, & lui accordoit une impunité qui l'entretenoit dans ſon libertinage. C'eſt ainſi que cet Empereur (n qui ſçavoit ſi bien régler l'Empire, ne ſçavoit pas régler ſa maiſon, & que ſoigneux de la conduite des autres, il l'étoit ſi peu de celle de ſa femme & de ſes enfans. Il n'ignoroit pourtant point leurs excès, il étoit même ſouvent témoin de la haine implacable que ces deux freres avoient l'un pour l'autre; leurs querelles lui donnerent beaucoup d'exercice &, en même tems beaucoup de chagrin; mais il ne ſçut point prendre les moyens de les rendre ſages. Il tenta d'y réüſſir en les écartant de Rome où les flatteurs contribuoient beaucoup à corrompre leur eſprit, & à diviſer leurs cœurs. Dans ce deſſein il les emmena avec lui en Angleterre où il fut obligé d'aller pour contenir dans l'obéïſſance les Barbares qui faiſoient d'orribles ravages dans cette Province. L'Imperatrice Julie fut de ce voyage, auſſi-bien que la Princeſſe Meſa ſa ſœur. Severe fit heureuſement cette guerre; il fit perir plus de cinquante mille Barbares, il pénétra juſqu'en Ecoſſe, & obligea les Ennemis à lui demander la

n Spartian. in Sever.

paix, ou plûtôt il la leur vendit aux conditions qu'il voulut.

Julie reçut en Ecosse tous les honneurs qui étoient dûs à son rang. Les Dames Ecossoises lui firent une cour assiduë durant le séjour qu'elle y fit, & l'Imperatrice qui ne trouvoit point en elles l'urbanité & la politesse de Rome, les railloit avec esprit, & souvent sans ménagement. L'auguste Dignité dont Julie étoit revêtuë, le respect qu'on devoit à l'Epouse du Maître de l'Univers, & la crainte de lui déplaire, fermoient la bouche aux Ecossoises, & mettoient l'Imperattice à l'abri de la repartie; mais quand elles se furent un peu familiarisées avec cette Princesse, leur langue cessa d'être circonspecte, & ne laissa pas toûjours à Julie la satisfaction d'avoir raillé avec succès. Il se trouva même une de ces Dames qui ménagea si peu l'Imperatrice, qu'elle osa lui reprocher ses prostitutions dans une réponse qu'elle lui fit avec autant d'esprit que de fermeté & de hardiesse, & Julie qui l'avoit attaquée par une raillerie piquante, apprit qu'en Ecosse même on n'ignoroit point les particularités les plus secrettes de ses débauches. Dion nous apprend comment cela se passa. (o Argentoçoxe Ecos-

o *Dio. lib.* 76.

fois de consideration avoit une Epouse d'un esprit vif & enjoüé, & qui n'étoit jamais courte sur la replique. Elle étoit un jour chez l'Imperatrice à laquelle elle rendoit ses devoirs, & Julie ayant fait tomber la conversation sur les manieres du Pays, railla la Dame sur les galanteries des Ecossoises & sur le peu de fidelité qu'elles gardoient à leurs maris. L'Imperatrice n'étoit pas assez hors de prise sur ce sujet, pour ne devoir pas craindre la recrimination; il n'y a pas de politique à faire des railleries qu'on peut tourner contre nous avec avantage. Il est vrai que les femmes de ce Pays passoient alors pour être coquettes; mais Julie sans être Ecossoise avoit le penchant de cette Nation, & en faisoit un plus honteux usage. La femme d'Argentocoxe lui dit avec une hardie liberté; car la Princesse qui ayant poussé un peu loin la raillerie lui reprocha que les Dames d'Ecosse dans leurs galanteries oublioient les Loix de la bienséance, & qu'elles faisoient le public témoin de leurs intrigues; la Barbare prit d'abord la parole & regardant l'Imperatrice: il est vrai, Madame, lui dit-elle, que nos Ecossoises n'ont pas la politique des Dames Romaines, & qu'elles ne se piquent point à leur exemple, de dérober à leurs maris la connoissance

noiſſance de leurs amours, mais il faut auſſi convenir, que dans la confidence qu'elles font à leurs Epoux de leurs galanteries, il y a une eſpece de bonne foi qui les rend moins coupables, & le mérite des Amans qu'elles choiſiſſent au ſçû de leurs maris, porte, pour ainſi dire, le pardon de leurs infidelités; mais pour vous autres Romaines, continua-t-elle, vous gardez des ménagemens où il y a ſans doute plus de ſoupleſſe, d'artifice & de politique, mais où il y a auſſi plus de honte, de deshonneur & d'infamie, & vos infidelités, pour être ſecretes, n'en ſont que plus brutales; car à des Epoux illuſtres vous préferez des Amans que vous choiſiſſez ſouvent parmi ce qu'il y a de plus vil, de plus abject & de plus mépriſable, & ſous des dehors réguliers & bienſéans, vous commettez à l'inſçû des Maris que vous deshonorez, les proſtitutions les plus honteuſes. Cette repartie mit l'Imperatrice en défaut & hors de replique, & lui fit perdre l'envie de railler davantage. Il y a apparence que les rieurs furent du côté de la Caledonienne, 20. ) & que

20. L'Eſcoſſe eſt l'ancienne Calédonie. Les Romains appelloient les habitans de ce Païs là, Calédoniens pour les diſtinguer du reſte des habitans de l'Iſle de la grande Bretagne.

*Quinte Caledonios Ovidi viſure britannos.* Martial.

ſa réponſe apprit à Julie qu'elle avoit tort de faire des reproches aux Ecoſſoiſes ſur la licence de leur vie, lorſqu'elle noirciſſoit la ſienne par des proſtitutions ſcandaleuſes. Mais ce ne fut pas la plus grande mortification qu'elle reçut en Angleterre, elle y trouva des ſujets d'un plus ſenſible chagrin dans les crimes de ſes enfans, & ſur tout dans le parricide que Caracalla voulut commettre, & qui fut un avertiſſement de ce qu'elle devoit craindre pour elle-même.

Ce Prince dénaturé, regardant l'autorité de ſon pere comme un poids qui gênoit ſa liberté, avoit réſolu de ſecoüer le joug de la dépendance, qu'il ne portoit depuis long-tems qu'à regret, & de tuer l'Empereur, dont la vie trop longue faiſoit languir le deſir qu'il avoit d'exercer une puiſſance arbitraire, & peu s'en fallut qu'il n'executât ce barbare deſſein ; car Severe étant un jour à cheval à la tête de ſes Legions & en preſence des Bandes Barbares, Caracalla arrêta un peu ſon cheval & ayant tiré ſon épée, il en alloit percer ſon pere par derriere, s'il n'eût été épouvanté

Il y avoit une vaſte Forêt qu'on appelloit auſſi Caledonie, qui nourriſſoit des Ours d'une groſſeur effroyable. Martial en parle.

*Nuda Caledonio ſic viſcera prabuit Urſo.*

par un grand cri que firent ceux qui étoient aussi à cheval derriere lui. L'Empereur qui se retourna à ce bruit, vit l'épée nuë entre les mains de son fils, & connut à quel dessein il l'avoit tirée. L'effroi qui étoit peint sur le visage de ceux qui avoient crié, marquoit quelle avoit été l'intention de ce perfide, qu'il manifestoit assez lui-même par l'embarras où il se trouva. Il est aisé de comprendre quelle fut la douleur de Severe; il eut assez de force pour en étouffer tous les mouvemens, & assez de politique pour faire semblant de ne pas croire son fils capable d'un si horrible attentat; mais après qu'il se fut retiré le soir dans sa chambre, ayant congedié tout le monde, à la reserve de Papinien & de Castor qui étoit l'Officier de sa Cour le plus fidelle qu'il eût, il fit appeller Caracalla, se fit donner une épée, & l'ayant placée au milieu d'eux, il regarda le Prince avec un air plein de douleur, lui representa l'horreur du parricide qu'il avoit voulu commettre, & dont il avoit voulu rendre témoins les Romains & les Barbares. *Si vous voulez m'ôter la vie*, continua-t'il, *faites-le présentement, me voici chargé d'années, d'infirmités, & hors d'état de me défendre.* (p *Que si vous ne voulez pas*

p *Dio. lib.* 76.

*soüiller vos mains du sang de votre pere; voilà Papinien, ordonnez-lui de me massacrer, vous êtes déja Empereur, il executera vos ordres.*

Cette remontrance fut la seule punition que Severe tira de l'attentat de son fils, mais l'on assure qu'il en eut tant de chagrin, que la vie lui devint odieuse. Il voulût même se l'ôter en se remplissant de viandes (*q* afin que ne pouvant les digerer il en fut étoufé. Il y réüssit avec le secours de Caracalla, qui consomma par une trahison le parricide qu'il méditoit depuis longtems, & qu'il n'avoit pû commetre ouvertement. L'on raconte que se sentant fort mal, il fit lire en sa presence & en celle de ses enfans, le beau discours que Micipsa fit aux siens pour les porter à vivre dans l'union; 21.) ensuite il se fit apporter l'Urne où l'on devoit mettre ses cendres, il la prit entre ses mains & lui adressa ces paroles : *Tu renfermeras celui pour qui l'Univers entier sembloit trop petit*, & faisant un aveu public & sincere de la caducité des grandeurs de la terre. *J'ai été*, s'écria-t'il, (*r tout ce qu'un mortel peut être, & cependant quelle satisfaction m'en reste-*

q *Herodian. lib.* 3. r *Spartian. in Sev.*

21. On le lit dans Saluste, *De Bel. Jugur.*

*t'il?* 22 ) il mourut à Yorck en Angleterre, & malgré son avarice sordide & son extrême cruauté, il fit dire de lui ce qu'on avoit dit d'Auguste, qu'il ne devoit jamais naître, ou qu'il ne devoit jamais mourir.

Julie fit brûler son corps avec les cérémonies accoûtumées, en enferma les cendres dans une Urne précieuse, & prit le chemin de Rome accompagnée de sa sœur Mesa & des Princes Caracalla & Geta ses enfans. La mort de Severe leur pere, l'Urne fatale qui leur en rappelloit sans cesse le souvenir, le deüil de l'Imperatrice leur mere, ne furent pas des motifs assez puissans pour calmer les flots de cette haine envenimée qu'ils se portoient l'un à l'autre. Ce ne fut durant tout le voyage que contestations, que querelles, que reproches; jamais on ne vit une antipathie si déclarée. Caracalla ne vouloit point que son frere rivalisât avec lui, & qu'il prît le titre, les honneurs & l'autorité d'Empereur. Geta prétendoit avoir autant de pouvoir que son aîné, il alleguoit pour prouver son droit, l'intention de Severe, qui, pour faire voir qu'il vouloit qu'ils regnassent avec une autorité égale, avoit ordonné qu'ils auroient alternativement l'un l'autre la Statuë de la Vic-

22. *Omnia fuit, & nihil expedit.*

toire dans leur chambre. 23) L'Imperatrice qui craignoit avec raison que ces contestations eussent des suites funestes, mit en œuvre ses remontrances les plus pressantes & ses plus tendres prieres. Elle assembla les personnes les plus distinguées par leur naissance & par leur sagesse, pour régler les interêts des deux Princes, & pour pacifier leur differends : Elle n'omit rien enfin pour les reconcilier de bonnefoi, & elle crut y avoir réussi lorsqu'elle vit ses fils se faire mille protestations d'amitié, & se donner de mutuels témoignages d'estime. Mais nous verrons bientôt que cette feinte réconciliation ne fit que reserrer la haine de Caracalla sans l'éteindre.

A peine fut-il arrivé à Rome qu'il (f souilla son entrée par le meurtre de plusieurs personnes. Les Medecins qui n'avoient pas voulu hâter la mort de son pere, furent les premiers executés & devinrent la victime de leur fidelité. Castor Chambellan de Severe, Evode à qui ce jeune

f *Dio. lib. 77. Herod. l. 4. Spart.*

23. Les Empereurs avoient toûjours dans leur chambre la Statuë de la Victoire, qui étoit une des Divinités que les Romains reveroient avec le plus de superstition. Il n'y avoit que celui qui avoit en main la puissance souveraine qui eût ce Privilege. Telle part que l'Empereur allât, on portoit cette Statuë, & on la mettoit dans sa chambre ou dans sa Tente. Il y avoit à Rome un fameux Temple de la Victoire.

Tyran devoit ſon éducation, & beaucoup d'autres périrent par ſon ordre. Il ôta la Charge de Prefet du Prétoire à Papinien qui lui faiſoit tant d'honneur, & envelopa enfin dans ſa vengeance tous ceux qui s'étoient intereſſés pour le mettre d'accord avec ſon frere.

Plautille cependant devoroit ſes chagrins à Lipare, & par les rigueurs de ſon éxil, elle expioit la part qu'elle avoit euë à l'inſolente Domination de ſon pere. Outre les incommodités de ſon banniſſement où elle manquoit de tout, elle avoit eu la douleur d'y voir mourir ſon fils qui faiſoit ſon unique conſolation, & en qui elle mettoit l'eſperance de voir un jour finir ſes malheurs; mais Caracalla n'avoit pas oublié les momens fâcheux qu'elle lui avoit fait paſſer, ni la violence qu'avoit fait à ſon cœur la ſoumiſſion forcée qui l'avoit uni à une femme qu'il n'aimoit point, & qui étoit la fille du plus cruel de ſes ennemis; le ſouvenir des mauvais offices que lui avoient rendu Plautien & Plautille reveilla ſa fureur, il regarda l'exil de ſa femme comme une peine legere qui ne le vengeoit pas ſuffiſamment des outrages qu'il en avoit reçû; ſon reſſentiment demandoit un plus rigoureux ſupplice, il ne tarda point à lui donner cette cruelle ſatisfaction. Il envoya à Lipare des ministres de sa cruauté (t qui ôterent brutalement la vie à cette malheureuse Princesse, que tant de trésors n'avoient élevé ce semble sur le Trône, que pour la faire servir de joüet aux caprices de la Fortune. Ainsi périt misérablement Plautille, dont la vie auroit été plus tranquille, & par conséquent plus heureuse dans l'obscurité d'une condition médiocre, qu'elle ne fut sur le Trône de l'Empire. Plautus son frere qui avoit été le compagnon de son bannissement, le fut aussi de son supplice. Caracalla étendit sa haine pour Plautien sur tous ceux qui lui appartenoient, & punit dans les enfans le crime du pere.

Ce fut par ces violences que Caracalla signala les prémices de son Regne, ces sanglans commencemens alienerent de lui les cœurs & les tournerent vers Geta son frere, en qui l'on voyoit un naturel plus facile & des sentimens plus humains; car quoique chacun de ces Princes eût ses Gardes, son appartement au Palais, ses amis & sa Cour, le parti de Geta étoit plus nombreux: & de ceux qui s'attachoient à l'aîné, la plus grande partie le faisoit par bienséance, par interêt ou par politique; peu le suivoient par inclination,

t Dio. lib. 76. & 77.

&

& ce ne fut point un des moindres sujets qui allumerent sa jalousie contre son frere. Il ne resta pas long-tems à la faire éclater, il n'étoit pas homme à se contraindre. Dès lors ils se tinrent en garde contre les trahisons l'un de l'autre, Caracalla tendoit des piéges à Geta, & craignoit sans cesse de tomber dans ceux qu'il s'imaginoit que Geta lui avoit tendus. Ils ne mangeoient ni ne marchoient ensemble, ils vivoient enfin en ennemis déclarés. Cette mésintelligence allarma l'Imperatrice, & donna du chagrin aux amis de Severe ; ils apprehenderent qu'une aversion si marquée n'aboutît enfin à quelque malheur, & crurent que pour le prévenir il n'y avoit point de moyen plus sûr que d'engager les Princes à partager l'Empire. Ils y consentirent, & après une longue discussion il fut convenu que Geta auroit l'Asie & l'Egypte, & que Caracalla retiendroit pour lui le reste de l'Empire. Il ne restoit plus qu'à executer ce projet, mais les larmes de l'Imperatrice y mirent obstacle, car se voyant réduite par ce partage à la nécessité de perdre l'un de ses deux fils, elle fit tous ses efforts pour les empêcher de se séparer. Elle ne consulta pas sa prudence, & écouta trop sa tendresse ; elle ne fit pas réflexion qu'en persuadant aux Princes de rester à Rome

& de gouverner l'Empire enſemble, elle les expoſoit aux malheurs qu'on vouloit éviter. Son amour en cette occaſion ſurprit ſa politique; la préſence de ſes deux fils attendrit ſon cœur, elle ne fut pas maîtreſſe de ſa douleur, elle verſa un torrent de larmes, & regardant enſuite les Princes avec un air de tendreſſe le plus touchant: *Enfin mes enfans*, leur dit-elle, *vous avez trouvé le ſecret de partager la Terre & la Mer, & de mettre entre les deux Continens le détroit qui ſépare le Boſphore avec l'Helleſpont pour bornes; mais quel moyen trouverez-vous de partager votre mere? car n'eſt-ce pas pour moi le comble de la douleur de me voir forcée de m'éloigner de l'un de vous deux, à moins que vous ne vouliez me partager comme vous avez partagé l'Empire? Ah! plûtôt que de vous voir ainſi diviſés, éloignés de moi & l'un de l'autre, mettez mon corps en piéces;* (u *que chacun de vous en emporte avec ſoi une partie pour l'enſevelir dans ſes Terres, & qu'il ſoit dit qu'après avoir partagé la Terre & les Mers, vous avez encore partagé votre mere.* Ces paroles furent entrecoupées de mille ſanglots, & Julie les prononça avec des marques d'une ſi vive douleur, que les Princes reſtoient comme interdits; alors

*Herodian. lib.* 4.

l'Imperatrice voyant que ses larmes étoient efficaces, s'approcha de ses fils, les embrassa tous les deux avec tout l'amour que peut inspirer la nature, & les conjura avec les termes les plus tendres & les plus touchans de ne plus songer à un partage, & à une séparation qui lui coûteroit la vie.

Les pleurs de Julie, ses soupirs & ses empressemens furent assez puissans pour porter les Princes à renoncer au dessein de partager l'Empire; mais ils ne furent pas assez forts pour réünir leurs cœurs, depuis si long-tems aigris. Sans cesse opposés dans leur humeur, dans leurs inclinations & dans leurs vûës, ils n'étoient jamais de même avis dans les Elections des Magistrats, ni de même sentiment dans le Jugement des Procès, au grand préjudice des Parties. Dans les Jeux publics, dans les Combats, dans les Courses, ils donnoient le Spectacle d'une scandaleuse division; chacun d'eux soûtenoit, protegeoit, favorisoit une faction & se déclaroit hautement contre l'autre; ils parvinrent enfin à ne pouvoir se souffrir ni de près ni de loin, ils se tendirent des piéges, il n'eurent pas honte de corrompre les cuisiniers l'un de l'autre pour s'empoisonner, & comme chacun d'eux craignoit les trahiſons de ſon frere, ils n'avoient d'autre occupation que de dreſſer ou de découvrir des embûches, juſqu'à ce que Caracalla fatigué d'un ſoin ſi penible, ſe réſolut de faire mourir ſon frere à quelque prix que ce fût, & pour le faire ſans aucun danger, il eut recours à la plus horrible perfidie que la plus noire malice puiſſe imaginer; car comme il ſçavoit que ſa mere ſouhaitoit de tout ſon cœur leur reconciliation, il feignit d'être dans une ſincere diſpoſition de vivre bien à l'avenir avec ſon frere; il fit à l'Imperatrice les plus belles proteſtations, & afin, lui dit-il, qu'elle eût la douce ſatisfaction de voir ſes deux fils unis pour toûjours, il la pria de faire venir Geta dans ſa chambre, où il (x vouloit lui donner les plus tendres témoignages de ſon amitié & en ſa preſence.

Comme l'on eſt porté à croire facilement ce que l'on deſire avec ardeur, Julie déçûë par les perfides proteſtations de ſon aîné, crut qu'enfin la nature avoit fait ſes efforts ſur le cœur de ce Prince, & que ſes diſcours étoient ſinceres; elle manda Geta & le pria de venir dans ſon appartement, pour y recevoir de la part de ſon frere, des marques convaincantes de ſon

x *Dio. lib.* 67.

amitié. Geta qui connoissoit Caracalla jusques dans le fond du cœur, ne se fioit point à ses paroles; mais comme c'étoit l'Imperatrice qui l'appelloit, il crut pouvoir aller chez elle sans danger, & certes la prudence la plus éclairée n'auroit pas été à l'abri d'un artifice si malin; mais la chambre de Julie qui devoit être pour Geta un azile inviolable, devint le lieu de son naufrage : car à peine ce Prince infortuné fut auprès de sa mere, que des Centeniers lesquels Caracalla avoit fait cacher tout auprès, & qui prêtoient leurs mains infâmes à son dessein, entrerent tout d'un coup, ayant l'épée à la main, & chercherent des yeux celui qu'ils devoient immoler à la haine de Caracalla. A la vûë de ces assassins, le jeune Prince connut qu'on en vouloit à sa vie, & dans ce pressant danger, ne pensant point de pouvoir trouver un azile plus sacré & plus sûr que le sein de l'Imperatrice, il se jetta entre ses bras tout effrayé, & l'embrassant de toutes ses forces : *Je suis perdu ma mere*, s'écria-t'il, *ma chere mere sauvez-moi*. L'Imperatrice embrassa son fils & tâcha de lui faire un rempart de son corps, mais ni un spectacle si touchant, ni le respect qui étoit dû à l'Imperatrice, ne purent arrêter la fureur de ces conjurés; ils percerent Geta de plusieurs coups, & ainsi le sang de ce pauvre Prince rentra, pour ainsi dire, dans le sein dont il étoit sorti. Julie en fut toute couverte, & fut même blessée à une main, soit par quelque Centenier, soit par Caracalla même, qui eut la barbare cruauté de tremper ses mains impies dans le sang de son frere.

Il est aisé de comprendre combien la douleur de Julie fut grande; mais ce qu'il n'est pas facile de croire, c'est que Caracalla eut assez de ferocité, pour ne pas vouloir que sa mere soulageât son affliction par ses larmes. Il fallut que cette infortunée Imperatrice & les Dames qui étoient auprès d'elle, fissent un sacrifice forcé de leurs regrets, qu'elles étoufassent leurs soupirs, de crainte que Caracalla qui étoit transporté de fureur ne les tuât. Julie fut même réduite à cet excès de douleur, ou plûtôt de misere, que d'être obligée, malgré la profondeur de son chagrin, de témoigner de la joie de la mort de son fils, parce qu'il y avoit des gens envoyés par Caracalla pour (y recüeillir tout ce qu'elle disoit, pour remarquer jusqu'à la moindre de ses grimaces, & pour observer même la couleur de son visage, afin d'y lire & d'y découvrir les sentimens de son

y *Dio. lib.* 77.

cœur. L'infâme Caracalla courut au Camp les mains encore dégoutantes du sang de son frere, comme pour s'y mettre en sûreté entre les mains des Soldats, qu'il n'entretint que des mauvais desseins que son frere avoit tramé contre lui, & le lendemain il alla au Senat où il crut se mettre à couvert de la censure qu'on pouvoit faire de son crime en accusant son frere de l'avoir voulu tuer le premier, ajoutant ainsi à la malice de son fratricide celle de vouloir le justifier. Il poussa plus loin l'artifice, car il pria les Senateurs de déferer à Geta l'immortalité, & s'imaginant que ce feint respect pour la memoire de son frere, & ces dehors de pieté imposeroient au public & effaceroit des esprits le soupçon de son crime, il lui fit accorder l'Apotheose, (z n'étant pas jaloux d'ailleurs que son frere fût dans le Ciel, pourvû qu'il ne fût plus sur la terre 24)

Dans le tems que Caracalla cherchoit des prétextes à son assassinat, Julie renduë à sa liberté, laissa couler ses larmes que la crainte du naturel violent & emporté de ce Prince avoit retenuës, donna un libre cours à sa douleur. Elle déplora le triste sort d'un fils qu'elle venoit de perdre d'une

z *Spartian. in Getam.*

24. *Sit Divus dum non sit vivus.*

maniere si funeste, & qui avoit trouvé sa mort, dans les entrailles même qui lui avoient donné la vie. Ses regrets & ses pleurs attirerent ceux des Princesses sa sœur & ses niéces, & des autres Dames qui étoient affligées de la mort de Geta, & qui prenoient part à sa douleur ; mais leur compassion pensa leur être funeste, car Caracala étant entré dans la chambre de sa mere, dans le moment qu'elle & ses Dames étoient en pleurs, il fut sur le point de les faire massacrer sur le champ, & de mêler leur sang avec leurs larmes, qu'il regardoit comme des accusatrices de son crime, & un témoignage du regret qu'elles avoient de la mort de son frere; & si Lucille fille de Marc-Aurele, Princesse que son âge, sa naissance & son rang avoient rendu respectable à tous les Empereurs qui avoient regné depuis son pere, échapa pour lors à sa fureur, ce ne fut que pour expier bien-tôt par sa mort, la compassion qu'elle avoit porté au malheur de Geta. Car Caracalla ayant vû que personne ne se mettoit en état de venger la mort de son frere, il se déchaîna comme une furie contre ceux qui l'avoient servi, pleuré & aimé. Asser son parent, Pompeïen petit-fils de Marc-Aurele, & beaucoup d'autres grands hommes qui avoient si souvent travaillé à conserver la paix & l'union entre les deux Princes, périrent & reçûrent la mort pour récompense de leur zéle. Helvius Pertinax fils de l'Empereur de ce nom, & qui faisoit les délices de Rome, paya de sa vie un trait de raillerie piquante qu'il avoit lâché contre Caracalla, à qui il reprochoit ingenieusement son fratricide. Papinien l'honneur de l'Empire, & l'azile des Loix (*a* eut la tête tranchée, pour n'avoir voulu justifier le meurtre de ce Tyran, qui vouloit que ce grand homme composât un discours pour faire entendre au Senat qu'il avoit eu raison de tuer son frere, comme s'il eût été aussi facile d'excuser un parricide, que de le commettre. Prince aveuglé qui ne faisoit pas réfléxion que cette barbare & injuste execution; & le mérite de Papinien feroit retentir le crime dont il vouloit éviter le soupçon, & que les efforts qu'il faisoit pour l'excuser, en faisoient croire l'énormité. 25.)

a *Spartian. in Caracal.*

25. Lorsque Caracalla proposa à Papinien de justifier son fratricide, ce grand Jurisconsulte lui répondit qu'il n'étoit pas aussi facile d'excuser un parricide que de le commettre : *Non tam facile parricidium excusari posse, quàm fieri.* D'autres disent que Carcalla avoit prié Papinien de lui composer un discours pour qu'il pût faire voir au Senat les raisons qu'il avoit eu de tuer Geta, & que Papinien lui répondit qu'il n'y avoit pas moins de honte d'accuser injustement un innocent qui avoit été

A la vûë de ces sanglantes executions, Julie ne devoit pas être sans de vives allarmes. Elle ne pouvoit avoir ni de plus juste ni de plus triste fondement de craindre pour sa vie, que le malheur de Geta qui avoit perdu la sienne par les mains du dénaturé Caracalla. Cependant soit que ce Prince voulût appaiser la douleur de sa mere & mériter sa tendresse, soit qu'il crût qu'elle lui fût utile, il lui donna une assez grande autorité, & eut pour elle beaucoup d'égards. Il voulut qu'on lui rendît tous les honneurs qui étoient dûs à sa Dignité, ce qui faisoit beaucoup de plaisir à l'Imperatrice. Il se déchargea sur elle du soin de beaucoup d'affaires, & sur tout de celui de répondre les Requêtes & les Placets qu'on présentoit ou qu'on adressoit à l'Empereur; il accorda le droit de Bourgeoisie à la Ville d'Emese, où Julie avoit pris naissance; il donna la Chaire de Rhetorique d'Athenes au Sophiste

tué, que de commettre un parricide: *Aliud est parricidium, accusare innocentem occisum.* Ce refus fut cause de sa mort. Caracalla lui fit trancher la tête par la main du Bourreau qui se servit de la hache, ce qui fit dire au Tiran qu'il devoit se servir de l'épée, & ne pas faire tant d'honneur à Papinien.

Les haches étoient une des marques d'honneur accordées aux Consuls & aux Proconsuls, & l'épée étoit une des marques d'honneurs accordées aux Magistrats d'une dignité inferieure, comme par exemple aux Préteurs.

Philiſque à ſa recommandation, malgré les ſollicitations des plus grands Seigneurs de la Cour, qui s'intereſſoient pour d'autres Rheteurs ; il eut enfin de grandes complaiſances pour elle : cependant toutes ces faveurs, toutes ces graces, toutes ces complaiſances, ne purent point gagner à Caracalla le cœur de ſa mere, rempli du tendre ſouvenir de Geta ſon fils, qu'elle avoit toûjours aimé beaucoup plus que l'aîné.

Je ſçai qu'il y a des Auteurs qui ont accuſé Julie d'avoir acheté de Caracalla, ces honneurs aux dépens du ſien, d'avoir eu pour ce Prince des complaiſances inceſtueuſes, & même de l'avoir épouſé ; & l'Hiſtorien ſur tout raconte que Julie dont la beauté n'étoit point encore paſſée, & dont les charmes pouvoient balancer ceux de beaucoup de Romaines plus jeunes qu'elle & qui paſſoient pour belles, étant un jour avec l'Empereur en habit fort galant, lui inſpira de l'amour, & Caracalla dans les tranſports de ſa paſſion (*b* regardant tendrement l'Imperatrice, lui dit en ſoupirant : *Je le voudrois bien*, Madame, *s'il m'étoit permis*. Julie qui n'avoit fait parade de ſa beauté que pour plaire au Prince, comprenant alors que ſes appas

b *Spartian. in Caracal.*

étoient vainqueurs du cœur de l'Empereur, lui répondit, *qu'il ne dépendoit que de lui ; car enfin, Seigneur,* poursuivit-elle, *n'êtes-vous pas maître? n'est-ce pas vous qui donnez la loi à tout le monde, sans être obligé de la recevoir de personne ? n'avez-vous pas droit de tout faire sans quequi que ce soit puisse s'ingerer de censurer votre conduite?* La repartie de Julie, leva le scrupule de Caracalla, il épousa la veuve de son pere, & ajoûta la honte de cet inceste aux horreurs de son parricide ; c'est ainsi que Spartien débite ce fait. Mais il n'y a personne qui ne regarde ce mariage comme une fausseté. L'on sçait que Julie étoit mere de Caracalla, & Spartien qui rapporte ce prétendu inceste, a cru que Julie n'étoit que belle-mere de cet Empereur, qu'il suppose être fils de Martia. 26) Ce

26. Il n'y a aujourd'hui personne parmi le Sçavans, qui ne convienne que Caracalla étoit fils de Julie, & non de Martia premiere femme de Severe. L'autorité de Dion & d'Herodien doit l'emporter sur celle de Spartien & des autres Historiens qui ont écrit après lui. Les Critiques les plus fameux & les plus habiles sont de ce sentiment. Spartien lui même qui fait Caracalla fils de Martia, se contredit; car il traite ce Prince d'ennemi de son pere & de sa mere, reproche qui seroit injuste, si Caracalla étoit fils de Martia, puisque Martia étant morte lorsque Caracalla étoit enfant, en le supposant son fils, elle n'avoit pas pû en recevoir des marques d'inimitié. Ce même Historien dit ailleurs, que Julie aimoit plus Geta qu'elle n'aimoit Caracalla, ce qui ne seroit pas merveille si Caracalla n'étoit pas son fils.

dont tous les Hiſtoriens tombent d'accord eſt, que Caracalla n'ayant plus de Collegue à ménager, ni de Concurrent à craindre, laiſſa agir ſon penchant & ſa cruauté. Elle ſe déborda ſur toute ſorte d'âge & de condition. On ne vit dans Rome que ſupplices, que morts, qu'éxecutions. Sa cruauté impoſoit des crimes aux plus gens de bien, & ſon avarice leur faiſoit acheter cherement, l'abſolution de ces faux délits. Il ruinoit les Senateurs par des dépenſes extravagantes qu'il leur faiſoit faire. Il épuiſa les fonds que Severe ſon pere avoit laiſſés, en faiſant ſans ménagement & ſans meſure, des largeſſes extraordinaires à ſes flatteurs & aux Soldats, afin de s'attirer les loüanges de ceux là & l'amour de ceux-ci; il commit enfin tous les crimes qu'on pouvoit attendre d'un Prince qui avoit enſanglanté les prémices de ſon Regne, & dont un parricide avoit été le coup d'eſſai.

Caſaubon a d'abord paru être du ſentiment de Spartien, mais l'autorité de Dion le lui a fait abandonner. A mon avis, la douleur que Julie marqua lors de la mort de Caracalla la déclare ſa mere; car quoiqu'elle pleurât la perte de ſon autorité, je ne crois point que ſi elle n'eût pas eu d'autres raiſons, elle eût fait les écarts qu'elle fit en ſe donnant de grands coups de poing ſur ſon Cancer, en ſe déchirant les habits, & ſur tout en ſe réſolvant à mourir de faim. L'amour maternel peut ſeul cauſer une ſi vive affliction, on ne voit point de Marâtres ſi tendres.

Julie avoit trop d'eſprit pour ne pas prévoir les ſuites funeſtes que pouvoit avoir une conduite ſi peu meſurée, elle le lui repreſenta pour le lui faire craindre, elle lui dit que des dépenſes ſi grandes & ſi inutiles ne pouvoient que tarir les fonds de ſon Epargne; que ſous prétexte de gagner les Soldats, il les enrichiſſoit en faiſant en leur faveur des augmentations extraordinaires, qu'après avoir épuiſé toute ſorte de moyens d'avoir de l'argent par des Impôts & des exactions onereuſes qui faiſoient murmurer les Provinces, elle ne voyoit pas qu'il reſtât de voye ni juſte ni injuſte pour en retirer. L'Empereur regarda ces ſages remontrances, comme des avis timides d'une femme qui portoit trop loin ſon inquiéte prévoyance: car pour faire voir à ſa mere que nonobſtant toutes les dépenſes qu'il faiſoit, & dont elle ſe plaignoit tant, il avoit une reſſource pecunieuſe à laquelle elle ne penſoit point, il lui montra ſon épée & lui dit ces paroles, où l'on trouve le caractere le mieux marqué d'un vrai Tyran. *Que mes dépenſes, Madame, ne vous faſſent point de peine, tant que celle-ci nous demeurera, l'argent ne nous manquera point.* Malheureuſe reſſource, qui fut fatale à tant de monde, & qui coûta bien du ſang. Cette épée funeſte à une infinité de perſonnes, ne put pourtant point lui fournir de l'argent toutes les fois qu'il en eût beſoin. On le vit réduit (*c* à faire de la fauſſe Monnoye, & à donner au lieu de bonne, des Piéces de plomb couvertes d'argent ou de cuivre doré.

La fole prodigalité de ce Prince, ne fut pas le ſeul vice ſur lequel l'Imperatrice ſa mere eut des remontrances à lui faire; il n'eſt point d'excès contre lequel elle n'eût eu à déclamer, car jamais Prince n'a eu d'inclinations plus dépravées. On compte autant de crimes qu'il y a d'évenement en ſa vie. On le vit dans les combats du Cirque dégrader la Majeſté de ſa dignité, en s'amuſant baſſement à conduire des Chariots, à tuer des bêtes, & à ſe mêler parmi les Gladiateurs, indigne occupation qui lui fit donner le ſobriquet de Tarante, lequel étoit un Gladiateur petit, mal fait, & tout-à-fait mépriſable. Il fit mourir les Gouverneurs des Provinces qui avoient été amis de Geta ſon frere. Les veſtales ne furent point à labri de la perſécution, il en fit enterrer quelques unes toutes vives, à cauſe qu'il les avoit trouvées trop ſages; & celles (*d* qui eurent le courage de conſerver leur honneur en mépriſant les ſollicita-

*c* *Dio. lib.* 77. *d* *Herodian. lib.* 4.

tions & les menaces qu'il employa pour les corrompre, reçûrent la mort pour prix de leur vertu. 27) Il remplit de sang & de larmes toutes les Provinces de l'Empire où sa légereté le fit voyager, il fit un horrible massacre des habitans d'Alexandrie, 28) pour se venger d'une raillerie qu'ils avoient fait contre lui, & voulut avoir le cruel plaisir de voir faire cette exécution. Il trompa le Roi des Parthes par une insigne perfidie, car feignant de vouloir faire avec lui une étroite alliance, il lui envoya des Ambassadeurs chargés de présens, &

27. Caracalla ayant employé toute sorte de moyens pour débaucher Clodia Læta Vestale, qui avoit opposé une résistance invincible à ses poursuites, ce Prince la fit punir du supplice destiné pour celles qui avoient perdu leur Virginité. On l'enterra toute vive, & dans le tems que les executeurs de cette injuste Sentence mettoient la Vestale dans la fosse, elle se prit à crier, *Qu'il n'y avoit personne qui sçût mieux que l'Empereur qu'elle étoit Vierge*. Viva sepulta est cum tamen altum exclamaret scire ipsum antonium, se Virginem esse.

28. Les habitans d'Alexandrie accoûtumés à parler licentieusement des plus grands Princes, avoient traité Julie mere du Prince, de Jocaste, & avoient tenu des discours fort libres au sujet de Caracalla. Cet Empereur en fut averti à Rome, & s'en sentit si fort piqué, qu'il s'en vengea d'une maniere cruelle; car étant allé ensuite à Alexandrie, il fit assembler toute la jeunesse dans une Place, sous prétexte de vouloir composer une Phalange à l'imitation de celle d'Alexandre, & la fit passer par le fil de l'épée. Tant il étoit dangereux de railler sur Caracalla. Pertinax l'avoit déja éprouvé. Ce Prince voyant que l'Empereur prenoit le titre de Parthique, de Germanique, d'Arabique, dit qu'il devroit prendre aussi celui de *Getique*, faisant allusion à son fratricide.

d'une

d'une lettre dans laquelle il lui demandoit sa fille en mariage.

Quoique le Parthe ne pensât point à l'artifice de l'Empereur, & qu'il crût que sa demande étoit sincere, il s'excusa toutes fois fort honnêtement, sur la difference des mœurs, du langage & des manieres qu'il y avoit entre les Parthes & les Romains, & remercia Caracalla de l'honneur qu'il lui offroit. Celui-ci redoubla ses empressemens, fit l'amoureux de la Princesse Parthe, envoya à Artabane son pere de nouveaux Ambassadeurs & de plus riches présens, & lui promit une alliance inviolable avec les plus horribles fermens. Le barbare trompé par ces artificieuses promesses, accorda enfin sa fille à l'Empereur, & invita les Princes & les Grands Seigneurs de sa Cour à aller avec lui au-devant de l'Empereur Romain. Le fourbe Caracalla entra dans les Etats du Roy des Parthes, & alla jusqu'auprès de Cteziphon qui en étoit la Capitale. Il fut reçû avec les plus pompeuses acclamations dans toutes les villes de son passage, lesquelles pour lui faire honneur à la maniere du Païs, faisoient brûler des parfums précieux sur des Autels ornés de fleurs, & Caracalla répondoit à ces témoiguages de respect, par des remerciemens & des assurances d'amitié & de reconnoiſſance en apparence les plus ſinceres. Artabane accompagné de toute ſa Cour, reçut le Prince Romain dans une vaſte plaine près de la ville Royale, au bruit des Concerts & des Chants dont faiſoient retentir les airs, une multitude infinie de Parthes qui ſuivoient leur Roi couronnés de fleurs, & portans toute ſorte d'inſtrumens de muſique. L'entrevûë des Monarques ſe fit avec de mutuelles aſſurances d'eſtime, d'amitié & de fidelité; on fit rafraîchir les Troupes qui ſuivoient Caracalla, & celles qui accompagnoient Artabane. Celles-ci curieuſes de voir l'Empereur de Rome, quitterent leurs rangs, & ſe preſſoient ſi fort les unes les autres, que cette eſpece d'Armée ſembloit un peloton, car on voyoit ces Barbares accourir en foule pour contenter leur curioſité, comme ſi Caracalla eût été un homme different des autres. Alors Caracalla voyant le moment favorable pour exécuter la trahiſon qu'il méditoit, fit à ſes gens le ſignal dont on étoit convenu, & à l'inſtant les Romains ſe jettent l'épée à la main ſur les Parthes, qui penſant n'être venus qu'à des nôces, ne portoient pour toutes Armes que leurs inſtrumens de muſique. On en fit un carnage horrible. Artabane étant heureuſement enlevé par ſes

Gardes & jetté avec précipitation sur un cheval, eut beaucoup de peines à se tirer d'affaires, & après (e qu'on eut donné au pillage tout ce que les Parthes, pour fuïr plus vîte avoient abandonné, l'Empereur s'en retourna en Mésopotamie, saccageant, pillant, brûlant tout ce qui se trouva sur sa route, laissant par tout de funestes traces de son passage.

Caracalla s'applaudit de cette perfidie, comme de la victoire la plus glorieuse. Il écrivit insolemment au Senat qu'il avoit vaincu les Parthes & soumis l'Orient, & le timide Senat qui sçavoit la vérité des choses, n'eut pas honte de couronner de si odieux lauriers. Il donna à l'Empereur le surnom de Parthique, & rendit à sa trahison les honneurs qu'il auroit pû décerner au triomphe le plus illustre & le plus légitime : & le lâche Caracalla eut l'insolence de les recevoir malgré les reproches de son cœur, qui l'avertissoient qu'il ne les méritoit point. Il appelloit ses courses ou plûtôt ses brigandages, ses occupations militaires, & c'étoit pour n'en pas interrompre la gloire, qu'il se reposoit sur sa mere du soin des affaires de l'Empire. Elle étoit pour lors à Antioche, & avoit auprès d'elle sa sœur Mesa, à laquelle Caracalla

e *Herodian. lib.* 4.

avoit donné le titre d'Auguſte & qui vivoit avec beaucoup de ſplendeur ; & ſes deux nieces Soémie & Mamée ne quittoient point Meſa leur mere, depuis qu'elles étoient veuves. Mamée ſe remaria avec Julianus qui étoit d'une dignité inferieure à celle de Marcien ſon premier mari ; mais Caracalla lui conſerva le même rang & les mêmes honneurs dont elle joüiſſoit ſous Marcien, & qu'on continua de lui rendre durant ſon ſecond mariage qui prit bientôt fin, par la mort de Julianus.

Ces Princeſſes apprenoient avec chagrin toutes les folies de Caracalla, qui couroit de ville en ville où il ſe donnoit en ſpectacle aux Peuples dans les Cirques & dans les Amphitheâtres, confondu avec les Gladiateurs dont il faiſoit les exercices. Meſa & l'Imperatrice ſa ſœur, qui avoient un grand uſage du monde, le voyoient avec douleur dans ces indignes occupations qui le rendoient mépriſable, & pleuroient ſur ſes cruautés, ſur ſes trahiſons & ſur ſes violences qui le rendoient odieux. Elles craignoient que ce Prince n'eût enfin le ſort funeſte des Tyrans dont il imitoit les crimes, & l'évenement (f) juſtifia bientôt leurs craintes. Julie à qui l'on remettoit

(f) Dio. lib. 78.

les lettres qu'on écrivoit à l'Empereur & qu'on faisoit passer par Antioche, ayant un jour ouvert un paquet qui venoit de Rome, y trouva une lettre que Flavius Maternianus, qui commandoit dans la ville, écrivoit à Caracalla pour lui donner avis qu'un Devin qui venoit d'Affrique avoit publié que Macrin Préfet du Prétoire devoit regner, & pour l'avertir de pourvoir à sa sûreté. Cette nouvelle effraya l'Imperatrice, & selon les apparences, elle ne perdit pas de tems à instruire son fils de ce qui se passoit. Mais toute la diligence qu'elle fit fut inutile. Car sur le bruit qu'avoit fait dans toute l'Affrique & dans Rome la prédiction du Devin, on écrivit une lettre en droiture à la Cour, à laquelle on donnoit avis de tout. L'empereur étoit occupé à conduire un Chariot lorsqu'on lui donna le paquet, & ne voulant pas interrompre un si noble exercice, il remit le paquet à Macrin pour le lire & lui en faire ensuite le rapport. Macrin y trouva les avis que l'on donnoit au Prince de la prédiction du Devin, & ne douta point que ce ne fût à ses propres dépens qu'on le feroit mentir, s'il ne se hâtoit de prévenir Caracalla. La prédiction de l'Affriquain l'engageoit délicatement à le rendre veridique, en tuant l'Empereur, contre lequel il avoit d'ailleurs le cœur ulceré, pour certaines railleries piquantes dont il se servoit pour lui reprocher son peu de cœur. Ainsi poussé par son ressentiment, par son ambition & par le danger éminent où il étoit de périr, il gagna deux Tribuns aux Gardes, & Martial Exempt dans le même corps, qui pour des raisons particulieres étoient irrités contre l'Empereur, les anima à tirer vengeance des affronts qu'ils en avoient reçû, & les fit résoudre à lui ôter la vie.

Caracalla avoit eu plusieurs présages du malheur qui le menaçoit. L'ombre de son pere qui lui avoit apparu tenant une épée nuë en sa main, lui dit un jour d'une voix effroyable : *Comme tu as tué ton frere, aussi je te tuerai*, & l'ame de Commode qu'il avoit évoquée des enfers par les plus horribles enchantemens, lui avoit annoncé une mort funeste en lui disant : *Hâte toi d'aller au supplice*. Mais ce Prince n'avoit pas besoin d'autres présages de la fin funeste qu'il devoit faire, que ses propres crimes, ses vexations, ses désordres. Cependant il vivoit tranquille au milieu de ses excès, & sans aucune apprehension de l'avenir ; car un Egyptien appellé Serapion, lui ayant dit hardiment qu'il mourroit bientôt, & que Macrin lui succederoit, Caracalla le fit mourir comme calomniateur, au lieu de tirer profit de cet important avis. Macrin voyant alors que de toutes parts on écrivoit à l'Empereur que son heure fatale s'approchoit, & qu'on lui apprenoit que Macrin devoit être l'auteur de sa mort, résolut de ne plus differer l'exécution de son dessein, & Caracalla la rendit lui-même facile. Ce Prince sur l'avis qu'il avoit reçû que les Parthes vivement offensés de la trahison qu'il leur avoit faite, avoient mis sur pied une Armée formidable pour en tirer vangeance, avoit levé des Troupes pour arrêter les Barbares, mais avant de sortir de la Mésopotamie, il voulut aller à Carrhes pour visiter le Temple de la Lune, & y offrir des Sacrifices. Il sortit d'Idesse n'ayant avec lui qu'une partie de ses Domestiques, & des Officiers commis à la garde de sa personne. Les Conjurés étoient de ce nombre, & comme leur emploi les attachoit auprès de l'Empereur, il eurent l'occasion de commettre leur parricide sans aucun obstacle. En effet, durant qu'on étoit en marche, Caracalla descendit de cheval pour quelque necessité, & se retira un peu à l'écart tout seul. Martial qui n'épioit que le moment favorable pour faire son coup, courut à l'Empereur, comme s'il avoit été appellé, ou s'il vouloit lui demander quelque grace, & (g dans le tems que Caracalla se tournoit de côté pour faire tenir son haut de chausse, il lui donna un coup de poignard dont il tomba mort sur le champ.

Ce meurtrier eut assez de sens froid pour aller rejoindre la troupe ; mais il n'eut pas assez de prudence pour jetter le poignard qui étoit tout sanglant & qui étoit la preuve de son crime ; car s'il l'eût jetté, on eût ignoré qu'il eût tué l'Empereur ; mais un Scythe de la garde l'ayant vû armé encore de ce poignard couvert de sang, le tua d'un coup de fleche. Le bruit de la mort de Caracalla se répandit bientôt dans toute l'Armée ; les Soldats qui le regrettoient extrêmement à cause de la licence qu'il leur laissoit prendre, coururent à Carrhes pour le voir, & Macrin qui l'avoit fait assassiner y fut aussi, affectant une fausse douleur, mais pénetré d'une vraye joye ; & afin de mieux éloigner de lui le soupçon de cet attentat, il s'efforça de répandre des larmes que ses yeux refusoient de fournir. Cette artificieuse affliction couvrit pour un tems sa trahison, qu'il sçut encore voiler d'un spécieux dehors de pieté, en faisant brûler le corps de l'Empereur, dont il enferma les cendres dans une Urne qu'il envoya à Julie. Cette Im-

g *Dio. lib. 78. Spartian. Herodian. lib. 4.*

peratrice

pératrice sçavoit déja la mort funeste de son fils, & la même nouvelle lui avoit appris que Macrin en étoit l'auteur. Jamais on ne vit une plus grande affliction. Elle ne fut ni tranquille, ni muette, car Julie s'abandonnant aux mouvemens de sa douleur, remplit Antioche de ses cris & de ses regrets, se donna de la tête contre la muraille, & de si grands coups sur l'estomac, qu'elle irrita un cancer qu'elle avoit à une mammele, elle déchira ses habits & refusa de manger pour se donner la mort. Ensuite cherchant à évaporer son chagrin, elle vomit contre Macrin toutes les injures que son désespoir lui dicta, afin de provoquer le meurtrier de son fils à devenir le sien.

L'on fut surpris de voir répandre à Julie tant de larmes. Les crimes de son fils lui avoient préparé des raisons de se consoler de sa mort, & l'on n'avoit pas vû qu'elle eût marqué avoir pour lui une trop grande tendresse. Les politiques & ceux qui connoissoient bien cette Princesse, crurent qu'elle pleuroit moins la perte de son fils, que celle de l'autorité qu'elle avoit jusqu'alors exercé avec tant de faste, & qu'elle alloit voir anéantie; & certes la conduite qu'elle tint bientôt après, justifia ces soupçons. Car Macrin qui se fit élire Empereur par ses intrigues, ne voulant pas d'abord faire des changemens qui puſſent le faire ſoupçonner d'avoir conſpiré contre la vie de Caracalla , écrivit à Julie une lettre pleine d'aſſurance d'eſtime & de reſpect ? la pria de ne rien changer dans ſa maiſon, de ne rien retrancher de ſes domeſtiques, de ſes Gardes, de ſes Officiers, & lui laiſſa toutes les prérogatives & les marques d'honneur, dont elle joüiſſoit ſous l'Empire de Severe & ſous celui de Caracalla.

Les offres flateuſes & obligeantes adoucirent la douleur de l'Imperatrice, ſuſpendirent ſes regrets, & arrêterent ſes plaintes. Elle ceſſa de vouloir mourir. Touchée de la politeſſe & de l'honnêteté de Macrin, elle auroit ſouhaité pouvoir rappeller tout ce qu'elle avoit dit contre lui, & ſur tout les termes d'infame, de meurtrier, de parricide, & les autres paroles outrageuſes dont elle avoit rempli les ſanglantes invectives que ſa douleur lui avoit ſi ſouvent fait dire contre lui. Mais tout ce que Julie avoit dit avoit été recueilli par des flateurs qui le rapporterent à Macrin avec des circonſtances qui piquerent ce nouvel Empereur. Car on lui dit que cette Princeſſe accoutumée à commander, ne pouvant digerer de ſe voir réduite à la condition d'une perſonne privée, après avoir rempli le

Trône de l'Empire ſous deux regnes, formoit ſous-main des intrigues pour s'aſſurer un pouvoir indépendant.

Macrin connoiſſoit Julie pour une femme aſſez habile & aſſez courageuſe pour avoir ce deſſein. Les habitudes qu'elle avoit à Antioche, les cabales qu'elles pouvoit faire contre un Empereur qui n'étoit point encore trop bien affermi, la lui rendirent redoutable. Il oublia ce qu'il lui avoit écrit de gracieux & d'obligeant, & lui commanda de ſortir d'Antioche. Cet ordre fit évanoüir l'eſpérance qu'elle avoit eu de ſoutenir ſa fortune; mais comme elle ne vouloit ceder à ſon malheur qu'après avoir tout tenté pour le corriger, elle forma le deſſein de ſe retirer à Rome, où elle eſpéroit de pouvoir faire un parti qui entreroit dans ſes vûës. Cette réſolution fut auſſitôt abandonnée que formée. Elle fit refléxion que la mémoire de Caracalla y étoit trop en horreur pour oſer ſe promettre que les Romains vouluſſent prendre les armes pour la mere d'un Empereur qui les avoit traités avec tant d'inhumanité, ainſi ne voyant aucune reſſource à ſon infortune, tourmentée d'ailleurs par les douleurs aiguës que lui cauſoit ſon cancer, elle ſe fit mourir par une abſtinence volontaire. Ainſi périt la célebre Julie, dont la vie fut abreuvée de tant de chagrins. Car si la (*b* fortune l'éleva jusqu'au faîte des grandeurs, dit un Payen, elle accompagna ce présent de tant de revers, de soucis & de peines, qu'elle la rendit une des plus malheureuses Princesses du monde.

b *Dio. lib.* 78.

*Fin du Tome Second.*

www.ingramcontent.com/pod-product-compliance
Lightning Source LLC
LaVergne TN
LVHW020552110826
845149LV00002B/237
*9782013758932*